U0137806

〔宋〕范成大 撰
吴企明 校箋

范成大集校箋

三

上海古籍出版社

石湖居士詩集卷十六

麻線堆

峽口驛前，大山崛起，舊路攀援而上，縈紆如線。十五年前，浮圖德寶，始沿澗伐木作新路，不復登山。余觀峽路，皆未嘗經修，感德寶之事，作麻線堆詩一首，以風夔路使者及歸、峽二州長吏沈、葉、管、熊四君。

雲木盪胸起，巉峨一峰危。上有路千折，縺縷如縈絲。是爲麻線堆，厥險天下稀。傴仄容半足，顛墜寧復稽。騰猱尚愁苦，游子將安之？浮屠德寶者，悲智緒等慈。隨山刊古木，尋壑得長磯。輿梁捷飛度，布石綿階梯。自從新路改，重趼無齎咨。縣有孫少府，琬琰劖文詞。勿云此事小，惟有行人知。况觀峽山路，由來欠平治。官吏既弗跡，誰肯深長思？天險固自若，當令略成蹊。土工運畚鍤，石工操鑿椎。烈火敗磽确，築沙填隙巇。多用百夫力，遠無五旬期。但費米鹽給，不煩金幣支。非客敢竊議，道傍詢尨倪。身雖雪山戍，亦願助毫釐。工費嗟小哉，政須賢有司。東有管夷陵，西有葉秭歸。上維沈隱侯，夔臺今吏師〔一〕。下維熊繹孫，長材佐州麾〔二〕。豈吾金閨彦〔三〕，不如林下緇。懸知議克合，了此一段奇。舟檝避濆潦，置郵疾飛馳。憧憧吳蜀客，來往當無時。仍磨鑽天石，大書四賢詩。不佞願秉筆，遠寄峽口碑。

【題解】

本詩作於淳熙二年（一一七五），時在赴蜀帥任途中。麻線堆，在歸州東南，山道縈紆如線，故名。范成大吳船録卷下：「（七月甲子）余前入蜀時，亦以江漲不可泝，自此路來，極天下之艱險。乃告峽州守管鑑，歸州守葉默，倅熊浩，及夔漕沈作礪，請略修治。先是，過麻線堆下，人告余不須登山，有浮屠德寶，於山脚刊木開路，盡避麻線之厄。縣尉孫某作小記龕道傍石壁上。余感之，謂一道人獨能辦此，況以官司力耶？乃作麻線堆詩，以遺四君。是時，余改成都路制置使，號令不及峽中，故以詩道之。繼而四君皆相聽許，以鹽米募村夫鑿石治梯級。具不可施力者，則改從他塗。除治十六七，商旅遂以通行。」周必大神道碑：「淳熙元年十月，除敷文閣待制、四川制置使、知成都府。稍鑿夔峽山路，以避湍險，人以爲便。」即指命四君鑿通麻線堆山路一事。沈、葉、管、熊四君，指夔州路運使沈作礪，歸州守葉默，峽州守管鑑，歸州倅熊浩。沈作礪，歷任毗陵通判、知衢州。史能之咸淳臨安志卷九「通判」：「沈作礪，乾道三年五月，右朝奉郎，四年十月丁憂。」淳熙中，知衢州，見浙江通志卷一一五。管鑑，字明仲，龍泉人，家臨川。同治臨川縣志卷四〇管鑑傳：「管鑑，字仲明，祖師仁，仕至樞密。鑑力學好修，以父澤補官。再調江西常平提幹，家於臨川。改知泰寧縣，佐湖南帥劉珙平劇盗，以功遷建寧府通判。知峽州，再知全州。陛見奏事，上稱其老成通練。除湖南提舉，勸民濬陂池，溉田萬六千頃。建郴州和糴倉，新石鼓書院。改廣東提刑，權知廣州，兼經略安撫，并漕倉，提舶，凡七印，給循環歷，以考遠郡獄事之輕重久近，吏不能欺。移本路轉運，減潮、惠七郡丁租，置廣安宅，買田以給士大夫南遷不能還者。移湖北轉運，卒年六十三。平生恬于利欲。弟鎔，仕不顯，盡推先業予之。」有養拙堂詞一卷。葉默、熊浩，兩人之生平仕履不詳。

【箋注】

〔一〕「上維」二句：沈隱侯，即沈約，字休文，因被梁武帝封爲建昌縣侯，謚隱，故稱沈隱侯。此借指夔漕沈作礪。

〔二〕「下維」二句：熊繹，周成王時封熊繹於楚，姓芈氏，爲春秋時代楚國的始祖。此借指歸州倅熊浩。

〔三〕金閨彦：出自金馬門的賢俊。金閨，金馬門之别稱。江淹别賦：「金閨之諸彦，蘭臺之群英。」

戲書麻線堆下

一身半世走奔波，疑是三生宿債多。折券已饒麻線嶺，責償難免竹竿坡。

【題解】

本詩作於淳熙二年（一一七五）初夏，時赴蜀帥任途中，經峽州之麻線堆，戲書一絕。黄震黄氏日鈔卷六七：「泝峽州，道始艱，有一百八盤，有鑽天三里，有蛇倒退，有麻線堆，有胡孫愁，有判命坡，峽爲蜀外第一州，湖北之極處。」

胡孫愁

傾崖當胸石齧足，失勢毛毿槁幽谷。王孫却走斷不到，惟有哀猿如鬼哭。僕夫酸嘶訴塗窮，我亦付命無何中！悲風忽來木葉戰，落日虎嗥枯竹叢。

【題解】

本詩作於淳熙二年（一一七五）初夏，時赴蜀帥任途中，經峽州胡孫愁，賦詩感歎路途之險惡。胡孫愁，參見上詩「題解」。

判命坡

鑽天嶺上已飛魂，判命坡前更駭聞。側足三分垂壞磴，舉頭一握到孤雲。微生敢列千金子，後福猶幾萬石君〔一〕。早晚北窗尋噩夢，故應含笑老榆枌〔二〕。

【題解】

本詩作於淳熙二年（一一七五）初夏，時赴蜀帥任途中，至峽州判命坡，賦本詩描寫山行之艱難。判命坡，參見戲書麻線堆下「題解」。

【箋注】

〔一〕萬石君：漢石奮，字天威，號萬石君，河内温縣人。早年侍高祖。漢文帝時，官太子太傅，後以上大夫禄養老歸家。事見漢書萬石君傳。

〔二〕榆枌：同枌榆，指故鄉，太平廣記卷三四七引裴鉶傳奇趙合：「知君頗有義心，儻能爲歸骨於奉天城南小李村，即某家枌榆耳。」

千石嶺

晨光挂高嶺，晴色媚遠客。哀湍吼叢薄，宿霧裊絶壁。露重薊花紫㊀〔一〕，風來蓬背白。迷塗朴渥跳〔二〕，飲澗於菟跡。層巔多折木，迮磴有飛石。不知山幾重，杳杳入叢碧？

【校記】

㈠ 薊花：富校：「『薊』黄刻本、宋詩鈔作『蘚』，是。」活字本、叢書堂本、董鈔本均作「薊花」。

【題解】

本詩作於淳熙二年（一一七五）初夏，時赴蜀帥任途中，經峽州判命坡、千石嶺，賦詩描寫山中景物，極細緻。

【箋注】

〔一〕薊花紫：薊，多年生草本植物，可供藥用。爾雅釋草：「朮山薊。」郭注：「本草云：朮，一名山薊，今朮似薊而生山中。」邢昺疏：「赤朮，今呼蒼朮矣，蒼朮苗高二三尺，葉似棠梨，束如鋸齒，根蟠如薑，華淡紫色，今藥用以茅山者良。」石湖云薊花紫，即蒼朮之花。富校以「蘚」爲是，非也。

〔二〕朴渥：蘇軾遊徑山：「寒窗暖足來朴朔，夜鉢呪水降蜿蜒。」「朴朔」一本作「朴握」、一本作「朴渥」。次公注曰：「撲渥，兔也。」合注：「通雅引説楛云：兔名朴握。見古文苑。」

九盤坡布水

莫惜縈迴上九盤，洗心雙瀑雪花寒。野翁酌水煎茶獻，自古人來到此難。

【題解】

本詩作於淳熙二年（一一七五）初夏，時離桂林赴蜀帥任途中。九盤坡，在峽州至秭歸之間山中。

荒　口

十步九嗅蹶〔一〕，百夫半蹣跚。豁然鳥道窮，努力造其巔。謂是嶺頭了，一峰復當前。既無反顧法，仰望心茫然！

【題解】

本詩作於淳熙二年（一一七五）初夏，時赴蜀帥任途中。

【箋注】

〔一〕嗅蹶：傾跌、難行意。蘇軾有詩，題爲：「數日前，夢人示余一卷文字，大略若諭馬者，用『吃蹶』兩字，夢中甚賞之，覺而忘其餘，戲作數語足之。」詩云：「天驥雖老，舉鞭脱逸。交馳蟻封，步中衡石。旁睨駑駘，豐肉減節。徐行方軌，動輒吃蹶。天資相絶，未易致詰。」

四十八盤

詰曲不前如宦拙，攲傾當面似交難。若將世路比山路，世路更多千萬盤。

【題解】本詩作於淳熙二年（一一七五）初夏，時赴蜀帥任途中。經四十八盤，作本詩感慨世路之艱危。

紫荷車 峽山此藥甚多

緑英吐弱綫，翠葉抱修莖。矗如青旄節，草中立亭亭。根有却老藥，鱗皴友松苓〔一〕。長生不暇學，聊冀病身輕。

【題解】本詩作於淳熙二年（一一七五）四月，時離桂林赴蜀帥任途中，經峽州，山中多紫荷車，因賦小詩紀之。紫荷車，藥名，本草綱目卷五二「人胞」條云：「胞衣，胎衣，紫河車。」此與本詩不合。卷一七「蚤休」條云：「蚤休，又名紫河車、重臺、重樓金線、七葉一枝花、草甘遂、白甘遂諸名。」時珍曰：「重臺三層，因其葉狀也；金線重樓，因其花狀也；甘遂，因其根狀也；紫河車，因其功用也。」其根入藥。石湖詩與此合。

【箋注】

〔一〕「根有」二句：紫河車之根有却老之功，與松苓媲美。松苓，茯苓，長于松下，故名。本草綱目卷三七「茯苓」條云茯苓，又名伏靈、伏兔、松腴。時珍曰：「蓋松之神靈之氣，伏結而成，故謂之茯靈、茯神也。」

錦帶花 東南甚珍此花，峽中漫生山谷。

妍紅棠棣粧，弱緑薔薇枝。小風一再來，飄飖隨舞衣。吴下嫵芳檻，峽中滿荒陂。佳人墮空谷，皎皎白駒詩〔一〕。

【題解】

本詩作於淳熙二年（一一七五）四月，時赴蜀帥任途中，行於峽州山中，見錦帶花，因賦詩紀之。錦帶花，全芳備祖前集卷二七「錦帶花」條：「一名海仙花，一名文官花。此花出荆、楚間，有花如錦，遂名錦帶花。條如郁李，春末方開，紅白二色。」廣群芳譜卷五三「錦帶花」條引益部方物略記：「錦帶花，蜀山中處處有之，長蔓柔纖，花葉間側如藻帶然，因象作名。」

【箋注】

〔一〕「佳人」二句：白駒，詩經小雅之篇名，詩云：「皎皎白駒，食我場苗。」「皎皎白駒，在彼空谷。」石湖詩由此運化而來。佳人，指錦帶花，以美人喻花。

入秭歸界

山根繫馬得漿家㊀，深入窮鄉事可嗟。蚯蚓祟人能作瘴，茱萸隨俗强煎茶。幽禽不見但聞語，野草無名都著花。窈窕崎嶇殊未艾，去程方始問三巴〔一〕。

【校記】

㊀得漿家：方回瀛奎律髓卷四作「貨漿家」。

【題解】

本詩作於淳熙二年（一一七五）四月，時赴蜀帥任途中，入秭歸縣。元豐九域志卷六荆湖北路，上，歸州，巴東郡，軍事，治秭歸縣。范成大吳船録卷下：「秭歸之名，俗傳以屈平被放，其姊女嬃先歸，故以名，殆若戲論。」瀛奎律髓卷四方回評：「淳熙二年乙未，石湖自桂林移帥四川，年五十矣。入峽諸詩多佳者，惟選此篇及入鮓甕詩，如擬劉夢得竹枝歌，亦不減劉也。」柳亭詩話卷一九：「六朝駢儷之句，書不勝書。若七言，則唐人獨擅矣，使必祖唐而祧宋，是徒知大宗之主器，而不知旁支分派亦有當璧之時也，其可乎？間摘數條，（略）范致能入秭歸界：『幽禽不見但聞語，野草無名都著花。』（略）若此之類，聊見一斑。若歐、蘇、楊、陸諸公，當於全集中求之，不多贅也。」瀛奎律髓卷四紀昀云：「『但』作『惟』則諧調，再校本集。」

【箋注】

〔一〕三巴：華陽國志巴志：「建安六年，魚復蹇允白璋爭巴名，璋乃改永寧爲巴郡，以固陵爲巴東，徙羲爲巴西太守，是爲三巴。」資治通鑑卷一一三「晉安帝元興三年」：「玄以桓希爲梁州刺史，分命諸將戍三巴以備之。」胡三省注：「三巴，巴郡、巴東、巴西也。」

早發周平驛，過清烈祠下 屈平祠也，祠前有獨醒亭。

物色近人境，喜歡嚴曉裝。山月鷄犬聲，野風麻麥香。登嶺既開豁，入林更清涼。三呼獨醒士，儻肯釂我觴。

【題解】

本詩作於淳熙二年（一一七五）四月，時正赴蜀帥任途中。清烈公祠，即屈原祠，在歸州東。

范成大吴船録卷下：「己未，泊歸州。……州東五里，有清烈公祠，屈平廟也。秭歸之名，俗傳以屈平被放，其姊女嬃先歸，故以名。殆若戲論。」王存新定九域志卷六歸州，有三間大夫祠。獨醒亭，詩云「獨醒士」，意出楚辭漁父：「舉世皆濁我獨清，衆人皆醉我獨醒。」

白狗峽　陸路亦自峽上，過西岸有玉虚洞。

江紋圓復破，樹色昏還明。連灘竹節稠，洶怒奔夷陵。石磯鐵色頑，相望如姦朋。踞岸意不佳，當流勢尤獰。山回水若盡，但見青竛竮。慘慘疑鬼寰，幽幽無人聲。顛沛安危機，艱難古今情。俯窺得目眩，却立恐神驚[一]。白雲冒巖扉，下維玉虚庭。神仙坐閲世，應笑行人行。

【題解】

本詩作於淳熙二年（一一七五）四月，時正在赴蜀帥任途中。白狗峽，參見卷一五峽州至喜亭注。玉虚洞，在秭歸縣東白狗峽附近。范成大吴船録卷下：「八月戊辰朔，發歸州，兩岸大石連延，蹲踞相望，頑很之態，不可狀名。五里，入白狗峽，山特奇峭。峽左小溪入玉虚洞中，可容數百人。」陸游入蜀記卷六：「離新灘，過白狗峽，泊舟興山口，肩輿游玉虚洞。去江岸五里許，隔一溪，所謂香溪也。源出昭君村，水味美，録於水品，色碧如黛。呼小舟以渡，過溪，又里餘，洞門小纔衮丈。既入，則極大，可容數百人，宏敞壯麗，如入大宮殿中。有石成幢蓋、旛旗、芝草、竹笋、仙人、龍、虎、鳥獸之屬，千狀萬態，莫不逼真。其絶異者，東石正圓如日，西石平規如月。予平生所見岩竇，無能及者。有熙寧中謝師厚、岑岩起題名，又有陳堯咨所作記，叙此洞本末，云唐天寶中，獵者始得之。」太平寰宇記卷一四八：「玉虚洞，在縣南五十里，唐天寶五載，其洞忽開，可容千人。」歸州志：「在州城東北，唐天寶中有人遇白鹿於此，薄而窺之，有洞，可容千人。石壁異文成龍虎花木之狀，有石乳結成物象，皆温潤如玉，故名。」

【箋注】

〔一〕却立：倒退而立。史記廉頗藺相如列傳：「相如因持璧却立，倚柱，怒髮上衝冠。」却，即倒退。

秭歸縣

周封楚子熊繹於此。縣宇，宋玉宅；東山清烈祠，屈原宅也。

永日貪程客，長年弔古詩。悲秋荒故宅，負石慘空祠。峻壁鴉翻倦，高畬麥秀遲。窮山熊繹國，偪仄建邦時。

【題解】

本詩作於淳熙二年（一一七五）四月，時正赴蜀帥任途中。周封楚子熊繹於歸州，范成大吴船録卷下：「己未，泊歸州……楚熊繹始封於此，篳路籃縷，以啓山林，其後始大，奄有今荆湖數千里之廣。」陸游入蜀記卷六：「十六日，到歸州。……隔江有楚王城，亦山谷間，然地比歸州差平。或云楚始封於此。山海經：夏啓封孟除於丹陽城。郭璞注云：在秭歸縣南。疑即此也。然史記：成王封熊繹於丹陽。裴駰乃云在枝江，未詳孰是？」按，李吉甫元和郡縣圖志闕卷逸文卷一山南道歸州秭歸縣：「丹陽城，在縣東七里，楚之舊都也，周武王封熊繹於荆丹陽之地，即此也。與江南丹陽不同。」李吉甫所説是也。「縣宇，宋玉宅也。」范成大吴船録卷下：「倚郭秭歸縣，亦傳爲宋玉宅。杜子美詩云：『宋玉悲秋宅。』謂此縣傍有酒壚，或爲題作『宋玉東家』。」陸游入蜀記卷六：「十九日，郡集於歸鄉堂。欲以是晚行，不果。訪宋玉宅，在秭歸縣之東，今爲酒家，舊有石刻『宋玉宅』三字，近以郡人避太守家諱，去之。或遂由此失傳，可惜也。」

歸州竹枝歌二首

東鄰男兒得湘纍，西舍女兒生漢妃〔一〕。城郭如村莫相笑，人家伐閲似渠稀。

東岸艬船抛石門，西山炊煙連白雲。竹籬茅舍作晚市，青蓋黄旗稱使君。

【題解】　本詩作於淳熙二年（一一七五）四月，時赴蜀帥任途中，至秭歸縣，賦此詠其地風土人情。竹枝歌，起源於巴渝的民歌，以描寫風土人情爲主要內容，郭茂倩樂府詩集卷八一「近代曲辭」顧況竹枝：「竹枝本出於巴渝。」劉禹錫竹枝詞并引：「歲正月，余來建平，里中兒聯歌竹枝，吹短笛，擊鼓以赴節。歌者揚袂睢舞，以曲多爲賢。聆其音，中黄鍾之羽。其卒章激訐如吴聲，雖傖儜不可分，而含思宛轉，有淇澳之艷。昔屈原居沅湘間，其民迎神，詞多鄙陋，乃爲作九歌。到于今荆楚歌舞之。故余亦作竹枝詞九篇，俾善歌者颺之，附于末，後之聆巴歈，知變風之自焉。」

【箋注】

〔一〕「東鄰」二句：湘纍，指屈原，史記揚雄傳：「因江潭而泝記兮，欽弔楚之湘纍。」李奇曰：「諸不以罪死曰纍，荀息、仇牧皆是也。屈原赴湘死，故曰湘纍也。」漢妃，指王昭君，蘇軾有昭君村詩，查注云：「太平寰宇記：歸州興山縣，有王昭君宅，王嬙即此邑人，故曰昭君之縣。」詩云：「昭君本楚人，艷色照江水。楚人不敢娶，謂是漢妃子。」屈原爲歸州秭歸人，王昭君爲歸州興山人。

昭君臺

在興山界中，鄉人憐昭君，築臺望之，下有香溪。然三峽女子，十人九癭。

天生尤物元無種，萬里巴村出青塚〔一〕。高臺望思臺已荒，東風溪漲流水香。嬋娟鍾美空萬古，翻使鄉山多醜女。灸眉作瘢亦不須，人人有癭如瓠壺。

【題解】

本詩作於淳熙一年（一一七七）四月，時正赴蜀帥任途中。昭君臺，在歸州興山縣。范成大吴船録卷下：「（歸州）屬邑興山縣，王嬙生焉。今有昭君臺，香溪尚存。城南二里，有明妃廟。余嘗論歸爲州僻陋，爲西蜀之最，而男子有屈宋，女子有昭君，閥閲如此，政未易忽。」杜甫詠懷古迹之三：「群山萬壑赴荆門，生長明妃尚有村。」昭君，即王嬙，字昭君，晉人避司馬昭諱，改稱「明君」，後人因稱「明妃」。漢元帝宫人，匈奴虖韓邪單于入朝，求美人爲閼氏。帝予昭君，以結和親。漢書元帝紀：「竟寧元年春正月，匈奴虖韓邪單于來朝。詔曰：……虖韓邪單于不忘恩德，鄉慕禮義，復修朝賀之禮，願保塞傳之無窮，邊垂長無兵革之事。其改元爲竟寧，賜單于待詔掖庭王嬙爲閼氏。」「三峽女子，十人九癭」，這一怪異現象，范成大吴船録卷下有詳細記載：「峽江水性大惡，飲輒生癭，婦人尤多。前過此時，婢子輩汲江而飲，數日後發熱，一再宿，項領腫起，十餘人悉然，至西川月餘，方漸消散。」

【箋注】

〔一〕青塚：指昭君墓，杜甫詠懷古迹之三：「一去紫臺連朔漠，獨留青塚向黄昏。」

人鮓甕

在歸州郭下，長石截然，據江三之二，水盛時，漬淖極大，號峽下最險處。東岸即屈原宅，自此復登舟至巫山。

懷沙祠下鐵色磯〔一〕，中流束湍張禍機。與齋俱入彼可弔〔二〕，乘流而下吾亦危〔三〕。江河難犯一至此，天地好生安取斯？朝歌勝母古尚諱〔四〕，我其覆醢航秭歸〔五〕。

【題解】

本詩作於淳熙二年（一一七五）四月，時正赴蜀帥任途中。人鮓甕，在歸州，參見卷十五峽州至喜亭注。屈原宅，王存新定九域志卷六歸州有屈大夫宅。李吉甫元和郡縣圖志闕卷逸文卷一山南道歸州興山縣：「屈原宅，在縣北三十里。」瀛奎律髓卷四方回評：「王者之法如江河，易避難犯，以『天地好生』爲對，亦奇矣。此『吴體』。」馮班評：「詩不必以宋爲諱，但如此惡模樣，自宜痛戒。第八句，石湖語，可厭。」查慎行評：「『與齋俱入』，語出南華。五、六妙于用虚字。」紀昀評：「恣而不野，峭而有韻，江西派中之佳者。」

【箋注】

〔一〕懷沙祠：指屈原祠，即清烈公祠，因相傳屈原投汨羅江前，作九章懷沙，是屈原的絶命詞，故以此代指屈原。

〔二〕與齎俱入：語出列子黄帝篇：「與齎俱入，與汩俱出。」注云：「齎汩者，水迴入涌出之貌。」

〔三〕乘流而下：用馬素禪師語，潛説友咸淳臨安志卷二五山川四徑山：「代宗時，有吴郡崑山朱氏子，貢禮部，道丹徒，至鶴林寺，馬素禪師異之，遂祝髮名法欽（即國一禪師）。大悟宗旨，久之，辭出遊方，請示所止，素曰：『汝乘流而行，遇徑即止。』」

〔四〕朝歌句：史記魯仲連鄒陽列傳：「臣聞盛飾入朝者不以利污義，砥厲名號者不以欲傷行，故縣名勝母而曾子不入，邑號朝歌而墨子回車。」司馬貞索隱：「淮南子及鹽鐵論並云里名勝母，曾子不入，蓋以名不順故也。」

〔五〕覆醢：禮記檀弓上：「孔子哭子路於中庭，有人弔者，而夫子拜之。既哭，進使者而問故。使者曰：『醢之矣。』遂命覆醢。」此言行經人鮓甕也。

巴東峽口

水宿頻欹側，徒行又險艱。舟危神女峽〔一〕，馬瘦鬼門關〔二〕。照夜燒畬隴，緣雲種笮山。催成頭雪白，休説鬢絲斑。

【題解】

本詩作於淳熙二年（一一七五）四月，時正赴蜀帥任途中。巴東，縣名。陸游入蜀記卷六：「二十一日，舟中望石門關，僅通一人行，天下至險也。晚泊巴東縣。江山雄麗，大勝秭歸，但井邑極於蕭條，邑中纔百餘户，自令廨而下，皆茅茨，了無片瓦。」范成大吴船録卷下：「二十里，過歸州巴東縣，有寇忠愍公祠。縣亭二柏，傳爲公手植。」太平寰宇記卷一四八：「巴東縣，本漢巫縣地，三國時屬吴，後周天和三年於巴陵故城置樂鄉縣，隋開皇十八年改樂鄉爲巴東縣，在巴之東，因以爲名。」

【箋注】

〔一〕神女峽：范成大吴船録卷下：「戊午，乘水退，下巫峽，灘瀧稠險，濆淖洄洑，其危又過夔峽。三十五里至神女廟，廟前灘尤洶怒。」與詩意合。

〔二〕鬼門關：古關名，在廣西北流、玉林間，唐楊炎流崖州至鬼門關作：「崖州何處在，生度鬼門關。」此泛指凶險之地。

初入巫峽

鑽火巴東岸，摐金峽口船。東江崖欲合，漱石水多漩。卓午三竿日〔一〕，中間一鏬天。偉哉神禹跡，疏鑿此山川。

【題解】

本詩作於淳熙二年（一一七五）四月，時正赴蜀帥任途中。巫峽，在巫山，杜甫秋興八首之一：「玉露凋傷楓樹林，巫山巫峽氣蕭森。江間波浪兼天涌，塞上風雲接地陰。」范成大吴船録卷下：「七十里，至巫山縣宿。縣人云：『昨夕水大漲，灩澦恰在船底，故可下夔峽。至巫峽則不然，恰須水退十丈乃可。』是夕水驟退數丈，同行者皆有喜色。戊午，乘水退下巫峽，灘瀧稠險，濆淖洄洑，其危又過夔峽。」酈道元水經注卷三四「江水下」：「江水又東逕巫峽……江水歷峽東，逕新崩灘……其下十餘里，有大巫山，非唯三峽所無，乃當抗峰岷峨，偕嶺衡疑。……其間首尾百六十里，謂之巫峽，蓋因山爲名也。自三峽七百里中，兩岸連山，略無闕處，重巖疊嶂，隱天蔽日，自非亭午夜分，不見曦月。」

【箋注】

〔一〕三竿日：形容太陽升得很高，時已近中午。南齊書天文志上：「日出高三竿。」劉禹錫竹枝詞：「日出三竿春霧消，江頭蜀客駐蘭橈。」

將至巫山遇雨

數日快晴，水落丈餘，舟人方以爲喜，雨作，即水又長矣。

峽行水落惟憂雨，通昔淋浪怨行旅〔一〕。千山萬山生白煙，陽臺那得雲如許〔二〕？

牋詞騰告翠帷僊，勾我一晴翻手間。放開十二峰頭色〔二〕，重賦碧叢高插天〔三〕。

【校記】

〔一〕通昔：富校：「『昔』黄刻本作『夕』，是。」按，活字本、叢書堂本、董鈔本均作「通昔」。「昔」與「夕」通，穀梁傳莊公七年：「日入至於星出謂之昔。」通昔，即通夕。

【題解】

本詩作於淳熙二年（一一七五）四月，時正赴蜀帥任途中。至巫山遇雨，賦詩描寫所見景色。

【箋注】

〔一〕「陽臺」句：陽臺，陽雲臺，在巫山。宋玉高唐賦：「（女）去而辭曰：妾在巫山之陽，高丘之阻，旦爲朝雲，暮爲行雨，朝朝暮暮，陽臺之下。」范成大吳船録卷下：「神女廟乃在諸峰對岸小岡之上，所謂陽雲臺、唐高觀，人云在來鶴峰上，亦未必是。神女之事，據宋玉賦云，以諷襄王，其詞亦止乎禮義，如『玉色頩以頳顔』、『羌不可兮犯干』之語，可以概見。後世不督，一切以兒女子褻之，余嘗作前後巫山高以辯。今廟中石刻引墉城記：瑶姬，西王母之女，稱雲華夫人，助禹驅鬼神，斬石疎波，有功見紀。今封妙用真人，廟額曰凝真觀，從祀有白馬將軍，俗傳所驅之神也。」文選卷一九宋玉高唐賦「妾巫山之女也」，李善引晉習鑿齒襄陽耆舊傳云：「赤帝女曰姚姬，未行而卒。葬於巫山之陽，故曰巫山之女。楚懷王游於高唐，晝寢，夢見與神遇，自稱是巫山之女，王因幸之，遂爲置觀於巫山之南，號爲朝雲。」范成大吴船録卷下又云：「巫峽之最嘉處，不問陰晴，常多雲氣，映帶飄拂，不可繪畫。余兩過其下，所見皆然。豈余經過時偶如此，抑其地固然，行雲之語，亦有所據耶？」可見，「陽臺那得雲如許」，乃是實地景物特點。

〔二〕十二峰：巫山有十二峰，范成大吴船録卷下：「三十五里，至神女廟，廟前灘尤洶怒。十二峰俱在北岸，前後蔽虧，不能足其數。最東一峰尤奇絶，其頂分兩歧，如雙玉篸插半霄，最西一峰似之而差小，餘峰皆鬱嵂非常，但不如兩峰之詭特。相傳一峰之上有文曰巫，不暇訪尋。」陸游入蜀記卷六：「然十二峰者，不可悉見，所見八、九峰，惟神女峰最爲纖麗奇峭，宜爲仙真所託。……廟後山半，有石壇平曠。傳云夏禹見神女，授符書於此。壇上觀十二峰，宛如屏障。是日，天宇晴霽，四顧無纖翳，惟神女峰上有白雲數片，如鸞鶴翔舞徘徊，久之不散，亦可異也。」

〔三〕「重賦」句：語出李賀巫山高：「碧叢叢，高插天，大江翻瀾神曳烟。」

巫山高 并序

余舊嘗用韓無咎韻題陳季陵巫山圖，考宋玉賦意，辨高唐之事甚詳。今過陽臺之下，復賦樂府一首。世傳瑶姬爲西王母女，嘗佐禹治水，廟中石刻在焉。

濕雲不收煙雨霏，峽船作灘梢廟磯。杜鵑無聲猿叫斷，惟有飢鴉迎客飛〔一〕。西真功高佐禹跡〔二〕，斧鑿鱗皴倚天壁。上有瑶簪十二尖〔三〕，下有黄湍三百尺。蔓花虯木風煙昏，薜珮翠帷香火寒。靈斿飄忽定何許〔四〕，時有行人開廟門。楚客詞章元是諷〔五〕，紛紛餘子空嘲弄。玉色頩顏不可干，人間錯説高唐夢。

【題解】

本詩作於淳熙二年（一一七五）四月，時正赴蜀帥任途中。巫山高，樂府曲名，樂府解題（郭茂倩樂府詩集卷一六漢鐃歌巫山高）曰：「古詞言，江淮水深，無梁可度，臨水遠望，思歸而已。若齊王融『想像巫山高』，梁范雲『巫山高不極』，雜以陽臺神女之事，無復遠望思歸之意也。」「余舊嘗用韓無咎韻題陳季陵巫山圖」，指本書卷九題爲「韓無咎檢詳出示所賦陳季陵户部巫山圖詩，仰窺高作，歎息彌襟。余嘗考宋玉談朝雲事，漫稱先王時，本無據依，及襄王夢之，命玉爲賦，但云『頩顔怒以自持，曾不可乎犯干。』後世弗察，一切溷以媟語，曹子建賦宓妃，亦感此而作，此嘲誰當解者？輒用此意，次韻和呈，以資撫掌」一詩，詳參該詩「題解」及注。「世傳瑶姬爲西王母女」，參見上首將至巫山遇雨「陽臺」句注。

【箋注】

〔一〕「惟有」句：范成大吴船録卷下：「（神女）廟有馴鴉，客舟將來，則迓於數里之外，或直至縣，下船過，亦送數里，人以餅餌擲空，鴉仰啄承取，不失一。土人謂之神鴉，亦謂之迎船鴉。」

〔二〕「西真」句：范成大吳船録卷下：「瑶姬，西王母之女，稱雲華夫人，助禹驅鬼神，斬石疏波，有功見紀。今封妙用真人。」西真功高，指此。陸游謁巫山廟兩廡碑版甚衆皆言神佐禹開峽之功而詆宋玉高唐賦之妄予亦賦詩一首：「真人翳鳳駕蛟龍，一念何曾與世同。不爲行雲求弭謗，那因治水欲論功。翱翔想見虚無裏，毁譽誰知溷濁中。讀盡舊碑成絶倒，書生惟慣諂王公。」

〔三〕瑶簪十二尖：十二峰頭如玉簪插天。范成大吳船録卷下：「十二峰俱在北岸，前後蔽虧，不能足其數。最東一峰尤奇絶，其頂分兩歧，如雙玉簪插半霄。」

〔四〕斿：古代旌旗下之飾物，周禮春官巾車：「建大常，十有二斿。」注：「大常，九旗之畫日月者。正幅爲縿，斿則屬焉。」

〔五〕楚客詞章：指宋玉高唐賦。

刺濆淖 并序

濆淖，盤渦之大者，峽江水壯則有之，或大如一間屋。相傳水行峽底，遇暗石則濆起，已而下旋爲渦。然亦未嘗有定處，或無故突然而作，叵測也。舟行遇之，小則欹傾，大則與齎俱入，險惡之名聞天下。

峽江饒暗石，水狀日千變。不愁灘瀧來，但畏濆淖見。人言盤渦耳，夷險顧有間。仍於非時作，未可一理貫。安行方熨縠，無事忽翻練。突如湯鼎沸，翕作茶磨旋。勢迫中成窪，怒霽外始暈。已定稍安慰，倏作更驚眩。漂漂浮沫起，疑有潛鯨噀。勃勃駭浪騰，復恐蟄鼉抃。篙師瞪褫魄，灘户呀雨汗。逡巡怯大敵，勇往決鏖戰。幸免與齎入，還憂似蓬轉。驚呼招竿折〔一〕，奔救竹笮斷〔二〕。九死船頭争，萬苦石上牽。旁觀兢薄冰，撇過捷飛電。前余叱馭來，山險固嘗徧。今者擊檝誓〔三〕，豈復憚波面。澎澎三峽長，颭颭一葦亂。既微搠指忙，又匪科頭慢〔四〕。天子賜之履，江神敢吾玩？但催疊鼓轟，往助雙櫓健。

【題解】

本詩作於淳熙二年（一一七五）四月，時正赴蜀帥任途中。濆淖，大漩渦，范成大吴船録卷下：「戊午，乘水退，下巫峽，灘瀧稠險，濆淖洄洑，其危又過夔峽。」文選卷一二郭景純江賦：「漩澴滎瀯，渨漯濆瀑。」李善注：「皆波浪回旋，濆涌而起之貌也。」

【箋注】

〔一〕招竿：即篙竿。吴船録卷下：「二十里，至東奔灘。高浪大渦，巨艑掀舞，不當一槁葉，或爲渦所使，如磨之旋。三老挽招竿叫呼，力争以出渦。」清一統志卷一三三寶慶府蘆埠灘：「石屹中流，波濤洶急，上水以繩牽挽，下水以招竿撥之，旋轉石間。」後漢書班固傳上：「招白閒，下雙鵠，揄文竿，出比目。」李賢注：「招，猶舉也。」

〔二〕竹笮：引船之竹索。舊唐書莊宗紀：「梁樓船三層，蒙以牛革，懸板爲楯。建及率持斧者入艨艟間，斬其竹笮，破其懸楯。又於上流取甕數百，用竹笮維之，積薪於上，灌以脂膏，火發亘空。」

〔三〕擊檝誓：用祖逖故事。檝，即楫。祖逖渡江北伐，中流擊楫而誓曰：「祖逖不能清中原而復濟者，有如大江。」事見晉書祖逖傳。

〔四〕科頭：不戴冠帽。資治通鑑漢獻帝建安元年：「布將河内郝萌夜攻布，布科頭袒衣，走詣都督高順營。」胡三省注：「科頭，不冠露髻也。今江東人猶謂露髻爲科頭。」

嘲峽石　并序

峽山江濱，亂石萬狀，極其醜怪，不可形容，舉非世間諸所有石之比，走筆戲題，且以紀異。

峽山狠無情，其下多醜石。頑質賈憎垂〔一〕，傀狀發笑啞。粗類墳壤黄，沉漬鐵矢黑。或如溝泥涴，或似凍壁坼。堆疑聚廪粟，陊若壞城甓。槎牙鏤朽木，狼籍委枯骼。礧砢包蠃蚌，淋漓錮鉛錫。縱紋瓦溝瓏㈡，横疊衣摺襞。鱗皴斧鑿餘，坎窞蹴踏力。云何清淑氣，孕此詭譎跡。我本一丘壑〔一〕，嗜石舊成癖。端溪紫琳腴〔二〕，洮河緑沉色〔三〕。階册截肪膩，泗磬鳴球擊〔四〕。嵌空太湖底〔五〕，偶立韶江側〔六〕。真陽劖千巖〔七〕，營道剷寸碧〔八〕。倦游所閲多，未易一二籍。朅來兹山下，刺眼昔未覿。或云：「峽多材，奇秀鬱以積。絶代昭君村，驚世屈原宅。東家兩兒女，氣足豪萬國。山石何重輕，奚暇更融液？」我亦味其言，作詩曉行客。

【校記】

㈠ 憎垂：富校：「『垂』黄刻本作『唾』，是。」按，活字本、叢書堂本、董鈔本均作「憎垂。」

㈡ 縱紋：原作「縱文」，富校：「『文』黄刻本、宋詩鈔作『紋』，是。」活字本、叢書堂本、董鈔本均作「縱紋」，今據改。

【題解】

本詩作於淳熙二年（一一七五）四月，時赴蜀帥任途中，經巫峽，見江濱亂石萬狀，乃作詩嘲之。

【箋注】

〔一〕「我本」句：一丘壑，指耽愛丘壑之人。世説新語品藻：「明帝問謝鯤：『君自謂何如庾亮？』答曰：『端委廟堂，使百僚準則，臣不如亮；一丘一壑，自謂過之。』」

〔二〕「端溪」句：唐李肇國史補卷下：「端溪紫石硯，天下無貴賤通用之。」宋闕名端溪硯譜：「大抵石性貴潤，色貴青紫，乾則灰蒼色，潤則青紫色，眼貴翠緑圓正，有瞳子。」洪邁辨歙石説跋：「研出端溪，其色如猪肝、蒲萄，中邊瑩澈，光可以鑑，粹然紫琳腴也。」

〔三〕「洮河」句：形容洮州緑石硯。錦繡萬花谷前集卷三二「硯」：「山谷以洮州緑石硯贈張文潛，云：『贈君洮州緑石含風漪，能淬筆鋒利如錐。讀書元祐開皇極，第入思齊訪落詩。』」

〔四〕泗磬：尚書禹貢：「泗濱浮磬。」孔穎達疏：「泗水旁山而過，石爲泗水之涯。石在水旁，水中見石，似石水上浮然。此石可以爲磬，故謂之浮磬也。」

〔五〕「嵌空」句：范成大太湖石志：「太湖石，石出西洞庭，多因波濤激嚙而爲嵌空，浸濯而爲光瑩。或縝潤如珪瓚，廉劌如劍戟，矗如峰巒，列如屏障，或滑如肪，或黝如漆，或如人，如獸，如禽鳥。好事者取之，以充苑囿庭除之玩。」

〔六〕「偶立」句：元和郡縣圖志卷三四韶州：「韶石，在縣東北八十五里。兩石相對，相去一里。石高七十五丈，周迴五里，有似雙闕，名韶石。」太平寰宇記卷一五九韶州：「韶石，郡國志云：韶州科斗勞水間有韶石，兩石對峙，相去一里，大小畧均，有似雙闕。永和二年，有飛仙衣冠分遊二石上。昔舜遊登此石，奏韶樂，因名。」

〔七〕「真陽」句：方輿勝覽卷三五廣東路英德府真陽：「真陽峽，在真陽東南十五里。崖壁千仞。」楊萬里過真陽峽六首之一：「玉削雙崖一水通，一重一掩更重重。平生山水看多少，最愛真陽第二峰。」又出真陽峽十首之三：「峽嶺分明是假山，亂堆怪石入雲間。上頭更種青瓊樹，下照春江玉鏡寒。」

〔八〕營道：方輿勝覽卷二四湖南路道州營道縣，有營道山、九嶷山。本集卷一五有詩湘口夜泊南去零陵十里矣營水來自營道過零陵下湘水自桂林之海陽至此與營會合爲一江。

勞畬耕 并序

畬田，峽中刀耕火種之地也。春初斫山，衆木盡蹶，至當種時，伺有雨候，則前一夕火之，藉其灰以糞；明日雨作，乘熱土下種，即苗盛倍收，無雨反是。山多磽确，地力薄，則一再斫燒，始可蓺。春種麥豆，作餅餌以度夏；秋則粟熟矣。官輸甚微：巫山民以收粟三百斛爲率，財用三四斛了二税，食三物以終年。雖平生不識秔稻，而未嘗苦飢。余因記吴中號多嘉穀，而公私之輸顧重，田家得粒食者無幾，峽農之不若也！作詩以勞之。

峽農生甚艱，斫畬大山巔。赤埴無土膏，三刀財一田。頗具穴居智，占雨先燎原。雨來亟下種，不爾生不蕃。麥穗黄剪剪，豆苗緑芊芊。餅餌了長夏，更遲秋粟繁。税畝不什一，遺秉得饜餐。何曾識秔稻，捫腹嘗果然。我知吴農事，請爲峽農言：吴田黑壤腴，吴米玉粒鮮。長腰匏犀瘦〔一〕，齊頭珠顆圓。紅蓮勝彫胡〔二〕，香子馥秋蘭。或收虞舜餘，或自占城傳〔三〕。早秈與晚穲〔四〕，濫吹甑甗間㊀〔五〕。長腰米，狹長，亦名箭子；齊頭白，圓淨如珠；紅蓮，色微赤；香子，亦名九里香，斗米入數合作飯，芳香滿案；舜王稻，焦頭無鬚，俗傳瞽瞍燒種以與之；占城種，來自海南；穲稏、秈禾，價最賤；以上皆吴中米品也。不辭春養禾，但畏秋輸官。姦吏大雀鼠，盜胥衆螟蝝。掠剩增釜區，取盈折緡錢。兩鍾致一斛，未免催租瘢。重以私債迫，逃屋無炊煙。晶晶雲子飯〔六〕，生世不下咽。食者定游手，種者長流涎！不如峽農飽，豆麥終殘年。

【校記】

㊀ 濫吹：富校：「『濫吹』黄刻本、宋詩鈔作『爛炊』，是。」然活字本、叢書堂本、舊鈔本均作「濫吹」。此「濫」，用同「爛」。

【題解】

本詩作於淳熙二年（一一七五），時赴蜀帥任途中，見巫山山民刀耕火種之勞，因賦勞畬耕詩，兼及吴農税賦沉重。孔凡禮范成大年譜淳熙二年譜文：「入巫峽，賦勞畬耕，深及吴農之苦，揭官府豪家債主之惡。」

【箋注】

〔一〕長腰：粳稻名。蘇軾和文與可洋川園池瀼泉亭：「勸君多揀長腰米。」王注次公曰：「長腰米，漢上米之絶好者。諺云：『長腰粳米，縮項鯿魚。』皆言其好也。」葛立方韻語陽秋卷一六：「長腰粳米，縮頭鯿魚，楚人語也。」

〔二〕紅蓮：稻名，范成大吴郡志卷三〇土物下：「紅蓮稻，自古有之，陸龜蒙别墅懷歸詩云：『遥爲晚花吟白菊，近炊香稻識紅蓮。』則唐人已貴此米。中間絶不種。二十年來，農家始復種，米粒肥而香。」

〔三〕「或自」句：錦繡萬花谷别集卷二七「穀粟」：「湘山野録云：『真宗深念稼穡，聞占城稻耐旱，西天菉豆子多而粒大，各遣使以珍貨求其種，占城得種二十石，至今在處播之。』」

〔四〕「早秈」句：穲，穲稏。韋應物稻田：「緑波春浪滿前陂，極目連雲穲稏肥。」韋應物曾爲蘇州刺史，其所咏之穲稏即石湖詩中之稻。

〔五〕甑甗：周禮考工記陶人：「陶人爲甗，實二鬴，厚半寸，脣寸。……甑，實二鬴，厚半寸，脣寸，七穿。」鄭司農云：「甗，無底甑。」

〔六〕雲子飯：語出杜甫與鄠縣源大少府宴渼陂：「飯抄雲子白，瓜嚼水精寒。」錢謙益箋云：「漢武内傳：「太上之藥，有風實、雲子、玉津、金漿。」朱鶴齡注：「雲子，以擬飯之白耳。」

巫山縣

自此復登陸，至夔門縣，前掉石灘最險，登岸以過舟，謂之盤灘。

城樓曰高唐門㊀，此去瞿唐不百里，縣人以郭西流石堆爲水信，流石没，則灩澦如馬矣。

借馬巫山縣，盤舟掉石灘。梅肥朝雨細，茶老暮煙寒。門對高唐起，江從灩澦難。流堆三尺在，旅夢一枝安。

【校記】

㊀城樓曰高唐門：富校：「『曰』黄刻本、宋詩鈔作『對』，是。按詩亦云『門對高唐起』，可證。」活字本、叢書堂本、董鈔本均作「城樓曰高唐門」。按詩意正因「門對高唐起」，故城樓曰高唐門。

【題解】

本詩作於淳熙二年（一一七五），時正赴蜀帥任途中。巫山縣，屬夔州，王存元豐九域志卷八夔州路夔州：縣二：奉節、巫山。范成大吴船録卷下：「十五里，至大溪口，水稍闊，山亦差遠，夔峽之險紓矣。七十里，至巫山縣宿。」盤灘，范成大吴船録卷下對此有具體描寫，云：「八月戊辰朔，發歸州。……（新灘）石亂水洶，瞬息覆溺，上下欲脱免者，必盤博陸行，以虚舟過之。兩岸多居民，號灘子，專以盤灘爲業。」瞿唐，峽名，陸游入蜀記卷六：「二十六日，發大溪口，入瞿唐峽。兩壁對聳，上入霄漢，其平如削成，仰視天，如匹練然。」灔滪，堆名，在瞿唐峽口，陸游入蜀記卷六：「（瞿唐關）關西門正對灔滪堆。堆，碎石積成，出水數十丈。土人云：『方夏秋水漲時，水又高於堆數十丈。』」太平寰宇記卷一四八：「灔滪堆，周圍二十丈，在州西南二百步，蜀江中心，瞿唐峽口。冬水淺，屹然露百餘尺，夏水漲，没數十丈，其狀如馬，舟人不敢進。又曰猶與，言舟子取途，不決水脈，故曰猶與。諺曰：『灔滪大如樸，瞿唐不可觸。灔滪大如馬，瞿唐不可下。灔滪大如鼈，瞿唐行舟絶。灔滪大如龜，瞿唐不可窺。』」爲便於航行，一九五八年灔滪堆已被炸除。范成大吴船録卷下：「舊圖云：灔滪大如樸，瞿唐不可觸。灔滪大如馬，瞿唐不可下。此俗傳灔滪大如象，瞿唐不可上。此俗傳『灔滪大如象，瞿唐不可上』，蓋非是也。後人立石，辨之甚詳。」

自巫山遵陸以避黑石諸灘，大雨不可行，泊驛中一日，吏士自秭歸陸行者亦會

巫山信是陽雲臺，客行五日雲不開。陰晴何常有朝暮，夜雨少休明復來。今朝水長不知數，没盡山根蒼石堆。東磯西磯盡如削，大灘小灘俱若雷。不知瞿唐復何似？想見萬頃涼一杯。祇今水劑已壯矣[一]，聞道陸程尤艱哉！摩圍隘口石生角，蹋

颯坡前泥似醅〔二〕。眼前安得故園路，江沙江草便青鞋。

【題解】

本詩作於淳熙二年（一一七五），時正赴蜀帥任途中。黑石諸灘，指瞿塘峽中諸灘。范成大吴船録卷下：「峽中兩岸，高巖峻壁，斧鑿之痕皴皴然。而黑石灘最號險惡，兩山束江驟起，水勢不及平。兩邊高而中窪下，狀如茶碾之槽，舟艤易以傾側，謂之茶槽齊，萬萬不可行。」

【箋注】

〔一〕水劑：「劑」，即「齊」，爾雅釋言：「劑，齊也。」范成大吴船録卷下：「丙辰，泊夔州，早遣人謂瞿唐水齊，僅能没灩澦之頂。」「（黑石灘）狀如茶碾之槽，舟艤易以傾側。謂之茶槽齊，萬萬不可行。余來，水勢適平，免所謂茶槽者。又水大漲，渰没草木，謂之青草齊，則諸灘之上，水寬少浪，可以犯之而行。余之來，水未能盡漫草木，但名草根齊，法亦不可涉，然犯難以行，不可回首也。」詩云現今水勢已壯，故行之險厄也。

〔二〕蹋颯：一作答颯、塌颯、踏颯，有疲薾、懶散之義。翟灝通俗編卷一四：「答颯。南史鄭鮮之傳：『范泰誚曰：「君居僚首，今答颯，去人遼遠，何不肖之甚！」』文與可集有『懶對俗人常答颯』句，能改齋漫録：『俗謂事之不振者曰踏趿，唐人有此語。酉陽雜俎：「錢知微買卜，爲韻語曰『世人踏颯，不肯下錢』是也。」』按踏趿、答颯，字異義同。或又作塌颯，范成大詩

「生涯都塌颯，心曲謾峥嶸。」又集韻有傝㑋字，訓云惡也，似亦塌颯之通。」

燕子坡

大山如牆缺，小山如塚纍。衆山直下看，方知此峰危。木末見夔峽，一溝盎春泥。中有天下險，造化真兒嬉。峰頂不滿笑，舟中鬢成絲。登高尚超覽，況乃絶俗姿。

【題解】

本詩作於淳熙二年（一一七五），時赴蜀帥任途中，經巫山縣燕子坡，賦詩記其見聞。燕子坡，沈欽韓范石湖詩集注卷中引名勝志云：「鳥飛巖在夔州府巫山縣西南四十里，與燕子坡相對。」

鬼門關

天作隴頭石闕，人言要隔塵樊。百年會須作鬼，無事先穿鬼關。

【題解】

本詩作於淳熙二年（一一七五），時赴蜀帥任途中，經夔州鬼門關，有感而作本詩。鬼門關，沈欽韓范石湖詩集注卷中引明統志：「鬼門關在夔州府城東三十里。」

離巫山好晴，午後入瞿唐關，憩高齋半日

一昨題詩訴苦霖，果然連夜卷曾陰。盡收行雨瑶姬賜，不徇世情巫峽心。喜鵲滿枝朝日淡，哀猿何處宿雲深？水門山徑高齋外，一枕清風屏萬金。高齋，即杜詩所謂「暝色延山徑，高齋次水門」者〔一〕。

【題解】

本詩作於淳熙二年（一一七五）五月，時赴蜀帥任途中，離巫山，入瞿唐關，憩高齋，因賦本詩。范成大吴船録卷下：「余前年入蜀，以重午至夔。……同行皆往瞿唐祀白帝，登三峽堂，及遊高齋，皆在關上。高齋雖未必是杜子美所賦，然下臨灧澦，亦奇觀也。」

【箋注】

〔一〕「水門」二句及自注：高齋，杜甫所名高齋，有三處，陸游東屯高齋記（渭南文集卷一七）：「少陵先生晚遊夔州，愛其山川，不忍去，三徙居皆名高齋。質於其詩，曰次水門者，白帝城之高齋也；曰依藥餌者，瀼西之高齋也；曰見一川者，東屯之高齋也。故其詩又曰：『高齋非一處。』予至夔數月，吊先生之遺迹，則白帝城已廢爲丘墟百有餘年，自城郭府寺，父老無

知其處者，况所謂高齋乎？」杜詩二句，見杜甫宿江邊閣。

灩澦堆

灩澦之石誰劖鐫？惡駭天下形眇然。客行五月潦始漲，但見匹馬浮黄湍。時時吐沫作漬淖，濔濔有聲如粥煎㊀。蜀江西來已無路，鑿山作澮方成川。瞿唐之口狹如帶，乃欲納此江漫漫。奔流下赴故偪仄，汝更争道當其前。舟師欹傾落膽過，石孽水禍吁難全！山川丘陵皆地險，惟此險絶餘難肩。東坡筆端喙三尺，願與作賦評嘲喧〔一〕。云非此石峽更怒，臼頭忽作傾城妍㊁〔二〕。我從巫山飛一棹，歡喜偶脱蛟龍涎。是非信否未暇詰，且上高齋清晝眠。

【校記】

㊀ 粥煎：叢書堂本、詩淵第三册第二一七五頁作「鬻煎」，活字本、董鈔本作「粥煎」。

㊁ 臼頭：富校：「『臼』黄刻本作『白』。」活字本、叢書堂本、董鈔本、詩淵均作「臼頭」。

【題解】

本詩作於淳熙二年（一一七五）五月，時赴蜀帥任途中。舟過瞿唐峽口灩澦堆，賦本詩描寫灩灩澦之險絶。范成大吴船録卷下：「丁巳，水漲未已，辰巳時，遂決解維。十五里至瞿唐口，水平如席，獨灩澦之頂，猶渦紋瀺灂，舟拂其上以過，揺艣者汗手死心，皆面無人色，蓋天下至險之地，行路極危之時，傍觀皆神驚。余已在舟中，一切付自然，不暇問，據胡床坐招頭處，任其盪兀。」參前巫山縣「題解」。

【箋注】

〔一〕「東坡」二句：蘇軾作灩澦堆賦并叙，對灩澦堆石評論云：「世以瞿唐峽口灩澦堆爲天下之至險，凡覆舟者，皆歸咎於此石。以余觀之，蓋有功於斯人者。夫蜀江會百水而至於夔，瀰漫浩汗，横放於大野，而峽之大小，曾不及其十一。苟先無以齟齬於其間，則江之遠來，奔騰迅快，盡鋭於瞿塘之口，則其險悍可畏，當不啻於今耳。因爲之賦，以待好事者，試觀而思之。」東坡賦文，可助理解石湖詩意。

〔二〕「臼頭」句：即臼頭深目之意，劉向烈女傳卷六：「鍾離春者，齊無鹽邑之女，宣王之正后也。其爲人極醜無雙，臼頭深目，長指大節，卬鼻結喉，肥項少髮，折腰出胷，皮膚若漆。」全句意謂醜女忽變作絶佳美人。

夔州竹枝歌九首

五月五日嵐氣開，南門競船争看來〔一〕。雲安酒濃麴米賤〔二〕，家家扶得醉人迴。

赤甲白鹽碧叢叢〔三〕，半山人家草木風。榴花滿山紅似火，荔子天涼未肯紅。

新城果園連瀼西〔四〕，枇杷壓枝杏子肥。半青半黄朝出賣，日午買鹽沽酒歸。

瘦婦趁墟城裏來，十十五五市南街。行人莫笑女麤醜，兒郎自與買銀釵〔一〕。

白頭老媪簪紅花，黑頭女娘三髻丫。背上兒眠上山去，採桑已閑當採茶。

百衲畬山青間紅，粟莖成穗豆成叢。東屯平田秔米軟〔五〕，不到貧人飯甑中。

白帝廟前無舊城〔六〕，荒山野草古今情。只餘峽口一堆石，恰似人心未肯平。

灩澦如襆瞿唐深〔二〕，魚復陳圖江水心〔七〕。大昌鹽船出巫峽〔八〕，十日溯流無信音。

當筵女兒歌竹枝，一聲三疊客忘歸。萬里橋邊有船到〔九〕，繡羅衣服生光輝。

【校記】

〔一〕銀釵：詩淵第三册第一九五二頁作「金釵」。

〔二〕如襆：原作「如樸」，富校：「『樸』當作『襆』。梁簡文帝淫預歌：『淫預大如襆，瞿唐不可觸。』按灩澦堆亦作淫預堆。」詩淵作「襆」。今據改。

【題解】

本詩作於淳熙二年（一一七五）五月，時正赴蜀帥任途中。范成大吴船録卷下：「余前年入蜀，以重午至夔。」黄朝英靖康緗素雜記卷五「端午」條云：「以余意測之，五與午字皆通，蓋五月建午，或用午字，何害於理？」五月五日，即重五，范文云「重午」，即重五也。端午到夔州，則本詩作於其後數日。

【箋注】

〔一〕「南門」句：競船，即競渡，民間風俗五月五日舉行競船，用以紀念屈原。劉餗隋唐嘉話卷下：「俗五月五日爲競渡戲，自襄州已南，所向相傳云：屈原初沉江之時，其鄉人乘舟求之，意急而争前，後因爲此戲。」與宗懔荆楚歲時記相一致。

〔二〕雲安：縣名，宋時屬雲安軍。王存元豐九域志卷八夔州路雲安軍：「開寶六年，以夔州雲安縣置軍，治雲安縣。」

〔三〕赤甲：山名，李吉甫元和郡縣圖志闕卷逸文卷一山南道夔州：「（奉節縣）赤甲山，在城北三里，漢時嘗取邑人爲赤甲軍，蓋犀甲之色也。」正德夔州府志卷三山川：「赤甲山，在府城東十五里，土石皆赤，如人袒臂，故曰赤甲。或云漢人嘗取巴人爲赤甲軍，因名。」白鹽：山名，正德夔州府志卷三：「白鹽山，在府城東十七里，崖壁高峻，色若白鹽。昔張珖嘗書：『白鹽赤甲』四大字於上。」

〔四〕瀼西：杜甫柴門：「孤舟登瀼西，迴首望兩崖。」陸游入蜀記卷六：「（永安宫）比白帝頗平曠，然失關險，無復形勢。在瀼之西，故一曰瀼西。土人謂山澗之流通江者曰瀼云。」

〔五〕東屯：陸游入蜀記卷六：「自關（按，指瞿唐關）而東，即東屯，少陵故居也。」杜甫有自瀼西荆扉且移居東屯茅屋，錢謙益注引困學紀聞（見錢注杜詩卷一四）云：「東屯，乃公孫述留屯之所，距白帝五里。東屯之田，可百許頃，稻米爲蜀第一。」

〔六〕白帝廟：陸游入蜀記卷六：「肩輿入關（瞿唐關），謁白帝廟，氣象甚古，松柏皆數百年物。有數碑，皆孟蜀時所立。」方輿勝覽卷五七：「白帝廟，在奉節縣東八里舊州城内，有三石笋猶存。公孫述據蜀，自稱白帝。」嘉慶四川通志卷三六輿地志祠廟三：「夔州府奉節縣：白帝廟，在縣東八里舊州城内。有三石笋。宋祀公孫述。」

〔七〕魚復陣圖：即諸葛亮之八陣圖，李吉甫元和郡縣圖志闕卷逸文卷一山南道夔州奉節縣：「八陣圖，在縣西七里。」范成大吴船録卷下：「乙卯過午，風稍息，遂行，百四十里至夔州。……魚復方漲，八陣在水中。今來水更過之。六十四蕝，不復得見，頗有遺恨。」陸游入蜀記卷六：「（夔）州東南有八陣磧，孔明之遺迹。碎石行列如引繩。每歲江漲，磧上水數十丈，比退，陣石如故。」太平寰宇記卷一四八：「八陣圖，在縣西南七里。荆州圖副云：『永安宫南一里，諸下平磧上，周迴四百十八丈，中有諸葛武侯八陣圖，聚細石爲之，各高五尺，廣十圍，歷然棋布，縱横相當，中間相去九尺，正中開南北巷，悉廣五尺，凡六十四聚。或爲人散亂，及爲夏水所没，冬水退，復依然如故。八陣圖下東西三里有一磧，東西一百步，南北廣四十步，磧上有鹽泉井五口，以木爲桶，昔常取鹽，即時沙壅，冬出夏没。』盛弘之荆州記云：『壘西聚石爲八行，行八聚，聚間相去二丈許，謂之八陣圖。因曰八陣既成，自今行師更不復敗。八陣及壘，皆圖兵勢行藏之權，自後深識者所不能了。桓温伐蜀經之，以爲常山蛇勢，此蓋意言也。』」

〔八〕大昌鹽船：大昌，縣名，其地産鹽。李吉甫元和郡縣圖志闕卷逸文卷一山南道夔州：大昌縣，「晉武帝於此置建昌縣，隋開皇元年，改曰大昌縣」。王存元豐九域志卷八夔州路：「大寧監，開寶六年以夔州大昌縣鹽泉所置監，治大昌縣。」

〔九〕萬里橋：在成都，范成大吴船録卷上：「（合江亭）其西則萬里橋，諸葛孔明送費禕使吴，曰：『萬里之行，始於此。』後因以名橋。杜子美詩曰：『門泊東吴萬里船。』此橋正爲吴人設。余在郡時，每出東郭，過此橋，輒爲之慨然。」

雲安縣

春暮子規少，日斜紅鵠飛。兩山多布水，一島幾柴扉。蚓吐無窮壤，人行不斷磯。巴陽昨夜雨〔一〕，灘上水先肥。杜子美詩云：「涪萬無杜鵑。」雲安詩云：「終日子規啼。」〔二〕今萬州界固不聞杜鵑，而雲安已自少矣。紅鵠飛時，滿背純赤，或云即黄鶴也。峽中蚯蚓之盛，無如雲安，江濆墳壤，戢戢無際。又多大石，岸有一石長里許者。杜子美詩云：「禹功多斷石。」其實甚長。兩山間雨後，瀑泉數十百處，尤可觀。

【題解】

本詩作於淳熙二年（一一七五）五月，時赴蜀帥任途中，經雲安縣泊舟，寫其景，咏成本詩。雲安縣，宋時隸雲安軍，王存元豐九域志卷八夔州路雲安軍，治雲安縣。

【箋注】

〔一〕巴陽：巴江之陽。王存元豐九域志卷八夔州路黔州彭水縣有巴江，又同卷利州路化城縣有巴江。

〔二〕「杜子美」四句：「涪萬無杜鵑」，出杜甫杜鵑：「西川有杜鵑，東川無杜鵑。涪萬無杜鵑，雲安有杜鵑。」「雲安詩云」即杜甫子規詩，首句云「峽裏雲安縣」。

萬州

自此後登陸，州號南浦郡。

晨炊維下巖，晚酌檥南浦。波心照州榜，雲脚響衙鼓。前山如屏牆，得得正當户。西江朝宗來，循屏復東去〔一〕。此萬州形勢也，惟親歷者當知此言之工。官曹倚巖棲，市井喚船渡。瓦屋仄石磴，猿啼鬧人語。剔核杏餘酸，連枝茶剩苦。窮鄉固瘠薄，陋俗亦寒窶。土人賣杏，皆先剔其核，取仁以爲藥也。土茶甚苦，不簡枝葉，雜茱萸煎之。營營謀食艱，

寂寂懷甎訴〔二〕。昔聞吏隱名，今識吏隱處。

【題解】

本詩作於淳熙二年（一一七五），時正赴蜀帥任途中。萬州，范成大吴船録卷下：「（忠州）又行五十里，至萬州武寧縣，八十里，至萬州，宿在江濱。邑里最爲蕭條，又不及恭、涪。蜀諺曰：『益、梓、利、夔最下，忠、涪、恭、萬尤卑。』然泝江入蜀者，至此即捨舟而徒，不兩旬可至成都，舟行即須十旬。」李吉甫元和郡縣圖志闕卷逸文卷一山南道萬州：「春秋及戰國並屬巴國。秦屬巴郡，今州即漢巴郡朐忍縣之地。後魏置安鄉郡，又改萬川。武德二年，立浦城郡。」有南浦縣。王存元豐九域志卷八夔州路：「萬州，南浦郡，軍事。治南浦縣。」

【箋注】

〔一〕「西江」兩句：酈道元水經注卷三三江水（一）：「江水又東南會南、北集渠。……溪水北流注於江，謂之南集渠口，亦曰于陽谿口，北水其水出新浦縣北高梁山分溪，南流逕其縣西，又南百里至朐忍縣，南入於江，謂之北集渠口，别名班口，又曰分水口，朐忍尉治此。」長江於忠州流入萬州界，舊名朐忍縣，宋代改爲萬州南浦郡南浦縣。衆水匯於江，故曰「西江朝宗來」。

〔二〕懷甎：楊衒之洛陽伽藍記卷二：「永安年中（李延寔）除青州刺史，帝謂寔曰：『懷甎之俗，世號難治；舅宜好用心，副朝廷所委。』……時黄門侍郎楊寬在帝側，不曉懷甎之義，私問舍人温子昇。子昇曰：『吾聞至尊兄彭城王作青州刺史，問其賓客從至青州者，云：齊土之民，風俗淺薄，虚論高談，專在榮利。太守初欲入境，皆懷甎叩首，以美其意；及其代下還家，以甎擊之。言其向背速於反掌。是以京師謡語曰：獄中無繫囚，舍内無青州。假令家道惡，腸中不懷愁。懷甎之義起在於此也。』」

横溪驛感懷

行偏天涯與地隅〔一〕，筋骸那比十年初。朱顔有酒且留住，白髮無方能掃除。未得歸田先作賦〔二〕，專攻種樹已成書〔三〕。祇今飛到南山下，猶解清晨出荷鋤。

【題解】

本詩作於淳熙二年（一一七五），時赴蜀帥任途中。承上詩，横溪驛當在萬州。

【箋注】

〔一〕「行偏」句：自乾道二年至淳熙二年間，石湖先在行在任吏部員外郎，爲言者論罷，三年起知嚴州，召回後任禮部員外郎兼崇政殿説書。乾道六年使金，還，任中書舍人。八年十二月，赴廣西帥任，淳熙元年在知静江府兼廣西安撫使任上，二年由廣西轉易爲蜀帥。十年間，東至海隅，南至桂林，西至蜀地，北至燕京，故曰「行徧天涯與地隅」。

〔二〕「未得」句：張衡有歸田賦，文選李善注：「歸田賦者，張衡仕不得志，欲歸於田，因作此賦。凡在曰朝，不曰歸田。」

〔三〕種樹書：史記秦始皇本紀：「所不去者，醫藥、卜巫、種樹之書。」韓愈送石處士赴河陽幕：「長把種樹書，人云避世士。」

午夜登幡山

瘴暑嚴夜裝，乘涼躡危嶠。猿依黑林號，鬼閃青炬嘯。驚鳥動危葉，吟蟲滿荒草。泉聲遠相隨，山色近如杳。夢猶風燈前，身已雲木杪。浮生固有役，遠道何時了？豈惟失寢興，亦自倒昏曉。恭惟天心仁，頗議民力槁。我懷漢制詔，來慰蜀父老。熙如春臺登，沃若時雨膏〔一〕。須知簡書急，勿厭蓐食早。但勤筆力淬，時助詩腸攪〔二〕。

【題解】

本詩作於淳熙二年（一一七五），時赴蜀帥任途中，午夜登幡冢山，賦本詩以抒感。幡山，即幡冢山。李吉甫元和郡縣圖志卷二二山南路興元府金牛縣：「幡冢山，縣東二十八里，漢水所出。」王存元豐九域志卷八利州路龍州三泉縣，有金牛鎮，有幡冢山。又，新定九域志卷八龍州：「幡冢山，禹貢云：岷、嶓既藝，文是也。」

【箋注】

〔一〕「沃若」句：時雨，應時之雨。尚時洪範：「曰肅，時雨若。」韓非子主道：「是故明君之行賞也，暖乎如時雨。」

〔二〕詩腸攪：詹敦仁柳堤詩序：「時方春也。緑染方匀，柔絲裊風；攪詩腸之百結，宜吾一詠而一觴也。」

峽石鋪

由萬州至此，山頂皆有長石如城壁，亘數峰不斷，峽山至是亦稍開廣，間有稻田。

峰頭壁立偉天造，萬雉石城如帶繞。山骨鱗皴火種難，山下流泉却宜稻。新秧一稜緑茸茸，茅花先秋雪摇風。后皇嘉種不易熟〔一〕，野草何爲攙歲功！

【題解】

本詩作於淳熙二年（一一七五），時赴蜀帥任途中，經峽石鋪，賦詩寫其地風光。峽石鋪，在梁山軍梁山縣東五十里。王存元豐九域志卷八梁山軍，治梁山縣，「開寶三年，以萬州梁山縣隸軍」。沈欽韓范石湖詩集注卷中：「峽石鋪，紀要：峽石市在夔州府梁山縣東五十里。」

【箋注】

〔一〕「后皇」句：后皇嘉種，語出屈原九章橘頌：「后皇嘉樹，橘徠服兮。受命不遷，生南國兮。」石湖以此指橘樹。

蟠龍嶺

自峽、歸、夔、萬至於梁山，五郡間不知其幾嶺？梁山之蟠龍、峰門尤爲高峻，然下嶺即有平陸，吏卒皆相賀云。

夷陵至朐䏰〔一〕，複嶺若絲亂㊀。初程尚勇往，少日還委頓。安得長劍揮，盡剷疊嶂斷。雖云北山愚〔二〕，聊快南溟運〔三〕。此意竟蕭索，勞歌謾淒曼。日日望平陸，念念到彼岸。人言東馬險〔四〕，但欠蟠龍峻。摧頹强弩末，黽勉焚舟戰。譬如已償逋，猶有未折券。山根治曉裝，峰頂寄朝飯。稍脱蚓瘴染，還探虎窠翫。性命乃可憂，筋力何足算！嶺半途有饅頭山，以形得名，其上多鷙獸，土人謂之虎窠。

【校記】

㊀若絲亂：原作「苦絲亂」，叢書堂本、詩淵第三册第二二八〇頁作「若絲亂」，今據改。

【題解】

本詩作於淳熙二年（一一七五），時赴蜀帥任途中，至梁山縣蟠龍嶺，贊歎嶺之高峻，感抒過嶺至平陸後之喜悦，乃賦本詩。蟠龍嶺，在梁山，王象之輿地紀勝卷一七九：「（梁山軍）蟠龍山，距軍東三十里，孤峙秀傑，突出衆山之上，下有二洞。……亦稱是洞溪中有二石，龍狀，首尾相蟠，故名。」梁山，縣名，曹學佺蜀中名勝記卷二三夔州府：「梁山縣，邑名高梁，又曰都梁，皆因山也。」

【箋注】

〔一〕朐䏰：又作「朐䏰」、「朐忍」縣名，即萬州南浦縣。李吉甫元和郡縣圖志闕卷逸文卷一山南道萬州：「南浦縣，本漢朐䏰縣地。」

〔二〕北山愚：北山愚公移山之典，見列子湯問。

〔三〕南溟運：莊子逍遥遊：「是鳥也，海運則將徙於南冥。南冥者，天池也。」

〔四〕東馬：新唐書高適傳：「平戎以西數城，皆窮山之顛，蹊隧險絶，運糧束馬之路，坐甲無人之鄉。」

蟠龍瀑布自山頂漫汗淋漓，分數道而下，望之宛從天降，當爲城中布水第一

銀漢來從左界天〔一〕，天風吹浪落蒼巔。人間只見秧田潤，唤作蟠龍洞裏泉。

【題解】

本詩作於淳熙二年（一一七五），時赴蜀帥任途中，經梁山縣蟠龍山，見蟠龍瀑布，奇甚，作本詩記述之。王象之輿地紀勝卷一七九：「（梁山軍）天下瀑布第一，在蟠龍山下，去軍城二十里，自翔龍山洞中流出，過驛前百步，下注垂崖，岸約二百餘丈。故山腹有飛練。觀者以爲天下瀑布第一，舊名蟠龍。」陸游有蟠龍瀑布：「遠望紛珠纓，近觀轉雷霆。人言水出奇，竟使行人驚。」

【箋注】

〔一〕「銀漢」句：文選謝莊月賦：「斜漢左界，北陸南躔。」李周翰注：「秋時又漢西南斜，遠於左界。」

峰門嶺遇雨，泊梁山

窮鄉誰與話悲酸，駐馬看雲强自寬。酒力無端妨宿病，詩情不淺任塵官。虎狼地僻炊煙晚，風雨天低夏木寒。行盡峰門千萬丈，梁山鼓角報平安。

【題解】

本詩作於淳熙二年（一一七五），時赴蜀帥任途中，過梁山峰門嶺，遇雨，泊梁山，因作本詩。前蟠龍嶺題注：「梁山之蟠龍、峰門尤爲高峻。」輿地紀勝：「峰門山距（梁山）軍東一十五里，其山高大，頂有寒泉，兩崖峻嶮，群峰對峙如門，因以名之。」

卟郍驛大雨

暮雨連朝雨，長亭又短亭。今朝騎馬怯，平日繫船聽。竹葉垂頭碧，秧苗滿意青。農疇方可望，客路敢遑寧！

【題解】

本詩作於淳熙二年（一一七五），自桂林赴蜀帥任途中，於卟郍驛遇大雨，作詩紀之。卟郍，縣名，一作什邡。元和郡縣圖志卷三一成都府漢州，縣五：什邡縣，云：「本漢舊縣，屬廣漢郡，高祖封雍齒爲什邡侯，應劭曰：『什音十。』故曰什邡，俗名雍齒城。」王存元豐九域志卷七成都府漢州，縣四：什邡。

墊江縣 屬忠州

青泥没髁僕頻驚，黄漲平橋馬不行。舊雨雲招新雨至，高田水入下田鳴。百年心事終懷土，一日身謀且望晴。休入忠州争米市，暝鴉同宿墊江城。

【題解】

本詩作於淳熙二年（一一七五），時赴蜀帥任途中。王存元豐九域志卷八夔州路忠州，縣四：墊江。

巾子山又雨

百日籃輿困踢跲，三晨泥坂兀躋攀。晚晴幸自墊江縣，今雨奈何巾子山。樹色於人殊漠漠，雲容憐我稍班班。如今只憶雪溪句，乘興而來興盡還〔一〕。

【題解】

本詩作於淳熙二年（一一七五）五月，時自桂林赴蜀帥任途中，至樂温縣巾子山，遇雨，乃賦詩紀行。巾子山，在涪州樂温縣。吴船録卷下：「辛亥，發恭州，嘉陵江自利、閬、果、合等州來合大江。百四十里，至涪州樂温縣，有張益德廟。」王象之輿地紀勝：「（巾子山）在樂温縣北一百里。」王存元豐九域志卷八涪州樂温縣有樂温山。

【箋注】

〔一〕「如今」二句：用王子猷雪夜訪戴故事，見世説新語任誕。

鄰山縣

山頂噓雲黑似煙，修篁高柳共昏然。鳥啼一夜勸歸去，誰道東川無杜鵑〔一〕？

【題解】

本詩作於淳熙二年（一一七五）五月，時赴蜀帥任途中，至渠州鄰山縣，作本詩寫景紀行。鄰山縣，屬渠州，王存元豐九域志卷七梓州路渠州，縣三：鄰山，州東南二百里。王象之輿地紀勝卷一六二：潼川府路，渠州，鄰山縣，下，在州東南二百里。

【箋注】

〔一〕「鳥啼」二句：杜甫杜鵑：「西川有杜鵑，東川無杜鵑。」

没冰鋪晚晴月出，曉復大雨，上漏下濕，不堪其憂

晚色熹微煖似薰，兒童歡喜走相聞。無端星月照濕土，依舊山川生雨雲。吴諺曰：「星月照濕土，明朝依舊雨。」蓋雨後微晴，星月燦然，必復雨，占之每驗。旅枕夢寒涔屋漏，征衫潮潤冷爐熏。快晴信是行人願，又恐田家曝背耘。

【題解】本詩作於淳熙二年（一一七五），時赴蜀帥任途中，經没冰鋪，曉起復大雨，不堪其憂，乃賦本詩抒感。

金山嶺

阪峻身頻傴，崖深首屢回。雲浮平地出，路拂半天來。但閲關山過，都忘歲月催。湘南初上馬，猶插早春梅。金山嶺險峻，多古梅。

【題解】本詩作於淳熙二年（一一七五），時赴蜀帥任途中，經金山嶺，賦本詩以寫景抒感。

明日至鄰水又雨

昨日方無雨，今朝又不晴。滿山皆屐齒，隨處有泉聲。頗怪陰霖甚㈠，應催老病成。泥塗千騎士，與我共勞生。

【校記】

㈠甚：原作「差」。富校：「『差』黄刻本作『甚』，是。」董鈔本「差」作「苦」。今據富校改。

【題解】

本詩作於淳熙二年（一一七五），時赴蜀帥任途中，至渠州鄰水縣，遇雨，賦詩紀感。鄰水，縣名，屬渠州，王存元豐九域志卷七梓州路渠州，縣三：鄰水，州東南一百三十里。王象之輿地紀勝卷一六二：潼川府路，渠州，鄰水縣，下，在州東一百五十里。

殘夜至峰頂上

片月挂高嶺，我行至其巔。舉手欲攬擷，恐驚乘鸞仙㈠。菲菲桂香動，肅肅露脚寒。北斗已到地，南斗猶闌干。但聞浮黎音㈡，來從始青天㈢。大星與之俱，曉色明旗旛。素煙渺陸海，中有人所寰。想見地上友，啓明膏火煎。星落玉宇白，日生綺霞丹。冰輪未肯去，相看尚團團。

【題解】

本詩作於淳熙二年（一一七五），時赴蜀帥任途中。

【箋注】

〔一〕「舉手」二句：侯鯖録卷二：「曾阜爲蘄州黄梅令，縣有峰頂寺，去城百餘里，在亂山群峰間，人跡所不到。阜按田偶至其上，梁間小榜，流塵昏暗，乃李白所題詩也。其字亦豪放可愛，詩云：『夜宿峰頂寺，舉手捫星辰。不敢高聲語，恐驚天上人。』或曰：王元之少登樓詩云：『危樓高百尺，手可摘星辰。不敢高聲語，恐驚天上人。』」胡仔苕溪漁隱叢話、邵氏聞見後録等書亦載此詩。又，竹坡詩話記爲楊文公詩，王得臣麈史認爲烏牙寺，不作峰頂寺，與侯鯖録等書所記異。今本李白集無此詩。峰頂，指峰頂山，沈欽韓范石湖詩集注卷中：「名勝志：忠州墊江縣東北二十里有峰頂山。」

〔二〕浮黎音：浮黎天國所奏的音樂。浮黎，天國，在清微天宫。孔雀明王經：「爾時元始天尊，在大羅天上，清微天宫，浮黎國土，郁羅霄台之上，放九色祥光，九色蓮花座。」

〔三〕始青天：神仙境界，東方朔十洲記序：「北至朱陵扶桑之闕，溽海冥夜之丘，純陽之陵，始青之下，月宫之間，内游七丘，中旋十洲。」

望鄉臺

千山已盡一峰孤，立馬行人莫疾驅。從此蜀川平似掌，更無高處望東吴。

【題解】

本詩作於淳熙二年（一一七五），時赴蜀帥任途中，經望鄉臺，有感而作此小詩。

蚤晴發廣安軍，晚宿萍池村莊

夜雨洗煩蒸，曉風薦清穆。雲頭隤鐵山，日脚迸金瀑。暑塗一日涼，遠客萬事足。羈人正奔波，觀者何陸續。翠蓋立嚴粧，青裙行跣足。俗陋介南徼，物華入東蜀。竹萌苦已青，荔子酸猶緑。修蘆密成籬，直柏森似纛。泥乾馬蹄鬆，路坦亭堠速。暮投何人莊，窗户暗修竹。

【題解】

本詩作於淳熙二年（一一七五），時自桂林赴蜀帥途中。廣安軍，治渠江縣。王存元豐九域志卷七梓州路廣安軍，治渠江縣。王象之輿地紀勝卷一六五：「潼川府路：廣安軍，古梁州之域，治渠江。」

巴蜀人好食生蒜，臭不可近。頃在嶠南，其人好食檳榔合蠣灰。扶留藤，一名蔞藤，食之輒昏然，已而醒快。三物合和，唾如膿血可厭。今來蜀道，又爲食蒜者所薰，戲題

旅食諳殊俗，堆盤駭異聞。南餐灰蔫蠣，巴饌菜先葷。幸脱蔞藤醉，還遭胡蒜熏。絲蓴鄉味好〔一〕，歸夢水連雲。

【題解】

本詩作於淳熙二年（一一七五），時赴蜀帥任途中。爲蜀人好食生蒜，爲之所熏，又思嶺南人好食檳榔，因作本詩調侃之。檳榔，左思吴都賦：「檳榔無柯，椰葉無陰。」劉淵林注引薛瑩荆揚已南異物志：「檳榔樹，高六七丈，正直，無枝，葉從心生，大如楯，其實作房，從心中出，一房數百實，實如鷄子，皆有殼，肉蒲殼中，正白，味苦澀，得扶留藤與石賁灰合食之，則柔滑而美，交趾、安南、九真皆有之。」扶留藤，又名蔞藤，左思吴都賦：「石帆水松，東風扶留。」劉淵林注：「扶留，藤也，緣木而生，味辛，可食。」

【箋注】

〔一〕絲蓴：蓴，亦作蒓，水生植物，一名水葵，范成大吴郡志卷三一「土物」：「蒓，味香滑，尤宜芼魚羹。晉陸機入洛見王濟，濟指羊酪謂機曰：『吴中何以敵此？』機云：『千里蒓羹，未下鹽豉。』時人以爲名對。」絲蓴，即蓴絲。杜甫陪王漢州留杜綿州泛房公西湖：「豉化蓴絲熟，刀鳴鱠縷飛。」仇注引師氏曰：「本草：蓴生水中，三月至八月莖細如釵股，通名爲絲蓴。」

嘉陵江過合州漢初縣下

井徑東川縣，山河古合州。木根拏斷岸，急雨沸中流。關下嘉陵水，沙頭杜老舟。江花應好在，無計會江樓。

【題解】

本詩作於淳熙二年（一一七五），時赴蜀帥任途中。王存元豐九域志卷七梓州路合州，縣五：「漢初，州北一百四十里。」有嘉陵江。范成大吴船録：「辛亥，發恭州，嘉陵江自利、閬、果、合等州來合大江。」

新晴行郪水上，與涪江相近

塗泥初乾雨不落，日色未出暑光薄。畏途得晴天復涼，真是腰錢更騎鶴。渾渾郪水流未平，悄悄涪江如鏡清。過盡江沙穿麥壠，忽有青蜩扶葉鳴。

【題解】

本詩作於淳熙二年（一一七五），時赴蜀帥任途中，行經郪江，賦詩紀行。郪水，即郪江，在梓州郪縣。李吉甫元和郡縣圖志卷三三梓州郪縣：「本漢舊縣，屬廣漢郡，因郪江水爲名也。」「涪江水，經縣東，去縣四里。」王存元豐九域志卷七梓州路梓州郪縣，有涪江、郪江。

小溪縣 屬遂寧

刈麥千平壠，橫槎一小溪。梓花紅綻碎，粟穗緑垂低。村婦猶多跣，山猿遂少啼。東川雖已過㊀，錦里尚雲西。

【校記】

㊀東川：活字本、叢書堂本、董鈔本作「東州」。

【題解】本詩作於淳熙二年（一一七五），時赴蜀帥任途中，小溪縣，爲遂州州治。王存元豐九域志卷七梓州路遂州：「都督府，遂州，遂寧郡，武信軍節度。治小溪縣。」

茸山道中感懷

侍臣筆橐舊西班，大將麾幢又百蠻。挂席南箕宿昔事，閃旗東井何時還！日增衰病復一日，山隔舊遊知幾山？倦拂盤陀蒼石坐，歸心聊與石俱頑。

【題解】本詩作於淳熙二年（一一七五），時赴蜀帥任途中，過茸山，作本詩感懷。

曉發飛烏，晨霞滿天，少頃大雨。吴諺云：「朝霞不出門，暮霞行千里。」驗之信然，戲紀其事

朝霞不出門，暮霞行千里。今晨日未出，曉氣散如綺。心疑雨再作，眼轉雲四起。我豈知天道，吴農諺云爾。古來占滂沱，説者類恢詭。飛雲走群羊，停雲浴三

豨㊀。月當天畢宿〔一〕，風自少女起〔二〕。爛石燒成香〔三〕，汗礎潤如洗〔四〕。逐婦鳩能拙〔五〕，穴居狸有智〔六〕。蜉蝣强知時〔七〕，蜥蜴與聞計〔八〕。垤鳴東山鸛〔九〕，堂審南柯蟻〔一〇〕。或加陰石鞭〔一一〕，或議陽門閉〔一二〕。或云逢庚變，或自换甲始〔一三〕。刑鵝與象龍〔一四〕，聚訟非一理。不如老農諺，響應捷如鬼。哦詩敢夸博？聊用醒午睡。

【校記】

㊀浴三豨：原作「俗三豨」，富校：「『俗』黄刻本、宋詩鈔作『浴』，是。」活字本原刊作「俗」，塗改作「浴」。今據改。

【題解】

本詩作於淳熙二年（一一七五），時赴蜀帥任途中，晨自梓州飛烏縣出發，霞滿天，少頃大雨，因記吴諺，題本詩戲紀其事。飛烏，縣名，王存元豐九域志卷七梓州路梓州，縣九：「飛烏，州西南一百三十五里。」羅大經鶴林玉露丙編卷三「占雨」條：「范石湖詩云（即本詩，略）。此詩援引占雨事，甚詳可喜。諺有云：『日出早，雨淋腦；日出晏，曬殺雁。』」

【箋注】

〔一〕「月當」句：天畢，星名，詩經小雅大東：「有捄天畢，載施之行。」朱熹詩集傳卷五：「天畢，畢星也，狀如掩兔之畢。」楊炯渾天賦：「天畢之陰，蓄洩其雷雨。」

〔二〕風自句：三國志魏志管輅傳「共爲歡樂」，裴松之注引管輅别：「樹上已有少女微風，樹間又有陰鳥和鳴。」清黄生義府少女風：「兑爲少女，位西方，此謂風從西來耳……考輅傳，輅言：『樹上已有少女微風，樹間又有陰鳥和鳴。』又『少男風起，衆鳥和翔，其應至矣。須臾，有艮風鳴』云云，少男爲艮，則少女爲兑可知。」劉孝威雨：「電舒長男氣，枝摇少女風。」

〔三〕爛石句：事類賦注卷二雲燃石聞香，注引王子年拾遺記曰：「爛石色紅似肺，燒之有香，煙聞數百里。煙氣升天，則成香雲；香雲遍潤，則成香雨。」

〔四〕汗礎句：淮南子説林訓：「山雲蒸，柱礎潤。」高誘注：「礎，柱下石礩也。」謝莊喜雨：「燕起知風舞，礎潤識雲流。」

〔五〕逐婦句：海録碎事卷二二鳩逐婦條：「語曰：天將雨，鳩逐婦。蓋鳩陰則屏逐其匹，晴則呼之。」

〔六〕穴居句：搜神記卷一八：「董仲舒下帷講誦，有客來詣，舒知其非常客。又云：『欲雨。』舒戲之曰：『巢居知風，穴居知雨。卿非狐狸，則是鼷鼠。』客遂化爲老狸。」

〔七〕蜉蝣句：資治通鑑卷二六漢紀一八「蜉蝤出以陰」，胡三省注：「陸璣疏云：蜉蝣有角，大如指，長三四寸，甲下有翅，能飛，夏月陰雨時地中出。」

〔八〕蜥蜴句：宋史卷一〇二禮五：「（淳熙）十年四月，以夏旱，内出蜥蜴祈雨法：捕蜥蜴數十納甕中，漬之以雜木葉，擇童男十三歲下、十歲上者二十八人，分兩番，衣青衣，以青飾面及手足，人持柳枝霑水散洒，晝夜環繞，誦呪曰：『蜥蜴蜥蜴，興雲吐霧，雨令滂沱，令汝歸去！』雨足。」

〔九〕「垤鳴」句，語出詩經豳風大東：「我來自東，零雨其濛。鸛鳴于垤，婦歎于室。」

〔一〇〕堂審句：紺珠集卷七引搜神記：「盧汾夢入蟻穴，見堂宇豁開，題榜曰『審雨堂』。」南柯蟻，用李公佐南柯太守傳典。

〔一一〕「或加」句：酈道元水經注卷三七：「夷水出巴郡魚腹縣江，東南過佷山縣南。……西面上里餘，得石穴，把火行百許步，得二大石磧，並立穴中，相去一丈，俗名陰陽石。陰石常濕，陽石常燥。每水旱不調，居民作威儀服飾，往入穴中，旱則鞭陰石，應時雨；多雨則鞭陽石，俄而天晴，相承所説，往往有效。」

〔一二〕或議句：魏書卷七高祖紀：「五月丁巳，帝祈雨於北苑，閉陽門，是日澍雨大洽。」

〔一三〕或云二句：通俗編卷三：「逢庚則變，遇甲方晴。范石湖集大雨紀事詩『或云逢庚變，或云換甲始』，用此諺。月令廣義或謂諺乃云：『逢庚隻變，遇甲雙晴。』蓋單日逢庚則變，遇甲雙日方晴。」

〔一四〕「刑鵝」句：沈欽韓范石湖詩集注卷中引董子求雨篇：「春旱求雨，爲大蒼龍一，小龍七，闔邑里南門，置水其外，開邑里北門。龍取潔土爲之。」

遂寧府始見平川，喜成短歌

峽之西，遂之東。更無平地二千里，惟有高山三萬重。不知誰人鑿混沌，獨此融結何其工！我本江吴弄水月，忽來踏徧西南峰。不知塵界在何許？但怪星辰浮半空。直疑飛入蝶夢境，此豈應有人行蹤？今朝平遠見城郭，云是東川軍府雄〔一〕。原田坦若看掌上，沙路浄如行鏡中。芋區粟壠潤含雨，楮林竹徑涼生風。將士歡呼馬蹄快，康莊直與錦里通。半年崎嶇得夷路，一笑未暇憐飄蓬。

【題解】

本詩作於淳熙二年（一一七五）五月二十六日，時赴蜀帥任途中，至遂寧府，始見平地，喜而寫成本詩。黄震黄氏日鈔卷六七：「是年正月二十八日自廣易蜀，五月二十六日至遂寧，紀行詩百三十五首。」「過鬼門關入瞿唐，歷灩預，爲夔州、萬州、合州，皆山也，至遂寧府始是平川。」

【箋注】

〔一〕東川軍府雄：遂寧置都督府，爲東川雄州，元豐九域志卷七：「都督府，遂州，遂寧郡，武信軍節度，治小溪縣。」

石湖居士詩集卷十七

九月十九日衙散回，留大將及幕屬，飲清心堂觀晚菊，分韻得譟暮字

暮字作樂府。

甲光射曾雲〔一〕，雨脚不敢到。西山明古雪，秋日一竿照。先偏井絡密〔二〕，後拒參旗掉〔三〕。分弓滴博平〔四〕，鳴劍伊吾小〔五〕。君看天山箭〔六〕，狐兔何足了！開邊吾豈敢，自治有餘巧。歸來翠帷卷，聊共黄花笑。雖無落帽風〔七〕，亦復接䍦倒〔八〕。餘閒校筆陣，刻燭龍蛇掃。毛錐乃更勇，我亦鼓旗譟。

【題解】

本詩作於淳熙二年九月。宋史卷四九六蠻夷四：「黎州諸蠻凡十二種……曰三王蠻，亦曰部落蠻，在州西百里。……部落蠻，有劉、楊、郝、趙、王五姓。……乾道九年，吐蕃青羌以知黎州宇文紹直不讎其馬價，憤怨爲亂。詔帥憲撫安之，紹直罷免。青羌首領奴兒結等市馬黎州，大肆虜

掠。權州事王昉多給金帛，亟遣還。宣撫使虞允文言昉貪功，恐他部效尤，漸啓邊釁，詔降昉兩官。十月，黎州吐蕃復寇邊，攻虎掌砦，詔四川宣撫司檄成都府調兵二千人戍黎州以禦之。淳熙二年，奴兒結還所虜生口三十九人；黎州與之盟，復聽其互市，給賞歸之。制置使范成大言：『所虜未盡歸我，豈可復與通好？』詔謫宇文紹直，編管千里外。成大增黎州五砦，籍强壯五千人爲戰兵。吐蕃入寇之徑凡十有八，皆築堡戍之。奴兒結率衆二千扣安静砦，成大調飛山卒千人赴之，度其三日必遁，戒勿追，已而果然。」建炎以來朝野雜記甲集卷一八成都府義勇軍（雄邊軍）：「成都府義勇軍者，淳熙末，趙子直帥蜀時所創也。其始，黎州皆以西兵出戍，即有邊事，則調綿、梓所駐大軍討之，地遠不時至。淳熙初，范致能爲帥，言所教成都禁卒，謂之飛虎軍者，今已可用。乃命五百人往戍之。」本詩所言分兵禦邊，與諸書載述合。

【箋注】

〔一〕「甲光」句：自李賀雁門太守行「甲光向日金鱗開」詩意化出。

〔二〕井絡：蜀之分野。水經注卷三三：「河圖括地象曰：岷山之精，上爲井絡。」陸游晚登子城：「老吴將軍獨護蜀，坐使井絡無欃槍。」

〔三〕參旗：宋史天文志四：「參旗九星，一曰天旗，一曰天弓，司弓弩，候變禦難。星如弓張，則兵起，明，則邊寇動；暗，爲吉。」　掉：摇動意。説文：「掉，摇也，從手卓聲，春秋傳曰：尾大不掉。」

〔四〕滴博：嶺名，在維州。杜甫奉和嚴武軍城早秋：「秋風嫋嫋動高旌，玉帳分弓射虜營。已收滴博雲間戍，更奪蓬婆雪外城。」錢注杜詩：「困學紀聞：的博嶺在維州。韋皋傳：出西山靈關，破峨和、通鶴、定廉城，踰的博嶺，遂圍維州。」的博，即滴博。

〔五〕伊吾：縣名，李吉甫元和郡縣圖志卷四〇「伊州」：「伊吾縣，本後漢伊吾屯，貞觀四年置縣。」其北一百二十里有天山。王存元豐九域志卷一〇陝西路：「伊州，下，伊吾郡，領伊吾、納職、柔遠三縣。」

〔六〕天山箭：舊唐書薛仁貴傳：「軍中歌曰：將軍三箭定天山，戰士長歌入漢關。」

〔七〕落帽風：用孟嘉落帽故事。晉書孟嘉傳：「後爲征西桓温參軍，温甚重之。九月九日，温燕龍山，僚佐畢集。時佐吏並著戎服，有風至，吹嘉帽墮落，嘉不之覺。温使左右勿言，欲觀其舉止。嘉良久如廁，温令取還之，命孫盛作文嘲嘉，著嘉坐處。嘉還見，即答之，其文甚美，四坐嗟歎。」

〔八〕接䍦：帽名，用山簡典。世説新語任誕：「山季倫爲荆州，時出酣暢，人爲之歌曰：『山公時一醉，逕造高陽池。日莫倒載歸，茗艼無所知。復能乘駿馬，倒著白接䍦。』」

冬至日銅壺閣落成

走徧人間行路難，異鄉風物雜悲歡。三年北户梅邊暖，萬里西樓雪外寒。已辦鬢霜供歲籥〔一〕，仍拚髀肉了征鞍〔二〕。故園雲物知何似？試上東樓直北看。

【題解】

本詩作於淳熙二年冬至日。范成大在成都修銅壺閣成，賦詩以記之。陸游有詩暮歸馬上作（劍南詩稿卷八）「銅壺閣上角聲悲」，咏及此閣。閱二年，陸游爲作銅壺閣記（渭南文集卷一八）：「天下郡國，自譙門而入，必有通逵達於侯牧治所，惟成都獨否。自劍南西川門以北，皆民廬、市區、軍壘。折而西，道北爲府。府又無臺門，與他郡國異。考其始，蓋自孟氏國除，矯霸國之僭侈而然。至蔣公堂來爲牧，乃南直劍南西川門西北，距府五十步，築大閣曰銅壺，事書於史。崇寧初，以火廢。政和中，吳公拭因其矩復侈大之。雄傑閎深，始與府稱。淳熙二年夏六月，今敷文閣直學士范公，以制置使治此府。始至，或以閣壞告。公曰：『失今不營，後費益大。』於是躬自經畫，趣令而緩期，廣儲而節用，急吏而寬役。一旦崇成，人徒駭其山立翬飛，業然摩天，不知此閣已先成於公之胸中矣。夫豈獨閣哉？天下之事，非先定素備，欲試爲之，事已紛然，始狼狽四顧，經營勞弊，其不爲天下笑者鮮矣。方閣之成也，公大合樂，與賓佐落之。客或舉觴壽公曰：『天子神聖英武，蕩清中原，公且以廊廟之重，出撫成師，北舉燕趙，西略司并，挽天河之水，以洗五六十年腥膻之污，登高大會，燕勞將士，勒銘奏凱，傳示無極。則今日之事，蓋未足道。』識者以此知公舉大事不難矣，其可闕書？四年四月己卯，朝奉郎、主管台州崇道觀陸某記。」曹學佺蜀中名勝記卷四：「銅壺閣，亦稱郡樓。乖崖公（指張咏）鎮蜀時，通夕宴坐郡樓上。鼓番漏水，歷歷分明。……

慶曆四年，知府事蔣公堂作漏閣，以直午門，以八分大字題額曰『銅壺』。巋然南向，一府之冠也。崇寧初，閣災。政和元年，（吴）栻承乏尹事。……圖閣如慶曆時。通閣上下一十有四間，其高一丈六尺有五寸，廣十丈，深五丈有六尺，審曲面勢，丹堊是飾。瓴覆甓甃，厥有彝度，中設關鍵，闢闔惟謹。」

【箋注】

〔一〕鬢霜：即霜鬢，高適除夜作：「故鄉今夜思千里，霜鬢明朝又一年。」

〔二〕「仍拚」句：此用劉備故事。三國志蜀書先主傳：「表疑其心，陰禦之。」裴松之注引九州春秋：「備住荆州數年，嘗于表坐，起至厠，見髀裏肉生，慨然流涕。還坐，表怪問備，備曰：『吾常身不離鞍，髀肉皆消。今不復騎，髀裏肉生。日月若馳，老將至矣，而功業不建，是以悲耳。』」石湖用其意自勉。陸游銅壺閣記云：「北舉燕趙，西略司并，挽天河之水，以洗五六十年腥膻之污。」亦以靖邊患爲勉。

十二月十八日海雲賞山茶

追趁新晴管物華，馬蹄鬆快帽檐斜。天南臘盡風晞雪，冰下春來水漱沙。已報主林催市柳，仍從掌固問山茶〔一〕〔二〕。豐年自是驩聲沸，更著牙前畫鼓撾。

【校記】

㈠掌固：富校：「沈注云：『「掌故」當作「掌固」。舊唐書：「諸亭司掌固，檢校省門户倉庫廳事陳設之事。」宋謂之守當官，非漢書所云太常掌故也。』」按，作「掌固」更妥，今改，然沈氏所論欠當，參注〔一〕。

【題解】

本詩作於淳熙二年十二月。海雲，山名，山有海雲寺。沈欽韓注：「名勝志：海雲山在錦江下流十里，有海雲寺。」山茶，花名，成都有賞山茶花的習俗。廣群芳譜卷四一「山茶」云：「山茶，一名曼陀羅，樹高者丈餘，低者二三尺，枝幹交加，葉似木樨，硬有稜，稍厚，中闊寸餘，兩頭尖，長三寸許，面深緑光滑，背淺緑，經冬不脱。以葉類茶，又可作飲，故得茶名，花有數種，十月開至二月。」又引劍南詩注：「成都海雲寺山茶，一樹千苞，特爲繁麗。海雲寺山茶開，故事宴集甚盛。」

【箋注】

〔一〕「已報」二句：主林：禮記卷三四喪大記「有林麓則虞人設階」，鄭玄注：「虞人，主林麓之官。」周禮夏官大司馬：「虞人萊所田之野爲表。」贾公彦疏：「虞人者，若田在澤，澤虞；若田在山，山虞。」掌固：周禮夏官大司马：「掌固，掌脩城郭、溝池、樹渠之固，頒其士庶子及其衆庶之守。」按，此二句石湖用周禮典。

雨後東郭排岸司申梅開方及三分，戲書小絶，令一面開燕

雨入南枝玉蕊皴，合江雲冷凍芳塵〔一〕。司花好事相邀勒，不著笙歌不肯春〔二〕。

【題解】

本詩作於淳熙二年十二月。吴船録卷上：「故事，臘月賞梅于此，管界巡檢營在亭傍，每花開及三分，巡檢司具申一兩日開宴，監司臨焉。」陸游城南尋梅得絶句四首（劍南詩稿卷九）其三自注：「成都故事，合江園官梅開及五分，即府尹領客來遊。」陸詩與范詩記事小異。

【箋注】

〔一〕合江：指合江園。陸游城南尋梅得絶句四首其三：「青煙漠漠暗西村，問訊梅花置一尊。冷淡生涯元不惡，却嫌歌吹合江園。」

〔二〕笙歌：府主領監司賞花時，有歌吹相伴，陸游詩已言之。曾敏行獨醒雜志卷六：「故事，臘月賞宴其中，管界巡檢營其側，花時日以報府。至開及五分，府坐領監司來燕遊，人亦競集。」

鞭春微雨

旛勝絲絲雨，笙歌步步塵。一年新樂事，萬里未歸人。雲薄竟慳雪，酒濃先受春。送寒東作近，慚愧耦耕身〔一〕！

【題解】

本詩作於淳熙二年十二月。鞭春，又稱打春。吴自牧夢粱録卷一「立春」：「至日侵晨，郡守率僚佐以綵仗鞭春，如方州儀。……街市以花裝欄，坐乘小春牛，及春幡春勝，各相獻遺與貴家宅舍，示豐稔之兆。」袁景瀾吴郡歲華紀麗卷一：「立春侵晨，郡守率僚佐，以綵仗鞭春牛碎之，謂之打春。農民競以麻麥米豆抛擲春牛。街市以花裝欄，置小春牛於中，及春勝春幡出賣。里胥以春毬饋貽貴家宅舍，預兆豐稔。」本詩列於丙申元日詩之前，則丙申年之立春，在年前，詩當作於淳熙二年十二月。

【箋注】

〔一〕耦耕：兩人並耕。吕氏春秋季冬記：「命司農計耦耕事，修耒耜，具田器。」陶淵明辛丑歲七月赴假還江陵夜行塗口作：「商歌非吾事，依依在耦耕。」

緑萼梅

朝罷東皇放玉鸞〔一〕，霜羅薄袖緑裙單。貪看修竹忘歸路，不管人間日暮寒〔二〕。

【題解】

本詩作於淳熙二年（一一七五）冬，時在蜀帥任上。緑萼梅，梅花中的高貴品種。廣群芳譜卷二二「梅花」云：「白者有緑萼梅。」附注：「凡梅花跗蒂皆絳紫色，惟此純緑，枝梗亦青，特爲清高，好事者比之九嶷仙人。」

【箋注】

〔一〕東皇：司春之神。戴叔倫暮春感懷：「東皇去後韶華在，老圃寒香别有秋。」

〔二〕「霜羅」三句：自杜甫佳人「天寒翠袖薄，日暮倚修竹」兩句化出。

玉茗花

折得瑶華付與誰？人間鉛粉弄粧遲。直須遠寄驂鸞客〔一〕，鬢脚飄飄可一枝〔二〕。

【題解】

本詩作於淳熙二年冬。玉茗花，即白色山茶花。同治臨川縣志卷九録史繩祖郡侯家編修約余飲玉茗堂余舊見南豐石湖詩意其爲白山茶也今觀其古樹奇花非山茶也郡乘以爲天下止有此一株他皆接本於此如揚之瓊華因成二絶呈編修（其二）：「爾雅箋名茗即茶，白山茶賦已矜誇。若教見此避三舍，絶品無同玉茗花。」同治臨川縣志卷九地理古迹又引范成大本詩。同書同卷玉茗亭條云：「在府署見山堂西，宋雍熙間郡東院産白山茶一株，康定間州守崔仁冀賦之，名之曰玉茗，謂古樹奇花，天下止此一株，在揚州瓊花之上。黄山谷、謝竹友、曾南豐皆和之。淳熙中，州守趙熠自東偏移於見山堂西，建亭曰玉茗亭。亭前有石，聳立如笋，呼笋石亭，家坤翁重修，今廢。」黄庭堅白山茶賦并序：「姨母文城君作白山茶賦，興寄高遠，蓋以自況，類楚人之橘頌，感之，作後白山茶賦。孔子曰：『歲寒然後知松柏之後凋也。』麗紫妖紅，争春而取寵，然後知白山茶之韻勝也。此木産于臨川之崔嵬，是爲麻源第三谷。仙聖所廬，金堂瓊樹。故是花也，禀金天之正氣，非木果之匹亞，乃得骨于崑閬，非氣靈于施夏。」

【箋注】

〔一〕驂鸞客：江淹别賦：「駕鶴上漢，驂鸞騰天。」韓愈送桂州嚴大夫：「遠勝登仙去，飛鸞不暇驂。」

〔二〕一枝：南朝宋陸凱贈范曄詩：「江南無所有，聊贈一枝春。」

張正字母夫人朱氏輓詞

蘋藻儀邦媛〔一〕，詩書了歲華。籯金寧遺子〔二〕，群玉竟傳家。厚施心無斁〔三〕，浮生自有涯。空餘報恩子，三載亦苴麻〔四〕。

【題解】

本詩作於淳熙二年（一一七五）。石湖作本詩時，張縯正在家守孝。張正字，即張縯，字季長，江原（今四川崇州市）人。隆興進士，歷仕秘書省正字、大理寺少卿、夔州路轉運使、利州路提刑、知遂寧府、潼川府等，開禧三年，卒於江陵。宋史、宋史翼無傳，唯民國崇慶縣志卷八記其事較詳：「張縯，字季長，江源人。隆興進士。先祖中理有傳。初爲幕職，遷秘書省正字，大理寺少卿，與郡人閻蒼舒同官。後出爲夔州路轉運使。富於文。晚歲致仕歸里，著書凡數百卷。……范成大遊青城，過崇慶軍，縯邀至其家善頌堂，觀司馬温公、范鎮贈中理詩卷及趙清獻（按，趙抃）宰江源時題字，族祖浩家藏黃山谷謫戎州時跋仁宗御飛白書。縯，亦當時名人魁士也。惜行事尠傳。惟與陸游同在南鄭幕，交最密，以道義相切瑳。縯歿後，游賦詩以寄其悲，有『張卿獨所敬，夙昔推直諒』，又『一慟寢門生意盡，從今無復季長書』諸語。復附蜀中舟寄書存問其家，可想見一時篤誼云。」錢仲聯劍南詩稿校注卷三次韻張季長題龍洞「題解」考張縯仕迹云：「乾道九年九月除正字，淳熙元年十一月丁憂。見陳騤南宋館閣録卷八。淳熙十五年三月，以利州路提刑除直秘閣，知遂寧府。後曾任大理少卿。紹熙二年六月，爲人論罷，主管建寧府武夷山沖佑觀。五年十二月，褫奪職名。慶元元年十月有『前知漢州張縯罷祠禄』之命。嘉泰元年八月，除知潼川府，旋寢新命。見宋會要輯稿九十六册職官六十二、一〇二册職官七十三、一〇三册職官黜降官各條。開禧三年春卒於江原。見文集卷三一跋劉戒之東歸詩。所爲詩文，亦多散佚，全蜀藝文志、陝西通志、夔州府志中收其詩文數篇。著作今知者有中庸辨擇、陶靖節年譜辨正、雜記一卷。游有跋張季長中庸辨擇一則，見文集卷三十一。」于北山范成大年譜淳熙四年「至江源，張縯邀至善頌堂觀家藏圖書文物」之注文按語，有相似的記述。

【箋注】

〔一〕蘋藻：水草，古人取以供祭祀之用。詩經召南采蘋：「于以采蘋，南澗之濱；于以采藻，于彼行潦。」鄭箋：「古者婦人先嫁三月，祖廟未毁，教于公宫，祖廟既毁，教于宗室，教以婦德、婦言、婦容、婦功，教成之祭，牲用魚，芼用蘋藻，所以成婦順也。」

〔二〕「籯金」句：語出漢書韋賢傳：「遺子黄金滿籯，不如一經。」籯，籠筐。

〔三〕無斁：心無厭棄。詩經周南葛覃：「爲絺爲綌，服之無斁。」鄭箋：「斁，厭也。」

〔四〕苴麻：服父母喪之喪服。舊五代史周王殷傳：「晉天福中，丁内艱。尋有詔起復，授憲州刺史。殷上章辭曰：『……因母鞠養訓導，方得成人，不忍遽釋苴麻，遠離廬墓。』」

十二月二十四日西樓觀雪

一夜珠簾不下鈎，徹明隨雪上西樓。瑶池萬頃崑崙近〔一〕，玉壘千峰滴博收〔二〕。已報春迴南畝潤，從教寒勒北枝愁。四筵都爲豐年醉，録事何須校酒籌！

【題解】

本詩作于淳熙二年（一一七五）十二月二十四日。西樓，范成大帥蜀時居處，由淳熙三年病中諸詩可見。樓在西園内，民國華陽國志卷二八古蹟二：「西園，宋轉運司園也。轉運署舊有燕思堂，堂之前爲爽西樓，趙清獻再帥蜀時所建，文同、李石皆有記。其園有西樓，有翠錦亭。」

【箋注】

〔一〕瑶池：在崑崙山上，傳説周穆王觴西王母處。穆天子傳：「天子觴西王母於瑶池之上。」

〔二〕玉壘：山名，在四川灌縣西北。杜甫登樓：「錦江春色來天地，玉壘浮雲變古今。」仇兆鰲注引杜臆：「玉壘山在灌縣西，唐貞觀間設關於其下，乃吐蕃往來之衝。」滴博：滴博嶺，又作的博嶺，在四川威州。讀史方輿紀要卷六七威州：「的博嶺，在州西北。唐韋臯分兵出西山，踰的博嶺，圍維州。杜佑曰：『的博嶺在奉州北七十里。』一作『滴博嶺』。」杜甫奉和嚴鄭公軍城早秋：「已收滴博雲間戍，欲奪蓬婆雪外城。」仇注：「困學紀聞：的博嶺在維州。韋臯傳：「出西山、靈關，破峨和、通鶴、定廉城，踰的博嶺，遂圍維州，搏棲雞，攻下羊溪等三城，取劍山屯，焚之。」

丙申元日安福寺禮塔

成都一歲故事始於此，士女大集拜塔下，然香挂旛，以禳兵火之災。

嶺梅蜀柳笑人忙，歲歲椒盤各異方〔一〕。耳畔逢人無魯語，蜀人鄉音極難解，其爲京、洛音，輒謂之虜語，或是僭僞時以中國自居，循習至今不改也。既又諱之，改作魯語，尤可笑，姑就用其字。鬢邊隨我是吴霜〔二〕。新年後飲屠蘇酒〔三〕，故事先然窣堵香〔四〕。石笋新街好行樂，與民同處且逢場。余新甃石笋街〔五〕。

【題解】

本詩作於淳熙三年（一一七六）正月。丙申，淳熙三年。安福寺，在成都西門，與石笋街近。安福寺塔俗稱「黑塔」。元費衮歲華紀麗譜：「正月元日，郡人曉持小綵幡，游安福寺塔，粘之楹柱，若鱗次然，以爲厭禳。懲咸平之亂也。塔上燃燈，梵唄交作，僧徒駢集，太守詣塔前張宴，晚登塔眺望焉。」曹學佺蜀中廣記卷五五風俗一：「元日，登安福塔。陸游詩注云：『俗名黑塔也。』按成都古今記，唐大中間建，塔有十三級。李順之亂，燬於火。祥符間重建，仍十有三級。初取材岷山，得青石，中隱白畫浮圖像十有三級，梁柱欄楯，歷歷可觀。邦人以其神異而禮敬之。」

【箋注】

〔一〕椒盤：古代正月初一日用盤進椒，飲酒則取椒置酒中，稱「椒盤」。杜甫杜位宅守歲：「守歲阿戎家，椒盤已頌花。」仇兆鰲注：「崔寔四民月令：過臘一日，謂之小歲，拜賀君親，進椒酒，從小起。後世率以正月一日，以盤進椒，飲酒則撮置酒中，號椒盤焉。晉書：劉臻妻陳氏，元日獻椒花頌曰：標美靈葩，爰采爰獻。」

〔二〕「鬢邊」句：自李賀還自會稽歌「吴霜點歸鬢」句化出。

〔三〕屠蘇酒：袁景瀾吴郡歲華紀麗卷一「正月」：「正月元日，各上椒酒於家長，稱觴介壽。服梅花酒以却老，進屠蘇酒以除瘟癘。」王安石元日：「爆竹聲中一歲除，春風送暖入屠蘇。」李壁注：「四時纂要：屠蘇，孫思邈所居庵名。一云，以其能辟魅，故云。屠，割也；蘇，腐也，今醫方集衆藥爲之。除夕以浸酒，懸于井中，元日取之，自少至長，東面而飲。取其滓，以絳囊盛挂于門桁之上，主辟瘟疫。」

〔四〕窣堵：佛塔，全稱爲「窣堵波」。大唐西域記卷一縛喝國：「伽藍北有窣堵波，高二百餘尺，金剛泥塗，衆寶厠飾，中有舍利。」

〔五〕余新甃石笋街：石笋街在成都西門，太平寰宇記卷七二：「（益州）武擔山，俗曰石笋，在郭内州城西門之外大街中。」大清一統志卷一四一：「石笋街，在成都縣西……杜光庭石笋記：成都子城西通衢，有石二株，挺然聳峭，高丈餘，圍八九尺。」石湖新修石笋街，至第二年之四月，范謩爲作砌街記，記其事甚詳。

初三日出東郊碑樓院

故事，祭東君，因宴此院。蜀人皆以是日拜掃。

遠柳新晴暝紫煙，小江吹凍舞清漣。紅塵一鬨人歸後，跕跕飢鳶蹙紙錢〔一〕。

【題解】

本詩作於淳熙三年（一一七六）正月。碑樓院，又名移忠院，在成都東門外四里。民國華陽縣志卷二〇古蹟四：「移忠寺，舊名碑樓院，在治東城外四里。蜀俗，歲以正月二日及寒食，早宴於此。……石湖集亦有正月三日出東郊碑樓院詩，自注：『故事，祭東君因宴此院，蜀人皆以是日拜掃。』……寺今廢。」陸游於淳熙五年正月也有詩紀其事，寫當日景況，録出以供參考，正月二日晨出大東門是日府公宴移忠院：「成都春事早，開歲已暄妍。藍尾傳燈後，遨頭出廓前。争門金騕裹，滿野繡輜軿。白髮花邊醉，何妨似少年。」范詩與陸詩記日相差一日。

【箋注】

〔一〕跕跕飢鳶：後漢書馬援傳：「下潦上霧，毒氣重蒸，仰視飛鳶跕跕墮水中。」注：「跕跕，墮貌也。」本詩乃形容飢鳶紛紛落下，食用祭品。

郊外閲驍騎剪柳 亦曰槎柳

千騎同瞻白羽揮，驚塵一鬨響金鞿〔一〕。不知掣電彎弓過，但覺柳梢隨箭飛。

【題解】

本詩作於淳熙三年（一一七六）正月，時在成都，於郊外閲驍騎剪柳，賦詩紀其事。

【箋注】

〔一〕鞿：馬韁繩。屈原離騷：「余雖好脩姱以鞿羈兮，謇朝誶而夕替。」王逸注：「韁羈，以馬自喻，韁在口曰鞿，革絡頭曰羈，言爲人所係纍也。」

初四日東郊觀麥苗

去歲秋霖麥下遲，臘殘一雪潤無泥。相將飽喫滹沱飯〔一〕，來聽林間快活啼。

【題解】

本詩作於淳熙三年（一一七六）正月。初四日率僚屬至東郊觀麥苗。

【箋注】

〔一〕飽喫滹沱飯：後漢書馮異傳：「帝謂公卿曰：『是我起兵時主簿也。爲吾披荆棘，定關中。』既罷，使中黄門賜以珍寶、衣服、錢帛。詔曰：『倉卒無蔞亭豆粥，滹沱河麥飯，厚意久不報。』」石湖用此典，昭示不忘艱難之意。

櫻桃花

借煖衝寒不用媒〔一〕，匀朱匀粉最先來〔二〕。玉梅一見憐癡小，教向傍邊自在開。

【題解】

本詩作於淳熙三年（一一七六）春。時在蜀帥任上，見櫻桃花開，感而作此小詩。廣群芳譜卷二八「櫻桃花」云：「櫻桃木多陰，不甚高，春初開白花，繁英如雪，香如蜜，葉圓有尖及細齒。」

【箋注】

〔一〕不用媒：李賀南園十三首之一：「可憐日暮嫣香落，嫁與春風不用媒。」

〔二〕「匀朱匀粉」句：吴融買帶花櫻桃：「粉紅輕淺靚妝新，和露和煙别近鄰。」

再出東郊

晚景增年慣，官身作客諳。大都緣偶熟，豈是性能堪？昔者開三徑〔一〕，他時老一龕〔二〕。越溪親種竹〔三〕，芸緑想毵毵。

【題解】

本詩作於淳熙三年（一一七六）春，時在蜀帥任上，再出東郊，有感而作本詩。

【箋注】

〔一〕開三徑：陶潛辭官歸鄉，賦歸去來兮辭，云：「三徑就荒，松菊猶存。」

〔二〕老一龕：龕，供佛像之小閣子，杜甫石龕：「驅車石龕下。」仇兆鰲注：「地志：龍門石壁，鑿爲龕，石佛數千。」老一龕，即老來專心事佛。

〔三〕越溪：即越來溪，在蘇州城外東南隅。范成大吴郡志卷六：「在越城東南，與石湖通，溪流貫行春及越溪二橋，以入横塘，清澈可鑒。越兵自此溪來入吴，故以名。史記正義：越自松江北開渠至横山東北入吴，即此溪。」

三月二日北門馬上

新街如拭過鳴騶，芍藥酴醿競滿頭。十里珠簾都捲上〔一〕，少城風物似揚州〔二〕。

【題解】

本詩作於淳熙三年（一一七六）三月二日。時在蜀帥任上，出成都北門，寫小詩以記風物。

【箋注】

〔一〕「十里」句：用杜牧贈別：「娉娉裊裊十三餘，荳蔻梢頭二月初。春風十里揚州路，捲上珠簾總不如。」

〔二〕少城：太平寰宇記卷七二：「（華陽縣）少城，在縣南一百步。李膺記：『與大城俱築，惟西南北三壁，東即大城之西墉。』」曹學佺蜀中名勝記卷一成都府一：「大城者，今南門城也。……少城者，西南之間，今錦江樓也。」

上巳前一日學射山、萬歲池故事

北郊征路記前回，三尺驚塵馬踏開。新漲忽明多病眼，好風如把及時杯。青黄麥壠平平去，疎密楂林整整來。游騎不知都幾許？長堤十里轉輕雷。

【題解】

本詩作於淳熙三年（一一七六）三月。太平寰宇記卷七二：「（華陽縣）學射山，一名斛石山，在縣北十五里。李膺益州記：『斛石山有兩女塚。』」曹學佺蜀中廣記卷五五風俗一：「三月三日出北門，宴學射山，既罷後射弓。」蜀中名勝記卷三引寰宇記謂學射山在成都縣北十五里，引通志謂萬歲池廣袤十里。

上巳日萬歲池上呈程詠之提刑

濃春酒煖絳煙霏，漲水天平雪浪遲。綠岸翻鷗如北渚，紅塵躍馬似西池。麥苗剪剪嘗新麪，梅子雙雙帶折枝。試比長安水邊景，祗無飢客爲題詩（一）。

【題解】

本詩作於淳熙三年（一一七六）三月，時在蜀帥任上。程詠之，即程沂。程沂，字詠之，紹興二十八年任崑山知縣，時石湖已去徽州任掾，未能結識，故詩中未提及崑山往事。龔明之中吴紀聞卷六「崑山學記」條述其事：「程詠之宰崑山，其政中和，有古循吏風。嘗修治縣庠，張無垢爲作記，欲鐫之石。或謂無垢托此以諷朝士，尋即已之。今横浦集亦不載，因附見於此：『右通直郎知平江府崑山縣事程公詠之，文簡公之曾孫，伊川先生之侄也。紹興二十八年七月十二日作書抵余，曰：沂聞爲政莫先於教化，教化莫先於興學。吾邑有學，卑陋不治，甚不稱朝廷所以尊儒重道之意。……』」陸友仁吴中舊事云：「程詠之沂，伊川先生之孫，知崑山縣，秩滿，其弟鉅爲府監倉，乃攜其家就居焉。」周必大二老堂雜志：「紹興戊寅正月十日，予在平江府崑山縣挈家同邑宰程沂詠之遊山。」時任四川提點刑獄，故稱程詠之提刑。

【箋注】

〔一〕「試比」二句：飢客：指杜甫，他曾作麗人行，描寫長安水邊景。蘇軾續麗人行：「杜陵飢客眼長寒，蹇驢破帽隨金鞍。」東坡便將杜甫稱爲杜陵飢客。

新作錦亭㈠，程詠之提刑賦詩，次其韻二首

飛鴻銜子謾紛紛，萬里西遊始識真。不管吴霜微點鬢，來看蜀錦爛争春。倚闌定有司花女〔一〕，秉燭仍留主夜神。異縣賞心誰與共，故人新作坐中賓。

小築聊鋤草棘荒，遊人錯比召南棠〔二〕。花邊霧鬢風鬟滿〔三〕，酒畔雲衣月扇香。燦爛吟牋煩索句，淋漓醉墨自成行。報章遲鈍吾衰矣，終日冥搜謾七襄〔四〕。

【校記】

〔一〕錦亭：原作「景亭」。富校：「『景』黄刻本作『錦』，是。按本卷有錦亭然燭觀海棠詩可證。」活字本目録、正文，叢書堂本目録、正文，董鈔本均作「錦亭」，今據改。

【題解】

本詩作於淳熙三年（一一七六），時在蜀帥任，新作錦亭，程沂賦詩，次其韻和之。錦亭，在西園，曹學佺蜀中名勝記卷四成都府四：「轉運司園亦稱西園，園中有西樓，有錦亭，一名翠錦亭。章楶詩序云：『轉運西園是僞蜀權臣故宅。爽塏清曠，隨處足樂。』」程沂原唱已佚。

【箋注】

〔一〕司花女：隋遺録卷下：「時洛陽進合蔕迎輦花，云：得之嵩山，塢中人不知名，採者異而貢之。會帝駕適至，因以迎輦名之。花外殷紫，内素膩菲芬，粉蕊心深紅，跗争兩花。枝幹烘翠，類通草，無刺。葉圓長薄。其香氣穠芬馥，或惹襟袖，移日不散，嗅之令人多不睡。帝命寶兒持之，號曰司花女。」

〔二〕召南棠：詩經召南甘棠的簡稱，周召伯巡行鄉邑，曾在甘棠樹下決獄治事，小序云：「甘棠，美召伯也，召伯之教，明于南國。」後因用召南棠爲歌頌官吏政績的典故。

〔三〕霧鬢風鬟：杜甫月夜：「香霧雲鬟濕，清輝玉臂寒。」蘇軾題毛女貞：「霧鬢風鬟木葉衣，山川良是昔人非。」

〔四〕七襄：語出詩經小雅大東：「跂彼織女，終日七襄。雖則七襄，不成報章。」鄭箋：「襄，駕也。駕，謂更其肆也。從旦至莫七辰一移，因謂之七襄。」此爲推敲之意。

錦亭然燭觀海棠

銀燭光中萬綺霞，醉紅堆上缺蟾斜。從今勝絶西園夜，壓盡錦官城裏花。

【題解】

本詩作於淳熙三年春。燃燭賞海棠，這種士大夫的雅舉，早見之於李商隱花下醉：「客散酒醒深夜後，更持紅燭賞殘花。」蘇軾海棠：「只恐夜深花睡去，故燒高燭照紅妝。」此次同賞海棠者，有陸游錦亭（劍南詩稿卷七）：「天公爲我齒頰計，遣飫黄甘與丹荔。又憐狂眼老更狂，令看廣陵芍藥蜀海棠，周行萬里逐所樂，天公於我原不薄。貴人不出長安城，寶帶華纓真汝縛。樂哉今從石湖公，大度不計聾丞聾。夜宴新亭海棠底，紅雲倒吸玻璃鍾。琵琶弦繁腰鼓急，盤鳳舞衫香霧濕。春醪凸盞燭光摇，素月中天花影立。游人如雲環玉帳，詩未落紙先傳唱，此邦律句方一新，鳳閣舍人今有樣。」

寶相花

誰把柔條夾砌栽，壓枝萬朵一時開〔一〕。爲君也著詩收拾，題作西樓錦被堆〔二〕。

【題解】

本詩作於淳熙三年（一一七六）春。時在蜀帥任上，寶相花，即薔薇，廣群芳譜卷四二「薔薇」條，記此花之別名：「他如寶相、金鉢盂、佛見笑……」梅堯臣有宋次道家摘寶相花歸清平里。

【箋注】

〔一〕「壓枝」句：語出杜甫江畔獨步尋花其六：「黄四娘家花滿蹊，千朵萬朵壓枝低。」

〔二〕西樓：即范成大居處。錦被堆：形容牡丹艷麗繁多。李商隱牡丹：「繡被猶堆越鄂君。」

三月二十三日海雲摸石

勸耕亭上往來頻，四海萍浮老病身。亂插山茶猶昨夢，重尋池石已殘春。驚心歲月東流水，過眼人情一鬨塵〔一〕。賴有貽牟堪飽飯〔二〕，道逢田畯且眉伸〔三〕。

【題解】

本詩作於淳熙三年（一一七六）三月二十三日。海雲，指海雲山。成都風俗，於三月二十一日，遊海雲寺，摸池中之石，以求子。蜀中名勝記卷二：「海雲山在錦江下流十里，有海雲寺、鴻慶院諸勝。」又引吴中復遊海雲寺唱和詩王霽序云：「成都風俗，歲以三月二十一日遊城東海雲寺，摸石於池中，以爲求子之祥。」歲華紀麗譜：「三月二十一日，出大東門，宴海雲山鴻慶寺，登衆春閣，觀摸石。蓋開元二十三年，靈智禪師以是日歸寂，邦人敬之，入山游禮，因而成俗。山有小池，士女探石其中，以占求子之祥。」

【箋注】

〔一〕一鬨塵：李郢春晚與諸同舍出城迎座主侍郎：「三十騂騮一鬨塵，來時不鎖杏園春。」

〔二〕貽牟：留下之麥。語出詩經周頌思文：「貽我來牟，帝命率育。」

〔三〕田畯：周代勸農之官，詩經豳風七月：「饁彼南畝，田畯至喜。」毛傳：「田畯，田大夫也。」至後代，已泛稱農民，王僧孺答江琰書：「其或蹲林卧石，籍卉班荆，不過田畯野老，漁父樵客。」

四月十日出郊

約束南風徹曉忙，收雲捲雨一川涼。漲江混混無聲緑〔一〕，熟麥騷騷有意黄〔二〕。

吏卒遠時問信馬，田園佳處忽思鄉。鄰翁萬里應相念，春晚不歸同插秧。

【題解】

本詩作於淳熙三年（一一七六）四月十日，時在蜀帥任上，出郊巡田勸農，因賦本詩。從詩意看，此時石湖已有思鄉歸田之意。

【箋注】

〔一〕混混：孟子離婁下：「源泉混混，不舍晝夜。」

〔二〕騷騷：張衡思玄賦：「寒風淒其永至兮，拂窮岫之騷騷。」

納涼

雨洗新秋夜氣清，悴肌無汗葛衣輕〔一〕。畫檐分月下西壁，絡緯飛來庭樹鳴。

【題解】

本詩作於淳熙三年新秋，時在蜀帥任上。

【箋注】

〔一〕悴肌：衰弱的肌膚。悴，衰弱、枯萎，劉向九歎遠逝：「草木搖落，時槁悴兮。」

西樓獨上

竹日駐微暑，松風生早秋。閒尋來處路，獨倚静中樓。老景驅雙轂，鄉心挽萬牛〔一〕。相隨木上坐，脚底亦雲浮。

【題解】

本詩作於淳熙三年（一一七六）早秋，時在蜀帥任上，獨上西樓有感，賦本詩以抒懷。

【箋注】

〔一〕挽萬牛：黄庭堅子瞻詩句妙一世詩：「萬牛挽不前，公乃獨力扛。」

曉詣三井觀

路轉市聲遠，寬閒古城東。適從紅塵來，忽入蒼煙叢。槿心傾穠露，芋葉翻微風。秋陽澹籬落，殘暑不必攻。野老熟睡起，日高首如蓬。官身騎官馬，君應笑龍鍾〔一〕。

【題解】

本詩作於淳熙三年秋。寫景兼抒垂老之情。兩年前即淳熙元年，陸游曾作遊三井觀一詩，内容乃描述、評論古代畫迹（吴道玄、孫知微、石恪三位畫家）。三井觀，在成都城東。張澍蜀典卷一：「晉書：『司星奏曰：三台星墜於蜀，化爲三井。遣使人驗之，撞麗譙鐘聲爲度而汲之，各使人候於井，遂汲一而兩動。』按成都志云：『三台井在天慶觀内。隋文帝夢三台星隕於西南，化爲井，遣人潛訪未獲。有道士馮善英者，修池得二井，每汲一水，則二井皆動。』以晉爲隋，傳聞之訛，當以晉書爲正。」民國華陽縣志卷三〇古蹟四：「三井觀，在治東。宋范成大、陸游并有三井觀詩。亦名勝處，或即以三井橋爲名者歟？」

【箋注】

〔一〕龍鍾：老態衰憊、行進不便。蘇鶚蘇氏演義卷上：「龍鍾者，不昌熾、不翹舉貌。如藍鬖、拉搭、解縱之類。」胡震亨唐音癸籤卷二四：「考埤蒼：蹱踵，行不進貌。古字從省，蹱作龍，踵又借作鍾。」黄朝英靖康緗素雜記（此爲佚文，見載於孫奕履齋示兒編卷二二）：「古語有二聲合爲一字者，如不可爲叵，何不爲盍，而犬爲哭，酷寵爲孔，從西域二合之音，蓋切字之原也。學者不曉龍鍾、潦倒之義，正如二合之音是也。龍鍾切爲癃字，潦倒切爲老字，謂人之老羸癃疾者，即以龍鍾潦倒目之，其義取此。」

曉起

黠鼠緣鈴索，飢鴉啄井欄。不眠秋漏近，多病曉屏寒。咄咄渠何怪〔一〕，休休我自闌〔二〕。牙門朝日上，簫鼓報平安。

【題解】

本詩作於淳熙三年秋，時在蜀帥任上，曉起有感，賦此。

【箋注】

〔一〕咄咄：世説新語黜免：「殷中軍被廢，在信安，終日恒書空作字。揚州吏民尋義逐之，竊視，唯作『咄咄怪事』四字而已。」

〔二〕休休：詩經唐風蟋蟀：「好樂無荒，良士休休。」傳：「休休，樂道之心。」

舫齋晚憩

心作萬緣起，境生千劫忙。誰同油幕静，獨對篆煙長。有盡天魔力〔一〕，無窮海印光〔二〕。雨餘弦月上，塵界本清涼。

【題解】

本詩作於淳熙三年（一一七六），時在蜀帥任上。

【箋注】

〔一〕天魔：即天子魔，欲界第六天之主，常擾礙修行者。大智度論卷六八：「天子魔者欲界主，深著世間樂，用有所得，故生邪見，憎嫉一切賢聖涅槃道法，是名天子魔。」

〔二〕海印光：佛家語，佛所得之三昧也，如於大海中印象一切之事物，湛然於佛之智海印現一切之法也。楞嚴經卷四：「如我按指，海印發光。汝暫舉心，塵勞先起。」

秋雨快晴，静勝堂席上

一笑憧憧雁鶩行，簿書堆裏賦秋陽。心如墜絮沾泥懶〔一〕，身似飛泉激石忙。雨後蹲鴟先稻熟〔二〕，霜前浮蟻鬥棖香〔三〕。天涯節物遮愁眼，且復隨鄉便入鄉。

【題解】

本詩作於淳熙三年秋。黄昇中興以來絶妙詞選卷二引劉漫塘語曰：「范至能、陸務觀，以東南文墨之彦，至能爲蜀帥，務觀在幕府，主賓唱酬，短章大篇，人争傳誦之。」孔凡禮范成大年譜淳熙三年譜文云：「秋，與陸游唱和甚密。其唱和之作，爲人所傳誦。」陸游和范待制秋日書懷二首游自七月病起蔬食止酒故詩中及之其一（劍南詩稿卷七）：「閑窗貝葉對旁行，不覺城笳報夕陽。嗜酒步兵猶未達，拂衣司諫亦成忙。室無摩詰持花女，囊有婆娑等價香。欲與衆生共安隱，秋來夢不到鱸鄉。」詩末原注：「陳文惠公松江詩云：『西風斜日鱸魚鄉。』傳本或誤作『香』字。張文潛嘗辨之。」

【箋注】

〔一〕「心如」句：自道潛口占絶句：「禪心已作沾泥絮，不逐春風上下狂。」詩句中化出，因不逐春風，故曰「懶」。

〔二〕蹲鴟：指芋。史記貨殖列傳：「吾聞汶山之下，沃野，下有蹲鴟，至死不飢。」張守節正義：「蹲鴟，芋也。」

〔三〕浮蟻：指酒，張衡南都賦：「醪敷徑寸，浮蟻若蓱。」李善注引釋名曰：「酒有汎齊，浮蟻在上，泛泛然，如蓱之多者。」

新涼夜坐

吏退焚香百慮空〔一〕，静聞蟲響度簾櫳。江頭一尺稻花雨，窗外三更蕉葉風。日日老添明鏡裏〔二〕，家家涼入短檠中。簡編燈火平生事，雪白眵昏奈此翁〔三〕。

【題解】

本詩作於淳熙三年秋，時在蜀帥任上。陸游有和詩和范待制秋興三首其一：「策策桐飄已半空，啼螿漸覺近房櫳。一生不作牛衣泣，萬事從渠馬耳風。名姓已甘黄紙外，光陰全付緑尊中。門前剥啄誰相覓，賀我今年號放翁。」用韻全同。

【箋注】

〔一〕吏退焚香：用王維故事。舊唐書王維傳：「退朝之後，焚香獨坐，以禪誦爲事。」

〔二〕「日日」句：用李白詩意，將進酒：「君不見高堂明鏡悲白髮，朝如青絲暮成雪。」

〔三〕雪白眵昏：語出韓愈短燈檠歌：「夜書細字綴語言，兩目眵昏頭雪白。」眵，目汁凝結，俗稱眼屎。

秋老，四境雨已沛然，晚坐籌邊樓，方議祈晴，樓下忽有東界農民數十人，訴山田却要雨，須長吏致禱，感之作詩

歲晚羈懷有所思，秋來病骨最先知。鏡中公案已甘老，紙上課程休諱癡。西堰頗聞江漲急〔一〕，東山猶説雨來遲。錦城樂事知多少，憂旱憂霖蹙盡眉。

【題解】

本詩作於淳熙三年秋。陸游有和詩和范待制秋日書懷二首游自七月病起蔬食止酒故詩中及之，其二云：「故人無字寄相思，敢向窮途怨不知。老病已全惟欠死，貪嗔雖斷尚餘癡。數莖雪鬢江湖遠，九轉金丹日月遲。畬粟山苗俱可飽，明年東去隱峨眉。」籌邊樓，在成都子城之西南，淳熙三年八月范成大新修之，既成，乃命陸游作記。渭南文集卷一八籌邊樓記云：「淳熙三年八月既望，成都子城之西南，新作籌邊樓。四川制置使、知府事范公，舉酒屬其客山陰陸某曰：『君爲我記！』按史記及地志，唐李衛公節度劍南，實始作籌邊樓。廢久，無能識其處者。今此樓望犍爲、僰道、黔中、越巂諸郡，山川方域，皆略可指，意者衛公故址，其果在是乎？樓既成，公復按衛公之舊圖，邊城地勢險要，與蠻夷相入者，皆可考信不疑。雖然，公於邊境，豈真待圖而後知哉？方公在中朝，以洽聞强記擅名一時，天子有所顧問，近臣皆推公對，莫敢先者。其使虜而歸也，盡能道其國禮儀、刑法、職官、宮室、城邑、制度，自幽薊以出居庸、松亭關，並定襄、五原以抵靈武、朔方，古今戰守離合，得失是非，一皆究見本末，口講手畫，委曲周悉，如言其閫内事。雖虜耆老大人，知之不如是詳也。而況區區西南夷，距成都或不過數百里，一登是樓，在目中矣。則所謂圖者，直故事而已，請以是爲記。公慨然曰：『君之言過矣，予何敢望衛公！然竊有幸焉。衛公守蜀，牛奇章方居中，每排沮之。維州之功，既成而敗。今予適遭清明寬大之朝，論事薦吏，奏朝入而夕報可。使衛公在蜀，適得此時，其功烈壯偉，詎止取一維州而已哉？』某曰：『請併書公言以詔後世，可乎？』公曰：『唯唯。』九月一日記。」

【箋注】

〔一〕西堰：成都西面的塘堰。民國華陽縣志卷二塘堰水利表：「吾縣土壤，山實多於平原。故山田提封三十餘萬畝，而平原裁二十餘萬畝。其灌溉蓄洩也，則皆資於堰。平原之堰，上流悉自都江堰來，縣境受之，凡爲五水，曰北條河，曰油子河，曰清水河，曰府河，曰新開河。……縣既受此五水，輒用其勢而作堰。」

西樓夜坐

抗塵懷抱若爲寬〔一〕？繞屋蛙聲亦在官〔二〕。巖枿無香秋遂晚，江鱸有約歲將寒。文書散亂嘲癡絶〔三〕，燈火淒清語夜闌。病倦百骸非復我，但思禪板與蒲團〔四〕。

【題解】

本詩作於淳熙三年（一一七六）秋，時在蜀帥任上，在居處西樓夜坐有感而作本詩。

【箋注】

〔一〕抗塵懷抱：指熱衷於名利的心志，語出孔稚圭北山移文：「焚芰製而裂荷衣，抗塵容而走俗狀。」

〔二〕「繞屋」句：晉書惠帝紀：「帝又嘗在華林園，聞蝦蟆聲，謂左右曰：『此鳴者爲官乎，私乎？』或對曰：『在官地爲官，在私地爲私。』」王令和束熙之雨後：「如何農畝三時望，只得官蛙一處鳴。」

〔三〕癡絶：晉書顧愷之傳：「傳愷之有三絶：才絶、畫絶、癡絶。」石湖借用之。

〔四〕禪板：僧人坐禪時安手或靠身之器。釋氏要覽：「倚版，今呼禪版，毗奈耶攝頌曰：倚版爲除勞，僧私皆許畜。」

立秋月夜

已放新凉入簟紋，更驅餘溽避爐薰。穿雲竹月時時見，咽露莎蛩院院聞。稍喜雪山無斥堠，但虞煙驛有移文。行藏且付蘧蘧夢〔一〕，明發還親雁鶩群。

【題解】

本詩作於淳熙三年（一一七六）立秋日，時在蜀帥任上。陸游有和詩和范待制秋興三首其二：「睡臉餘痕印枕紋，秋衾微潤覆爐熏。井桐摇落先霜盡，衣杵凄凉帶月聞。佛屋紗燈明小像，經奩魚蠹蝕真文。身如病驥惟思卧，誰許能空萬馬群。」

【箋注】

〔一〕蘧蘧夢：莊子齊物論：「昔者莊周夢爲胡蝶，栩栩然胡蝶也。自喻適志與，不知周也。俄然覺，則蘧蘧然周也。」

前堂觀月

箕踞繩牀政自豪〔一〕，遠遊何暇續離騷。蕭森萬竹秋逾瘦，突兀雙楠夜更高。東郭風喧三鼓市，西城石洶二江濤。色塵聲界如如現〔二〕，本自無禪不用逃〔三〕。

【題解】

本詩作於淳熙三年（一一七六）秋，時在蜀帥任上。陸游有和詩和范待制秋興三首其三：「山澤沉冥氣尚豪，鬢絲未遽歎蕭騷。已忘海運鯤鵬化，那計風微燕雀高。萬里客魂迷楚峽，五更歸夢隔胥濤。故知有酒當勤醉，自古寧聞死可逃。」

【箋注】

〔一〕箕踞：語出莊子至樂：「莊子妻死，惠子弔之，莊子則方箕踞鼓盆而歌。」成玄英疏：「箕踞者，垂兩脚，如簸箕形也。」

〔二〕「色塵」句：色塵，六塵之一，佛教中色、聲、香、味、觸、法爲六塵。鮑照佛影頌：「六塵煩苦，五道綿劇。」如如：慧能壇經行由品：「萬境自如如，如如之心，即是真實。」

〔三〕「本自」句：牟融題寺壁：「聞道此中堪遁跡，肯容一榻學逃禪。」

有懷石湖舊隱

浩蕩沙鷗久倦飛〔一〕，摧頹櫪馬不勝鞿。官中風月常虚度，夢裏關山或暫歸。橘社十年霜欲飽，鱸江一雨水應肥〔二〕。冷雲著地塘蒲晚〔三〕，誰爲披蓑煖釣磯〔四〕？

【題解】

本詩作于淳熙三年（一一七六）秋，時在蜀帥任上。陸游有和詩和范待制月夜有感：「榆枋正復異鵬飛，等是垂頭受馽鞿。坐客笑談嘲遠志，故人書札寄當歸。醉思蓴菜黏篙滑，饞憶鱸魚墜釣肥。誰遣貴人同此感，夜來風月夢苔磯。」用韻與石湖詩同。

【箋注】

〔一〕浩蕩沙鷗：用杜甫旅夜書懷「飄飄何所似，天地一沙鷗」詩意。

〔二〕「鱸江」句：自張翰思吴江歌「秋風起兮佳景時，吴江水兮鱸魚肥」化出。鱸江，指松江，所産鱸魚肥美，故云，吴江亦素有「鱸鄉」之名。

〔三〕塘蒲晚：語出李賀還自會稽歌：「身與塘蒲晚。」世説新語言語：「顧悦與簡文同年而髮早白，簡文曰：『卿何以先白？』對曰：『蒲柳之姿，望秋而落，松柏之質，經霜彌茂。』」劉孝標注：「顧愷之爲父傳曰：君以直道，陵遲於世，入見王，王髮無二毛，而君已斑白。問君年，乃曰：『卿何偏早白？』君曰：『松柏之姿，經霜猶茂，臣蒲柳之質，望秋先零，受命之異也。』王稱善久之。」

〔四〕「誰爲」句：用嚴子陵故事。後漢書嚴光傳：「嚴光字子陵，一名遵，會稽餘姚人也。少有高名，與光武同遊學。及光武即位，乃變名姓，隱身不見。帝思其賢，乃令以物色訪之。後齊國上言：『有一男子，披羊裘釣澤中。』帝疑其光，乃備安車玄纁，遣使聘之，三反而後至。……除爲諫議大夫，不屈，乃耕於富春山，後人名其釣處爲嚴陵瀨焉。」

太平瑞聖花

雪外捫參嶺，煙中濯錦洲。密攢文杏蕊〔一〕，高結綵雲毬。百世嘉名重，三登瑞氣浮。挽春同住夏，看到火西流〔二〕。

【題解】

本詩作於淳熙三年（一一七六）秋，時在蜀帥任上。廣群芳譜卷五三「太平瑞聖花」引益部方物略記：「瑞聖花出青城山中，榦不條，高者乃尋丈，花率秋開，四出與桃花類，然數十跗共爲一花，繁密若綴，先後相繼，新蕊開而舊未萎也。蜀人號豐瑞花，故程相畫圖以聞，更號瑞聖花。」陸游劍南詩稿卷五太平花題下自注：「天聖中，獻至京師，仁宗賜名太平花。」

【箋注】

〔一〕「密攢」：宋祁瑞聖花贊：「衆跗聚英，爛若一房。有守繪圖，厥名乃章。繁而不艷，是異衆芳。」

〔二〕火西流：詩經豳風七月：「七月流火，九月授衣。」孔穎达疏：「於七月之中，有西流者，是火之星也，知是將寒之漸。」

無題

聞道明朝送舊官，無情更鼓夜將闌。此生見面知何日？忍淚須臾子細看。

【題解】

本詩作於淳熙三年（一一七六），時在蜀帥任上。

晁子西寄詩謝酒，自言其家數有逝者，詞意悲甚，次韻解之，且以建茶同往

我讀晁子詩，十語九慨傷。長川日夜逝，鬢髮空蒼浪。君家出世學，無生亦無亡。鄉謂法幢立，何乃槁木僵！起滅不滿笑，古來共楸行〔一〕。豈其揑目華，解翳海印光。我酒愧薄薄，未能煖愁腸。申以春風芽，一瀹萬慮忘。慧刀儻未割，會且掀禪牀〔二〕。錦里有逢迎，謹避舍蓋堂〔三〕。居然足音跫，好在故意長。嗍耳念一洗，遲君鳳鳴岡。

【題解】

本詩作於淳熙三年（一一七六），時在蜀帥任上。晁子西，即晁公遡（一一一七—？），字子西，開封人，晁公武弟，「靖康之變」後遷居蜀中。紹興八年進士，嘗爲涪州軍事判官，施州通判，知梁山軍，乾道二年，以朝奉大夫知眉州，提點成都府路刑獄。宋史無傳。計有功宋詩紀事卷一八：「公遡，字子西，公武之弟，有嵩山集。」四庫全書總目提要卷一五八：「嵩山居士集五十四卷，宋晁公遡撰。公遡字子西，鉅野人，公武之弟，宋史無傳，其仕履無考。今案集中上周通判書題左迪功郎，知梁山軍梁山縣尉。又程氏經史閣記稱舊爲涪州軍事判官。又與費行之小簡稱紹興三十

年内任施州通判。又眉州到任謝表及謝執政啓，則嘗知眉州。又答史梁山啓稱：『猥從支郡，遽按祥刑。』而集首師璿序亦稱其爲部使者，則又嘗擢官提刑，而不詳其地。又眉州州學藏書記題乾道年月，而丙戌元夕詩有『刺史敢云樂』句，丙戌爲乾道二年，是時正在眉州。此集刻於乾道四年，蓋皆眉州以前所作。師璿序又稱公遡抱經堂稿『以甲乙分第，汗牛充棟』，此特管中之豹，則其選輯之本也。晁氏自迴以來，家傳文學，幾于人人有集，南渡後，則公武兄弟最爲知名，公武郡齋讀書志世稱該博，而所著昭德文集已不可見，惟公遡此集僅存。」晁公遡其文章「勁氣直達，頗崟崎歷落之致」，其詩「揮灑自如」。石湖於本年寄酒給晁公遡，公遡寄詩表示感謝，石湖及次其韻答之，並附詩寄去建茶。

【箋注】

〔一〕楸行：潘岳懷舊賦：「東武託焉，建塋啓疇。巖巖雙表，列列行楸。望彼楸矣，感于予思。」海録碎事卷二一塚墓門有「行楸」，引潘岳懷舊賦，注曰「楸，墓也」。

〔二〕掀禪牀：沈欽韓范石湖詩集注卷下：「傳燈録：僧問夾山：『承和尚有言，二十年住此山，未曾舉著宗門中事，是否？』曰：『是。』僧便掀倒禪牀。」

〔三〕舍蓋堂：徽州州衙内堂名，洪适葺治之，號舍蓋堂，屬范成大爲之記。參見本書輯佚卷一三舍蓋堂記「題解」。

早衰不寐

官事拘攣似力田，作勞歸晚意茫然。按摩合體俱非我，展轉通宵遠似年㊀。一叟披衣惟兀坐，群兒得枕便佳眠。人生元是華胥客〔一〕，休向迷塗更著鞭！

【校記】

㊀ 遠似年：原作「似遠年」，富校：「『似遠』黄刻本作『遠似』，是。」按，活字本、叢書堂本亦作「遠似」，董鈔本作「遂似年」，今據活字本、叢書堂本、黄刻本改。

【題解】

本詩作於淳熙三年（一一七六），時在蜀帥任上，不寐，有感而作本詩。

【箋注】

〔一〕華胥客：列子黄帝：「晝寢而夢，游於華胥氏之國。……其民無嗜慾，自然而已。不知樂生，不知惡死，故無夭殤。不知親己，不知疏物，故無愛憎。」

晚步宣華舊苑

喬木如山廢苑西，古溝疎水静鳴池。吏兵窸窣番更後〔一〕，樓閣崔嵬欲暝時。有露冷螢猶照草，無風鷲雀自遷枝。歸來更了程書債〔二〕，目眚昏花燭穗垂〔三〕。

【題解】

本詩作於淳熙三年（一一七六）秋，時在蜀帥任上。宣華舊苑，指前蜀所建宣華苑之舊址。張唐英蜀檮杌卷上：「乾德元年，以龍躍池爲宣華池。……（三年）五月，宣華苑成，延袤十里，有重光、太清、延昌、會真之殿，清和、迎仙之宮，降真、蓬萊、丹霞之亭，土木之工，窮極奢巧。衍數於其中爲長夜之飲，嬪御雜坐，舄履交錯。嘗召嘉王宗壽赴宴，宗壽因持杯諫衍宜以社稷爲念，少節宴飲，其言慷慨激切流涕，衍有愧色。」新五代史前蜀世家之記載，與蜀檮杌相仿佛。黄休復茅亭客話卷八：「至僞蜀王氏……廣開池沼，創立臺榭，奇異花木，怪石修竹，無所不有，署其苑曰宣華。」花蕊夫人宫詞：「會真廣殿約宫墻，樓閣相扶倚太陽。净甃玉階横水岸，御爐香氣撲龍牀。」即描寫宣華苑會真殿。

【箋注】

〔一〕番更：即更番，指吏兵更替當直。漢書蓋寬饒傳：「共更一年。」顔師古注：「『更』，猶今人言『上番』也。」道宣續高僧傳卷八慧遠傳云：「朕亦依番，上下得歸侍奉。」洪邁夷堅志支景卷八上官醫：「兵校交番，其當直軍員必大聲曰：『上番來。』當下者繼之曰：『下番去！』」花蘂夫人宫詞：「君王未起翠簾捲，宫女更番上直來。」

〔二〕程書：漢書刑罰志：「至於秦始皇……專任刑罰，躬操文墨，晝斷獄，夜理書，自程決事，日縣石之一。」颜师古注引服虔曰：「縣，稱也。石，百二十斤也。始皇省讀文書，日以百二十斤爲程。」

〔三〕目眚：眼睛生翳，視覺模糊。説文：「眚，目病生翳也。」燭穗：燒成穗狀的燭芯。

西樓秋晚

樓前處處長秋苔，俛仰璿杓又欲回〔一〕。殘暑已隨梁燕去，小春應爲海棠來〔二〕。

客愁天遠詩無託，吏案山横睡有媒。晴日滿窗凫鶩散，巴童來按鴨爐灰〔三〕。

【題解】

本詩作於淳熙三年（一一七六）秋，時在蜀帥任上。時至晚秋，賦本詩以志感。

【箋注】

〔一〕璿杓：北斗七星。史記天官書：「北斗七星，所謂『旋、璿、玉衡，以齊七政。』」索隱：「春秋運斗樞云：『斗，第一天樞，第二旋，第三璣，第四權，第五衡，第六開陽，第七摇光。……合而爲北。』文耀鉤云：『斗者，天之喉舌，玉衡屬杓，魁爲琁璣。』」按，琁、旋、璇，同「璿」。

〔二〕小春：農曆十月，舊稱小陽春。爾雅釋名：「十月爲陽。」陳元靚歲時廣記卷三七引初學記：「冬月之陽，萬物歸之，以其温暖如春，故謂之小春，亦云小陽春。」

〔三〕鴨爐：鴨形熏爐。語出晏几道浣溪沙（牀上銀屏幾點山）：「鴨爐香過瑣窗閑。」

明日分弓亭按閲，再用西樓韻

眼看白露點蒼苔，歲月飛流首屢回。老去讀書隨忘却，醉中得句若飛來。聞鷄午夜猶能舞〔一〕，射雉西郊不用媒。自笑支離聊復爾，丹心元未十分灰。

【題解】

本詩作於淳熙三年（一一七六）秋。石湖赴蜀帥任後，積極訓練兵卒。於乙未年創爲分弓亭，成於本年五月，命范謩作分弓亭記。本年秋，按閲兵卒射技，乃賦本詩。詩云「眼看白露點蒼苔」，可知。范謩分弓亭記云：「蜀自岷山、沫若水外，即爲夷境。熙寧以來，歲遣禁旅更戍，今留屯成都者，合土兵凡十有七營。邊久無事，軍政廢弛，游手工技，皆得編名籍中，而鎧仗麾幟，至朽敗不可用。乾道六年，蠻寇雅之碉門；九年，犯黎之虎掌，殺州從事、掠居民以去，勢駸駸若無所憚。上憂之，命敷文閣直學士吴郡范公自廣西經略使徙鎮全蜀。公至，即以練兵丁、繕保障抗章騂聞，上賜詔嘉奬。於是簡士卒之驍勇者，别爲一軍，壯且少者次之，罷遣其老羸者。且示以坐作進退之法，非風雨不休，而尤致意於射。以爲蠻夷所恃，峙嶔大山，掩翳叢木，出没其間，若猿猱然。吾禦之者，非刀稍所能及，乃取弓人於縣，弩人於閫，相膠析幹，治筋液角，極六材之良。闢廣場於府舍之北，築亭西向，摘杜少陵酬嚴武之詩，名之曰『分弓』。時輕裘幅巾，引數百人按試技力，而賞罰其勤惰。未幾，軍容一新，悉爲精鋭。蹶張者至千斤，挽强過六鈞，而命中者十八九。於戲盛哉！公嘗至亭上，語其屬曰：『誰謂蜀兵孱乎？牧野誓師，庸、蜀、羌、髳、微、盧、彭、濮與焉，蓋今東、西蜀與巴郡是也。諸葛、贊皇二公，勳烈偉矣！平蠻討魏，飛星流電之軍，豈盡出於西北哉？士不素習，而使之摻弓挾矢，馳危蹈阨，未有不顛仆者，非獨蜀軍然也。今吾軍既練於昔，而猶有所慮。大抵興滯補弊，用力甚難，而敗之至易。經營終歲而荒之十日，前功蕩然矣。故曰：「屢省乃成，欽哉！」功成而弗省，省而弗屢，此唐虞君臣之至戒。而吾亭所爲作，亦欲取以自近而數省之耳。』公大儒，退若不勝衣，而經綸方略，小用之已如此，况擴而充之乎？所謂收滴博之戍，奪蓬婆之城，又何足言哉！亭創於淳熙乙未之季秋，成於明年之仲夏，命蓍識其歲月，故併公語記之。」

【箋注】

〔一〕「聞鷄」句：晉書祖逖傳：「與司空劉琨俱爲司州主簿，情好綢繆，共被同寢。中夜聞荒鷄鳴，蹴琨覺曰：『此非惡聲也。』因起舞。」

丁酉重九藥市呈坐客

余於南北西三方，皆走萬里，皆遇重九，每作水調一闋。燕山首句云「萬里漢家使」，桂林云「萬里漢都護」，成都云「萬里橋邊客」。今歲倦遊甚矣，不復更和前曲，乃作此詩以自戲㊀。

莫向登臨怨落暉〔一〕，自緣羈宦阻歸期。年來厭把三邊酒，此去休哦萬里詩。烏帽不辭欹短髮，黃花終是欠東籬。若無合坐揮毫健〔二〕，誰解西風楚客悲？

【校記】

㊀題下注：活字本、叢書堂本、董鈔本同。富校：「題下注文黃刻本、宋詩鈔作序文。」宋詩鈔作「余於燕山首句云」，中缺「南北西三方，皆走萬里，皆過重九」十三字，下缺「甚矣，不復更和前曲，乃作此詩以」十三字。

【題解】

本詩作於淳熙三年（一一七六）重陽節。題云「丁酉」，當爲「丙申」之誤。范成大於淳熙二年赴成都，當年重陽作水調歌頭「萬里橋邊客」。今年（淳熙三年）不再賦詞，別作本詩。丁酉，淳熙四年，重陽節時，已回吳中。藥市，陸游老學庵筆記卷六：「成都藥市，以玉局化爲最盛，用九月九日。楊文公談苑云七月七日，誤也。」文昌雜録卷二：「蜀人重藥市，蓋常有神仙之遇焉。」歲華紀麗譜：「九月九日，玉局觀藥市，宴監司賓僚於舊宣詔亭，晚飲於五門。凡二日，官爲幕帟棚屋以事游觀。」玉局觀，在成都城北，見蜀中名勝記卷三。

【箋注】

〔一〕「莫向」句：用李商隱詩意，樂遊原：「向晚意不適，驅車登古原。夕陽無限好，只是近黄昏。」

〔二〕「若無」句：合坐，即題上所云「坐客」，指同遊之「監司賓僚」。孔凡禮范成大年譜「淳熙三年」譜文云：「九月九日，循故事，藥市宴客賦詩。」

會慶節大慈寺茶酒

霜暉催曉五雲鮮，萬國歡呼共一天〔一〕。澹澹煖紅旗轉日，浮浮寒碧瓦收煙。銜杯樂聖千秋節〔二〕，擊鼓迎冬大有年。忽憶捧觴供玉座，不知身在雪山邊〔三〕。

【題解】

本詩作於淳熙三年（一一七六）十月二十二日，時在蜀帥任上，恰值會慶節，於大聖慈寺慶賀。宋史禮志十五：「孝宗以十月二十二日爲會慶節。……其上壽稱賀之禮，大略皆如天申節儀。」宋會要輯稿禮五七：「紹興三十二年（孝宗已接位，未改元）八月二十六日，宰臣陳康伯等上言，請以十月二十二日爲會慶節，從之。」大慈寺，即大聖慈寺，沈欽韓范石湖詩集注卷中引四川通志：「大慈寺在成都府東門，唐至德年建，舊有德宗書『大聖慈寺』。」范成大成都古寺名筆記：「成都畫多名筆，散在諸寺觀，而見於大聖慈寺者爲多。」民國華陽縣志卷三〇古蹟四：「大慈寺，治東糠市街。大清一統志：『在華陽縣東。唐至德中建，明皇書大聖慈寺額。』即此寺也。舊志引佛祖統紀稱：『唐玄宗幸成都，沙門英幹施粥救貧餒，敕建大聖慈寺，凡九十六院，八千五百區，并書大聖慈寺四字額。』……而蜀中名勝記云：『大慈寺，唐至德年建。舊有肅宗書大聖慈寺四字，蓋敕賜也，故會昌不在除毀之例。』與一統志及舊志稱玄宗敕賜者不同，然寺始至德則一。至德爲肅宗年號，或實爲肅宗書，亦未可知也。寺爲縣中浮屠之最勝者，又不經會昌詔毀，故歷唐、五代、宋、明數百年間，其壁畫梵王帝釋、羅漢天女、帝王將相，瑰瑋神妙，不可縷數。至於寺院之宏闊壯麗，千栱萬棟，與夫市廛百貨，珍異雜陳，如蠶市、扇市、藥市、七寶市、夜市，莫不麕集焉。」

【箋注】

〔一〕萬國：周易乾：「首出庶物，萬國咸寧。」杜甫垂老別：「萬國盡征戍，烽火被岡巒。」

〔二〕千秋節：舊時皇帝的誕辰，始自唐玄宗。唐會要卷二九節日：「開元十七年八月五日，左丞相源乾曜，右丞相張説等，上表請以是日爲千秋節。」趙彥衛雲麓漫鈔卷二：「明皇始置千秋節，自是列帝或置或不置。」本詩借以指孝宗誕辰。

〔三〕雪山：岷山主峰，在今四川松潘縣。

冬至日天慶觀朝拜，雲日晴麗，遥想郊禋慶成，作驩喜口號

澌澌霜風不滿旗，紫煙黄氣捧朝曦。五更貫索埋光後〔一〕，萬里鉤陳放仗時〔二〕。留滯周南無舊事，布宣漢德有新詩。豐年四海皆温飽，願把歡心壽玉巵。

【題解】

本詩作於淳熙三年（一一七六）冬至日，時在蜀帥任上，率闔府官吏至天慶觀朝拜，因賦本詩。天慶觀，宋代於各州、府、軍、監設天慶觀，官吏於節序行香朝拜。見宋會要輯稿禮五天慶觀。

【箋注】

〔一〕貫索：晉書天文志上：「貫索九星在其（七公）前，賤人之牢也。一曰連索，一曰連營，一曰天牢，主法律，禁暴强也。……九星皆明，天下獄煩；七星見，小赦；六星、五星，大赦。」

〔二〕鉤陳：文選揚雄甘泉賦：「詔招摇與太陰兮，伏鉤陳使當兵。」李善注引服虔曰：「鉤陳，神名也。紫微宫外營陳星也。」

十一月十日海雲賞山茶

門巷歡呼十里村，臘前風物已知春。兩年池上經行處，萬里天邊未去人。客鬢花身俱歲晚，粧光酒色且時新。海雲橋下溪如鏡，休把冠巾照路塵。

【題解】

本詩作於淳熙三年（一一七六）十一月十日，時在蜀帥任上，遊海雲賞山茶，賦一律記其事。海雲賞山茶，參見本卷十二月十八日海雲賞山茶「題解」，石湖上一年已遊海雲，今年又來，故詩云「兩年池上經行處」。

海雲回，按驍騎於城北原，時有吐番出没大渡河上

古道風沙捲夕霏，小江煙浪皺春漪。天於麥壠猶慳雪，人向梅梢大欠詩。頓轡青驪飛脱兔，離弦白羽嘯寒鴟。牙門列校俱剽鋭㈠，檄與河邊秃髮知〔一〕。

【校記】

㈠剽鋭：方回瀛奎律髓卷一三作「慓鋭」。

【題解】

本詩作於淳熙三年（一一七六）十一月，自海雲回，時有吐蕃出没大渡河上，因賦本詩。大渡河，岷江支流，在四川西南部。上游爲大金川，南流至甘孜丹巴，會小金川，稱大渡河，至樂山縣入岷江。見水經注卷三三江水。瀛奎律髓卷一三方回評：「淳熙四年丁酉致能帥蜀，十一月十日海雲賞山茶回，作此詩。『人向梅梢大欠詩』，佳句也。予選詩不甚喜富貴功名人詩，亦不甚喜詩之富艷華腴者。其人富貴，而其詩高古雅淡，如選此篇，以有此聯佳句耳。」（按，本詩作於淳熙三年，方回云「四年」，非是，因淳熙四年十一月，石湖已回臨安入對，權禮部尚書。）馮班則認爲方評不確，云：「貧寒耳，非高古也。」又云：「前四句與後四句如兩截。不稱，正爲次聯寒儉也。」紀昀亦不認同方氏之見：「此種皆是僻見。人之賢否，詩之工拙，豈以此定？」又云：「第四句宋人鄙語，不足爲佳。」馮舒評：「大宋氣，極不佳。」

【箋注】

〔一〕秃髮：秃髮鮮卑，爲拓跋鮮卑的一支，新唐書吐蕃傳上謂秃髮樊尼後裔爲吐蕃王族來源之一。宋史外國八吐蕃：「吐蕃本漢西羌之地，其種落莫知所出。或云南涼秃髮利鹿孤之後，其子孫以秃髮爲國號，語訛故謂之吐蕃。」

合江亭隔江望瑶林莊梅盛開，過江訪之，馬上哦此

何處春能早，踈籬限激湍。竹間煙雪迴，馬上晚香寒。喚渡聊相覓，巡檐得細看。極知微雨意，未許日烘殘。

【題解】

本詩作於淳熙三年冬。合江亭，在府城東南二江（汶江和永平江）合流處。吕大防合江亭記：「合江故亭，唐人宴餞之地，名人題詩，往往在焉。久茀不治，余始命葺之，以爲船官治事之所。俯而觀之，滄波修闊，渺然數里之遠。東山翠麓，與煙林篁竹，列峙於其前。鳴瀨抑揚，鷗鳥上下，商舟漁艇，錯落游衍，春朝秋夕，置酒其上，亦一府之佳觀也。」曹學佺蜀中廣記卷二成都府二：「括地志云：大江一名汶江，西南自温江縣來，郫江一名永平江，西北自新繁縣來。昔李冰穿二江，城中皆可行舟，合於城之東南，岸曲有合江亭。唐符載云：一郡之奇勝也，是亭鴻盤如山，横架赤霄，廣場在下，砥平雲截，而東南西北敻然矣。」瑶林莊，民國華陽縣志卷二八古蹟二：「瑶林莊，在縣治東，今廢，陸游有自芳華樓過瑶林莊。」題云「過江訪之」，石湖自合江亭過江訪之，即趙園之梅，陸游有自合江亭涉江至趙園，何耕有自合江亭過渡觀趙穆仲園亭，民國華陽縣志卷二八古蹟二：「趙穆仲園，在治城東郭外錦江北岸。……則此園與合江園正隔江相對，當在今鹽碼

頭江岸上下。蜀中名勝記稱『此兩園與錦江相左右』，得其實矣。」

新作官梅莊，移植大梅數十本繞之

臘前催喚主林神，玉樹飛來不動塵〔一〕。契闊西湖慚處士〔二〕，飄零東閣似詩人〔三〕。一天午夢空花碎，滿地春愁月影新。掃浄宣華藜藿逕〔四〕，他年誰記石湖濱？

【題解】

本詩作於淳熙三年（一一七六）臘前，時在蜀帥任上，新植官梅數十株，因賦詩記其事。

【箋注】

〔一〕飛來不動塵：杜甫麗人行：「黄門飛鞚不動塵。」

〔二〕「契闊」句：西湖處士，指林逋，結廬西湖之孤山，種梅養鶴，人稱「西湖處士」。歐陽修歸田録卷二：「處士林逋居於杭州西湖之孤山。逋工於畫，善爲詩。」蘇軾和秦太虚梅花：「西湖處士骨應槁，只有此詩君壓倒。」辛棄疾鷓鴣天（桃李漫山過眼空）：「吾家籬落黄昏後，剩有西湖處士風。」

〔三〕「飄零」句：詩人，指杜甫，因爲他曾作和裴迪登蜀州東亭送客逢早梅相憶見寄「東閣官梅動詩興」，石湖意謂自己飄零如杜甫。

〔四〕宣華：宣華苑，五代前蜀王衍建，見新五代史卷六三前蜀世家。

丁酉正月二日東郊故事

椒盤宿酒未全醒，擾擾金鞍逐畫軿〔一〕。麥雨一犂隨處緑，柳煙千縷幾時青？客愁舊歲連新歲，歸路長亭間短亭〔二〕。萬里松楸雙淚墮，風前安得諱飄零？

【題解】

本詩作於淳熙四年（一一七七）正月二日，時在蜀帥任上。按故事，出東郊勸農，有感而作本詩。淳熙三年正月初四日，石湖也出東郊，見本卷初四日東郊觀麥。丁酉，即淳熙四年。

【箋注】

〔一〕「擾擾」句：逐畫軿，陸游老學庵筆記卷二：「成都諸名族婦女，出入皆乘犢車。惟城北郭氏車最鮮華，爲一城之冠，謂之『郭家車子』，江瀆廟西廂有壁畫犢車，廟祝指以示予曰：『此郭家車子也。』」

〔二〕「歸路」句：李白菩薩蠻（平林漠漠煙如織）：「何處是歸程。長亭更短亭。」海録碎事卷四：「長短亭，十里五里，長亭短亭。言十里一長亭，五里一短亭。」

二月二十七日病後始能扶頭

複幕重簾苦見遮，暮占栖雀曉占鴉。殘燈煮藥看成老，細雨鳴鳩過盡花。心爲蚤衰元自化，髮從無病已先華㊀。更蒙厲鬼相提唱，此去山林屬當家。

【校記】

㊀髮從：活字本、叢書堂本、董鈔本均同。富校：「『從』黄刻本作『雖』。按『從』即縱字，義亦可通。」

【題解】

本詩作於淳熙四年（一一七七）二月。石湖於淳熙四年春，卧病。周必大神道碑云：「三年春，公大病，求歸。」誤。石湖吴船録卷上：「（淳熙丁酉）今春病少城，幾殆，僅得更生。」于北山范成大年譜「淳熙四年」譜文云：「春間卧病，屢見於詩，陸游間有和作。」陸游和范舍人書懷（劍南詩稿卷八）：「歲月如奔不可遮，即今楊柳已藏鴉。客中常欠尊中酒，馬上時看檐上花。末路凄涼老巴蜀，少年豪舉動京華。天魔久矣先成佛，多病維摩尚在家。」即和石湖此詩。

病中聞西園新花已茂，及竹逕皆成，而海棠亦未過

梅塢桃蹊斫竹初，三旬高卧信音疎。春雖與病無交涉，雨莫將花便破除。祇合蘧蘧隨夢去〔一〕，何須咄咄向空書〔二〕。頗聞蜀錦猶相待，去歲今朝已雪如。

【題解】

本詩作於淳熙四年（一一七七）春，時在蜀帥任上。陸游有和詩，和范舍人病後二詩末章兼呈張正字其二：「士生不及慶曆初，下方元祐當勿疎。請看蛟龍得雲雨，豈比鳥雀馴階除。舍人起始北門草，學士歸著東觀書。劍外老農亦吐氣，釀酒畦花常晏如。」石湖詩云「三旬高卧」，知卧牀一月餘。

【箋注】

〔一〕蘧蘧隨夢去：用莊子齊物論莊周夢爲蝴蝶典。

〔二〕咄咄向空書：世説新語黜免：「殷中軍被廢，在信安，終日恒書空作字。揚州吏民尋義逐之，竊視，唯作『咄咄怪事』四字而已。」

枕上

一枕經春似宿酲，三衾投曉尚淒清。殘更未盡鴉先起，虚幌無聲鼠自驚。久病厭聞銅鼎沸，不眠惟望紙窗明。摧頹豈是功名具，燒藥爐邊過此生。

【題解】

本詩作於淳熙四年（一一七七）春，時在蜀帥任上。陸游有和詩，和范舍人病後二詩末章兼呈張正字其一：「放衙原不爲春酲，澹蕩江天氣未清。欲賞園花先夢到，忽聞簷雨定心驚。香雲不動熏籠暖，蠟淚成堆斗帳明。關隴宿兵胡未滅，祝公垂意在尊生。」

初履地

扶頭今日强冠簪，餘燼收從百戰酣。長脛閣軀如瘦鶴，衝風奪氣似枯柟〔一〕。客來慵技懶殘涕〔二〕，老去定同彌勒龕。何處更能容結習？任教花雨落毿毿。

【題解】

本詩作於淳熙四年（一一七七）春，時在蜀帥任上。病起初履地，有感作本詩。

【箋注】

〔一〕「衡風」句：自杜甫枯柟「衡風奪佳氣，白鵠遂不來」化出。

〔二〕「客來」句：用懶殘故事。宋高僧傳卷三九唐南嶽山明瓚傳載，衆僧營作，瓚則「晏如」，「時目之懶瓚也。」又，「好食僧之殘食，故殘也」。時號爲「懶殘」。沈欽韓范石湖詩集注卷中引傳燈録云：「懶殘云：『那有工夫爲俗人拭涕！』」惠洪林間録卷下：「唐高僧，號懶瓚，隱居衡山之頂石窟中。……德宗聞其名，遣使馳詔召之，使者即其窟，宣言天子有詔，尊者幸起謝恩。瓚方撥牛糞火，尋煨芋食之，寒涕垂膺，未嘗答。使者笑之，且勸瓚拭涕。瓚曰：我豈有工夫爲俗人拭涕耶！竟不能致而去。德宗欽嘆之。」

密室憊坐

如許頭顱莫振矜，但尋曲几與枯藤。餘生不直一彈指〔一〕，此病寧論三折肱〔二〕。何處丹房癡候火，誰家籌室强傳燈〔三〕？本來識字耕夫耳，今乃仍添百不能。

【題解】

本詩作於淳熙四年（一一七七）春，時在蜀帥任上。憊坐密室，用佛家語抒感，作成本詩。

【箋注】

〔一〕一彈指：佛家語，喻時間很短促。翻譯名義集：「俱舍云：壯士一彈指頃六十五刹那。」白居易禽蟲十二章：「何異浮生臨老日，一彈指頃報恩讐。」

〔二〕三折肱：左傳定公十三年：「三折肱，知爲良醫。」黄庭堅寄黄幾復：「持家但有四壁立，治病不蘄三折肱。」

〔三〕「誰家」句：用佛家典故。翻譯名義集：「秣兔羅國城東五六里，巖間有石室，高二十餘尺，廣三十餘尺，四寸細籌，填積其内，尊者近護説法，化導夫妻俱證羅漢果者，乃下一籌。」

春晚初出西樓

試倚枯藤似籋雲〔一〕，堂階微步小逡巡。忽逢巖桂新抽葉，屈指黄紬睡一春。

【題解】

本詩作於淳熙四年（一一七七）晚春，時在蜀帥任上。一春多病，至春晚始初出居處，觸景生情，賦此小詩。

【箋注】

〔一〕籋雲：漢書禮樂志：「籋浮雲，晻上馳。」顔師古注引蘇林曰：「籋音躡。言天馬上躡浮雲也。」此形容大病初愈後，身體虚弱、顫顫巍巍之狀。

春晚卧病，故事都廢，聞西門種柳已成，而燕宫海棠亦爛漫矣

軒窗深窈似禪房，竟日虚明裊斷香。詩債無邊春已老〔一〕，睡魔有約晝初長。市橋煙雨應官柳，墟苑池臺自海棠。游騎行歌莫相笑，遨頭六結已龜藏〔二〕。

【題解】

本詩作於淳熙四年春。燕宫，即成都燕王宫，多海棠，陸游張園海棠（劍南詩稿卷八）：「西來始見海棠盛，成都第一推燕宫。」陸游有詞漢宫春「浪迹人間」，題注云：「張園賞海棠作，園故蜀燕王宫也。」陸游忽忽（劍南詩稿卷一三）「列炬燕宫夜」自注：「成都故蜀時燕王宫，今屬張氏，海棠爲一城之冠。」

【箋注】

〔一〕詩債：他人求詩或索和，尚未酬答，如負債然。白居易晚春欲攜酒尋沈四著作先以六韻寄之：「顧我酒狂久，負君詩債多。」

〔二〕遨頭：蘇軾次韻劉景文周次元寒食同遊西湖自注：「成都太守自正月二日出遊，謂之遨頭。」

至四月十九日浣花乃止。」陸游寄答綿州楊齊伯左司：「我老一官書紙尾，君行千騎試遨頭。」　六結已龜藏：佛家語，阿毗達摩集論有五結，謂貪、恚、慢、嫉、慳也。沈欽韓注：「此天結，蓋即龜藏六之喻。」

病起初見賓僚，時上疏匄祠未報

浪將冠服衣猿狙〔一〕，因病偷閑稍自如。時有好懷誇得句，略無情語怕回書。邊城晏閉稀傳箭〔二〕，村巷春遊未荷鋤。迨此良辰公事少，天恩儻許賦歸歟〔三〕。

【題解】

本詩作於淳熙四年春。本年春，石湖大病，因上疏求歸。本詩作於尚未得到朝廷回復之時。不久，得詔命，進敷文閣直學士，上兵民十五事，召赴行在。周必大神道碑：「（淳熙）四年（原誤作「三年」，今改）春，公大病，求歸，上令先進敷文閣直學士；明日乃下詔命，公列上兵民十五事。上曰：『范某已病，尚爲國遠慮，可趣其來。』」于北山范成大年譜「淳熙四年」有按語云：「石湖此次進敷學，乃孝宗親筆所下除目。劉克莊孝宗宸翰十五：『臣聞之故老，孝宗留意人材，當時小大之臣，多出親擢，罕由廟堂進擬者。……龔公以首參行相事，故其家藏當時除目甚多：（一）史浩除少保、內祠、侍讀；（二）李彥穎、王淮執政；（三）蜀帥范成大進敷學；（四）林光朝除中舍；

〔五〕趙粹中、周必大除侍郎；〔六〕蓋鈞改官除目。』（後村大全集卷一〇三）楊甲成都縻棗堰亭記也記及其事：「四年四月，公始與客集於亭上，命其諸生楊甲爲之記。……集于亭之月，上詔來錫公，命加敷文閣直學士，召赴行在所，其治蜀之績可知也。」

【箋注】

〔一〕冠服衣猿狙：莊子天運：「今取猨狙而衣以周公之服，彼必齕齧挽裂，盡去而後慊。」

〔二〕傳箭：杜甫投贈哥舒開府翰：「青海無傳箭，天山早掛弓。」仇兆鰲注引趙汸之曰：「外寇起兵，則傳箭爲號。」

〔三〕賦歸歟：論語公冶长：「子在陳曰：『歸與，歸與！』」

陸務觀云：春初多雨，近方晴，碧鷄坊海棠全未及去年

遲日温風護海棠，十分顔色醉春粧。天公已許晴教好，説與鳴鳩一任忙。

報事碧鷄坊裏來，今年花少似前回。笙簧冷落遨頭病，不著梁州打不開〔一〕。

【題解】

本詩作於淳熙四年三月。詩題所云，乃指陸游海棠其一（劍南詩稿卷八）：「十里迢迢望碧

鷄，一城晴雨不曾齊。今朝未得平安報，便恐飛紅已作泥。」其二：「蜀地名花擅古今，一枝氣可壓千林。譏彈更到無香處，常恨八言太刻深。」此非唱和詩，一用韻不同，二詩意不相和。碧鷄坊，成都重要景區，以海棠著稱。周煇清波雜志別志卷上：「巴蜀風物之盛，或者言過其實。……然海棠富艷，江浙則無之。成都燕王宮、碧鷄坊尤名奇特。客云：碧鷄王氏亭館，先中植一株，繼益於四隅，歲久繁盛，衮延至三兩間屋，下瞰覆冒錦繡，爲一城春遊之冠。」嘉慶四川通志卷四八輿地志古蹟一：「（成都縣）碧鷄坊，在縣西南隅。益州記：『成都之坊百有二十，第四曰碧鷄坊。』」

【箋注】

〔一〕梁州：蘇軾讀開元天寶遺事三首之三「琵琶絃急衮梁州」，查注：「開天傳信記：西涼州新製曲曰涼州。鄭處晦明皇雜録：上歸自蜀，乘月登樓，命歌涼州，即貴妃所製。程大昌演繁露：樂府所傳大曲，惟涼州最先出。會要曰：自晉播遷內地，古樂遂分散不存，苻堅滅涼，始得漢魏清商之樂，及宋武定關中，收之入於江南。隋平陳，獲之，文帝曰：此華夏正聲也。乃置清商署。煬帝乃立清樂、西涼等九部，後遂訛爲梁州。」

清明日試新火作牡丹會 蜀人以洛中千葉種爲京花，單葉爲川花。

再鑽巴火尚浮家，去國年多客路賒。那得青煙穿御柳，且將銀燭照京花。香鬟半醉斜枝重，病眼全昏瘴霧遮。錦地繡天春不散，任教檐雨捲泥沙。

【題解】

本詩作於淳熙四年（一一七七）清明日，時在蜀帥任上。試新火作牡丹會，乃賦詩記其盛況。廣群芳譜卷三二「牡丹一」：「花皆單葉，惟洛陽者千葉，故名洛陽花。」試新火，因寒食禁火，故清明日「試新火」。顧禄清嘉録卷三引吴曼雲江鄉節物詞：「新火纔從竹屋分。」即寫此風俗。

三月十九日夜極冷

誰勒餘寒不放回，春深猶煖地爐灰。鄉心忽向燈前動，夜雨先從竹裏來。鶗鴂已如鶯百囀，酴醾那復雪千堆〔一〕。調糜煮藥東風老，慚愧茶甌與酒杯。

【題解】

本詩作於淳熙四年（一一七七）三月十九日，時仍在蜀帥任上。夜極冷，因賦本詩以志感。

【箋注】

〔一〕「酴醾」句：廣群芳譜卷四二「酴醾」：「花青跗紅，萼及開時變白，帶淺碧，大朵千瓣，香微而清。」又引益部方物略記：「蜀酴醾多白，而黄者時時有之，但香減於白花。」因酴醾花多白色，故云「雪千堆」。

垂絲海棠

春工葉葉與絲絲，怕日嫌風不自持。曉鏡爲誰粧未辨，沁痕猶有淚臙脂〔一〕。

【題解】

本詩作於淳熙四年三四月間。廣群芳譜卷三五「海棠」云：「海棠有四種，皆木本。」垂絲海棠附注：「樹生柔枝長蒂，花色淺紅，蓋山櫻桃接之而成，故花梗細長似櫻桃，其瓣叢密，而色嬌媚，重英向下，有若小蓮。」

【箋注】

〔一〕「沁痕」句：廣群芳譜卷三五「海棠」：「蓋色之美者惟海棠，視之如淺絳，外英英數點如深臙脂，此詩家所以難爲狀也。」陸游張園觀海棠：「黄昏廉纖雨，千點裛紅淚。」

浣花戲題争標者

淩波一劇便捐生，得失何曾較重輕。蝸角虚名人尚愛〔一〕，錦標安得笑渠争！

【題解】

本詩作於淳熙四年四月。浣花，即浣花溪，又名濯錦江、百花潭，在四川成都西郊。溪畔有杜甫故居浣花草堂。方輿勝覽卷五一：「浣花溪在城西五里，一名百花潭。」歲華紀麗譜：「四月十九日，浣花佑聖夫人誕日也。太守出笮橋門，至梵安寺（即杜工部宅）謁夫人祠，就宴於寺之設廳。既宴，登舟觀諸軍騎射，倡樂導前，泝流至百花潭，觀水嬉競渡。」陸游老學庵筆記卷八：「四月十九日，成都謂之浣花遨頭，宴於杜子美草堂滄浪亭，傾城皆出，錦繡夾道。自開歲宴遊，至是而止，故最盛於他時。」

【箋注】

〔一〕蝸角虛名：莊子則陽：「有國於蝸之左角者，曰觸氏；有國於蝸之右角者，曰蠻氏。時相爭地而戰，伏屍數萬，逐北旬有五日而後反。」

鹿鳴宴

岷峨鍾秀蜀多珍，坐上儒先更逸群。墨沼不憂經覆瓿〔一〕，琴臺重有賦凌雲〔二〕。文章小技聊干禄，道學初心擬致君。富貴功名今發軔，願看稽古策高勳。

【題解】

本詩作於淳熙四年（一一七七），時仍在蜀帥任上，成都舉辦鹿鳴宴，石湖贊賀座上俊彦，並期望他們建立功業，賦成本詩。

【箋注】

〔一〕墨沼：即揚雄故宅之墨池。何涉墨池準易堂記：「（揚雄）有宅一區，在錦官西郭隘巷，著書墨池在焉。」曹學佺蜀中名勝記卷三成都府三：「寰宇記云：子雲宅在少城西南角，一名草玄堂。」

〔二〕琴臺：沈欽韓范石湖詩集注卷中引名勝志：「李膺云：市橋西二百步有相如舊宅，今海安寺南有琴臺故地。」太平寰宇記卷七二劍南西道一相如宅條，引又益部耆舊傳云：「宅在少城中笮橋下有百許步是也，又有琴臺在焉。今爲金花等寺。」

陸務觀作春愁曲悲甚，作詩反之

東風本是繁華主，天地元無著愁處。詩人多事惹閒情，閉門自造愁如許〔一〕！病翁老矣癡復頑，風前一笑春無邊。糟牀夜鳴如落泉，一杯正與人相關〔二〕。

【校記】

㈠閉門：富校：「『閒』黄刻本作『閉』，是。」活字本、叢書堂本、董鈔本均作「閒門」。今據黄刻本、富校改。

【題解】

本詩作於淳熙四年（一一七七），石湖讀陸游春愁曲詩，有感而作本詩。陸游春愁曲（客話成都，戲作）：「處羲至今三十餘萬歲，春愁歲歲常相似。外大瀛海環九洲，無有一洲無此愁。我願無愁但歡樂，朱顔緑鬢當如昨。金丹九轉徒可聞，玉兔千年空擣藥。蜀姬雙鬟婭姹嬌，醉看恐是海棠妖。世間無處無愁到，底事難過萬里橋。」陸游詩原作於淳熙元年正月，于北山范成大年譜「淳熙四年」按云：「陸游春愁詩，在集中編於歲暮感懷之前，當係去年歲杪之作，此時石湖始讀及之。」按，陸游春愁曲，作於淳熙元年正月，編于卷四；春愁詩，作於淳熙三年冬，編于卷八。

【箋注】

〔一〕「糟牀」三句：江南人用小槽壓製紅酒，酒如泉落。范成大次韻子文：「但促小槽添壓石，龍頭珠滴夜姍姍。」秦觀江城子：「小槽春酒滴珠紅，莫怱怱，滿金鐘。」

種竹了題愛山亭

灑掃宣華舍此君，煙中月下緑生塵。他年葉葉清風滿，莫忘今年借宅人〔一〕。

【題解】

本詩作於淳熙四年（一一七七）四月，時仍在成都，猶種竹居處，賦本詩以志感。

【箋注】

〔一〕借宅人：晉書王徽之傳：「嘗寄居空宅中，便令種竹。或問其故，徽之但嘯咏，指竹曰：『何可一日無此君耶！』」石湖借以自喻。

題錦亭

手開花徑錦成窠，浩蕩春風載酒過。來歲遊人應解笑，甘棠終少海棠多。

【題解】

本詩作於淳熙四年（一一七七）春，時在成都，題詩寫居處之風物。此詩編於本卷之尾，然時序似應在前。

石湖居士詩集卷十八

初發太城留别田父

西蜀夏旱，未行前數日連得雨，父老云：「今歲又熟矣！」

秋苗五月未入土，行人欲行心更苦。路逢田翁有好語，競説宿來三尺雨。行人雖去亦伸眉，翁皆好住莫相思。流渠湯湯聲滿野[一]，今年醉飽鷄豚社[二]。

【題解】

本詩作於淳熙四年五月二十九日。范成大吴船録卷上：「石湖居士以淳熙丁酉歲五月二十九日戊辰離成都。」石湖離蜀帥任，乃受詔赴行在。楊甲成都縻棗堰記：「集於亭之月，上詔來，錫公命，加敷文閣直學士，召赴行在所。」陸游有送行詩送范舍人還朝（劍南詩稿卷八）：「平生嗜酒不爲味，聊欲醉中遺萬事。酒醒客散獨悽然，枕上屢揮憂國淚。君如高光那可負，東都兒童作胡語。常時念此氣生癭，况送公歸覲明主！皇天震怒賊得長？三年昴星失光芒。旄頭下掃在旦暮，嗟此大議知誰當？公歸上前勉畫策，先取關中次河北。堯舜尚不有百蠻，此時何能穴中國！黄扉甘泉多故人，定知不作白頭新。因公併寄千萬意，早爲神州清虜塵！」李石亦有送行詩送范至能制置（方舟集卷一）：「孔子不到秦，右軍念西岷。劍關鐵嶺江，與世隔紅塵。天亦惜秘境，我豈世間人。天上紫微郎，筆端演絲綸。跨象桂林郡，騎鯨芙蓉津。五嶺與三峽，緣雲躡星辰。憶公玉帳初，草木生華春。豢龍赤城家，長生定前身。扁舟載西子，五湖浮海濱。莫作去來想，雪山輕重均。況從尺一招，甘泉問鬼神。廟謨蓍龜舊，鼎味桃李新。虞衡備編載（自注：至能作虞衡志），我亦願卜鄰。」李石，字知幾，四川資中人。舉進士高第，歷仕成都學官，知合州、黎州、眉州，除成都路轉運判官，爲人耿直，爲官屢遭論斥。陸游稱之爲「資中名士」。關於陸游和詩之作年，孔凡禮范成大年譜淳熙四年譜文：「壬午（六月十四日），陸游送至中巖，賦送范舍人還朝。」于北山范成大年譜淳熙四年譜文：「四月，朝廷徵詔至。將離任，陸游、李石有詩送行。」陸游詩，即送范舍人還朝。又陸游年譜却繫本詩於六月中巖送别時。錢仲聯劍南詩稿校注卷八送范舍人還朝「題解」：「此詩淳熙四年六月作於眉山之慈娥巖。」按，實際上，陸游送范舍人還朝一詩，當作於范成大初受召歸之命時，當時，陸游、李石都在幕府，最早知道此詔命，因而即時賦詩賀其還朝。因此陸、李之送范成大還朝詩，都作於離成都前。當時無法預知日後送别地之情景，只是總體上祝頌石湖回朝後爲君王謀畫，恢復神州。因爲當時范成大事務繁忙（交接政事、安排家眷離蜀），對兩位之送行詩，並未及時酬答。後來陸游送石湖至慈姥巖，沿途有多次唱酬。臨别時，陸游作慈姥巖酌別詩，范成大即作和詩次韻陸務觀慈姥巖酌別二絶。惜乎陸游之原唱，今劍南詩稿中失載。太城，即大城。太平寰宇記卷七二劍南西道一：「（華陽縣）少城，在縣南一百步。李膺記：『與大城倶築，惟西南北三壁，東即大城之西墉。』」曹學佺蜀中名勝志卷一成都府一：「大城者，今南門城也。」臨行前連日雨，范成大吴船録卷上：「臨行連日得雨，道見田翁，欣然曰：『今年又熟矣。』」

【箋注】

〔一〕「流渠」句：范成大吴船録卷上：「六月己巳朔，發郫縣，舟下眉州彭山縣，泊。單騎轉城，過東北兩門，又轉而西，自侍郎堤西行秦岷山道中，流渠湯湯，聲震四野，新秧勃然鬱茂。」

〔二〕雞豚社：韓愈南溪始泛三首之二：「願爲同社人，雞豚燕春秋。」陸游思歸示兒輩：「興發雞豚社，心闌翰墨場。」

入崇寧界

桑間三宿尚回頭，何況三年濯錦遊〔一〕。草草郫筒中酒處〔二〕，不知身已在彭州〔三〕。

【題解】

本詩作於淳熙四年（一一七七）六月，時自成都離任赴召，入彭州崇寧縣，賦本詩紀行。崇寧，縣名，宋史地理志五成都府路彭州，縣三：「崇寧，望，唐昌縣，崇寧三年改。」

【箋注】

〔一〕濯錦：指成都。王存新定九域志卷七成都府：「江水，亦名濯錦江，俗云：此水濯錦鮮明。」因指成都爲濯錦城。

〔二〕郫筒：儲酒器。范成大吴船録卷上：「郫筒，截大竹，長二尺以下，留一節爲底，刻其外爲花紋，上有蓋，以鐵爲提梁，或朱或黑，或不漆，大率挈酒竹筒也。華陽風俗記所載，乃刳竹傾釀，閉以藕絲蕉葉，信宿馨香達於外，然後斷取以獻，謂之郫筒酒。」

〔三〕「不知」句：暗用段成式小説梵僧難陀典：「唐丞相魏公張延賞在蜀時，有梵僧難陀得如幻三昧。……時時預言人凶衰，皆謎語，事過方曉。成都有百姓供養數日，僧不欲住，閉關留之，僧因是走入壁角，百姓遽牽，漸入，唯餘袈裟角，頃亦不見。來日壁上有畫僧焉，其狀形似，日日色漸薄。積七日，空有黑跡，至八日，跡亦滅，僧已在彭州矣。」

懷古亭

在永康離堆之上，離堆分岷江水一派，溉彭、蜀，而支流道郫縣以入於府江。

朝來寫得故人書，雙鯉難尋雁亦無。付與離堆江水去，解從郫縣到成都。

【題解】

本詩作於淳熙四年（一一七七）六月，時離成都赴召。登永康軍懷古亭，賦詩抒寫懷念成都故人之情思。范成大吴船録卷上：「西門名玉壘關，自門少轉，登浮雲亭，李蘩清叔守郡時所作。取杜子美詩『玉壘浮雲變古今』之句，登臨雄勝。又登懷古亭，俯觀離堆。離堆者，李太守鑿崖中斷，分江水一派入永康以至彭、蜀，支流自郫以至成都。」

離堆行

沿江有兩崖中斷，相傳秦李太守鑿此以分江水；又傳李鎖孽龍於潭中，今有伏龍觀在潭上。蜀旱，支江水涸，即遣官致祭，壅都江水以自足，謂之攝水，無不應。民祭賽者率以羊，歲殺四五萬計。

殘山狠石雙虎卧，斧迹鱗皴中鑿破。潭淵油油無敢唾，下有猛龍跧鐵鎖。自從分流注石門，西州秔稻如黄雲。刲羊五萬大作社〔一〕，春秋伐鼓蒼煙根。我昔官稱勸農使〔二〕，年年來激西江水。成都火米不論錢〔三〕，絲管相隨看蠶市。款門得得酹清尊，椒漿桂酒删羶葷。妄欲一語神豈聞？更願愛羊如愛人！

【題解】

本詩作於淳熙四年（一一七七）六月，時離成都回京赴召。范成大吴船録卷上：「離堆者，李太守鑿崖中斷，分江水一派入永康以至彭、蜀，支流自郫以至成都。懷古（亭）對崖，有道觀曰伏龍，相傳李太守鎖孽龍於離堆之下。觀有孫太古畫李氏父子像。」王象之輿地紀勝卷一五一：「（永康軍）離堆，在軍南，即蜀守李冰鑿之以避沬水之害，事見史記河渠書。應劭風俗通云：『秦昭王使李冰爲蜀守，冰鑿離堆，開成都兩江，溉田萬頃。』」陸游有離堆伏龍祠觀孫太古畫英惠王像詩。

【箋注】

〔一〕「刲羊」句：范成大吴船録卷上：「李太守疏江驅龍，有大功於西蜀，祠祭甚盛，歲刲羊五萬。」陸游和范舍人永康青城道中作（劍南詩稿卷八）：「君看神君歲食羊四萬，處處棄骨高成堆。」曾敏行獨醒雜志卷五：「永康軍城外崇德廟，乃祠李太守父子也……祠祭甚盛，每歲用羊至四萬餘，凡買羊以祭，偶産羔者亦不敢留，永康藉羊税以充郡計。」

〔二〕「我昔」句：范成大任多處地方官兼勸農使，如乾道五年處州任上作通濟渠碑，署銜「處州軍州主管學事兼管内勸農事」，乾道九年静江府任上作祭遺骸文，署銜「知静江軍府事兼管内勸農使事」。

〔三〕火米：李德裕謫嶺南道中作：「五月畬田收火米。」本草綱目卷二二：「西南夷亦有燒山地爲畬田，種旱稻者，謂之火米。」

崇德廟

李太守廟食處也。

雪山南風融雪汁，化作岷江江水來〔一〕。不知新漲高幾畫〔二〕，離堆石壁舊有水則，記漲痕，占歲事，一畫爲一則。但覺樓前奔萬雷。天教此水入中國，兩山辟易分道開。我家長川到海處，却在發源傳酒杯。人生幾屐辦此役，遠遊如許神應咍！東歸短棹昨已具，明日發船撾鼓催。灘平放溜日千里〔三〕，已夢鱠鱸如雪堆〔四〕。丹楓繫纜一回首，玉壘浮雲安在哉〔五〕？

【題解】

本詩作於淳熙四年（一一七七）六月，時離成都赴召。范成大吴船録卷上：「至永康軍（今四川灌縣）。一路江水分流入諸渠，皆雷轟雪捲，美田彌望，所謂岷山之下沃野者正在此。崇德廟在軍城西門外山上，秦太守李冰父子廟食處也。」「出玉壘關，登山謁崇德廟，新作廟前門樓甚壯。下臨大江，名曰都江。江源政自西戎中來，由岷山澗壑出而會於此，故名都江。世云江出岷山者，自中國所見言之也。李太守疏江驅龍，有大功於西蜀，祠祭甚盛，歲刲羊五萬。民買一羊將以祭而偶産羔者，亦不敢留，併驅以享。廟前屠户數十百家。永康郡計，至專仰羊税，甚矣其殺也！余作詩刻石以諷，冀神聽萬一感動云。」陸游有和作和范舍人永康青城道中作（劍南詩稿卷八）：「風驅雨壓無浮埃，驂驔千騎東方來。勝遊公自輩王謝，净社我亦追宗雷。岷山樓上一徙倚，如地始闢天初開。廓然眼界三萬里，山一蟻垤水一杯。世間幻妄幾變滅，正自不滿吾曹咍。丈夫本願布衣老，達士詎畏蒼顔催。君看神君歲食羊四萬，處處棄骨高成堆。西山老翁飽松麨，造物賦予何遼哉！」

【箋注】

〔一〕「雪山」二句：水經卷三三：「岷山在蜀郡氐道縣，大江所出，東南過其縣北。」酈道元注云：「岷山，即瀆山也，水曰瀆水矣。又謂之汶，阜山在徼外，江水所導也。益州記曰：大江泉源，即今所聞始發羊膞嶺下，緣崖散漫，小水百數，殆未濫觴矣。」

〔二〕「不知」句：宋史河渠志：「離堆之趾，舊鑱石爲水則，則盈一尺，至十而止。水及六則，流始足用；過則從侍郎堰減水河泄而歸於江。」

〔三〕日千里：用李白早發白帝城「千里江陵一日還」詩意。

〔四〕「已夢」句：鱸魚肉白如雪。范成大吴郡志卷二九：「鱸魚，生松江，尤宜膾。潔白鬆軟，又不腥，在諸魚之上。」吴郡圖經續記卷下：「鱸魚肉白如雪，不腥。所謂金齏玉膾，東南之佳味也。」

〔五〕玉壘浮雲：語出杜甫登樓：「錦江春色來天地，玉壘浮雲變古今。」

戲題索橋㊀

纖篁匀鋪面，排繩强架空。染人高曬帛，獵户遠張罿。薄薄難承雨，翻翻不受風。何時將蜀客，東下看垂虹〔一〕？

【校記】

㊀題：宋詩鈔作「過青城題索橋」。題下注云：「以竹繩爲之。」

【題解】

本詩作於淳熙四年（一一七七），時離成都赴召。范成大吴船録卷上：「西門名玉壘關：將至青城，再渡繩橋。每橋長百二十丈，分爲五架，橋之廣十二繩，排連之，上布竹笆。攢立大木數十於江沙中，輦石固其根，每數十木作一架，掛橋於半空。大風過之，掀舉幡然，大略如漁人曬網，染家晾綵帛之狀。又須捨輿疾步，從容則震掉不可立，同行者失色。郡人云：稍迂數里，有白石渡，可以船濟，然極湍險也。」沈欽韓范石湖詩集注引曹學佺蜀中名勝志：「灌縣西二里有橋曰珠浦，即索橋也。其制兩岸鑿石爲穴，楗石爲籠，夾植巨木，屹砥湍流，編竹繩跨江，横闊一丈，離水面五尺，長百二十丈。」

【箋注】

〔一〕垂虹：即吴江垂虹橋。朱長文吴郡圖經續記卷中：「吴江利往橋，慶曆八年，縣尉王廷堅所建也。東西千餘尺，用木萬計。縈以修欄，甃以淨甓，前臨具區，横截松陵，湖光海氣，蕩漾一色，乃三吴之絶景也。橋成，而舟檝免於風波，徒行者晨往暮歸，皆爲坦道矣。橋有亭，曰垂虹。」范成大吴郡志卷一七「橋梁」云：「利往橋，即吴江長橋也。慶曆八年，縣尉王廷堅所建。有亭曰垂虹，而世併以名橋。」

青城山會慶建福宫

宫舊名丈人觀，予爲請於朝賜今名。入山前數日，敕書至自行在，予就設醮以祝聖人壽云。

墨詔東來洶驛傳，璇題金榜照山川。祥開聖代千秋節，響動仙都九室天。觸石涌雲埋紫邏，流金飛火燭蒼巔〔一〕。祇應老宅龐眉客〔二〕，長記新宫錫號年。老宅，即老人村也，舊名潦澤，疑傳之誤，余爲更此名。

【題解】

本詩作於淳熙四年（一一七七）六月，時離成都赴召。范成大吴船録卷上：「至青城山，門曰寶仙九室洞天。夜宿丈人觀。觀在丈人峰下，五峰峻峙如屏，觀之臺殿，上至巖腹。丈人自唐以來號五岳丈人儲福定命真君，傳記略云：姓甯，名封，與黄帝同時，帝從之問龍蹻飛行之道。本朝增崇祠典，與灊、廬皆有宫名，此獨號丈人觀。先是其徒以爲言，余爲請之朝……乃賜名會慶建福宫。」王象之輿地紀勝卷一五一：「（永康軍）丈人觀，在青城山，即建福宫也。」「建福宫，即丈人觀，乃甯真君道場也。在青城縣北二十里。上清宫記云：『昔甯封先生棲於此巖之上，黄帝師焉，乃築壇拜甯君爲五岳丈人。』」據本詩自注，乃知建福宫之名，乃石湖請於朝而賜之。

【箋注】

〔一〕「流金」句：范成大吴船録卷上：「夜有燈出四山，以千百數，謂之聖燈。聖燈所至，多有説者，不能堅決。或云古人所藏丹藥之光，或謂草木之靈者有光，或又以謂神龍山鬼所作。其深信者，則以爲仙聖之所設化也。」陸游宿上清宫：「金丹定解幽人意，散作山椒百炬紅。」自注：「夜中山谷火煜然，俗謂聖燈，意古藏丹所化也。」沈欽韓范石湖詩集注卷中引曹學佺蜀中名勝志：「丈人觀上有天池，夜則神燈飛行遍空。」

〔二〕「祇應」句：老宅，即老人村，方輿勝覽卷五五：「老人村在大面山之北，如秦人之桃源，昔人避難居其中，多享年壽，故名。或云：『灊夫張不群因入山採藥，浹旬不返，見一叟，致敬而問之。曰：「吾族本丞相范賢之裔。范公知李雄之祚不永，挈吾輩居此，爲終焉之計。」』圖經云：『即老澤也。』」曹學佺蜀中廣記卷六：「艾子云：『蜀青城山老人村有五世孫者，道極險遠，生不識鹽醯，而溪中枸杞根如龍蛇，飲其水故壽。』」龐眉，雙眉濃密，中間相通。李賀巴童答：「龐眉入苦吟。」王琦解：「又龐字一訓厚，一訓大，李義山作長吉小傳，謂長吉通眉，蓋其眉濃密，中間相通，不甚開豁。」

再題青城山

萬里清遊不暇慵，雙旌换得一枝筇。來從井絡直西路〔一〕，上到江源第一峰〔二〕。

海内閒身輸我佚，山中佳氣爲人濃。題詩試刻巖前石，付與他年蘚暈重㊀。

【校記】

㊀蘚暈：原作「蘇暈」，富校：「『蘇』黄刻本作『蘚』，是。」叢書堂本亦作「蘚暈」，今據改。

【題解】

本詩作於淳熙四年（一一七七）六月，時離成都赴召，遊青城山，繼上詩再題一詩。

【箋注】

〔一〕井絡：左思蜀都賦：「岷山之精，上爲井絡。」劉逵注：「河圖括地象曰：『岷山之地，上爲井絡，帝以會昌，神以建福，上爲天井。』言岷山之地，上爲東井維絡；岷山之精，上爲天之井星也。」

〔二〕「上到」句：青城山爲岷山第一峰，岷山又爲大江之源，故云。沈欽韓范石湖詩集注卷中引杜光庭蜀紀：「岷山連峰接岫，千里不絶，青城乃其第一峰耳，高三千六百丈。」

玉華樓夜醮

青城觀殿前大樓，制作瑰麗，初夜有火炬出殿後峰上，羽衣云：「數年前曾一現。」已而如有風吹滅之，比同行諸官至，則無見矣。予默禱云：「此燈果爲我來者，當再明，使衆共觀之。」語訖復現。

丈人峰前山四周，中有五城十二樓〔一〕。玉華仙宫居上頭。紫雲澒洞千柱浮〔二〕，剛風八面寒颼飀〔三〕。靈君宴坐三千秋。蹻符飛行戲玄洲〔四〕。下睨濁世悲蜉蝣，桂旗偃蹇澹少休。知我萬里遥相投，暗蜩奏樂鏘鳴球〔五〕，浮黎空歌清夜遒〔六〕。參旗如虹欻下流，化爲神燈燭巖幽，火鈴洞赤凌空游。誰歟蔽虧黯然收？禱之復然爲我留。半生縛塵鷹在韝，豈有骨相肩浮丘〔七〕？山英發光洗羈愁，行迷未遠夫何尤！笙簫上雲神欲遊〔八〕，揖我從之驂素虬。

【校記】

㊀神欲遊：活字本、叢書堂本、董鈔本、詩淵第三册第一六六二頁作「靈欲遊」。

【題解】

本詩作於淳熙四年（一一七七）六月，時自成都離蜀帥任赴召，登青城山，預玉華樓夜醮，賦詩記其盛。范成大吴船録卷上：「余將入山而敕書適至，乃作醮以祝聖謝恩。真君殿前有大樓，曰玉華，翬飛輪奂，極土木之勝。殿四壁，孫太古畫黄帝而下三十二仙真，筆法超妙，氣格清逸。此壁冠於西州。兩廡古畫尚多，半已剥落，惟張果老、孫思邈二像無恙。壬申，泊青城山。……因來名山禳祭。夜，道士就殿前作步虚儀，方升壇，有大炬出殿後巖上，色洞赤，周旋山頂，有頃滅變。同遊者疾趨來觀，則無有矣。余默請於丈人，此燈正爲僕出者，當復見。使諸人共觀之，語脱口，燈復出，分合眩轉，若經藏然。食頃乃没。觀人云：從來此峰無燈，四年前曾一見。今日山後老人村耆耋婦子輩，聞余至此，皆扶攜來觀。村去此不遠，但過數繩橋，俗稱其村曰獠澤，余以爲不雅馴，更名老宅。近來鹽酪路通，壽亦減。」

【箋注】

〔一〕五城十二樓：古代傳説神仙居住的地方，史記孝武本紀：「方士有言：『黄帝時爲五城十二樓，以候神人於執期，命曰迎年。』」李白經亂離後天恩流夜郎憶舊游書懷贈江夏韋太守良宰：「天上白玉京，十二樓五城。」

〔二〕湏洞：形容浮雲相連不斷。賈誼旱雲賦：「運清濁之湏洞兮，正重沓而並起。」千柱浮：蘇軾廣州東莞縣資福禪寺羅漢閣記：「堂以是故，創作五百，大阿羅漢，嚴淨寶閣，涌地千柱，浮空三成，壯麗之極，實冠南越。」

〔三〕剛風：同罡風，見卷七古風上知府秘書二首「罡風」注。

〔四〕玄洲：神話中的地名，是虛構的仙境。東方朔十洲記載，大海中有玄洲。

〔五〕鳴球：尚書益稷：「戛擊鳴球，搏拊琴瑟。」孔傳：「球，玉磬。」

〔六〕浮黎：天國，在清微天宮。參見卷一六殘夜至峰頂上「浮黎音」注，石湖詩描寫浮黎天國所奏之樂。

〔七〕「豈有」句：浮丘，傳説中黄帝時仙人。郭璞遊仙詩其三：「左挹浮丘袖，右拍洪崖肩。」文選李善注：「列仙傳曰：浮丘公接王子喬以上嵩高山。」

上清宮　自青城登山，所謂最高峰也。

歷井捫參興未闌〔一〕，丹梯通處更躋攀。冥濛蜀道一雲氣，破碎岷山千髻鬟。但覺星辰垂地上，不知風雨滿人間。蝸牛兩角猶如夢，更説紛紛觸與蠻〔二〕。

【題解】

本詩作於淳熙四年（一一七七）六月，時離成都赴召。范成大吴船録卷上：「癸酉，自丈人觀西登山，五里至上清宫，在最高峰之頂，以板閣插石作堂殿，下視丈人峰，直堵墻耳。岷山數百峰，悉在欄檻之下，如翠浪起伏，勢皆東傾。一軒正對大面山。一上六十里，有夷坦曰芙蓉坪。道人於彼種芎，非留旬日不可登，且涉入夷界，雖羽衣輩亦罕到。雪山三峰，爛銀琢玉。闖出大面後，雪山在西域，去此不知幾千里，而了然可見之，則其峻極可知。上清之游，真天下偉觀哉！」王象之輿地紀勝卷一五一：「高臺山在丈人祠之西，晉朝立宫於上，即上清宫也，夜則神燈遍空。」陸游宿上清宫（劍南詩稿卷六）：「九萬天衢浩浩風，此身真是一枯蓬。盤蔬采掇多靈藥，閣道攀躋出半空。累盡神仙端可致，心虚造化欲無功。金丹定解幽人意，散作山椒百炬紅。（夜中山谷火煜然，俗謂聖燈，意古藏丹所化也。）」陸詩作於淳熙元年，可供參考。

【箋注】

〔一〕歷井捫參：李白蜀道難：「捫參歷井仰脅息，以手撫膺坐長嘆。」井，井宿，在東；參，參宿，在西。

〔二〕「蝸牛」兩句：用莊子則陽於蝸角相爭之寓言。

最高峰望雪山

大面峰頭六月寒〔一〕，神燈收罷曉雲班。浮空忽涌三銀闕，云是西天雪嶺山〔二〕。

【題解】

本詩作於淳熙四年（一一七七）六月，時離成都赴召。雪山，岷山主峰。

【箋注】

〔一〕大面峰：范成大吴船録卷上：「岷山之最近者曰青城山，其尤大者曰大面山，大面山之後，皆西戎山也。」沈欽韓范石湖詩集注卷中引輿地紀勝：「大面山在三溪之北，前臨成都，衆峰攢秀，高七十二里。杜光庭記云：『前號青城，後曰大面，其實一也。』」

〔二〕「浮空」二句：此詩境與陸游登灌口廟東大樓觀岷江雪山「千年雪嶺欄邊出，萬里雲濤坐上浮」相仿佛。

范氏莊園

夕陽塵土漲郊墟，六六峰頭夢覺餘。〔一〕竹色唤人來下馬，亂蟬深處有圖書。

【題解】

本詩作於淳熙四年（一一七七）六月，時離成都赴召。范成大吴船録卷上：「甲戌，下山五里，復至丈人觀……乙亥，十五里發青城縣。」甲戌，即宿於青城范氏莊園。按，此詩，輿地紀勝卷一五一成都府及永康軍之「致爽軒」一欄引之，可知致爽軒即范氏莊園，故孫應時稱之爲「青城范氏致爽園」。石湖詩之下，又引陸游、劉焞、趙汝愚、孫應時等人之和韻詩。陸游之和詩云：「黄塵赤日汗沾裾，竹裏煎茶喜有餘。堪笑放翁窮意巧，就君池館讀君書。」此詩劍南詩稿失載，孔凡禮輯入陸游佚著輯存。劉焞和詩云：「團團竹色繞郊居，勾引清風百畝餘。憶昔敲門蘇内翰，而今下馬范中書。」趙汝愚和詩云：「濃陰夾道水流渠，吹盡殘花不復餘。惟有范家千畝竹，青青依舊色侵書。」趙汝愚於淳熙十二年十二月除知成都府，見錢大昕十駕齋養新録卷八「四川制置」條。則趙氏和詩爲後來所作。孫應時和詩云：「可人花木四時足，隨意園池百畝餘。正續岷山高士傳，不談天上故人書。」詩題爲青城范公致爽園用石湖韻。

【箋注】

〔一〕六六：即巫山，因巫山有三十六峰，韓駒念奴嬌（海天向晚）：「霧鬢風鬟何處問，雲雨巫山六六。」

青城縣何子方使君同年園池

榿塍芋壠意中行，浩蕩薰風不計程。雨脚背人歸玉壘，江聲隨馬入青城。五橋今日新知路，千佛當年舊綴名。水竹光中同一笑，丐君荷露濯塵纓。

【題解】

本詩作於淳熙四年（一一七七）六月，時離成都赴召。范成大吴船録卷上：「乙亥，十五里發青城縣，同年雅州守何正仲子方來見，招遊其群從園林。」

何同年書院 有丹竈甚雅。

竹色侵晚帙〔一〕，泉聲漱嵌根。試通丹竈路，應到老人村。

【題解】

本詩作於淳熙四年（一一七七）六月，時離成都赴召，參見上首「題解」。

【箋注】

〔一〕竹色侵晚帙：杜甫嚴鄭公宅同詠竹得香字：「色侵書帙晚。」蘇軾定風波元豐五年七月六日王文甫家飲釀白酒大醉集古句作墨竹詞：「秀色亂侵書帙晚。」

江源縣張季長正字家善頌堂

季長盡出先世所藏圖書，壁有趙清獻公爲令時題名。是日食新米，坐中皆贊喜，夏初嘗大旱也。

我窮江源來，名勝頗追逐〔一〕。薰風秀沃野，在處得奇矚。頌堂有佳士，文字照縑竹。圖書抱世守，古錦韜玉軸。黄金不滿籯，故園有喬木。逡巡酒如澠，霍霍具水陸。田頭新穀升，一飯香滿屋。回思閔雨時，敢望遽炊玉〔二〕。摩挲壁間題，明府遂州牧〔三〕。山高江水長，百世照尸祝。我來坐琴壇，琴壇在成都西園，清獻公彈琴宴坐處。靦汗媿前躅。空餘煙霞痼〔四〕，未許是公獨。請歌青城遊，或附耆舊録。

【題解】

本詩作於淳熙四年（一一七七）六月，時離成都赴召。范成大吴船録卷上：「丁丑，三十里早頓江源縣。前館職張縯季長招至曾祖所作善頌堂。季長之祖，與司馬温公、范太史同朝相善也。論新法不合，歸。二公作善頌堂詩以送之，使歸壽其親。詩卷皆存。壁有趙清獻公宰邑時題字。季長之族祖浩，藏仁宗御飛白書，山谷所跋者。其末句譬天地之高厚，贊日月之光華。『臣知其不能也』，今集中作『臣自知其不能也』，『自』字蓋後來所增，語意方全。山谷自稱『洪州分寧縣雙井里前史官臣黄庭堅』，蓋謫戎州時所跋。」江源縣，唐置唐隆縣，改唐安，宋改江源，亦名蜀州，今四川崇慶縣。元和郡縣圖志卷三一蜀州唐興縣：「武德元年於廢州置唐隆縣，屬益州，垂拱二年割入蜀州。先天元年以犯諱改爲唐安，至德二年改爲唐興縣。」王存元豐九域志卷七蜀州唐安郡縣五，（開寶四年，改唐興縣爲江源。）望，江源。張季長，即張縯，字季長，江源人。參卷一七張正字母夫人朱氏輓詞「題解」。張縯善詩文，與陸游多所唱酬，惜多散佚。著有中庸辨擇、陶靖節年譜辨正。石湖詩云「頌堂有佳士，文字照縑竹」，誠非虚言。石湖過其家時，正丁憂居家。趙清獻公，即趙抃（一〇〇八—一〇八四），字閱道，衢州西安人。景祐元年進士，官殿中侍御史，彈劾不避權貴，京師號曰「鐵面御史」，歷知杭州、青州、成都，參知政事，卒謚清獻。宋史卷三一六有傳。

【箋注】

〔一〕名勝：名流。世説新語文學：「宣武（桓温）集諸名勝講易，日説一卦。」

〔二〕炊玉：戰國策楚策三：「楚國之食貴於玉，薪貴於桂……今令臣食玉炊桂。」

〔三〕明府遂州牧：趙抃任江源縣令時有題字，後升爲遂州知州。

〔四〕煙霞痼：酷愛山水泉石之癖好。貫休別盧使君歸東陽之二：「難醫林藪煙霞癖。」

蜀州西湖

荷花正盛開。水月，登舟亭也。湖陰亭外别有白蓮，尤奇。蜀中無菱，至此始見之。

閒隨渠水來，偶到湖光裹。仍呼水月舟，徑度雲錦地。誰云不解飲，我已荷香醉。湖陰玉嬋娟，夐立紅粧外。何須東閣梅，悠然自詩思〔一〕。驚風入午暑，水竹有秋意。采菱不盈掬〔二〕，興與蓴鱸會〔三〕。遥知新津宿，魂夢亦清麗。

【題解】

本詩作於淳熙四年（一一七七）六月，時離成都赴召，游蜀州西湖，作詩紀遊。范成大吴船録卷上：「乙亥，十五里發青城縣。……丙子，二十里早頓周家莊……十里至蜀州。郡圃内西湖極廣袤，荷花正盛，呼湖船泛之，繫纜古木修竹間，景物甚野，爲西州勝處。……蜀中少菱芡，至此始見之。」沈欽韓范石湖詩集注卷中引名勝志：「西湖在郡圃，蓋皁江之水，皆導城中，環守之居，因瀦其餘以爲湖也。」

【箋注】

〔一〕「何須」二句：運化杜甫和裴迪登蜀州東亭送客逢早梅相憶見寄「東閣官梅動詩興，還如何遜在揚州」詩意。

〔二〕不盈掬：詩經小雅采緑：「終朝采緑，不盈一掬。」蘇軾周教授索枸杞因以詩贈録呈廣倅蕭大夫：「采之終日不盈掬。」

〔三〕興與蓴鱸會：用張翰蓴鱸之思典故。晉書張翰傳：「因見秋風起，乃思吴中菰菜、蓴羹、鱸魚膾，曰：『人生貴得適志，何能羈宦數千里以要名爵乎？』遂命駕而歸。」

新津道中

雨後郊原浄，村村各好音。宿雲浮竹色，清溜走桤陰。曲沼擎青蓋，新畦藝緑針。江天空闊處，不受暑光侵。

【題解】

本詩作於淳熙四年(一一七七)，時離成都赴召。新津，縣名。王存元豐九域志卷九：蜀州，唐安郡，軍事。縣五：望，新津。太平寰宇記：「(蜀州)新津縣，東南七十三里，舊二十鄉。本漢犍爲郡武陽縣地。」范成大吴船録卷上：「丁丑，三十里，早頓江原縣。……四十里宿新津縣。成都及此郡送客畢會，邑中借居，僦舍皆滿，縣人以爲盛。」

次韻陸務觀編修新津遇雨，不得登修覺山，徑過眉州三絶

新津館舍，上漏下濕，送客皆不堪憂。修覺一望，人云可見劍門，杜子美所謂西川供客眼處。眉山城中，悉是污池。

送客多情難語離，僕夫無情車載脂。平生飄泊知何限，少似新津風雨時。

離合紛紛怕遠遊，遠遊仍怕賦登樓。何須一望三千里，望盡西州轉更愁。

雨後蟇頤山色開〔一〕，玻璃江清已可杯〔二〕。緑荷紅芰香四合，又入芙蓉城裏來〔三〕。

【題解】

本詩作於淳熙四年（一一七七）六月，時離成都赴召。范成大吴船録卷上：「丁丑……四十里宿新津縣。成都及此郡送客畢會，邑中借居，僦舍皆滿，縣人以爲盛。」「己卯，大雨，不可登修覺。修覺者，新津縣對江一小山，上有絶勝亭，一望平野，可盡西川。杜子美所謂『西川供客眼，惟有此江郊』。是日霧雨昏昏，非遠望所宜，故不復登。」本詩之原唱陸游詩爲新津小宴之明日欲遊修覺寺以雨不果呈范舍人：「風雨長亭話别離，忍看清淚濕燕脂。酒光摇蕩歌雲暖，不似西樓夜宴時。」「新津渡頭船欲開，山亭凖擬把離杯。不如意事十八九，正用此時風雨來。」按石湖詩意，陸

游此詩當爲三首，今僅存二首，佚一首。修覺寺，在新津縣修覺山上。鍾惺修覺山記：「早發新津……坐舟中，指江干削壁千仞，竹樹榱桷，出没晴嵐雪浪外者，異焉，問之則修覺山。」「決策登焉，所從徑，裒山石之複者爲磴，亂整枉直，各肖其理。登者屢憩，憩處每平。……度磴，去頂可四五之一，行住坐立，更端者數矣。其傍乃有石級齒齒，蜿蜒壁間者，往修覺寺道也。」

【箋注】

〔一〕蟇頤：山名，在眉州東七里。太平寰宇記卷七四：「（眉州）蟇頤山，在州東七里，形以蝦蟇頤。」蘇軾和子由踏青王十朋注：「次公曰：子由踏青詩序云：『眉之東門十數里，有山曰蟇頤，山上有亭榭松竹，山下臨大江。每正月人日，士女相與遊嬉飲酒於其上，謂之踏青也。』」

〔二〕玻璃江：范成大吴船録卷上：「眉州城外江，即玻璃江也。冬時水色如此，方夏，潦怒濤漲，皆黄流耳。」

〔三〕芙蓉城：歐陽修六一詩話：「曼卿卒後，其故人有見之者，云恍惚如夢中，言我今爲鬼仙也，所主芙蓉城，欲呼故人往遊，不得，忿然騎一素騾去如飛。」蘇軾芙蓉城并序：「世傳王迥子高與仙人周瑶英遊芙蓉城。元豐元年三月，余始識子高，問之信然，乃作此詩，極其情而歸之正，亦變風止乎禮義之意也。」詩首聯云：「芙蓉城中花冥冥，誰其主者石與丁。」石湖借此典，僅形容緑荷紅芰之勝境。

中巖

去眉州一程，諾詎羅尊者道場。相傳昔有天台僧，遇病僧與之木鑰匙云：「異時至眉州中巖，扣石笋，當再相見。」後果然。今三石屹立如樓，觀前兩樓純紫石，中一樓蘿蔓被之，傍有寶瓶峰甚端正。山半有喚魚潭，慈姥龍所居。世傳雁蕩大小龍湫亦諾詎羅道場，豈化人往來無常處耶？

赤巖倚玲㠑，翠邏森戍削㊀。岑蔚嵐氣重，稀間暑光薄。聊尋大士處，往扣洞門鑰。雙撐紫玉闕，中矗翠雲幄。應供華藏海，歸坐寶樓閣。無法可示人，但見雨花落。不知龍湫勝，何似魚潭樂？夜深山四來，人靜天一握。驚看松桂白㊁，月影到林壑。門前六月江，世界塵漠漠。寶瓶有甘露，一滴洗煩濁。捫天援斗杓，請爲諸君酌。

【校記】

㊀森戍削：活字本、董鈔本作「森成削」。

㊁松桂：活字本、董鈔本作「杯桂」。

【題解】

本詩作於淳熙四年（一一七七）六月。范成大吳船録卷上：「壬午，發眉州，六十里，午，至中巖，號西川林泉最佳處。相傳爲第五羅漢諾矩那道場，又爲慈姥龍所居。登岸即入山徑，半里，有喚魚潭，水出巖下，莫知淺深，是爲龍之窟宅。人拍手潭上，則群魚自巖下出，然莫敢玩。」諾矩羅尊者，即佛家「十六羅漢」中第五位的名字。我國現存「十六羅漢」名稱最爲完備、準確的内典，爲唐玄奘大師所釋的大阿羅漢難提密多羅所説法住記。雁蕩大小龍湫亦諾詎羅道場，元豐九域志卷五温州樂清縣，有雁蕩山，有瀑布大小龍湫，樓鑰大龍湫：「北上太行東禹穴，雁蕩山中最奇絶。龍湫一派天下無，萬口贊揚同一舌。」新定九域志卷五「温州」：「北雁蕩山，圖經云：『昔有高僧全了入山洞，見此山巖，云是第五羅漢諾矩羅尊者所居。』其山靈異，中有宋真宗皇帝所賜承天、靈岩兩寺額及太宗御書。」

慈姥巖與送客酌別，風雨大至，涼甚。諸賢用中巖韻各賦餞行詩，紛然擘牋。清飲終日，雖無絲竹管絃，而情味有餘

山靈知我厭塵土，喚起蟄雷鏖午暑。松風無力雨絲長，散作毿毿雪塵舞。巖前懸溜珠簾傾，安得吹來添玉觥？詩成酒盡腸亦斷〔一〕，休唤佳人唱渭城〔二〕。

【題解】

本詩作於淳熙四年（一一七七）六月，時離成都赴召。范成大吴船録卷上：「癸未，早食後，與送客出寺，至慈姥巖前，徘徊皆不忍分袂，復班荆，小飲巖下。須臾，風雨大至，巖溜垂下如布。雨映松竹，如玉塵散飛。諸賓各即席作詩，不覺日暮，遂皆不成行。下山，復入宿寺中。」「甲申，早出山，至江步，與送客先歸者别。」陸游送至慈姥巖，曾作酌别詩，已佚。

【箋注】

〔一〕「詩成」句：語出李商隱贈歌妓：「斷腸聲裏唱陽關。」宋畫家李公麟據王維詩意畫成陽關圖，黄庭堅題詩云：「畫出無聲亦斷腸」、「龍眠見出斷腸詩」。

〔二〕唱渭城：即唱渭城曲。王維送元二使安西：「渭城朝雨浥輕塵，客舍青青楊柳春。勸君更盡一杯酒，西出陽關無故人。」因首句有「渭城」二字，故此詩又名渭城曲，是著名的送别詩。

次韻陸務觀慈姥巖酌别二絶

送我彌旬未忍回，可憐蕭索把離杯。不辭更宿中巖下，投老餘年豈再來！

明朝真是送人行，從此關山隔故情。道義不磨雙鯉在，蜀江流水貫吴城。

【題解】

本詩作於淳熙四年（一一七七）六月，時離成都赴召。陸游之原唱詩，劍南詩稿失載。

次韻代答劉文潛司業二絶

平羌江上首空回〔一〕，慈姥巖前定把杯。縱使石腸都忘却〔二〕，也應風雨送愁來。

回廊月下短歌行，惟有知音解有情。一曲紅窗聲裏怨〔三〕，如今分作兩愁城。

【題解】

本詩作於淳熙四年（一一七七）六月，時離成都赴召。至眉州，郡人國子司業劉焞招集於起文堂，賦詩，石湖乃次其韻答之。范成大吴船録卷上：「庚辰，劉焞文潛招集於郡圃起文堂。……文潛，郡人也。」劉焞，字文潛，成都人，紹興二十一年，進士及第，乾道四年除校書郎，五年，以校書郎兼國史院編修官，七年，爲國子司業。劉焞，宋史、宋史翼無傳。于北山范成大年譜「淳熙四年」譜文云：「至眉州，郡人劉焞招集于郡圃起文堂。」並詳考劉焞仕履如下：陳騤南宋館閣録卷八：「劉焞，（乾道）四年十一月除（校書郎），六年六月爲著作佐郎。」又：「劉焞，（乾道）五年九月以校書郎兼（國史院編修官），六年六月爲著作佐郎，七年三月爲國了司業，并兼。」又：「劉焞，（乾道）六年四月，以校書郎兼（實録院檢討官），六月爲著作佐郎，七年三月爲國子司業，并兼。」卷七：

「劉焞，字文潛。成都人。趙逵榜（按，即紹興二十一年）進士及第，治春秋。（乾道）六年六月除（著作佐郎），七年三月爲國子司業。」又引宋會要輯稿職官二一十八：「（乾道七年）三月八日，著作佐郎劉焞除國子司業兼太子侍讀。宰臣梁克家奏曰：『劉焞久在館閣，以拘資格，除郎不行，乞稍遷擢，以重宫僚之選。』上曰：『郎官外更有何官可遣？』虞允文奏曰：『國子司業見闕。緣隆興併省指揮，不許添與祭酒並除。』上曰：『司業乃祭酒之貳，並置何妨？可特除國子司業。』」又王質稱其『言語約而肅』，見雪山集卷八與周樞密益公書。」

【箋注】

〔一〕平羌江：又名平羌水、青衣水。唐宋時代四川嘉州有平羌縣，以水得名。李白峨眉山月歌：「峨眉山月半輪秋，影入平羌江水流。」元和郡縣圖志卷三一「嘉州」：「平羌縣，因境内平羌水得名。」同書卷三二「眉州」有洪雅縣，「青衣水，一名平羌水，經縣南一里」。元豐九域志卷七嘉州：「熙寧五年，省平羌縣爲鎮，入龍游。」

〔二〕石腸：爲鐵腸石心的省稱。皮日休桃花賦序：「余嘗慕宋廣平（璟）之爲相，貞姿勁質，剛態毅狀，疑其鐵腸石心，不解吐婉媚辭。」

〔三〕紅窗：宋時有詞牌紅窗睡，柳永、晏殊均曾填此詞。

玻璃江一首戲效陸務觀作

玻璃江頭春渌深，别時沄沄流到今。祇言日遠易排遣，不道相思翻苦心。烏頭可白我可去，菖花易青君易尋。人生若未免離别，不如碌碌無知音。

【題解】

本詩作於淳熙四年（一一七七）六月，時離成都赴召。范成大吴船録卷上：「午後，至眉州城外江，即玻璃江也。冬時，水色如是，方夏，潦怒濤漲，皆黄流耳。」蘇軾和子由踏青王十朋注：「次公曰：子由踏青詩序云：眉之東門十數里，有山曰蟇頤，山上有亭榭松竹，山下臨大江。」按，此江即玻璃江。沈欽韓注引明統志：「蟇頤山在眉州城東七里，玻璃江在山下，即岷江也。一名蟇頤津。」題云「戲效陸務觀作」，指陸游作於淳熙元年之戲咏西州風土，詩云：「衍沃綿千里，融和被四時。蠶叢角歌吹，石室盛書詩。緑樹藏漁市，清江遶佛祠。吾行更堪樂，載酒上蟇頤。」陸游詩之地望、景物，與玻璃江合。而范成大的戲效詩，已多出許多離别之感慨。

余與陸務觀自聖政所分袂，每別輒五年，離合又常以六月，似有數者。中巖送別，至揮淚失聲，留此爲贈

宦途流轉幾沉浮，鷄黍何年共一丘〔一〕。動輒五年遲遠信，常於三伏話羈愁〔二〕。月生後夜天應老，淚落中巖水不流。一語相開仍自解，除書聞已趣刀頭〔三〕。

【題解】

本詩作於淳熙四年（一一七七）六月，時離成都赴召。范成大吴船録卷上對此次離别，有詳細記載：「癸未，早食後，與送客出寺，至慈姥巖前，徘徊皆不忍分袂，復班荆，小飲巖下。須臾，風雨大至，巖溜垂下如布。雨映松竹，如玉塵散飛。諸賓客各即席作詩，不覺日暮，遂皆不成行。下山，復入宿寺中。」「甲申，早出山，至江步，與送客先歸者别。」陸游亦在衆送客中。「聖政所分袂」，陸游與范成大隆興元年同在聖政所任職。陸游入蜀記卷一：「（乾道六年六月）二十八日……奉使金國起居郎范至能至山，遣人相招食於玉鑑堂。至能名成大，聖政時同官。」但兩人任職時間有差别。歐小牧陸游年譜「紹興三十二年」譜文云：「九月，孝宗即位，遷樞密院編修官，時始置編類太上皇帝聖政所，妙選時彦，乃以先生兼聖政所檢討官。」同書「隆興元年」譜文云：「五

月癸巳，先生由樞密院編修官出判鎮江府。」孔凡禮范成大年譜「隆興元年」譜文云：「四月，爲編類高宗聖政所檢討官，與陸游、陳居仁同官。」則范成大與陸游在聖政所同官的時間僅一兩個月。陸游離開聖政所，與范成大分袂，恰在隆興元年五六月間。「每别輒五年」，這只是約數，並不確切。范、陸聖政所分袂，時在隆興元年，至鎮江見面，時在乾道六年，則相别已有八年。陸游入蜀記卷一：「至能名成大，聖政所同官，相别八年。」乾道六年鎮江會面後，至淳熙二年在成都見面，爲五年。石湖以第二次分别五年，來概稱「每别輒五年」。「離合又常以六月」，范、陸兩人在聖政所分袂，恰在隆興元年六月，陸游通判鎮江的任命，雖在五月癸巳，但離開臨安已在六月。范、陸兩人在鎮江的相會、分袂，也恰在乾道六年六月，入蜀記有明確的記載。范、陸兩人在成都重新會合，正好在淳熙二年六月，淳熙四年在眉州中巖的分離，也在六月。所以，石湖要説「似有數者」。

【箋注】

〔一〕一丘：漢書敘傳上：「漁釣於一壑，則萬物不奸其志；栖遲於一丘，則天下不易其樂。」

〔二〕三伏：韓鄂歲華紀麗卷二「熱」條云：「夏侯湛作大暑賦，云：三伏相仍，徂暑彤彤。上無纖雲，下無微風。」顧禄清嘉録卷六「三伏天」：「從夏至日起，第三庚爲初伏，第四庚爲中伏，立秋後初庚爲末伏，謂之三伏天。」

〔三〕「除書」句：意謂已聞除書召君還朝。刀頭有環，環與還諧音，人們常以刀頭寓歸還之意。

錢起送崔校書從軍：「別馬連嘶出御溝，家人幾夜望刀頭。」

萬景樓

在漢嘉城中山上，登覽勝絶，殆冠西州，予令畫工作圖以歸。山谷來遊時，但有安樂園，未有此樓也。

左披九頂雲〔一〕，右送大峨月。殘山剩水不知數，一一當樓供勝絶。玻璃濯錦遥相通，指麾大渡來朝宗〔二〕。川靈胥命各東去，我亦順流呼短篷。詩無傑語慚風物，賴有丹青傳小筆〔三〕。仍添書客倚闌看㊀，令與山川相暎發。龍鸞歸路繞烏尤〔四〕，棟雲簾雨邀人留。若爲喚得涪翁起，題作西南第一樓〔五〕。

【校記】

㊀ 書客：原作「詩客」，活字本、叢書堂本、董鈔本、詩淵第四册第三〇三二頁作「書客」，今據改。

【題解】

本詩作於淳熙四年（一一七七）六月，時離成都赴召，至嘉州，遊萬景樓，乃作詩紀遊。范成大吴船録卷上：「（六月）丙戌，泊嘉州，遊萬景樓，在州城傍高丘之上，漢嘉登臨山水之勝，既豪西州，而萬景所見，又甲於一郡。其前大江之所經，犍爲、戎、瀘，遠山縹緲明滅，煙雲無際。右列三峨，左横九頂，殘山剩水，間見錯出。萬景之名，真不濫吹。予詩蓋題爲西南第一樓也。」「樓前百餘步，有古安樂園，山谷常遊之，名軒曰涪翁，壁間題字猶存，云『見水繞烏尤』，惟此亭耳。是時未有萬景，故山谷以安樂園爲勝，今不足道矣。」

【箋注】

〔一〕九頂：嘉州淩雲山，有九山頂，故名。范成大吴船録卷上：「乙酉，泊嘉州，渡江遊淩雲，在城對岸，山不甚高，綿延有九山頭，故又名九頂，舊名青衣山。青衣，蠶叢氏之神也。」

〔二〕大渡：即大渡河，岷江支流，古稱大渡水，即濛水。至樂山縣，會合青衣水，入岷江。酈道元水經注卷三三江水一：「縣南有峨眉山，有濛水，即大渡水也。水發蒙溪，東南流，與涐水合。……從水我聲，南至南安，入大渡水，大渡水又東入江。」

〔三〕小筆：題下自注：「予令畫工作圖以歸。」本句謂畫工善小筆。小筆，繪畫中的筆法技巧，筆觸細緻，與闊筆相對。郭若虛圖畫見聞志卷二：「禪月大師貫休，婺州蘭溪人，道行文章外，尤工小筆。」歐陽炯蜀八卦殿壁畫奇異記：「爾（指黄筌）小筆精妙。」近人黄賓虹論畫絶句：「唐人小筆宋闊筆，松雪實兼二者長。」孔壽山唐朝題畫詩注（鄭谷予嘗有雪景一絶爲人所諷吟段贊善小筆精微忽爲圖畫以詩謝之注，四川美術出版社一九八五年版）以爲「小筆，即小品」，實非是。

〔四〕龍彎：沈欽韓范石湖詩集注卷中：「明統志：九龍山在州治東北，臨大江之左，右崖上，舊刻九龍形。按，寰宇記：嘉州龍游縣，隋伐陳，有龍見於江引軍，因而改名。所謂龍彎，殆指此。」烏尤：即烏尤峰，范成大吴郡志卷上：「九頂之傍，有烏尤一峰，小江水繞之，如巧畫之圖。」沈欽韓范石湖詩集注卷中引輿地紀勝：「烏尤山一名離堆山，九頂山之左，舊名烏牛，突然水中，作犀牛狀，至黄山谷題涪翁亭，始謂之烏尤，又名烏龍。」

〔五〕「若爲」二句：涪翁，黄庭堅曾貶爲涪州别駕，因自號「涪翁」。黄庭堅善書法，石湖故欲喚取山谷來，爲萬景樓題寫「西南第一樓」匾。

凌雲九頂

即大石佛處。初登山時，巖壁上悉劖爲小佛，不知其數。山前佛頭灘受雅江之衝，最爲艱險。

聊爲東坡載酒遊，萬龕迎我到峰頭。江摇九頂風雷過，雲抹三峨日夜浮〔一〕。古佛臨流都坐斷，行人識路亦歸休。酣酣午枕眠方丈，一笑閒身始自由。

【題解】

本詩作於淳熙二年（一一七七）六月，時離成都赴召，登凌雲九頂，作本詩紀遊。范成大吴船録卷上：「（六月）乙酉，泊嘉州，渡江遊凌雲。」參見萬景樓注〔一〕。又云：「躋石磴，登凌雲寺，寺有天寧閣，即大像所在。嘉爲衆水所會，導江、沫水與岷江皆合於山下，南流以下犍爲，沫水合大渡河，由雅州而來，直擣山壁，灘瀧險惡，號舟檝至危之地。唐開元中，浮屠海通始鑿山爲彌勒佛像以鎮之，高三百六十尺，頂圍十丈，目廣二丈，爲樓十三層，自頭面以及其足，極天下佛像之大，兩耳猶以木爲之。佛足去江數步，驚濤怒號，洶涌過前，不可安立正視，今謂之佛頭灘。佛閣正面三峨，餘三面皆佳山，衆江錯流諸山間，登臨之勝，自西州來始見於此耳。東坡詩『但願身爲漢嘉守，載酒常作淩雲遊』，後人取其語，作載酒亭於山上。」

【箋注】

〔一〕三峨：指大峨、中峨、小峨。范成大吴船録卷上：「泊嘉州，遣近送人馬，歸者十九，留家嘉州岸下，單騎入峨眉，有三山爲一列，曰大峨、中峨、小峨。中峨、小峨昔傳有遊者，今不復有路。惟大峨一山，其高摩霄，爲佛書所記普賢大士示現之所。」

戲題方響洞

漢嘉廣福院中水洞，有聲琅然，莫知其所在。舊名丁東水，山谷易今名，且題詩云：「古人名此丁東水，自古丁東直至今。我爲改爲方響洞，要知山水有清音。」

隔凡冰澗不可越，衆真微步壺中月〔一〕。徒倚含風玉珮聲，何須聽作蕤賓鐵〔二〕。

【題解】

本詩作於淳熙四年（一一七七）六月，時離成都赴召。泊嘉州，游方響洞，戲題一絶。范成大吴船録卷上：「（六月）丙戌，泊嘉州。……下山入小巷，至廣福院，中有水洞，静聽洞中，時有金玉聲，琅然清越，不知水滴何許作此聲也。舊名東丁水（按，詩作丁東水），寺亦因名東丁院，山谷更名方響洞，題詩云（略）。」

【箋注】

〔一〕壺中月：雲笈七籤卷二八引雲臺治中録：「施存，魯人，夫子弟子，學大丹之道三百年，十鍊不成，唯得變化之術。後遇張申，爲雲臺治官，常懸一壺如五升器大，變化爲天地，中有日月如世間。夜宿其内，自號壺天，人謂曰壺公。」

〔二〕「何須」句：蕤賓，古樂十二律之一，禮記月令仲夏之月：「其音徵，律中蕤賓。」蕤賓鐵，段安節樂府雜録琵琶：「（廉）郊嘗宿平泉别墅，值風清月朗，攜琵琶池上彈蕤賓調，忽聞芰荷間有物跳躍之聲，必謂是魚。及彈别調，即無所聞。復彈舊調，依舊有聲。遂加意朗彈，忽有一物鏘然躍出池岸之上，視乃方響一片，蓋蕤賓鐵也。以指撥精妙，律吕相應也。」

問月堂酌别

半明燈火話悲酸，此會情知後會難。四海宦遊多聚散，一生情事足悲歡。鬢絲今夜不多黑，酒量徹明無數寬。醉夢登舟都不記，但聞風雨滿江寒。

【題解】

本詩作於淳熙四年（一一七七）六月。於嘉州之問月堂，與送別者酌別，有感而作本詩。范成大吳船録卷上：「（嘉州）行館之側曰問月堂，雖久不葺，然月正出前簷，名不虛得。」

別後寄題漢嘉月榭

陸務觀所作。同年，謂王子蒼。萬景，嘉州酒名。湖亭，明月湖也，在州治前。方作旗亭月榭，正直大峨，取太白峨眉山月之語以名。傍有一巖，景趣尤佳，子蒼欲作樓未果。

隱吏詩情卜築幽，同年惜別勸淹留。試傾萬景湖亭酒，來看半輪江月秋〔一〕。川路雖長猶共此，夜船空載且歸休。碧巖勝處頻回首，好事誰能更小樓。

【題解】

本詩作於淳熙四年（一一七七）七月初五日，時離成都赴召，在嘉州，嘉守王亢留看陸游所作月榭，別後寄本詩題詠之。漢嘉，即嘉州。李吉甫元和郡縣圖志卷三一「劍南道上」：「嘉州，禹貢梁州之域。秦爲蜀郡。今州即漢犍爲郡之南安縣地也，後夷獠所侵。梁武陵王蕭紀開通外徼，立青州，遥取漢青衣縣以爲名也。周宣帝二年，改爲嘉州。按州境近漢之漢嘉舊縣，因名焉。」月榭，陸游所建，陸游刻石跋二賢像（渭南文集卷二六），署款云：「乾道九年九月既望，刻石置漢嘉月榭上，山陰陸某識。」王子蒼，即王亢，淳熙四年，正任嘉州守。范成大吴船録卷上：「（七月）壬寅，將解纜，嘉守王亢子蒼，留看月榭，前權守陸游務觀所作，正對大峨，取李太白『峨眉山月半輪秋，影入平羌江水流』之句，郡治乃在山坡上。」王亢與范石湖同在紹興二十四年舉進士，故云「同年」，詩云：「同年惜别勸淹留。」

【箋注】

（一）「來看」句：李白峨眉山月歌：「峨眉山月半輪秋，影入平羌江水流。」本句即自李白詩化出。

過燕渡望大峨，有白氣如層樓，拔起叢雲中

圍野千山暑氣昏，大峨煙靄亦繽紛。玉峰忽起三千丈，應是兜羅世界雲。

【題解】

本詩作於淳熙四年（一一七七）六月，時離成都赴召，過燕渡，望大峨山，作詩寫景。

蘇稽鎮客舍

送客都回我獨前，何人開此竹間軒？灘聲悲壯夜蟬咽，併入小窗供不眠！

【題解】

本詩作於淳熙四年（一一七七）六月，時離成都赴召，過嘉州蘇稽鎮，有感而作本詩。范成大吴船録卷上：「過渡，宿蘇稽鎮。（六月）壬辰，早發蘇稽，午過符文鎮。」蘇稽鎮，在嘉州龍游縣。李吉甫元和郡縣圖志卷三一嘉州龍游縣：「蘇稽戍，在縣西南三十里。」王存元豐九域志卷七嘉州龍游縣有符文、蘇稽、安國、平羌四鎮。

峨眉縣

縣出符文布，婦女人人績麻，且行且觀。田家束蒿然於門口爲香氣，以迎客。

窮鄉未省識旌旄，鷄犬歡呼巷陌騷。村媪聚觀行績布，野翁迎拜跽然蒿。泉清土沃稻芒蚤，縣古林深槐癭高。珍重里儒來獻頌，盛言千載此丘遭〔一〕。

【題解】

本詩作於淳熙四年（一一七七）六月。時離成都赴召，經嘉州龍游縣符文鎮，村婦聚觀於道，村翁燃蒿迎拜，有感而賦詩，記民俗風情之淳樸純真。范成大吴船録卷上：「（六月）壬辰，早發蘇稽，午過符文鎮，兩鎮市井繁遝，類壯縣。符文出布，村婦聚觀於道，皆行而績麻，無索手者。民皆束艾蒿於門，燃之發煙，意者熏祓穢氣，以爲候迎之禮。午後至峨眉縣宿。」李吉甫元和郡縣圖志卷三一劍南道嘉州：「（峨眉縣）枕峨眉山東麓，故以爲名，屬嘉州。隋大業三年割入眉州，皇朝武德元年，又屬嘉州。」王存元豐九域志卷七成都府路：嘉州縣五：峨眉，有峨眉山、大渡河。

【箋注】

〔一〕此丘遭：語出柳宗元鈷鉧潭西小丘記：「是其果有遭乎？書於石，所以賀兹丘之遭也。」辛棄疾鷓鴣天過峽石用韻答吴子似「新詞空賀此丘遭」，亦用其語。

初入大峨

煙霞沉痼不須醫，此去真同汗漫期。曾款上清臨大面，仍從太白問峨眉。山中緣法如今熟，世上功名自古癡。賸作畫圖歸挂壁，他年猶欲卧遊之〔一〕。

【題解】

本詩作於淳熙四年（一一七七）六月。時離成都赴召，經嘉州，遊大峨山，作本詩以紀遊。大峨，即大峨山，范成大吴船録卷上：「（六月）丁亥、戊子、己丑、庚寅、辛卯泊嘉州……單騎入峨眉，有三山爲一列……惟大峨一山，其高摩霄，爲佛書所記普賢大士示現之所。」黄震黄氏日鈔卷六七：「(沫水)由雅州來，渡雅州江，爲大峨山，佛書所謂普賢示現處。去平地百里，盛夏擁重裘，大峨峰頂，天下絶觀。」李吉甫元和郡縣圖志卷三一劍南道上成都府嘉州峨眉縣：「峨眉大山，在縣西七里。蜀都賦云：『抗峨眉於重阻。』兩山相對，望之如峨眉，故名。」

【箋注】

〔一〕「賸作」二句：意謂真該將山景畫成畫幅，歸家掛在壁上，他年可以觀賞，以作「卧遊」之具。賸，真也，張相詩詞曲語辭匯釋卷二：「賸，甚辭，猶真也；儘也；頗也；多也。」卧遊，欣賞山水畫以代遊覽，宋書宗炳傳：「有疾還江陵，歎曰：『老疾俱至，名山恐難徧睹，唯當澄懷觀道，卧以游之。』凡所游履，皆圖之於室。」

華巖寺

衆峰攢壁立，中有路一綫。攀援白雲梯，食頃已天半。我本紫芝曲，誤落青芻棧。向來脱新羈，恍已還舊觀。花煙辭少城，暑雪對大面。來從太白西，更走三峨徧。風生兩腋輕〔一〕，泉吼四山眩。今晨第一程，莫歎輿僕倦。

【題解】

本詩作於淳熙四年（一一七七）六月時離成都赴召，在嘉州峨眉縣游華嚴寺，賦詩紀游。范成大吴船録卷上：「（六月）癸巳，發峨眉縣，出西門，登山，過慈福、普安二院，白水莊，蜀村店，十二里龍神堂，自是礀谷春淙，林樾雄深，小憩華嚴院。」沈欽韓范石湖詩集注卷中引輿地紀勝云：「自峨眉縣勝峰門出，歷石魚橋、山門路、黑水、白水莊、彼岸橋、天公龍神堂，妙峰閣、亂石溪、游仙橋、千人洞、清風峡至華嚴寺。」

【箋注】

〔一〕風生兩腋：盧仝走筆謝孟諫議寄新茶：「七碗吃不得也，唯覺兩腋習習清風生。」

中峰

有普賢閣，背倚白崖峰，餘七十峰共環之。茂真尊者舊庵在峰下，其傍一峰最秀，號呼應，孫思邈所往來，傳云茂真與孫常相呼而應，故名。

凌高躡危峰，斗下頫幽谷〔一〕。仙英馥椒蘭，嘉蔭矗旄纛。空翠元不雨〔二〕，洩雲自膏沐。暑絺森有稜，瘁肌淒欲粟。白崖如負依，金界奠蒼麓。衆峰拱二八，娟妙繞重屋。真人與尊者，幽居接松竹。呼之儻肯應，留我試餐玉。

【題解】本詩作於淳熙四年（一一七七）六月。時離成都赴召，經峨眉縣，游中峰，賦本詩紀游。中峰，即中峰院。范成大吳船録卷上：「小憩華嚴院，過青竹橋、峨眉新觀、路口、梅樹椏、兩龍堂，至中峰院，院有普賢閣，回環十七峰繞之。背倚白崖峰，右傍最高而峻挺者，曰呼應峰。下有茂真尊者庵，人迹罕至。孫思邈隱於峨眉，茂真在時，常與孫相呼、相應於此云。」

【箋注】

〔一〕頫：同「俯」，低頭看。司馬相如上林賦：「頫杳眇而無見，仰攀橑而捫天。」李善注引聲類：「頫，古文『俯』字。」

〔二〕「空翠」句：源出王維闕題：「山路元無雨，空翠濕人衣。」

雙溪

在白水寺前，兩溪各自一山來，齊出橋下，前行入林數十步，合爲一水，洄而深潭，以入寶現溪。僧云：「此景猶在廬山、三峽、雁蕩龍湫之上。溪中舊常有兩石子鬥，日照溪中，常有五色光相。」

冷風騷騷木葉低，洞淵阻深生怪奇。碧琳雙澗黑無底，中有玉龍相對飛。雷轟雪捲入林樾，化爲一龍潭底没。摩尼鬥罷四山空，時有寶光巖下發〔一〕。

【題解】

本詩作於淳熙四年（一一七七）六月，時離成都赴召，經嘉州，游峨眉山，至雙溪，作本詩紀游。范成大吴船録卷上：「（六月）癸巳，發峨眉縣出西門……出院（中峰院），過樟木、牛心二嶺，及牛心院路口，至雙溪橋，亂山如屏簇，有兩山相對，各有一溪出焉，並流至橋下，石塹深數十丈，窈然沉碧，飛湍噴雪，奔出橋外，則入岑蔚中。可數十步，兩溪合爲一，以投大壑，淵渟凝湛，散爲溪灘。灘中悉是五色及白質青章石子，水色麴塵，與石色相得，如鋪翠錦，非摹寫可具，朝日照之，則有光彩發溪上，倒射巖壑，相傳以爲大士小現也。」

【箋注】

〔一〕「摩尼」二句：摩尼，佛家寶珠名，涅盤經卷九：「是故知大乘方等微妙經典，必定清淨，如摩尼珠，投之濁水，水即爲清。」此二句與題下自注「溪中舊常有兩石子鬥」相參照，可知石湖乃以「摩尼珠」喻溪中之石子。

寶現溪

雙溪合而一，既出巖竇，散爲此溪叢。三藏自西域歸，過溪見兩石子鬥，攬得其一，今藏黑水寺。石上有一目，端正透底，溪以此得名。

粲粲罨畫沙〔一〕，粼粼麴塵水〔二〕。朝陽相發揮，光景艷孔翠。寧聞雙溪號，但見縠紋細。神魚不謀食，終日印潭底。躍珠本具眼，聊共阿師戲。收藏更傳寶，一笑落第二。

【題解】

本詩作於淳熙四年（一一七七）六月，時離成都赴召，過峨眉縣，游中峰院、雙溪橋、寶現溪，賦詩紀游。范成大吴船録卷上：「牛心寺三藏師繼業，自西域歸，過此，將開山，兩石鬥溪上，攬得其一，上有一目，端正透底，以爲寶瑞，至今藏寺中，此水遂名寶現溪。」

【箋注】

〔一〕罨畫：即生色畫，彩色畫。高似孫緯略卷七：「墨客揮犀曰：『罨畫，今之生色也。』余嘗謂五采彰施於五服，此固生色之始也。」李賀秦宫詩：「内屋深屏生色畫。」王琦解：「謂畫之鮮明，色像如生者。」

〔二〕麴塵水：麴塵，酒曲上所生菌，此指如麴塵般之淡黄色。吴船録卷上記雙溪橋處「水色麴塵」，參雙溪「題解」。白居易春江閑步贈張山人：「江景又妍和，牽愁發浩歌。晴砂金屑色，春水麴塵波。」

點心山 在白水寺後，自此登峰頂。

入山窘宿雨，上山賀朝霽。跬步便歷險〔一〕，轉盼已呀氣。豈惟膝點心，固已頭搶地。游人貪勝踐，姑吟蜀道易〔二〕。

【題解】

本詩作於淳熙四年（一一七七）六月，時離成都赴召，經峨眉縣，游大峨山，經點心山，賦本詩紀游。范成大吴船録卷上：「（六月）甲午，宿白水寺。……出白水寺側門，便登點心山，言峻甚，足膝點於心胸云。過茅亭觜、石子雷、大小深坑、駱駞嶺、簇店，凡言店者，當道板屋一間，將有登山客，則寺僧先遣人煮湯於店，以俟蒸炊。」

【箋注】

〔一〕跬步：半步，大戴禮勸學：「是故不積跬步，無以致千里。」揚子方言：「半步爲跬。」玉篇：「舉一足也。」

〔二〕「姑吟」句：樂府詩集卷四〇梁簡文帝蜀道難二首題解引尚書談録曰：「李白作蜀道難，以罪嚴武。後陸暢謁韋南康皋於蜀郡，感韋之遇，遂反其詞作蜀道易云：『蜀道易，易於履平地。』」

大扶掙

身如魚躍上長竿，路似鏡中相對看。珍重山丁扶我過，人間踽踽獨行難。

【題解】

本詩作於淳熙四年（一一七七）六月。時離成都赴召，經峨眉縣，游大峨山，過點心山、大小扶掙，賦詩紀游。范成大吴船録卷上：「（六月）甲午宿白水寺。……又過峰門、羅漢店、大小扶掙、錯喜歡、木皮里、胡孫梯、雷洞平，凡言平者，差可以托足之處也。」

小扶掙

食時方了大扶掙，前逢仄徑仍崎嶇。懸崖破棧不可玩，輿丁挾我如騰狙。平生行路險艱足，如今雪鬢應難緑。却憐苔髮鎮長青，千古毵毵挂高木〔一〕。

【校記】

〔一〕毵毵：活字本，叢書堂本、董鈔本、詩淵第二册第一三三二頁均作「鬖鬖」，二者同。

【題解】

本詩作年與上首同，參見大扶掙「題解」。

【箋注】

〔一〕「却憐」二句：范成大吴船録卷上：「山（大峨山）高多風，木不能長，枝悉下垂，古苔如亂髮，鬖鬖挂木上，垂至地，長數丈。」

胡孫梯

峽山有胡孫愁，予常過之。

木磴鱗鱗滑帶泥，微生欹側寄枯藜。胡孫愁處我猶過，箇裏如今幸有梯。

【題解】

本詩作年與大扶撂同。胡孫愁，在峽山，石湖自桂林赴蜀帥途中，曾游胡孫愁，有詩紀游，見卷一六胡孫愁。胡孫梯，在大峨山，見大扶撂「題解」。

雷洞平

七十二洞皆在道傍，大旱有禱，投香花不應，即以大石或死彘及婦人弊履投而觸之，雷雨即至。

行人魄動風森森，兩崖奔黑愁太陰。不知七十二洞處，側足下窺雲海深。聞有神龍依佛住，棖觸須臾召雷雨。兩川稻熟須好晴，我亦閒游神勿驚。

【題解】本詩作於淳熙四年（一一七七）六月。時離成都赴召，經峨眉縣，遊大峨山，過雷洞平，賦詩紀游。范成大吴船録卷上：「（六月）甲午，宿白水寺。……雷洞者，路在深崖，萬仞蹬道，缺處則下瞰沉黑若洞然。相傳下有淵水，神龍所居，凡七十二洞，歲旱則禱於第三洞，初投香幣，不應，則投死彘及婦人弊履之類，以振觸之，往往雷風暴發。峰頂光明巖上，所謂兜羅綿雲，亦多出於此洞。」

八十四盤

冥鴻無伴鶴孤飛，回首塵籠一笑嬉。八十四盤新拄杖，萬三千乘舊牙旗。石梯碧滑雲生後，木葉紅斑雪霽時。説與同行莫惆悵，人間捷徑轉嶔巇。

【題解】本詩作於淳熙四年（一一七七）六月。時離成都赴召，經峨眉縣，游大峨山，過八十四盤，娑羅平，賦詩紀游。范成大吴船録卷上：「（六月）甲午，宿白水寺。……過新店、八十四盤、娑羅平。娑羅者，其木葉如海桐，又似楊梅，花紅白色，春夏間開，惟此山有之。初登山半即見之，至此滿山皆是。大抵大峨之上，凡草木禽蟲，悉非世間所有，昔固傳聞，今親驗之。余來以季夏，數日前，雪大降，木葉猶有雪漬斕斑之跡。草木之異，有如八仙而深紫，有如牽牛而大數倍，有如蓼而淺青。

聞春時異花尤多，但是時山寒，人鮮能識之。草葉之異者，亦不可勝數。」

娑羅平㈠

仙聖飛行此是家，路逢真境但驚呀。神農嘗外盡靈藥〔一〕，天女散餘多異花。嵐雨逼衣寒似鐵，冰泉炊米硬於沙。峰頭事事殊塵世，缺甃跳梁笑井蛙。

【校記】

㈠娑羅平：原作「婆羅平」，諸本同。范成大吴船録卷上：「過新店、八十四盤、娑羅平。」富校：「沈注云：『「婆」當作「娑」。過天門以外爲娑羅坪。娑羅其葉色青。』」今據改。

【題解】

本詩作年同上首，參見上首「題解」。

【箋注】

〔一〕「神農」句：藝文類聚卷一一帝王部「神農氏」引賈誼書曰：「神農以爲走禽難以久養民，乃求可食之物，嘗百草，察實鹹苦之味，教民食穀。」

思佛亭曉望

栗烈剛風刮病眸，登臨何啻緩千憂。界天暑雪青城外，涌地晴雲瓦屋頭。浩蕩他年誇北客，蒼茫何處認西州？千巖萬壑須尋徧，身是江湖不繫舟。

【題解】

本詩作於淳熙四年（一一七七）六月。時離成都赴召，經峨眉縣，游大峨山，登思佛亭，賦本詩寫景。思佛亭，在娑羅平之上，近峰頂光相寺。范成大吳船録卷上：「（六月）甲午，宿白水寺。……自娑羅平過思佛亭、軟草平、洗脚溪，遂極峰頂光相寺。」

光相寺

峰頂四時如大冬，芳花芳草春自融。苔痕新晞六月雪，木勢舊偃千年風。雲物爲人布世界，日輪同我行虛空。浮生元自有超脱，地上可憐悲攓蓬〔一〕。

【題解】

本詩作於淳熙四年（一一七七）六月。時離成都赴召，經峨眉縣，游大峨山，達光相寺，乃賦詩紀游。范成大吴船録卷上：「自娑羅平過思佛亭、軟草平、洗脚溪，遂極峰頂光相寺，亦板屋數十間，無人居。中間有普賢小殿。以卯初登山，至此已申後，初衣暑絡，漸高漸寒，到八十四盤，則驟寒，比及山頂，亟挾纊兩重，又加毳衲駝茸之裘，盡衣笥中所藏，繫重巾，躡氈靴，猶凛懔不自持。則熾炭擁爐危坐。山頂有泉，煮米不成飯，但碎如砂粒。萬古冰雪之汁，不能熟物，余前知之。自山下攜水一缶來，財自足也。」

【箋注】

〔一〕攓蓬：語出莊子至樂：「列子行，食於道從，見百歲髑髏，攓蓬而指之。」郭慶藩莊子集釋：「案，攓，正字作搴，説文：搴，拔取也。攓爲搴之借字，故司馬訓爲拔也。亦通作搴，離騷朝搴阰之木蘭。」

七寶巖

大峨絶頂，白水寺已在山半，由白水陸上至巖，又六十里。

天如碧玉甌，下覆白玉盤。晶光眩相射，我獨居兩間。正視不勝瞬，却立聊少安。但覺風浩浩，骨毛森似寒。神仙杳無處，寧論有塵寰。身輕一槁葉，兩腋如飛翰。同行挽我衣，何往何當還。少留作詩去，奇哉此憑闌。

【題解】

本詩作於淳熙四年（一一七七）六月。時離成都赴召，經峨眉縣，游大峨山，至峰頂七寶巖，賦詩記其奇。范成大吴船録卷上：「（六月）乙未，大霽，遂登上峰，自此至峰頂光相寺、七寶巖，其高六十里。大略去縣中平地不下百里，又無復蹊磴，斫木作長梯，釘巖壁，緣之而上。意天下登山險峻，無此比者。」

淳熙四年六月二十七日，登大峨之巔，一名勝峰山，佛書以爲普賢大士所居。連日光相大現，賦詩紀實，屬印老刻之，以爲山中一重公案

勝峰高哉摩紫青，白鹿導我登化城〔一〕。住山大士喜客至，兜羅世界繽相迎㊀〔二〕。圓景明暉倚雲立，艶如七寶莊嚴成。一光未定一光發，中有墨像隨心生。白毫從地插空碧，散燭象緯天龍驚。夜神受記亦修供，照世洞然千百燈。明朝銀界混一白，咫尺眩轉寒淩兢。天容野色儵開閉，慘澹變化愁仙靈。人言六通欲大現〔三〕，洗山急雨如盆傾。重輪疊采印巖腹㊁，非煙非霧非丹青。我與化人中共

住〔四〕，鏡光覿面交相呈。前山忽涌大圓相，日團月暈浮青冥。林泉草木盡含裹，是則名爲普光明。言詞海藏不勝讚，北峰復有金橋横。衆慈久立佛事竟，一塵不起山蛉㟹。向來無法可宣説，爲問有耳如何聽？我本三生同行願，隨緣一念猶相應。此行且復印心地，衣有寶珠奚外營？題詩説偈作公案，亦使來者知吾曾。神通佛法須判斷，一任熱椀春雷鳴〔五〕。

【校記】

㈠世界：原作「布界」，於意難通，「布」應爲「世」之形誤，石湖三月十五日華容湖尾看月出「兜羅世界網，普現無邊際」，過燕渡望大峨有白氣如層樓拔起叢雲中「玉峰忽起三千丈，應是兜羅世界雲」，次韻項丈雪詩「兜羅世界三千刹，重璧樓臺十二城」，均作「兜羅世界」，可證。

㈡疊采：原作「桑采」，誤。富校：「『桑』黄刻本作『疊』，是。」活字本、叢書堂本、董鈔本均作「疊采」，今據改。

【題解】

本詩作於淳熙四年（一一七七）六月二十七日。時離成都赴召，經峨眉縣，登大峨山之巔，目睹奇景，賦詩紀實。同游者有簡世傑、楊光、周傑德、虞植及弟成績。又有楊愻、李嘉謀。范成大吴船録卷上：「丁亥、戊子、己丑、庚寅、辛卯，泊嘉州。遣近送人馬，歸者十九。留家嘉州岸下，單騎入峨眉。有三山爲一列：曰大峨、中峨、小峨。中峨、小峨，昔傳有遊者，今不復有路；惟大峨一山，其高摩霄，爲佛書所記普賢大士示現之所。……人云佛現悉以午，今已申後，不若歸舍，明日復來。逡巡，忽雲出巖下，傍谷中，即雷洞山也。雲行勃如隊仗，既當巖，則少駐，雲頭現大圓光，雜色之暈數重，倚立相對，中有水墨影，若仙聖跨象者。一盌茶頃，光没；而其傍復現一光如前，有頃亦没。雲中復有金光兩道，横射巖腹，人亦謂之『小現』。日暮，雲霧皆散，四山寂然。乙夜，燈出巖下，徧滿彌望，以千百計。夜寒甚，不可久立。丙申，復登巖眺望。巖後岷山萬重。少北，則瓦屋山，在雅州；少南，則大瓦屋，近南詔，形狀宛然瓦屋一間也。小瓦屋亦有光相，謂之辟支佛現此。諸山之後，即西域雪山，崔嵬刻削，凡數十百峰。初日照之，雪色洞明，如爛銀晃耀曙光中，此雪自古至今，未嘗消也。山綿延入天竺諸蕃，相去不知幾千里，望之但如在几案間，瑰奇勝絶之觀，真冠平生矣！復詣巖殿致禱。俄氛霧四起，混然一白。僧云『銀色世界也』。有頃，大雨傾注，氛霧辟易，僧云：『洗巖雨也，佛將大現。』兜羅綿雲復布巖下，紛鬱而上，將至巖數丈輒止，雲平如玉地，時雨點有餘飛，俯視巖腹，有大圓光偃卧平雲之上，外暈三重，每重有青黄紅緑之色。光之正中，虚明凝湛，觀者各自見其形於虚明之處，毫釐無隱，一如對鏡，舉手動足，影皆隨形，而不見傍人。僧云『攝身光也』。此光既没，前山風起雲馳。風雲之間，復出大圓相光，横亘數山，盡諸異色，合集成采，峰巒草木，皆鮮妍絢蒨，不可正視。雲霧既散，而此光獨明，人謂之『清現』。凡佛光欲現，必先布雲，所謂兜羅綿世界，光相依雲而出；其不依雲，則謂之『清現』，極難得。食頃，光漸移，過山而西。左顧雷洞山上，復出一光，如前而差小。須臾，亦飛行過山外，至平野間，轉徙得得，與巖正相值，色狀俱變，遂爲金橋，大略如吴江垂虹，而兩圯各有紫雲捧之。凡自午至未，雲物淨盡，謂之收巖。獨金橋現，至酉後始没。同登峰頂者，幕客簡世傑伯雋、楊光商卿、周傑德俊萬、進士虞植子建及家弟成績。今日復有同年楊愻伯勉、幕客李嘉謀良仲自夾江來，甫至而光現。」石湖賦此詩，囑寺僧印老刻之，樓鑰曾有跋范石湖游大峨詩卷（攻媿集卷七二）：「文殊示現於五臺，普賢示現於大峨，光景殊勝，大略相似。舊見無盡居士清涼傳，書五臺事甚詳，亦有詩紀所見。今石湖先生大峨數篇，尤爲奇偉。張公素不善書，必不能如此翰墨飛動。然無盡後謁無業禪師塔，塔上五色光現，有詩云：『四入臺山禮吉祥，五雲深處看熒煌。而今不打這鼓笛，爲報禪師莫放光。』尤爲禪林稱誦。使石湖再登大峨，必須別有一則佳話也。」于北山范成大年譜極稱賞范成大吴船録所記游山經歷，云：「峨嵋天下秀，向爲我國名山勝境。石湖吴船録中記數日所親歷，雲山蒼蔚，松竹幽深，溪澗瀑流，珍禽異卉，極絢爛雄奇之致，姑録數則以見一斑，原書具在，不待繁引。若寶相佛光之論，所謂『小現』『大現』『清現』以及『普賢示相』者，固爲遊覽罕見之勝狀；但實係太陽光透過水蒸氣折射在雲海上而形成之采色光環，古人受科學知識之局限，視爲神異，附會多端，未足深議。特以其筆墨精工，不失爲遊記佳構；又以其非世人常見景象，故録存之，以當卧遊云爾。」普賢大士，即普賢，菩薩名，釋迦如來之二脇士，乘白象侍佛之右方。法華義疏卷一二：「化無不周曰普，隣極亞聖稱賢。」

【箋注】

〔一〕化城：一時化作之城廓。妙法蓮華經卷三有化城喻品，云：「譬如五百由旬，險難惡道，曠絶無人，怖畏之處，若有多衆，欲過此道至珍寶處，有一導師，聰慧明達，善知險道通塞之相，將導衆人，越過此難。……於險道中，過三百由旬，化作一城。……是時疲極之衆，心大歡喜。」

〔二〕兜羅世界：兜羅，兜羅綿之省稱，原爲梵語棉，此喻雲。吴船録卷上云「忽雲出巖下，傍谷中」，「行雲勃如隊杖」，即「續相迎」也。

〔三〕六通：佛家語，俱舍論卷二七：「通有六種，一，神境智證通；二，天眼智證通；三，天耳智證通；四，他心智證通；五，宿住隨念智證通；六，漏盡智證通。雖六通中第六唯聖，然其前五，異生亦得。」

〔四〕化人：神佛權自變形爲人。列子曰：「周穆王時，西極之國，有化人來。」翻譯名義集：「周穆王時，文殊、目連來化，穆王從之。即列子所謂化人者也。」

〔五〕熱椀春雷鳴：古尊宿語録卷一六：「示衆云：任你横説豎説，未是宗門苗裔。若據宗門苗裔，是甚熱椀鳴？」

請佛閣晚望，雪山數十峰如爛銀，晃耀暑光中

累塊蒼然是九州，大千起滅更悠悠。雪光正照天西角，日影長浮雨上頭。峰頂何曾知六月，塵間想已別三秋。佛毫似欲留人住，横野金橋晚未收。

【題解】

本詩作年同上首，雪山景象，参見上首「題解」。

淨光軒　白水寺

翳華銷盡八窗明，雨竹風泉演妙聲。身世只今高幾許？北峰渾共倚闌平。

【題解】

本詩作於淳熙四年（一一七七）六月。時離成都赴召，抵峨眉縣，游大峨山，至白水寺，賦本詩紀實。范成大吴船録卷上：「（六月）癸巳，發峨眉縣，出西門，登山。……遂至白水普賢寺。自縣至此，步步皆峻阪，四十餘里，然始是登峰頂之山脚耳。甲午，宿白水寺，大雨，不可登山。」

虎溪

黑水寺前，雖不及雙溪，亦佳處也。開山僧至此斷渡，一虎踞前，因跨之亂流以濟。今作橋其上，水歲推盪，輒更新之。

水本無心作浪波，經行偶與石相磨。不須更問橋安否？唤取於菟載我過。

【題解】

本詩作於淳熙四年（一一七七）六月底。時離成都赴召，經峨眉縣，游大峨山，與諸友同游黑水，過虎溪橋，賦本詩紀實。范成大吴船録卷上：「（六月）丁酉下山。……食後，同游黑水，過虎溪橋。奔流激湍，大略似雙溪而小不及。始開山，僧自白水尋勝至此，溪漲不可渡，有虎蹲伏其傍，因遂跨之，亂流以濟，故以名溪。白黑二水，皆以石色得名。黑水前對月峰，棟宇稍潔，宿寺中東閣。秋七月戊戌，朔，離黑水。」

白雲峽 牛心寺

雙溪疑從銀漢下，我欲窮源問仙舍。飛瀾濺沫潄籃輿，却望兩崖天一罅。疎疎暑雨滑危梯，策策山風掖高駕。幽尋險絶太奇生，莫笑退之號太華。

【題解】

本詩作於淳熙四年（一一七七）七月初一日。時離成都赴召，經峨眉縣，游大峨山，過白雲峽，賦詩紀實。范成大吴船録卷上：「秋七月戊戌朔，離黑水，復過白水寺前，渡雙溪橋，入牛心寺。雨後斷路，白雲峽水方漲，碧流白石，照人肺肝，如層冰積雪。籃輿下行峽淺處，以入寺，飛濤濺沫，襟裾皆濡，境過清，毛髮盡竦。」

孫真人庵

何處仙翁舊隱居，青蓮巉絶似蓬壺。雲深未到淘朱洞，雨小先尋煉藥爐。磵下草香疑可餌，林間虎伏試教呼。閒身儘辦供薪水，定肯分山一半無？

【題解】

本詩作於淳熙四年（一一七七）七月初。時離成都赴召，經峨眉縣，游大峨山，過孫思邈隱居處，題詩以紀實。孫真人，即孫思邈，隱於峨眉。牛心寺本孫真人隱居處。范成大吴船録卷上：「寺（牛心）對青蓮峰，有白雲、青蓮兩閣最佳。牛心本孫思邈隱居，相傳時出諸山，寺中人數見之。小説亦載招僧誦經，施與金錢，正此山故事。有孫仙煉丹竈在峰頂，及淘朱泉在白雲峽最深處。去寺數里，水深不可涉，獨訪丹竈，竈傍多奇石，祠堂後一石尤佳，可以箕踞宴坐，名玩丹石。」

龍門峽

插天千丈兩碧城，中有玉塹穿巖扃。瀑流懸布不知數，亂落嵌根飛白雨。瑶琨爲室雲爲闕，龍君所居朱夏寒。不辭擊棹更深入，萬一龍驚雷破山。

【題解】

本詩作於淳熙四年（一一七七）七月初。時離成都赴召，經峨眉，游大峨山龍門峽，賦詩以紀游。范成大吴船録卷上：「秋七月戊戌朔，離黑水，復過白水寺前，渡雙溪橋，入牛心寺。……復過中峰之前，入新峨眉觀，自觀前開新路，極峻斗下，冒雨以游龍門。竭蹶數里，欻至一處，澗溪自兩山石門中涌出，是爲龍門峽也。以一葉舟棹入石門，兩岸千丈巖壁，色如碧玉，刻削光潤。入峽十餘丈，有兩瀑布，各出一巖頂，相對飛下，嵌根有盤石承之，激爲飛雨，濺沫滿峽。舟過其前，衣皆沾灑透濕。又數丈，半巖有圓龕，去水可二丈，以木梯升之，即龍洞也。峽中紺碧無底，石寒水清，非復人世。舟行數十步，石壁益峻，水益湍，亟回棹。舟人云，『前去更奇』，以雨大作，加飛瀑沾濡，暑肌起粟，骨驚神懔，凜乎其不可以久留也。昔嘗聞峨眉雙溪，不減廬山、三峽，前日過之，真奇絶。及至龍門，則雙溪又在下風。蓋天下峽泉之勝，當以龍門爲第一。要之游者自知，未之游者必以余言爲過，然其路險絶，亂石當道，將至峽，必捨輿，躡草履，經營蹞步於槎牙兀臬中，方至峽口。蓋大峨峰頂天下絶觀，蜀人固自罕游，而龍門又勝絶於山間，游峨眉者亦罕能到，非好奇喜事，忘勞苦而不憚疾病者，不能至焉。」

既離成都，故人送者遠至漢嘉分袂，其尤遠而相及於峨眉之上者六人：范季申、郭中行、楊商卿、嗣勳、李良仲、譚德稱，口占此詩留别

我本住林屋〔一〕，風吹來錦城。錦城亦何樂？所樂多友生。相從不知久，相送不計程。横絶峨眉巔，欲去有餘情。吾宗蓋難弟，李郭人中英。二楊懿文德，譚子資粹清。相視心莫逆，劇談四筵傾㊀。明朝各回首，雲水相與平。我今投紱去〔二〕，行且扶犁耕㊁。淒涼别知賦，慷慨結客行。後會豈不好，路長恐寒盟！諸賢乃不凡，骨相有功名。大厦罩群木，明廷朝萬靈。王畿坦如砥，結綬當同登。道傍石湖水，誰能叩柴荆。夢中儻相見，秉燭聽殘更。

【校記】

㊀四筵傾：原作「四筵輕」。富校：「『輕』黄刻本作『傾』，是。」活字本、叢書堂本、董鈔本均作

「傾」，今據改。

㈡ 扶犂耕：原作「扶藜耕」。富校：「『藜』黄刻本作『犂』，是。」活字本、叢書堂本、董鈔本均作「犂」，今據改。

【題解】

本詩作於淳熙四年（一一七七）六月。時離成都赴召，故人送行者六人同登峨眉，因口占本詩留別。范季申，即范謩，爲石湖幕客，石湖新甃石笋街，范謩爲作砌街記，載全蜀藝文志卷四〇。范成大吴船録卷上：「（六月）丁酉下山……幕客范謩季申，郭明復中行，楊輔嗣勳皆自漢嘉來會，而不及余於峰頂，食後，同遊黑水。」郭中行，即郭明復，石湖幕客。楊商卿，即楊光，富陽人。范成大吴船録卷上：「同登峰頂者，幕客簡世傑伯雋、楊光商卿……」九年後，楊光到吴訪石湖。嗣勳，即楊輔，乾道二年進士甲科。歷官秘書省正字、校書郎、知眉州、户部郎中總領四川財賦、太府少卿、利西安撫使、秘書監、禮部侍郎、顯謨閣待制知江陵府、移襄陽、又移潼川、知成都府兼本路安撫使、兵部尚書兼侍讀、龍圖閣學士知建康府兼江淮制置使。卒謚莊惠。宋史卷三九七有傳。李良仲，即李嘉謀，石湖幕客，范成大吴船録卷上：「同登峰頂者……今日復有同年楊愻伯勉，幕客李嘉謀良仲。」淳熙十四年，知叙州。建炎以來朝野雜記乙集卷八「丁未成都火」條云：「士人李良仲時知叙州。」譚德稱，即譚季壬，字德稱，崇慶人，蜀中名士，舉進士，爲崇慶府府學教授。陸游居蜀日，與之交誼至厚，曾謂「予與季壬，實兄弟如也」，屢有倡酬。臨別成都，帳飲萬里橋，有詩贈之云：「坐中譚侯天下士，龍馬毛骨矜超遥。」陸游又曾爲之揄揚於公卿名流間：「初，命教成都，今樞密使周公（必大）貳大政，知予與季壬友，以書來告曰：『石室得人矣。』季壬有學行，爲諸公大人所知蓋如此。」（見渭南文集卷三三青陽夫人墓誌銘）。

【箋注】

〔一〕林屋：蘇州西山有林屋山，中有林屋洞。道家雲笈七籤記載林屋洞爲第九洞天，一稱「左神幽虚之天」。石湖借以代指自己之家鄉。

〔二〕投紱：辭去印綬，謂辭官。潘安仁秋興賦：「且斂衽以歸來兮，忽投紱以高厲。」蘇軾和致仕張郎中春晝：「投紱歸來萬事輕，消磨未盡祇風情。」

聞威州諸羌退聽，邊事已寧，少城籌邊樓闌檻修葺亦畢工，作詩寄權制帥高子長

籌邊樓上美髯翁，赤白囊飛笑語中。勃律天西元采玉〔一〕，蓬婆雪外昨分弓〔二〕。
踏筵舞罷平闌月，横槊詩成滿袖風〔三〕。諸校各能歌破陣〔四〕，何須琴裏聽平戎〔五〕。
破陣、平戎皆有本事，子長當一笑領。

【題解】

本詩作於淳熙四年（一一七七），時離成都赴召途中，因聞邊事已寧，作詩寄權制帥高袏。高子長，即高袏，字子長，歷陽人，事親孝順，見張孝祥高侍郎夫人墓誌銘（于湖居士文集卷二九）。乾道八年，與陸游同在王炎幕府，高任參議，陸游有和高子長參議道中二絶（劍南詩稿卷三）又陸游跋高大卿家書（渭南文集卷二九）「後又同入征西大幕」，即乾道八年陸游入四川宣撫使王炎幕。淳熙四年，范成大離蜀帥任，爲權制帥，時間很短，不久新任制帥胡元質已到任，故吴廷燮南宋制撫年表失載。高袏「長身蒼髯，意象軒舉」（陸游跋高大卿家書）。威州，元豐九域志卷七成都府路有威州。

【箋注】

〔一〕「勃律」句：勃律，指小勃律。小勃律國王爲吐蕃所招，妻以公主，西北二十餘國，貢獻不通，事見舊唐書、高仙芝傳。段成式酉陽雜俎前集卷一四「諾皋記上」：「天寶初，安思順進五色玉帶，又於左藏庫中得五色玉杯。上怪近日西賮無五色玉，令責安西諸蕃，蕃言：『比常進，皆爲小勃律所劫，不達。』上怒，欲征之。」新唐書西域傳下：「小勃律去京師九千里而贏，東少南三千里距吐蕃贊普牙，東八百里屬烏萇，東南三百里大勃律，南五百里箇失蜜，北五百里當護密之娑羅城。王居孽多城，臨娑夷水。」

〔二〕「蓬婆」句：蓬婆，嶺名，在茂州西南，韓范石湖詩集注卷中引通鑑注：「蓬婆嶺在雪山外。」

杜甫奉和嚴公軍城早秋：「秋風嫋嫋動高旌，玉帳分弓射虜營。已收滴博雲間戍，欲奪蓬婆雪外城。」張孝祥水調歌頭凱歌上劉恭父：「玉帳昨分弓。」

〔三〕横槊詩成：元稹唐故工部員外郎杜君墓係銘：「曹氏父子鞍馬間爲文，往往横槊賦詩。」蘇軾前赤壁賦：「釃酒臨江，横槊賦詩，固一世之雄也。」

〔四〕破陣：秦王破陣樂的簡稱，是唐代著名的歌舞大曲，乃唐代的軍歌。唐太宗貞觀七年，製秦王破陣樂之曲，使吕才協音律，使李百藥、虞世南、褚亮、魏徵等爲歌辭。見舊唐書音樂志二。

〔五〕平戎：平戎策的簡稱。新唐書王忠嗣傳：「時突厥新有難，忠嗣進軍磧口，經略之，烏蘇米施可汗請降。忠嗣以其方彊，特文降耳。乃營木剌、蘭山，諜虚實，因上平戎十八策。」辛棄疾鷓鴣天（壯歲旌旗擁萬夫）：「却將萬字平戎策，换得東家種樹書。」

石湖居士詩集卷十九

犍爲江樓

河邊竚立看歸篷，三老開頭暮欲東。漲水稠灘連峽内，淺山浮石似湘中。無人驛路榛榛草，有客江樓浩浩風。種落塵消少公事，賸裁新語寄詩筒〔一〕。縣令師永錫同年能詩〔二〕。

【題解】

本詩作於淳熙四年（一一七七）七月，時離成都赴召，至嘉州犍爲縣，登江樓有感而賦本詩。犍爲，縣名，王存元豐九域志卷七成都府路嘉州犍爲郡，縣五：犍爲。范成大吴船録卷上：「（七月）癸卯，發王波渡，四十里至羅護鎮。岸有石如馬，村人常以繩縻之，云不然爲怪。百里至犍爲縣，縣有江樓，甚高爽，下臨長川。」

【箋注】

〔一〕「贍裁」句：贍，多也。張相詩詞曲語辭匯釋卷二：「贍，甚辭，猶真也；儘也；頗也；多也。」本句承上「少公事」意，當作多講。詩筒，以竹筒盛詩卷，以便傳遞。白居易醉封詩筒寄微之：「爲向兩州郵吏道，莫辭來去遞詩筒。」胡震亨唐音癸籤卷二九：「詩筒始元、白，白官杭州，元官越州，每和詩，入筒中遞之。白有詩云：『（略）』」

〔二〕師永錫：即師錫文，字永錫，青神人，師伯渾爲其兄，紹興二十四年中進士，石湖稱之爲「同年」。孔凡禮范成大年譜淳熙四年譜文：「癸卯，至犍爲，晤縣令師錫文。」

宣化道中

瘦草蕭疎已似秋〔一〕，盤陀山骨束江流。兩崖若不頑如鐵，争得狂瀾拍岸休！

【題解】

本詩作於淳熙四年（一一七七）七月，時正自成都東歸途中。范成大吴船録卷下：「（七月）甲辰，發下垻，百里至叙州宣化縣。」宋史地理志五潼川府路叙州，縣四：宣化：「唐義賓縣，太平興國元年改。熙寧四年改爲鎮，隸僰道。宣和元年，復以鎮爲縣，改今名。」

【箋注】

〔一〕瘦草：唐語林卷二：「劉禹錫曰：牛丞相奇章公初爲詩，務奇特之語，至有『地瘦草叢短』之句。」

將至叙州

亂山滿平野，漲水豪大川。仄徑無轍跡〔一〕，疎林有炊煙。山農旦燒畬，蠻賈暑荷氈。窮鄉足荒怪，打鼓催我船。

【題解】

本詩作於淳熙四年（一一七七）七月，時離成都赴召東歸途中，將至叙州，賦詩以紀實。范成大吴船録卷下：「（七月）甲辰，發下壩，百里至叙州宣化縣，百二十里至叙州。」黄震黄氏日鈔卷六七：「又百二十里，至叙州，古戎州也。」

【箋注】

〔一〕仄徑：小路，王維宫槐陌：「仄逕蔭宫槐，幽陰多緑苔。」

七夕至叙州登鎖江亭，山谷謫居時屢登此亭，有詩四篇，敬用其韻

水口故城丘壠平，新亭乃有絙鐵横。舊戎州在對江山趾，下臨馬湖蠻江路，蠻自江出，必過城下，故寘鎖以爲限。今遷城過江，已失形勝，而猶於亭鎖江，特以攔稅而已，非本旨也。歸艎擊汰若飛渡〔一〕，一雨徹明秋漲生。東樓鎖江兩重客，筆墨當代俱詩鳴。我來但醉春碧酒，星橋脈脈向三更。郡醖舊名重碧，取杜子美東樓詩「重碧酤春酒」之句，余更其名春碧，語意便勝。

【題解】

本詩作於淳熙四年（一一七七）七月，時正自成都東歸途中。范成大吴船録卷下：「叙，古戎州也。山谷謫居在小寺中，號大死庵。後人就作祠堂，並裒墨跡刻其中。方山谷謫居時，屢有鎖江亭詩。今江上舊基，别作新亭，頗如法鎖江者。舊戎州，在對江平坡之上，與夷蠻雜處。馬湖江自夷中出，合大江，夷自馬湖舟行，必過舊州下，故聯鎖於江口，以防其出没。今徙州治於南岸，而鎖江之名猶存，猶置鎖中流，但攔稅而已。……郡醖舊名『重碧』，取杜子美戎州詩『重碧拈春酒，輕紅擘荔枝』之句，余謂重字不宜名酒，爲更名『春碧』。印本拈或作酤，郡有碑本，乃作粘字。」沈欽韓范石湖詩集注卷中紀要：「僰道城，政和四年，改爲宜賓縣，爲叙州治。唐太宗

時，治於蜀江之右三江口。武宗會昌中，大水，徙城於蜀江北岸。元至元中，復徙治三江口。」沈欽韓按云：「范石湖是時，州治猶在蜀江北岸也。志云：府城北兩岸，有大石屹立，昔人置鐵絙横絶其處，控扼蠻寇，名曰鎖江。」按，杜甫此詩題名宴戎州楊使君東樓，錢謙益錢注杜詩卷一四注云：「趙曰：元稹元日詩『羞看稚子先拈酒』，白樂天歲假詩『歲酒先拈辭不得』，拈酒，唐人語也，作酤非是。」

【箋注】

〔一〕擊汰：楚辭九章涉江：「乘舲船余上沅兮，齊吴榜以擊汰。」明汪瑗曰：「汰，水波回紋也。蓋舉櫂擊水而生波紋，而櫂又復撓之，故曰擊汰。」

江安道中

近瀘州最險處，號張旗三灘，言張旗之頃，已過三灘，其湍急如此。瀘戎之間有渡瀘亭，然不知孔明竟出何路？今鎖江對岸廢城，下臨馬湖，有韋皋紀功碑〔一〕，巋然荒榛中，疑此或是古迹。

穲綠連村荔子殘〔二〕，瘴雲將雨暗前灣。張旗且喜三灘駛，叱馭曾驚九折艱。瀘水舟閒迷古渡，馬湖碑缺伴荒山。威名功業吾何有，無事飄飄犯百蠻。

【校記】

㊀韋臯：原作「韋高」。富校：「『高』黄刻本作『臯』，是。按新唐書韋臯傳：『臯没，蜀人德之，凡刻石著臯名者，皆鑱其文尊諱之。』」范成大吴船録卷下作「韋臯」，活字本、叢書堂本、董鈔本均作「韋臯」，今據改。

㊁荔子殘：原作「荔子丹」，活字本、叢書堂本、董鈔本、詩淵第三册第二〇〇八頁均作「荔子殘」，今據改。

【題解】

本詩作於淳熙四年（一一七七）七月，時正自成都東歸途中。江安，縣名，屬瀘州，宋史地理志五潼川府路瀘州，縣三：瀘川、江安、合江。范成大吴船録卷下：「乙巳，發叙州，十五里，有南廣江來合大江，通百二十里，至南溪縣，四十五里至瀘州江安縣。道中有灘，號張旗三灘，謂湍勢奔急，張旗之頃，已過三灘也。」方輿勝覽卷六二：「偶住亭在江安縣之對。建中初，魯直自僰道還，過邑宰石諒，同游此亭，書琴操，後改爲渡瀘亭。」沈欽韓注：「范石湖以爲諸葛舊迹，誤矣。」「韋臯紀功碑」，吴船録卷下：「舊州有韋臯紀功碑，巍然在荒榛中。」韋臯（七四六—八〇五），字城武，京兆萬年人。建中四年，以阻朱泚功，擢隴州節度使。貞元元年拜劍南西川節度使，累破吐蕃，十三年，以功加檢校司徒、中書令，封南康郡王。新唐書韋臯傳：「（十三年）生擒莽熱，獻諸朝。帝悦，進檢校司徒兼中書令、南康郡王，帝製紀功碑褒賜之。」唐德宗西川節度大使檢校司徒兼中書令上柱國南康郡王韋皋紀功碑銘并序，今存，載全唐文卷五五，韋皋有謝賜御製紀功碑銘表，今存全唐文卷四五三。

瀘州南定樓

歸艎東下興悠哉，小住危闌把一杯。樓下沄沄内江水〔一〕，明朝同入大江來。

【題解】

本詩作於淳熙四年（一一七七）七月，時正自成都東歸途中。范成大吴船録卷下：「丙午，泊瀘州，登南定樓，爲一郡佳處。前帥晁公武子止所作。下臨内江。此水自資、簡州來合大江。城上有來風亭，瞰二江合處，於納涼最宜。」光緒瀘縣志卷二：「南定樓。廣輿記云：在州治内，宋郡守晁公武建。名勝志云：取諸葛孔明出師表中語爲名。范成大南定樓詩……陸游南定樓遇急雨詩……」

【箋注】

〔一〕沄沄：水流洶涌貌，董仲舒春秋繁露山川頌：「水則源泉混混沄沄，晝夜不竭。」

題譚德稱扇

德稱與楊商卿父子，送余遠至瀘之合江，以扇求詩，各爲題一絶。

蠻風吹雨瘴江肥，短草荒山鳥不飛。盡是瀘南腸斷句，如今分與故人歸。

【題解】

本詩作於淳熙四年（一一七七）七月，時正自成都東歸途中。譚德稱，即譚季壬，字德稱，崇慶府人。舉進士，爲崇慶府府學教授，遷成都府，爲西蜀名士。陸游青陽夫人墓誌銘（渭南文集卷三三）：「有宋蜀人天池先生譚公諱篆字拂雲之夫人青陽氏……一子曰季壬。……季壬舉進士、拔解。……初，季壬釋褐，爲崇慶府府學教授，凡四年，徙成都府。吏部以僑寓格不下，執政爲奏，復還崇慶以便養。命至，而夫人棄其孤矣。初，命教成都，今樞密使周公（必大）貳大政，知予與季壬友，以書來告曰：石室得人矣。季壬有學行，爲諸公大人所知者蓋如此，以故士皆慕與之交。……予與季壬，實兄弟如也。」陸游喜譚德稱歸：「少鄙章句學，所慕在經世。諸公薦文章，頗恨非素志。一朝落江湖，爛熳得自恣。討論極王霸，事業窺莘渭。孔明景略間，却立頗眦睨。從人無一欣，對事有三喟。譚侯信豪雋，可共不朽事。天涯再相見，握手更抆淚。欲尋西郊路，斗酒傾意氣。浩歌君和我，勿作尋常醉。」評價甚高。范成大吴船録卷下：「蜀中送客至嘉州歸盡，獨楊商卿父子、譚德稱三人，送至此（指合江縣），踰千里矣。」

題楊商卿扇

君歸我去兩銷魂，愁滿千山鎖瘴雲。後夜短檠風雨暗〔一〕，誰能相伴細論文？

【題解】

本詩作於淳熙四年（一一七七）七月，時離成都赴召東歸，爲楊光題扇。參上首「題解」。

【箋注】

〔一〕短檠：韓愈短燈檠歌：「長檠八尺空自長，短檠二尺便且光。……一朝富貴還自恣，長檠高張照珠翠。吁嗟世事無不然，牆角君看短檠棄。」

題楊子容扇

雙竹軒窗聽讀書，垂天雲翼要摶扶〔一〕。與君只作三年別，射策東來過石湖〔二〕。

【題解】

本詩作年同上二詩，參見題譚德稱扇「題解」。楊子容，即楊光之子，名楊之榮，字子容，孔凡禮范成大年譜淳熙四年譜文：「戊申，譚季壬、楊光及其子之榮，送至合江，成大留詩爲别。」附注：「楊之榮，字子容，見金石苑。」

【箋注】

〔一〕「垂天」句：莊子逍遥遊：「化而爲鳥，其名爲鵬。鵬之背，不知其幾千里也；怒而飛，其翼若垂天之雲。……鵬之徙於南冥也，水擊三千里，摶扶摇而上者九萬里。」

〔二〕射策：漢代取士有對策、射策之制。漢書蕭望之傳：「望之以射策甲科爲郎。」顔師古注：「射策者，謂爲難問疑義，書之於策，量其大小，署爲甲、乙之科，列而置之，不使彰顯。有欲射者，隨其所取，得而擇之，以知優劣。射之言投射也。」變，石湖以「射策」代指科舉考試。

譚德稱、楊商卿父子送余，自成都合江亭相從，至瀘南合江縣始分袂，水行踰千里，作詩以别

合江亭前送我來，合江縣裏别我去。江流好合人好乖〔一〕，明日東西南北路。千里追隨不忍歸，一杯重把知何處？臨岐心曲兩茫然，但祝頻書無别語。

【題解】

本詩作於淳熙四年（一一七七）七月，時離成都赴召，在瀘州合江縣，與譚德稱、楊光父子話

別，賦本詩。參題譚德稱扇「題解」。

【箋注】

〔一〕好乖：陶淵明答龐參軍序：「人事好乖，便當語離。」

發合江數里，寄楊商卿諸公

臨分滿意説離愁，草草無言祇淚流〔一〕。船尾竹林遮縣市，故人猶自立沙頭！

【題解】

本詩作於淳熙四年（一一七七）七月，時離成都赴召，與楊商卿諸公别後，又作本詩以抒依依不舍之情。

【箋注】

〔一〕草草：此詞有多義，這裏作匆匆講。王鍈詩詞曲語辭例釋：「草草（一），匆匆，表狀態的形容詞，與通常表示粗率、敷衍的含義有所不同。」

過江津縣睡熟，不暇梢船

西風扶櫓似乘槎，水闊灘沉浪不花。夢裏竹間喧急雪，覺來船底滚鳴沙。

【題解】

本詩作於淳熙四年（一一七七）七月，時正自成都東歸途中。范成大吴船録卷下：「（七月）己酉，發合江，二百四十里至恭州江津縣。」江津，縣名，屬恭州。王存元豐九域志卷八夔州路渝州，縣三：巴、江津、璧山。宋史地理志五夔州路重慶府：「本恭州，巴郡，軍事，舊爲渝州，崇寧三年，改恭州。……縣三：巴、江津、璧山。」

恭州夜泊

華山磽确强田疇〔一〕，村落熙然粟豆秋。翠竹江村非錦里，清溪夜月已渝州㊀〔二〕。小樓高下依盤石，弱纜西東戰急流。入峽初程風物異，布裙跣婦總垂瘤〔三〕。

【校記】

㊀清溪：原作「青溪」，諸本同。富校：「沈注云：『此用太白語，「青」當作「清」。』按此用李白峨嵋山月歌：『夜發清溪向三峽，思君不見下渝州』句意，沈説是也。」清溪，縣名，見元和郡縣圖志、元豐九域志。今據改。

【題解】

本詩作於淳熙四年（一一七七）七月，時正自成都東歸途中。黄震黄氏日鈔卷六七：「恭州乃在一大磐石上，水毒，生癭，自此至秭歸皆然。」

【箋注】

〔一〕「萆山」句：萆山，隱蔽之山。史記淮陰侯傳：「從間道萆山而望趙軍。」集解引如淳説：「萆音蔽，依山自覆蔽。」磽确：土地瘠薄。古微書卷二三詩含神霧：「其地磽确而收，故其民儉而好畜。」

〔二〕「清溪」句：此用李白峨嵋山月歌：「夜發清溪向三峽，思君不見下渝州。」清溪，縣名，李吉甫元和郡縣圖志卷三一劍南道資州清溪縣：「本漢資中縣地，自晉訖梁，夷獠所居。隋大業十二年於此置牛鞞縣，因牛鞞水爲名也。皇朝初因之，天寶元年改爲清溪縣。」宋史地理志五潼川府路資州：「乾德五年，廢月山、丹山、銀山、清溪四縣。」王存元豐九域志卷七梓州路資州：「乾德五年，省月山、丹山、銀山三縣爲鎮，入磐石，清溪縣入内江。」

〔三〕「入峽」二句：范成大吴船録卷下：「（七月）庚戌發泥培，六十里至恭州，自此入峽路。大抵自西川至東川，風土已不同，至峽路益陋矣。恭爲州乃在一大磐石上，盛夏無水，土氣毒熱如爐炭燔灼，山水皆有瘴，而水氣尤毒，人善生癭，婦人尤多。」

大熱泊樂温，有懷商卿、德稱

暑候秋逾濁，江流晚更渾。瘴風如火焮，嵐月似煙昏。城郭廩君國〔一〕，山林妃子園〔二〕。故人新判袂，得句與誰論？

【題解】

本詩作於淳熙四年（一一七七）七月，時正自成都東歸途中。范成大吴船録卷下：「（七月）辛亥，發恭州，嘉陵江自利、閬、果、合等州來合大江。百四十里，至涪州樂温縣。」王存元豐九域志卷八夔州路涪州，縣三：涪陵、樂温、武龍。

【箋注】

〔一〕廩君：范成大吴船録卷下：「涪雖不與蕃部雜居，舊亦夷俗，號爲四人。四人者，謂華人、巴人及廩君與盤瓠之種也。」後漢書南蠻傳：「巴郡南郡蠻，本有五姓：巴氏、樊氏、瞫氏、相氏、鄭氏。……未有君長，俱事鬼神，乃共擲劍於石穴，約能中者，奉以爲君。巴氏子務相乃獨中之，衆皆嘆。又令各乘土船，約能浮者，當以爲君。餘姓悉沈，唯務相獨浮。因共立之，是爲廩君。……廩君於是君乎夷城，四姓皆臣之。」史載未記及具體地名，石湖之詩及文確定廩君立國於涪州樂清縣城，可補史傳之失。

〔二〕妃子園：即茘枝園，涪州盛産茘枝，因楊貴妃愛食之，故以爲名。李吉甫元和郡縣圖志卷三〇江南道涪州樂温縣：「縣出茘枝。」范成大吴船録卷下：「自眉、嘉至此，皆産茘枝。唐以涪州任貢，楊太真所嗜。去州數里，有妃子園。然其品質不高，今天下茘枝，當以閩中爲第一。閩中人以蒲田陳家紫爲最。川、廣茘枝生時，固有厚味多液者。乾之，肉皆瘠，閩産則否。」石湖這一記載，與東坡詩相合。蘇軾茘支嘆：「永元茘支來交州，天寶歲貢取之涪。」自注：「天寶中，蓋取涪州茘支，自子午谷路進入。」

涪州江險不可泊，入黔江艤舟

黄沙翻浪攻排亭，濆淖百尺呀成坑〔一〕。坳窪眩轉久乃平，一渦熨帖千渦生。篙師絶叫敺川靈，鳴鐃飛渡如奔霆。水從岷來如濁涇〔二〕，夜榜黔江聊濯纓。玻璃徹底鏡面平㊀〔三〕，忽思短棹中流横，釣絲隨風浮月明。

【校記】

㊀鏡面平：原作「鏡面清」，按，活字本、叢書堂本、董鈔本、詩淵第二册第一四九七頁均作「鏡面平」，今據改。

【題解】

本詩作於淳熙四年（一一七七）七月，時正自成都東歸途中。范成大吴船録卷下：「辛亥發恭州……七十里至涪州排亭之前，波濤大洶，瀆淖如屋，不可梢船，過州入黔江泊。」

【箋注】

〔一〕瀆淖：本集卷一六刺瀆淖詩序云：「瀆淖，盤渦之大者。峽江水壯則有之，或大如一間屋。相傳水行峽底，遇暗石則瀆起，已而下旋爲渦。然亦未嘗有定處，或無故突然而作，叵測也。舟行遇之，小則欹傾，大則與齎俱入，險惡之名聞天下。」

〔二〕「水從」句：范成大吴船録卷下：「此江（指黔江）自黔州來合大江，大江怒漲，水色黄濁。」濁涇，涇水渾濁，詩經邶風谷風：「涇以渭濁，湜湜其沚。」毛傳：「涇渭相入而清濁異。」

〔三〕「玻璃」句：范成大吴船録卷下：「黔江乃清泠如玻璃，其下悉是石底，自成都登舟，至此始見清江。」沈注卷中引方輿勝覽：「黔江水淵澄清徹，可鑒毛髮，底見苔石，魚蝦可數。」

妃子園

涪陵荔子，天寶所貢，去州里所有此園。然峽中荔子，不及閩中遠甚，陳紫又閩中之最也。

露葉風枝驛騎傳，華清天上一嫣然〔一〕。當時若識陳家紫，何處蠻村更有園？

【題解】

本詩作於淳熙四年（一一七七）七月，時正自成都東歸途中。妃子園，參見本卷大熱泊樂温有懷商卿德稱注。

【箋注】

〔一〕「露葉」二句：語出杜牧過華清宫絶句：「一騎紅塵妃子笑，無人知是荔枝來。」李肇唐國史補卷上：「楊妃生於蜀，好食荔枝，南海所生，尤勝蜀者，故每歲飛馳以進。」吴曾能改齋漫録卷一五方物「貢荔枝地」條：「近見涪州圖經，及詢土人云：『涪州有妃子園荔枝。蓋妃嗜生荔枝，以驛騎傳遞，自涪至長安，有便路，不七日可到。』」

豐都觀

在豐都縣後三里平都山，舊名仙都觀，相傳前漢王方平、後漢陰長生得道處。陰君上升時，五雲從地涌出。丹竈古柏皆其故物，晉、隋殿宇無恙，壁畫悉是當時遺蹟，内王母朝元隊仗尤奇。道士云：「此地即所謂北都羅豐所住，又名平都福地也。」

神仙得者王方平，誰其繼之陰長生。飄然空飛五雲輧，上賓寥陽留玉京〔一〕。石爐丹氣常夜明，寵光萬柏森千齡。峽山偪仄岷江縈，洞宫福地古所銘。云有北陰神帝庭〔一〕，太陰黑簿囚鬼靈〔二〕。自從仙都啓巖扃，明霞流電飛陽晶。暉景下墮鑠九冰，塞絶苦道升無形。至今臺殿棲竛竮，隋坧唐堊留丹青。十仙怪奇溪女清〔三〕，瑤池仙仗紛娉婷，瑯璈赴節鏘欲鳴。我來秋暑如炊蒸，汗流呀氣扶枯藤。摩挲衆蹟不暇評，聊記梗概知吾曾。

【校記】

〔一〕上賓：原作「土賓」，據活字本、黄刻本改。　寥陽：叢書堂本、詩淵第三册第一五九二頁作「陽寥」。

【題解】

本詩作於淳熙四年（一一七七）七月，時正自成都東歸途中。范成大吴船録卷下：「（七月）壬子，發涪州……百二十里至忠州酆都縣。去縣三里有平都山仙都道觀，本朝更名景德。冒大暑往遊。阪道數折，乃至峰頂。碑牒所傳前漢王方平、後漢陰長生皆在此山得道仙去。有陰君丹爐及兩君祠堂皆存。祠堂，唐李吉甫所作，壁亦有吉甫像。有晉、隋、唐三殿，制度率痺狹，不突兀，故能久存。壁皆當時所畫，不能盡精。惟隋殿後壁十仙像爲奇筆，豐臞妍怪，各各不同，非若近世繪仙聖者一切爲靡曼之狀也。晉殿内壁，亦有溪女等像，可亞隋壁。」王存新定九域志卷八忠州：「景德觀，圖經云：前漢王方平得道之山。舊名仙都宫，咸平元年賜太宗皇帝御書一百二十卷，景德元年賜今額。」「平都山，按神仙傳，後漢陰長生於此白日昇天，有鍊丹遺跡存焉。」唐太和年間，段文昌曾加修葺，著修仙都觀記（載全唐文卷六一七）記云：「平都山最高頂，即漢時王、陰二真人蟬蜕之所也。峭壁千仞，下臨湍波。老柏萬株，上插峰嶺，靈花彩羽，皆非圖志中所載者。昏旦萬狀，信非人境。貞元十五年，余西遊岷蜀，停舟江岸，振衣虔潔，詣諸洞所，石嵒靈竇，蒼焉相次，苔龕古書，依稀可辨。時與道侶數人坐於下，須臾，天籟不起，萬竅風息，山光耀於耳目，煙霞拂於襟褏，相顧神竦，若在紫府元圃矣。」俞樾茶香室叢鈔卷一六：「按酆都縣平都山爲道家七十二福地之一，宜爲神仙窟宅，而世乃傳爲鬼伯所居，殊不可解。讀吴船録，乃知因陰君傳訛。蓋相沿既久，不知爲陰長生，而以爲幽冥之主者，此俗説所由來也。」

【箋注】

〔一〕「云有」句：北陰神帝庭，陶弘景真靈位業圖：「第七中位，酆都北陰大帝（炎帝大庭氏，諱慶甲，天下鬼神之宗，治羅酆山，三千年而一替。」洪邁夷堅支志癸卷五：「忠州酆都縣五里外有酆都觀……即道家所稱北極地獄之所，舊傳王、陰二真君自彼仙去。」孫光憲北夢瑣言卷一〇：「此鬼都北帝，又號鬼帝，世人有大功德者，北帝得以辟請。」

〔二〕太陰：漢書司馬相如傳下：「邪絶少陽而登太陰兮，與真人乎相求。」顔師古注引張揖云：「太陰，北極。」沈括夢溪筆談象數一：「六壬有十二神將……其後有五將：謂天后、太陰、真武、大常、白虎也，此金水之神在方右者。」此指北陰神帝。

〔三〕「十仙」句：十仙，指十仙像，道家所畫之神仙像，具體所指何仙，不詳。溪女，道家陰神，郭若虚圖畫見聞志卷二道士張素卿傳有十二溪女圖，宣和畫譜卷四顧德謙有十二溪女圖。

萬州西山湖亭秋荷尚盛

叢薈忽明眼，山腰瀦湖光。列岫繞雲錦，深林護風香。西山即太華，玉井餘秋芳。隔江招岑仙〔一〕，共擘雙蓮房。

【題解】

本詩作於淳熙四年（一一七七）七月，時離成都赴召東歸途中，經萬州，游西山，賦詩紀游。范成大吴船録卷下：「（七月）甲寅，早游西山。萬有西山及岑公洞，皆可游。岑叟事見嚴挺之碑，隋末避地得道。洞隔漲江，不暇往。西山之麓登阪，及山半得平地，有泉溢爲小湖，作亭堂其上。荷芰光滿四山，紫翠環之，亦佳處也。山谷題字極稱許之。湖上有煙霏閣，取題中語也。」沈欽韓范石湖詩集注卷中引輿地紀勝云：「西山距州治二里，初，泉荒草蕪，郡守馬元穎、魯有開修西山池亭，種蓮，植荔支雜果，凡三百本。」黄震黄氏日鈔卷六七：「萬州有西山，山半有湖，湖上有烟霏閣。」

【箋注】

〔一〕岑仙：蘇軾有萬州太守高公宿約遊岑公洞而夜雨連明戲贈二小詩，查慎行注云：「名勝志：萬縣西山有岑公洞，在大江之南，高六十餘丈，深四十餘丈。圖經云：岑公名道願，江陵人。隋末隱此。唐宋間，封以沖妙大師虚鑒真人之號。輿地碑目：萬州石刻有岑公洞記，元和八年段文昌撰。又有黄魯直題名，在岑公洞下岩寺。」

下巖

疇昔中巖一夢殘，下巖風景亦高寒。峽中無處堪停棹，雨後今朝始凭闌。不用苦求毫相現，衹教長挂水簾看。山僧勸我題蒼壁，坡谷前頭未敢刊〔一〕。

【題解】

本詩作於淳熙四年（一一七七）七月，時正自成都東歸途中。范成大吴船録卷下：「（開江口）四十里至下巖，沿江石壁下忽嵌空爲大石屋，即石壁鑿爲像設。前有瑞光閣，閣上石崖如簷覆之，水簾落巖下，排溜閣前，此景甚奇。」

【箋注】

〔一〕「坡谷」句：坡谷，指蘇軾、黄庭堅的題詩。黄庭堅萬州下巖詩序：「唐末有劉道者，定州無極人，聞道於雲居膺禪師，爲開巖第一祖，法號道徽。自鑿石龕，曰：『死便藏龕中。』二百年後，來游者題詩不可勝讀。」

魚復浦泊舟，望月出赤甲山，山形斷缺如鼉龍坐而張頤，月自缺中騰上山頂

月出赤甲如金盆，蹲龍呀口吐復吞。長風浩浩挾之出，影落半江沉復翻。天高夜静四山寂，惟有灘聲喧水門。高齋詩翁不可作〔一〕，我亦不眠終夕看。

【題解】

本詩作於淳熙四年（一一七七）七月，時正自成都東歸途中。魚復浦，在夔州奉節縣境内。李吉甫元和郡縣圖志闕卷逸文卷一山南道夔州：「奉節縣，本漢魚復縣。永安宫，在縣東七里，先主改魚復爲永安。白帝山，即州城所據也，與赤甲山接。……赤甲山，在城北三里。漢時嘗取邑人爲赤甲軍，蓋犀甲之色也。」太平寰宇記卷一四八：「永安宫，漢末公孫述所築。蜀先主崩於此城中，故號永安宫。古魚復縣在縣西一十五里，蜀先主改爲永安縣，今無城壁也。」赤甲山，在奉節縣境内，參見卷一六夔州竹枝歌注。

【箋注】

〔一〕高齋詩翁：指杜甫。陸游東屯高齋記：「少陵先生晚游夔州，愛其山川，不忍去，三徙居皆名高齋。」三處高齋，即白帝城高齋、瀼西高齋、東屯高齋。

夔門即事

自東川入峽，路至恭州，便有瘦俗。夾岸山悉痺小，入夔界，山皆傑然連三峽。夔水不可飲，取之卧龍十里之外。雲安麴米春，自唐以來稱之，今夔酒乃不佳。

峽行風物不堪論，袢暑驕陽雜瘴氛。人入恭南多附贅，山從夔子盡侵雲。竹枝舊曲元無調，麴米新篘但有聞。試覓清泠一杯水，筒泉須自卧龍分。

【題解】

本詩作於淳熙四年（一一七七）七月，時離成都赴召東歸途中。范成大吴船録卷下：「（七月）乙卯過午，風稍息，遂行，百四十里至夔州。……峽江水性大惡，飲輒生癭，婦人尤多。……守、倅乃日取水於卧龍山泉，去郡十許里，前此不知也。」

瞿唐行

七月十九日至夔子，灩澦撒髮不可犯，是夜水漲及山腹，詰旦視灩澦，則已在水中。土人云：「此青草齊也，可以冒險而入。」遂鼓棹略其頂而過。郡中遣候兵立山上，每一舟平安，則摇幟以招後舟。白鹽、赤甲皆峽口大山，黄嵌、黑石皆峽中至險處。入峽西岸有聖泉，舟人或向之疾呼曰「人渴也」，泉即迸下一杯許，復乾。余舟過甚急，未之試也㊀。

川靈知我歸有程，一夜漲痕千丈生。中流擊楫洶作氣，夾岸簸旗呀失聲。不知灩澦在船底，但覺瞿唐如鏡平。鑿峽疏川狠石破，號山索飲飛泉驚。白鹽赤甲轉頭失，黑石黄嵌拚命輕。草齊增肥無泊處，竹枝凝咽空餘情。人間險路此奇絶，客裹驚心吾飽更。劍閣翻成蜀道易，請歌范子瞿唐行。

【校記】

㊀題注：活字本、叢書堂本、董鈔本同，富校：「題下注文黄刻本、宋詩鈔作序文。」

【題解】

本詩作於淳熙四年（一一七七）七月，時正自成都東歸途中。范成大吴船録卷下：「丙辰，泊夔州，早遣人視瞿唐，水齊，僅能没灔澦之頂，盤渦數出其上，謂之灔澦撒髮。人云：『如馬尚不可下，况撒髮耶！』是夜水忽驟漲，渰及排亭諸篲舍，亟遣人毁拆，終夜有聲。及明走視，灔澦則已在五丈水下。或謂可以僥倖乘此入峽，而夔人猶難之。」又：「每一舟入峽數里，後舟方敢續發，水勢怒急，恐猝相遇，不可解拆也。帥司遣卒執旗，次第立山之上下，一舟平安，則簸旗以招後船。」又云：「入峽百餘步，南壁有泉，相傳行人欲飲水，則叫呼曰『人渴也』，泉在巖罅，蓋一杯而止。舟行速且難稍泊，不暇考也。」陸游入蜀記卷六：「發大溪口，入瞿唐峽，兩壁對聳，上入霄漢，其平如削成，仰視天，如匹練然。水已落，峽中平如油盎。過聖姥泉，蓋石上一罅，人大呼於旁，則泉出，屢呼則屢出，可怪也。」夔子，即夔子城，在歸州秭歸縣。李吉甫元和郡縣圖志闕卷逸文卷一歸州秭歸縣：「夔子城，在縣東二十里。昔周成王封楚熊繹，初都丹陽，即此，後移枝江，亦曰丹陽，又移都郢。吴置建平郡在此。」

夜泊歸州㈠州有宋玉宅、昭君臺。

舊國風煙古，新涼瘴癘清。片雲將客夢，微月照江聲。細和悲秋賦，遥憐出塞情〔一〕。荒山餘閥閲，兒女擅嘉名〔二〕。

【校記】

㈠歸州：原作「歸舟」，誤。富校：「『舟』黄刻本作『州』，是。」活字本目録、正文，叢書堂本目録、正文，董鈔本均作「歸州」，今據改。

【題解】

本詩作於淳熙四年（一一七七）七月，時正自成都東歸途中。歸州，王存元豐九域志卷六荆湖南路歸州，巴東郡，縣二：秭歸、巴東。吴船録卷下：「己未，泊歸州。……倚郭秭歸縣，亦傳爲宋玉宅，杜子美詩云『宋玉悲秋宅』，謂此。縣傍有酒壚，或爲題作宋玉東家。屬邑興山縣，王嬙生焉，今有昭君臺、香溪尚存。城南二里，有明妃廟。」陸游入蜀記卷六：「十九日，群集於歸鄉堂。欲以是晚行，不果。訪宋玉宅，在秭歸縣之東，今爲酒家，舊有石刻『宋玉宅』三字，近以郡人避太守家諱，去之，或遂由此失傳，可惜也。」

【箋注】

〔一〕「細和」二句：上句咏宋玉，「悲秋賦」，指宋玉九辯，云：「悲哉秋之爲氣也，蕭瑟兮草木摇落而變衰。憭慄兮若在遠行，登山臨水兮送將歸。」下句咏昭君，「出塞情」，指王昭君遠嫁匈奴事。

〔二〕「荒山」二句：范成大吴船録卷下：「余嘗論歸爲州僻陋，爲西蜀之最，而男子有屈、宋，女子有昭君，閥閲如此，政未易忽。」

秭歸郡圃絶句二首

花竹蕭騷小圃畦，官居翻似隱淪棲。巴山四合秋陽滿〔一〕，杜宇黄鸝相對啼。

孤城傴仄復傴仄，前山後山青欲來。市聲蕭條衙鼓静，惟有叱灘喧萬雷〔二〕。叱灘即黄魔灘，下連人鮓甕。

【題解】

本詩作於淳熙四年（一一七七）七月下旬至八月初，時自蜀東歸已至歸州。秭歸郡圃，指歸州之郡圃，因歸州治所在秭歸，故云。

【箋注】

〔一〕秋陽：按石湖在秭歸逗留十日，八月初離秭歸，已是秋天，故云「秋陽」。吴船録卷下記載泊歸州之時日，從「戊午」抵歸州，到「八月戊辰」發歸州，前後恰爲十天。

〔二〕叱灘：峽路中名灘，在歸州境内。又作吒灘。范成大吴船録卷下：「未至州（歸州）數里，曰吒灘，其嶮又過東奔，土人云：黄魔神所爲也。連接城下大灘，曰人鮓甕，很石横卧，據江十七八。」陸游入蜀記卷六：「觀（天慶觀）下即吒灘，亂石無數。」

宋玉宅　相傳秭歸縣治即其舊址，縣左旗亭，好事者題作宋玉東家。

悲秋人去語難工，摇落空山草木風〔一〕。猶有市人傳舊事，酒壚還在宋家東。

【題解】

本詩作於淳熙四年（一一七七）七月，時離蜀東歸逗留歸州。宋玉宅，在歸州秭歸縣，參見本卷夜泊歸州「題解」。旗亭，市樓。文選張衡西京賦：「旗亭五重。」薛綜注：「旗亭，市樓也。」李賀開愁歌花下作：「旗亭下馬解秋衣，請貰宜陽一壺酒。」

【箋注】

〔一〕「悲秋」二句：悲秋人，指宋玉，他曾寫九辯，有「悲哉秋之爲氣也」句，故云。「摇落」句，自九辯「蕭瑟兮草木摇落而變衰」句化出。

後巫山高一首

余前年入峽，常賦巫山高，今復作一篇。十二峰中，東西各一峰最奇，不可繪畫；左右前後，餘峰之可觀者尚多，不止十二峰也。不問陰晴，雲物常相暎帶，尤爲勝絶。但以漲江湍怒難艤泊，鼓棹而過，不復登廟。前余以水暴漲，得下瞿唐至巫山，縣人云：「却須水退，始可入巫峽。」一夜水落十餘丈，遂不復滯留。

凝真宫前十二峰〔一〕，兩峰娟妙翠插空。餘峰競秀尚多有，白壁蒼崖無數重。秋江漱石半山腹，倚天削鐵荒行蹤。造化鍾奇矗瑶巘，真靈擇勝探珠宫㊀。朝雲未罷暮雲起，陰晴竟日長冥濛。瑶姬作意送歸客〔二〕，一夜收潦仍回風。仰看館御飛檝過，回首已在虚無中。惟餘烏鴉作使者〔三〕，迎船送船西復東。

【校記】

㊀探珠宫：原作「深珠宫」。活字本、叢書堂本、董鈔本同。富校：「『深』黄刻本作『探』，是。」據改。

【題解】

本詩作於淳熙四年（一一七七）七月。時自蜀東歸已至巫山巫峽。淳熙二年入蜀時，經巫山，作巫山高，參見卷一六巫山高「題解」。

【箋注】

〔一〕「凝真宮」句：凝真宮，即巫山凝真觀。陸游入蜀記卷六：「二十三日，過巫山凝真觀，謁妙用真人祠。真人，即世所謂巫山神女也。祠正對巫山，峰巒上入雲漢，山脚直插江中。議者謂太華衡廬，皆無此奇。……廟後山半，有石壇平曠，傳云夏禹見神女授符書於此。」陸游謁巫山廟兩廡碑版甚衆皆言神佐禹開峽之功而詆宋玉高唐賦之妄予亦賦詩一首：「真人翳鳳駕蛟龍，一念何曾與世同。不爲行雲求弭謗，那因治水欲論功。翱翔想見虛無裏，毁譽誰知溷濁中。讀盡舊碑成絶倒，書生惟慣諂王公。」十二峰，沈注卷中引名勝志：「十二峰曰望霞、翠屏、朝雲、松巒、集仙、來鶴、靜壇、上昇、起雲、飛鳳、登龍、聖泉。」

〔二〕瑶姬：水經注江水二：「郭景純曰：丹山在丹陽，屬巴。丹山西即巫山者也。又帝女居焉。宋玉所謂天帝之季女，名曰瑶姬，未行而亡，封於巫山之陽，精魂爲草，實爲靈芝。所謂巫山之女，高唐之阻。」

〔三〕「惟餘」句：神女廟前有馴鴉，迎船送船，參見卷一六巫山高注。

黄牛峽

廟爲黄牛神所居，即石馬繫祠門處。東坡所書歐公詩及本事碑石在東廡。祠後高峰之上有黄牛迹，客舟甚敬之。以歐公故，石馬亦有靈扁，護甚嚴。

朝離悲秋宅，午榜疊石磯。小留黄牛廟〔一〕，細讀石馬詩〔二〕。黄牛隱見蒼山裏，石馬至今猶馘耳。當年夢境識仙翁，馬爲迎門神爲起。物生不朽繫所逢，歐詞蘇筆蒼苔封。山高水長翁之風，石馬亦與翁無窮。

【題解】

本詩作於淳熙四年（一一七七）八月，時自蜀東歸已至黄牛峽。范成大吴船録卷下：「八月戊辰朔，發歸州……八十里至黄牛峽，上有洛川廟，黄牛之神也。亦云助禹疏川者。廟背大峰，峻壁之上，有黄跡如牛，一黑跡如人牽之，云此其神也。廟門兩石馬，一馬缺一耳。東坡所書歐陽公夢記及詩甚詳，至今人以此馬爲有靈，甚嚴憚之。」

【箋注】

〔一〕黄牛廟：陸游入蜀記卷六：「九日……晚次黄牛廟，山復高峻。……廟靈感，神封嘉應保安侯，皆紹興以來制書也。……傳云：神佐夏禹治水有功，故食於此。門左右各一石馬，頗卑小，以小屋覆之。其右馬無左耳，蓋歐陽公所見也。」酈道元水經注卷三四江水二：「江水又東，逕黄牛山，下有灘名曰黄牛灘。南岸重嶺疊起，最外高崖間，有石色如人負刀牽牛，人黑牛黄，成就分明，既人跡所絶，莫得究焉。此巖既高，加以江湍迂迴，雖途逕信宿，猶望見此物。故行者謡曰：『朝發黄牛，暮宿黄牛。三朝三暮，黄牛如故。』。言水路紆深，迴望如一矣。」

〔二〕細讀石馬詩：歐陽修黄牛峽祠：「石馬繫祠前，山鴉噪林木。」

假十二峰　即黄牛峽山，自此直至平喜垻，千峰重複，靡不奇峭。

巴東三峽數巫陽，山入西陵更鬱蒼。何以假爲非確論，直疑溟涬弟高唐。

【題解】

本詩作於淳熙四年（一一七七）八月，時離成都赴召東歸。發歸州，過黄牛峽山，至山背，見假十二峰，作詩紀之。范成大吴船録卷下：「自此以往，峽山尤奇，江道轉至黄牛山背，謂之假十二峰，過假十二峰之下，兩岸悉是奇峰，不可數計，不可以圖畫驀寫，亦不可以言語形容，超妙勝絶，殆有過巫陽處。……三十里，得南岸平地，曰平善垻，出峽至是，皆檥泊，相慶如更生。」

扇子峽 兩岸山尤奇，殆過巫峽，蝦蟆碚在南岸。

茲行看山真飽諳，今晨出峽仍窮探。南磯北磯白鐵壁，千峰萬峰蒼玉篸。横前直疑江已斷，崛起競與天相攙。蜀山欲窮此盤礴，禹力已盡猶鐫劖。望舒宫中金背蟾，泥塗脱盡餘老饞。下飲岷江不知去，流涎落吻如排髯〔一〕。挈瓶檥棹剩清甘，未暇煮茗和薑鹽。聊將滌硯濡我筆，恍惚詩律高巉巖〔二〕。

【題解】

本詩作於淳熙四年（一一七七）八月，時離成都東歸途中，已過巫峽。范成大吴船録卷下：「黄牛峽盡，則扇子峽，蝦蟇碚在南壁，半山有石挺出，如大蟇，呿吻向江。」陸游入蜀記卷六：「九日，微雪，過扇子峽，重山相掩，政如屏風扇，疑以此得名。登蝦蟇碚，水品所載第四泉是也。」王象之輿地紀勝卷七三：「明月峽，在夷陵縣，高七百餘仞，倚江干，崖面白如月，又如扇，亦曰扇子峽。」

【箋注】

〔一〕「望舒」四句：望舒，傳説中爲月亮駕車的神仙，後用爲月亮的代稱。屈原離騷：「前望舒使先驅兮。」王逸注：「望舒，月御也。」蟾，蟾蜍，月宫中有蟾蜍。淮南子説林訓：「月照天下，蝕於詹諸。」高誘注：「詹諸，月中蝦蟇。」段成式酉陽雜俎前集卷一「天咫」：「舊言月中有桂，有蟾蜍。」四句詩，寫蝦蟇碚泉之形態，范成大吳船録卷下：「泉出蟇背山竇中，漫流背上，散下蟇吻，垂頤頷間如水簾，以下於江。時水方漲，蟇去江面纔丈餘，聞水落時，下更有小磯承之。張又新水品亦録此泉。」陸游入蜀記卷六亦載之：「蝦蟇在山麓，臨江，頭鼻吻頷絶類，而背脊炮處尤逼真。造物之巧，有如此者。自背上深入，得一洞穴，石色緑潤，泉泠泠有聲，自洞出，垂蝦蟇口鼻間，成水簾入江。」

〔二〕「挈瓶」四句：范成大吳船録卷下：「蜀士赴廷對，或挹取以爲硯水。」䣐，音拘，挹也。集韻：「䣐，恭于切，音拘。」説文：「䣐，挹也。」

荆渚中流，回望巫山，無復一點，戲成短歌

千峰萬峰巴峽裏，不信人間有平地。渚宫回望水連天〔一〕，却疑平地元無山。山川相迎復相送，轉頭變滅都如夢。歸程萬里今三千，幾夢即到石湖邊。

【題解】

本詩作於淳熙四年（一一七七）八月，時離成都東歸至江陵。范成大吳船録卷下：「嚮離蜀都至漢嘉，則江之兩岸皆山矣。入夔州，則山忽陡高，無不摩雲者。自嘉以來，東西三千里，南北綿

亘，以入蕃夷之界，又莫知其幾千里，不知其幾千萬峰，山之多且高大如此。然自出夷陵至是，回首西望，則杳然不復一點，惟蒼煙落日，雲平無際，有登高懷遠之歎而已。」

【箋注】

〔一〕渚宫：楚别宫，在江陵。范成大吴船録卷下：「壬申、癸酉，泊沙頭，江陵帥辛棄疾幼安，招遊渚宫，敗荷剩水，雖有野意，而故時樓觀，無一存者。後人作小堂，亦草草。舊對此有絳帳臺，今在營寨中，無復遺跡。章華臺在城外野寺，亦粗存梗概。詢龍山落帽臺，云在城北三十里，一小丘耳。」李吉甫元和郡縣圖志闕卷逸文卷一山南道江陵府：「渚宫，楚别宫。左傳曰：『王在楚宫。』水經注云：『今城，楚船宫地也，春秋之渚宫。』」

魯家洑入沌

三江口即岳陽路，水大難行，遂入沌行。沌中最空夐處名百里荒，盜區也。

過盡巴東巫峽長，荆川鼓棹更茫茫。避風怕入三江口，乘月貪行百里荒。夜後逢人盡刀劍，古來踏地皆耕桑。可憐行路難如此，一簇寒蘆尚税場！

【題解】

本詩作於淳熙四年（一一七七）八月，時離蜀東歸至石首縣。范成大吴船録卷下：「丁丑，發石首，百七十里，至魯家洑，自此至鄂渚有兩塗：一路遵大江，過岳陽，及臨湘、嘉魚二縣，岳陽通洞庭處，波浪連天，有風即不可行。故客舟多避之。一路自魯家洑入沌。沌者，江旁支流，如海之汊。其廣僅過運河，不畏風浪，兩岸皆蘆荻。時時有人家。但支港通諸小湖，故爲盜區，客舟非結伴作氣不可行。偶有鄂兵二百，更戍欲歸，過荆南，遂以舟載使偕行。自魯家洑，避大江入沌，月明，行三十里，宿。戊寅、己卯，皆早暮行沌中。庚辰，行過所謂百里荒者，皆湖濼茭蘆，不復人跡，巨盜之所出没。月色如晝，將士甚武，徹夜鳴艣，弓弩上弦，擊鼓鉦以行，至曉不至。」陸游入蜀記卷五：「九月一日，始入沌，實江中小夾也。過新潭，有龍祠，甚華潔。自是遂無復居人，兩岸皆葭葦彌望，謂之百里荒。又無挽路，舟人以小舟引百丈，入夜才行四五十里，泊叢葦中。平時行舟，多於此遇盜，通濟巡檢持兵來警邏，不寐達旦。」三江口，范成大吴船録卷下：「小泊漢口……午後風息，通行百八十里，至三江口宿。三江之名，所在多有，凡水參會處皆稱之。」王象之輿地紀勝卷四九：「三江口，去黄岡縣三十里，在團風鎮之下。有江三路而下，至此會合爲一。」陸游有泊三江口詩。

鄂州南樓

誰將玉笛弄中秋？黄鶴飛來識舊游。漢樹有情横北渚，蜀江無語抱南樓。燭天燈火三更市，摇月旌旗萬里舟。却笑鱸鄉垂釣手〔一〕，武昌魚好便淹留〔二〕！

【題解】

本詩作於淳熙四年（一一七七）八月中秋，時自蜀東歸到達鄂州，登南樓，因賦本詩及水調歌頭一詞。范成大吴船録卷下：「辛巳晨，出大江，午至鄂渚，泊鸚鵡洲前南市堤下。南市在城外，沿江數萬家，廛閈甚盛，列肆如櫛，酒壚樓欄尤壯麗，外郡未見其比。蓋川、廣、荆、襄、淮、浙貿遷之會，貨物之至者無不售，且不問多少，一日可盡，其盛壯如此！監司、帥守劉邦翰子宣而下，皆來相見邀飯，皆曰未敢定日。及欲移具舟次，余笑曰：『若定日，則莫若中秋；張具，則莫若南樓。』衆亦笑許。壬午晚，遂集南樓。樓在州治前黄鶴山上，輪奂高寒，甲於湖外。下臨南市，邑屋鱗差。岷江自西南斜抱郡城東下，天無纖雲，月色奇甚，江面如練，空水吞吐。平生所遇中秋佳月，似此夕亦有數。況復修南樓故事，老子於此，興復不淺也。」陸游入蜀記卷五：「二十七日，群集於南樓。在儀門之南石城上，一曰黄鶴山，制度閎偉，登望尤勝。鄂州樓觀爲多，而此獨得江山之要會，山谷所謂『江東湖北行畫圖，鄂州南樓天下無』，是也。」方輿勝覽卷二八：「南樓，在郡治南黄鶴山頂上，有登覽之勝。」瀛奎律髓卷一方回評：「此出蜀時詩。『燭天燈火三更市』，承平時鄂渚之盛如此。」馮班評：「第四句『蜀江無語』，蜀江何曾有語？末句『武昌魚』，此事如何用？」陸貽典評：「『語』字有病，五、六有氣勢。」紀昀評：「聲調自好，然而浮聲多於切響矣。」詩藪外編卷五：「七言如（略）范至能『燭天燈火三更市，摇月旌旗萬里舟。』（略）皆七言近唐句者，此外不多得也。」

【箋注】

〔一〕鱸鄉垂釣手：此石湖自指，吴江盛産鱸魚，有鱸江之稱。參卷一七有懷石湖舊隱「鱸江」注。

〔二〕「武昌魚」句：三國志吴書陸凱傳載，孫皓欲從建業遷都武昌，陸凱進諫云：「又武昌土地，實危險而塉确，非王都安國養民之處，船泊則沈漂，陵居則峻危，且童謡言：『寧飲建業水，不食武昌魚；寧還建業死，不止武昌居。』」此反其意而用之。

題黄州臨皋亭

夏口風帆赤壁磯〔一〕，雪堂釃酒竹樓棋〔二〕。繫舟一日黄州下，只辦登臨不辦詩。

【題解】

本詩作於淳熙四年（一一七七）八月，時東歸至黄州。黄州，宋史地理志四：「黄州，下，齊安郡，軍事。建炎隸沿江制置副使司。」范成大吴船録卷下：「庚寅，發三江口，辰時過赤壁，泊黄州臨皋亭下。赤壁，小赤土山也，未見所謂『亂石穿空』及『蒙茸』『巉巖』之境，東坡詞賦微誇焉。郡將招集東坡雪堂。」陸游入蜀記卷五：「十八日，食時方行，晡時至黄州。州最僻陋少事，杜牧之所謂『平生睡足處，雲夢澤南州』（按，此爲杜牧齊安郡詩中句）。然自牧之、王元之出守，又東坡先生、張文潛謫居，遂爲名邦。泊臨皋亭，東坡先生所嘗寓，與秦少游書所謂『門外數步即大江』是居焉。」

也。烟波渺然，氣象疎豁。」方輿勝覽卷五〇：「臨皋館，在朝宗門外，舊曰臨皋亭，東坡嘗寓

【箋注】

〔一〕夏口：即江夏，在今武漢市漢口一帶。李吉甫元和郡縣圖志卷二七江南道三鄂州：「春秋時，謂之夏汭。漢爲沙羨之東境。自後漢末謂之夏口，亦名魯口。……義熙初，劉毅表以爲『夏口，二州之中，地居形要，控接湘川，邊帶漢沔』，請荆州刺史劉道規鎮夏口。」赤壁磯：黄州之赤壁，又名赤壁磯，在黄州古城西門外，因山石顔色赤紅，故名赤壁，蘇軾記赤壁：「黄州守居之數百步爲赤壁，或言即周瑜破曹公處，不知果是否？斷岸壁立，江水深碧，二鶻巢其上。」陸游入蜀記卷四：「十九日，早，游東坡。……循小徑繚州宅之後，至竹樓，規模甚陋，不知當王元之時，亦止此邪？樓下稍東，即赤壁磯，亦茆岡爾，略無草木。」「二十日，曉，離黄州，江平無風，挽船正自赤壁磯下過。」

〔二〕雪堂：蘇軾在黄州所築之堂。方輿勝覽卷五十：「雪堂，在州治東百步，蜀人蘇子瞻謫居黄州三年，故人馬正卿爲守，以故營地數十畝與之，是爲東坡，以大雪中築室名曰『雪堂』，繪雪於堂之壁。」光緒黄岡縣志卷二古迹：「雪堂，在城内東南，蘇子瞻謫黄二年，故人馬正卿爲請於郡，與故營地數十畝，躬耕於中，名爲東坡。……元豐五年，蘇子於東坡之側爲堂，時大雪，因繪雪於堂，號曰雪堂。」竹樓，位於黄州西北角城墻上，北宋時王禹偁所築，并有黄岡竹樓記。陸游

入蜀記卷五：「循小徑繞州宅之後，至竹樓，規模甚陋，不知當王元之時，亦止此邪？」

江州庾樓夜宴

前瞰大江，後臨廬山，登臨名勝，殆甲他處。庾亮南樓乃在武昌，非此也。亮常刺江州，後人製此名，非斯樓之要。

岷江漱北渚，廬阜窺南窗。名山復大川，超覽兹樓雙。何必元規塵〔一〕，自足豪他邦。使君秋田熟，新凉篘酒缸。落景澹碧瓦，長虹吐金釭。客從三峽來，噩夢隨奔瀧。小留聽琵琶，船旗卷修杠。請呼裂帛絃〔二〕，爲拊洮河腔〔三〕。曲終四憑闌，倦遊心始降。明發挂帆去，曉鐘煙外撞〔四〕。

【題解】

本詩作於淳熙四年（一一七七）八月，時離成都東歸至江州。范成大吴船録卷下：「甲午，泊江州，登庾樓。前臨大江，後對康廬，背、面皆登臨奇絶。又名山大川悉萃此樓，他處不能兼有，此獨擅之。庾元亮故事，本是武昌南樓，後人以元亮嘗刺江州，故亦以庾名此樓。然景物則有南樓不逮者。」陸游入蜀記卷四：「五日，群集於庾樓，樓正對廬山之雙劍峰，北臨大江，氣象雄麗。自京口以西，登覽之地多矣，無出庾樓右者。樓不甚高，而覺江山烟雲，皆在几席間，真絶景也。庾亮嘗爲江、荆、豫州刺史，其實則治武昌。若武昌南樓，名庾樓，猶有理，今江州治所在晉特柴桑縣之湓口關耳，此樓附會甚明。然白樂天詩固已云：『潯陽欲到思無窮，庾亮樓南湓江東。』則承誤亦久矣。張芸叟南遷録云：『庾亮鎮潯陽，經始此樓。』其誤尤甚。」

【箋注】

〔一〕「何必」句：晉王導厭惡庾亮權勢逼人，見大風揚塵，便以扇拂塵，説：「元規塵污人。」元規，庾亮字，事見世説新語輕詆。

〔二〕裂帛絃：自白居易琵琶引「四絃一聲如裂帛」句化出。

〔三〕洮河腔：洮河，發源青海東部，流經甘肅南部，匯入黄河。北宋時在洮河地區發生一次大的戰役，宋史神宗本紀載：「（熙寧六年冬十月）以復熙、河、洮、岷、疊、宕等州，御紫宸殿受群臣賀。」皇宋通鑑長編紀事本末卷六七載：「今日之役最爲大者，洮河之役。」收復失地「二千餘里」。宋代文人筆下之「洮河」被賦予了「收復失地」、「立功邊陲」的喻義，如范祖禹送蔣穎叔赴熙州詩：「詩書謀帥得豪英，去擁洮河十萬兵。」石湖正是借此詩意，呼喚琵琶奏出雄豪的聲調，以抒發自己「收復失地」的愛國情懷。

〔四〕「明發」二句：李白夜泊牛渚懷古：「明朝挂帆去，楓葉落紛紛。」

東林寺

慧遠師白蓮社也，傍有樂天草堂。對山絶頂即天池，文殊現燈處。

李成焚劫南北山，獨不毀二林。

談易繙經辛木春〔一〕，三生猶自裊煙熏。客塵長隔虎溪水〔二〕，劫火不侵香谷雲〔三〕。老矣懶供蓮社課〔四〕，歸哉恢讀草堂文〔五〕。山頭一任天燈現，箇事何曾落見聞。

【題解】

本詩作於淳熙四年（一一七七）八月，時自成都東歸至江州，遊東林寺，賦本詩。范成大吴船録卷下：「乙未，泊江州。……入山五里，至東林寺，晉惠遠師道場也。自晉以來，爲星居寺，數十年前始更十方，樓閣堂殿，奇巧巨麗，然皆非晉舊屋。」「寺東北隅，有新作白樂天草堂。樂天元和十年爲州司馬，作堂香爐峰北遺愛寺南，往來遊處焉。後與寺並廢，今所作非元和故處也。」白居易草堂記：「匡廬奇秀，甲天下山，山北峰曰香爐，峰北寺曰遺愛寺，介峰寺間，其境勝絶，又甲廬山。元和十一年秋，太原人白樂天見而愛之，若遠行客過故鄉，戀戀不能去，因面峰腋寺，作爲草堂。」

【箋注】

〔一〕談易繙經：范成大吴船録卷下：「獨聰明泉如故，商仲堪與遠公談易處也。……承平時，獨有晉安帝輦、佛馱耶舍革舄、謝靈運貝葉經（按，指謝靈運翻涅槃經貝多梵夾），更李成亂，今皆亡去。」太平寰宇記卷一一一：「五松橋，在山之澗北，昔惠遠法師與殷仲堪席澗談易於此，而樹下泉涌，號曰聰明泉。」宰木：公羊傳僖公三十三年：「秦伯怒曰：『若爾之年者，宰上之木拱矣。』」何休注：「宰，冢也。」

〔二〕虎溪：范成大吴船録卷下：「虎溪涓涓一溝，不能五尺闊，遠師送客，乃獨不肯過此，過則林虎又爲號鳴焉。」

〔三〕「劫火」句：香谷，即西林寺，范成大吴船録卷下：「遠師塔西，即西林寺，惠永師道場也。……此地舊名香谷，永先作此寺，遠徙而爲鄰，號東林，至今稱二林焉。」李成焚劫南北山，不毁二林，故云。

〔四〕蓮社：東晉慧遠法師居廬山，與劉遺民等十八人，結白蓮社於廬山東林寺，見晁補之白蓮社圖記（鷄肋集卷三〇）。范成大吴船録卷下：「白蓮池亦不復種花，獨遠公與十八賢祠堂，猶榜曰蓮社。」

〔五〕「歸哉」句：忺，高興。韋應物寄二嚴：「緑竹久已懶，今日遇君忺。」草堂文，指藏於東林寺的白居易集。四庫全書總目卷一五一云：「居易嘗自寫其集，分置僧寺，據所自記，太和九年置東林寺者，二千九百六十四首，勒成六十卷。」

過虎溪，對東林，蒼巖翠樾，下浸大澗，宛似靈隱冷泉。囑長老法才作亭，名曰過溪，且爲率山丁薙草定基，一朝而畢

過溪無限翠屏開，大笑從教虎子猜〔一〕。不獨山中添故事，仍教題作小飛來〔二〕。

【題解】

本詩作於淳熙四年（一一七七）八月，時自蜀東歸至江州，遊東林寺而賦本詩。范成大吴船録卷下：「出虎溪門，隔路有澗，從東來，澗上峰如屏障，翠樾蒙密，絶似杭之靈隱之飛來峰下。余囑主僧法才作亭，名曰過溪。呼山夫鋤治作址，一夕畢。僧約以冬初可斷手。自是東林增一勝處。」「宛似靈隱冷泉」，靈隱，山名，在杭州城西。冷泉，在靈隱山。施諤淳祐臨安志卷八：「武林山……祥符舊經云：在縣西十五里，高九十二丈，周迴一十二里，又名曰靈隱山。」山有冷泉，在飛來峰下，唐元萸作亭。同書云：「冷泉亭，在飛來峰下，唐右司郎中、杭州刺史河南元萸建，長慶三年刺史白居易撰記。」

【箋注】

〔一〕「大笑」句：沈注卷中引名勝志：「虎溪在東林寺前，上有三笑亭。遠公送客，不過此溪，過則虎輒鳴吼。他日送陶淵明、陸修静，不覺過溪，虎忽作聲，三人愕然，大笑而别。」

〔二〕小飛來：指飛來峰。潛説友咸淳臨安志卷二三山川二武林山飛來峰：「晏元獻公輿地志云：晉咸和元年，西天僧慧理登兹山，歎曰：此是中天竺國靈鷲山之小嶺，不知何年飛來？佛在世日，多爲仙靈所隱，今此亦復爾耶？因挂錫造靈隱寺，號其峰曰飛來。」

病倦不能過谷簾、三峽，寄題

白龍青峽紫煙爐〔一〕，山北山南只半塗。説與同來緑玉杖〔二〕，他年終補卧遊圖。

【題解】

本詩作於淳熙四年（一一七七）八月底，時自蜀東歸，遊廬山，病倦未過谷簾、三峽，賦小詩寄題。范成大吴船録卷下記廬山景，未及此二處。谷簾：即廬山谷簾水，方輿勝覽卷二二江州：「谷簾水，在德安東北十里景德觀。」讀史方輿紀要卷八四：「谷簾水，在府（南康府）西三十五里。源出廬山康王谷曰谷簾泉，下流入於彭蠡，陸羽茶經品爲天下第一。桑喬山疏云：『康王谷在府西六十里，泉在谷中曰谷簾，其源出廬山絶頂之漢陽坡，懸注三百五十丈。』」三峽：即廬山三峽澗。讀史方輿紀要卷八四：「漢陽峰之水，西流爲康王谷之谷簾泉。……五老峰下爲棲賢谷。其西爲三峽澗，澗受大小支流九十九派，水行石間，聲如雷霆，擬於三峽之險。」

【箋注】

〔一〕紫煙爐：指廬山香爐峰，石湖此句自李白望廬山瀑布「日照香爐生紫煙」化出。白居易廬山草堂記：「匡廬奇秀，甲天下山，山北峰曰香爐。」

〔二〕緑玉杖：綴有緑玉的杖，傳爲仙人所用。李白廬山謡寄盧侍御虚舟：「我本楚狂人，鳳歌笑孔丘。手持緑玉杖，朝别黄鶴樓。」

湖口望大孤

廬阜岡勢斷，江流漭相通。大孤如小冠，插入奫淪中。我欲蜕濁浪，往馭揚瀾風。晃晃銀色界，濙濙水晶宫。濯足望八荒，列宿羅心胸〔一〕。客帆詎肯駐，搔首蒼煙叢。

【題解】

本詩作於淳熙四年（一一七七）九月初，時自蜀東歸已過江州。范成大吴船録卷下：「九月丁酉朔，泊江州，風作，終日不行。戊戌，風小止，巳時發江州，回望廬山，漸東而高，不復迤邐之狀。

過湖口，望大孤如道士冠，立碧波萬頃中，亦奇觀也。」陸游入蜀記卷三：「二日，早，行未二十里，忽風雲騰涌，急繫纜。俄復開霽，遂行。泛彭蠡口，四望無際，乃知太白『開帆入天鏡』之句爲妙。始見廬山及大孤。大孤狀類西梁，雖不可擬小姑之秀麗，然小孤之旁，頗有沙洲葭葦，大孤則四際渺瀰皆大江，望之如浮水面，亦一奇也。」大孤，山名，太平寰宇記卷一一一：「彭蠡湖在縣東南，與都昌縣分界，湖心有大孤山。」顧況詩云：『大孤山盡小孤出，月照洞庭歸客船。』」

【箋注】

〔一〕列宿羅心胸：語出李賀高軒過：「二十八宿羅心胸。」

澎浪磯阻風

浦口舟藏尋丈慳，篙師抱膝朝暮閒。逆風來從水府廟，濁浪欲碎小孤山〔一〕。太白猶高缺蟾墮，長江未盡歸鬢斑。短歌聊復怨行路，當有聽者凋朱顔〔二〕。

【題解】

本詩作於淳熙四年（一一七七）九月，時東歸至澎浪磯。澎浪磯，位於彭澤縣西北臨長江處，與小孤山相望。范成大吴船録卷下：「己亥，發交石夾，東望小孤如艾炷。午後過之，澎浪磯在其南，風起波作。」陸游入蜀記卷三：「八月一日……過澎浪磯、小孤山，二山東西相望。小孤屬舒州宿松縣，有戍兵。」

【箋注】

〔一〕小孤山：又名小姑山，位於安徽宿松縣城東六十五公里的長江中。太平寰宇記卷一一一：「（彭澤縣）小孤山，高三十丈，周迴一里，在古城西北九十里。孤峰聳峻，半入大江。」陸游入蜀記卷三：「凡江中獨山，如金山、焦山、落星之類，皆名天下，然峭拔秀麗，皆不可與小孤比。自數十里外望之，碧峰巉然孤起，上干雲霄，已非他山可擬，愈近愈秀，冬夏晴雨，姿態萬變，信造化之尤物也。」

〔二〕「當有」句：語出李白蜀道難：「蜀道之難，難於上青天，使人聽之凋朱顔。」

馬當洑阻風，居人云：非五日或七日風不止，謂之重陽信

拍岸回流逆上磯，枯楊折葦静相依。趁墟漁子晨争渡〔一〕，賽廟商人晚醉歸〔二〕。重九信來風未憖〔三〕，大千行徧昨俱非。羈愁萬斛從頭數〔四〕，帶眼今秋又減圍。

【題解】

本詩作於淳熙四年（一一七七）九月，時東歸阻風彭澤馬當。馬當，山名，在彭澤縣。李吉甫

元和郡縣圖志卷二八江南道四江州彭澤縣：「馬當山，在縣東北一百里，橫入大江，甚爲險絶，往來多覆溺之懼。」范成大吳船録卷下：「通行八十里，泊澈背洲，欲泊馬當，風甚不可前。江中有風則白頭浪作，便不可行。庚子，風未止，强移船數里，至馬當對岸小港中泊。」陸游入蜀記卷三：「至馬當，所謂下元水府，山勢尤秀拔，正面山脚，直插大江。廟依峭崖架空爲閣，登降者，皆自閣西崖腹小石徑，捫蘿側足而上，宛若登梯。飛甍曲檻，丹碧縹緲，江上神祠，惟此最佳。」太平寰宇記卷一一一：「馬當山，在古城北一百二十里，其山橫枕大江，山象馬形，迴風急繫，波浪涌沸，爲舟船險阻。山腹在江中，山際立馬當山廟。」

【箋注】

〔一〕趁墟：又作趁虛，即趕集之意。錢易南部新書辛：「端州已南，三日一市，謂之趁虛。」本集卷一三豫章南浦亭泊舟其二：「趁墟猶市井，收潦再耕桑。」

〔二〕賽廟：趕廟會之謂。夷堅志甲志卷一〇：「紹興十九年三月，英州僧希賜，往州南三十里洸口掃塔。……既賽廟畢，飲胙頗醉……」

〔三〕慭：正字通：「本作憖，俗省作慭。」春秋左傳詁卷一八「慭使吾君聞勝與臧之死也以爲快」，引惠棟云「『慭』讀爲『銀』，與『寧』同音。又讀爲『甯』。古『寧』、『甯』同字。說文『寧』與『慭』皆訓爲願。」此處石湖似取「安寧」意，謂馬當「重九信風」之大且不可測也。

〔四〕「羈愁」句：萬斛愁，庾信愁賦：「誰知一寸心，乃有萬斛愁。」楊萬里和石湖居士范至能與周子充夜游石湖松江詩韻：「一生句裏萬斛愁。」

放舟風復不順，再泊馬當，對岸夾中馬當水府，即小說所載神助王勃一席清風處也。戲題兩絶

萬里江隨倦客東，馬當山觜勒孤篷。無才解賦珠簾雨，誰肯相賒一席風。

禁江上口柏山東，三日荒寒繫短篷。却憶宫亭湖裏去〔一〕，隨人南北解分風。

【題解】

本詩作於淳熙四年（一一七七）九月，時赴召東歸，泊舟馬當，戲題二絶。范成大吴船録卷下：「庚子，風未止，强移船數里，至馬當對岸小港中泊。」南唐在長江沿岸築上元水府、中元水府、下元水府。下元水府，在馬當山，故云馬當水府。「即小說所載神助王勃一席清風處也」小說，即指羅隱中元傳，宋委心子新編分門古今類事卷三異兆門引羅隱中元傳云：「王勃方十三，隨舅遊江左」，遇異叟，云爲中元水府主，告勃「來日滕王閣作記」，「吾助汝清風一席」。石湖語出於此。唐寅題落霞孤鶩圖：「千年想見王南海，曾借龍王一陣風。」亦用此典。

【箋注】

〔一〕宫亭湖：在南昌。王存元豐九域志卷六江南西路洪州，縣七：南昌，有宫亭湖。

守風嘲舟子

奪命稠灘百戰餘，守風端坐恰乘除。日長飽飯佳眠覺，閒傍蘆花學釣魚。

【題解】

本詩作於淳熙四年（一一七七）九月，時赴召東歸，至馬當阻風，見舟子守風無事，乃賦小詩嘲之。

佛池口大風復泊

碧葦無思連天生，青山有情終日橫。風聲洶怒木朝拔，川氣流光珠夜明。誰能坐守白頭浪，我欲往騎金背鯨〔一〕。俛仰之間撫四海，可憐步步愁江程。

【題解】

本詩作於淳熙四年（一一七七）九月，時赴召東歸，至佛池口，遇大風復泊，有感而賦本詩。佛池口，沈注卷中：「在池州府東流縣。」從石湖詩題考察，佛池口與池口顯然是二地。佛池口在長風沙之前，池口在長風沙之後，黄震黄氏日鈔卷六七：「經皖口、雁汊，凡三百里，至長風沙上口。

百里至池州池口，十里至池州。」然吴船録未載其地名。蘇轍有佛池口遇風雨詩。

【箋注】

〔一〕「我欲」句：用李白騎鯨故事。杜甫送孔巢父謝病歸江東兼呈李白「南尋禹穴見李白」，仇兆鰲注：「南尋句，一作『若逢李白騎鯨魚』。」

長風沙

夕陽明遠帆，高浪兀孤嶼。綿綿淮山來，閃閃沙鳥去〔一〕。落木兩三家㈠，炊煙南北渡。眉伸擊汰行，夢愕阻風處。

【校記】

㈠兩三家：原作「兩山家」，富校：「『山』黄刻本作『三』，是。」活字本、叢書堂本、董鈔本、詩淵第三册第二二〇五頁均作「兩三家」，今據改。

【題解】

本詩作於淳熙四年（一一七七）九月。時東歸行至長風沙。范成大吴船録卷下：「（九月）戊申，發清溪，泊長風沙。己酉，發長風沙，入夾行，晚泊太平州。」陸游長風沙：「江水六月無津涯，驚濤駭浪高吹花。艫聲已出雁翅浦，荻夾喜入長風沙。長風自古三巴路，檣竿參差雜烟樹。南船北船各萬里，淒涼小市相依住。歌呼雜沓燈火明，黄昏風死浪亦平。勞苦舟師剩沽酒，安穩明朝到池口。」太平寰宇記卷一二五：「長風沙，在（懷寧）縣東一百九十里，置在江界，以防寇盜。元和四年入圖經。李白長干行云：『相迎不道遠，直至長風沙。』即此處也。」

【箋注】

〔一〕「閃閃」句：唐唐彦謙長溪秋望：「寒鴉閃閃前山去，杜曲黄昏獨自愁。」

九月八日泊池口

斜景下天末，煙霏酣夕紅。餘暉染江色，瀲灩琥珀濃。我從落日西，忽到大江東。回首舊游處，曛黄錦城中。藥市并樂事，歌樓沸晴空。故人十二闌〔一〕，豈復念此翁？

【題解】

本詩作於淳熙四年（一一七七）九月八日，時東歸，泊舟池口，懷念成都故友，因作本詩。范成大吴船録卷下：「甲辰，發長風沙，百里，午至池州池口，泊望淮亭。」池口，鎮名，王存元豐九域志卷六江南東路池州，縣六：貴池，有池口鎮。

【箋注】

〔一〕「故人」句：戴叔倫蘇溪亭：「蘇溪亭上草漫漫。誰倚東風十二闌。」張先蝶戀花（臨水人家深宅院）：「樓上東風春不淺。十二闌干，盡日珠簾捲。有箇離人凝淚眼。淡煙芳草連雲遠。」十二闌干於詩詞中常與送別、相思之意向相關。

池州九日，用杜牧之齊山韻

年年佳節歌式微〔一〕，秋浦片帆還欲飛〔二〕。萬里蜀魂思遠道，九歌楚調送將歸。杯中山影分秋色，木末江光借夕暉。細撚黄花一枝盡，霏霏金屑滿征衣。

【題解】

本詩作於淳熙四年（一一七七）九月九日，時東歸至池州，適逢重陽，有感而作本詩。萬里歸來，感慨良多。范成大吴船録卷下：「（九月）乙巳，泊池州，入城，登九華樓，作重九。風雨陡作，懶至齊山。望之，數里間一土山，極庳小，有翠微亭，特以杜牧之詩傳耳。」「杜牧之齊山韻」，指杜牧九日齊安登高：「江涵秋影雁初飛，與客攜壺上翠微。塵世難逢開口笑，菊花須插滿頭歸。但將酩酊酬佳節，不用登臨嘆落暉。古往今來只如此，牛山何必淚霑衣。」石湖本詩詩意，均自小杜詩生發。

【箋注】

〔一〕歌式微：詩經邶風式微：「式微，式微，胡不歸？」

〔二〕秋浦：縣名，屬池州，元和郡縣圖志卷二八江南道四池州：「管縣四：秋浦、青陽、至德、石埭。」

離池陽十里清溪口，復阻風

恰從秋浦挂籧篨〔一〕，又泊清溪十里餘。愁水愁風吹帽後，作雲作雨授衣初。遠尋草市沽新酒，牢閉篷窗理舊書。行路阻艱催老病，騷騷落雪滿晨梳。

【題解】

本詩作於淳熙四年（一一七七）九月十日，時東歸已抵池州清溪口。范成大吴船録卷下：「丙午，離池州十數里，風作，泊清溪口。」池陽，即池州，名池陽郡。清溪口，沈注卷中：「紀要：清溪河在池州府城東，達江，亦曰清溪口。」

【箋注】

〔一〕籧篨：粗竹席。方言卷五：「簟，其粗者謂之籧篨。」王安石獨飯：「窗明兩不借，榻净一籧篨。」

梅根夾

辛苦淩波棹，平安入夾船。日明漁浦網，風側瓦窑煙。老圃容挑菜，村巫横索錢。且投人處宿，終夜得佳眠。

【題解】本詩作於淳熙四年（一一七七）九月，時東歸，經宣州梅根夾，賦詩寫其地之景。梅根夾，沈注卷中：「紀要：梅根河在池州府東四十五里，北達大江，亦曰梅根港。港東五里，即梅根監，歷代鑄錢之所。」李吉甫元和郡縣圖志卷二八江南道四宣州宣城縣：「梅根監，在縣西一百三十五里。梅根監並宛陵監，每歲共鑄錢五萬貫。」太平寰宇記卷一〇五：「銅陵縣，本漢南陵縣，自齊、梁之代爲梅根冶，以烹銅鐵。庾子山枯樹賦云：『東南以梅根作冶地，元管法門、石埭兩場。』隋升法門爲義安縣，又廢入銅官冶。後改爲銅官縣，屬宣州。皇朝割屬池州。」可見，梅根夾即在梅根監附近。

宿長蘆寺方丈

塔廟新浮水，汀洲舊布金。聊憑一葦力，與障萬波侵。帆影窺門近，鐘聲出院深。夜闌雷破夢，攲枕聽潮音。

【題解】

本詩作於淳熙四年（一一七七）九月，時東歸，宿長蘆寺，賦詩紀行。范成大吴船録卷下：「丁巳泊長蘆，襆被宿寺中。此爲菩提達磨一葦浮渡處，寺在沙洲之上，甚雄傑。江波淙齧，行且及門，寺前舊有居人，今皆蕩去。岸下不可泊舟，移在五里所一港中。寺有一葦堂以祠達磨。」長蘆寺，在長蘆鎮，王存元豐九域志卷五淮南東路真州，縣二：六合，有長蘆鎮。沈注卷中引張舜民郴行録：「長蘆崇福院，乃章獻太后爲真宗所營，制度宏麗，甲冠江淮。」邵伯温邵氏聞見録卷一：「章獻明肅太后，成都華陽人。少隨父下峽，至玉泉寺，有長老者善相人，謂其父曰：『君貴人也！』及見后，則大驚曰：『君之貴以此女也。』又曰：『遠方不足留，盍游京師乎？』父以貧爲辭，長老者贈以中金百兩。后自家至京師，遂正位宫闈。真宗判南衙，因張耆納后宫中。……仁宗即位，以太皇太后垂簾聽政。玉泉長老者已居長蘆矣。后屢召不至，遣使就問所須？則曰：『道人無所須也。玉泉寺無僧堂，長蘆寺無山門。』后其念之。』后以本閣服用物，下兩寺爲錢，以建長蘆寺臨江門，起水中。既成，輒爲蛟所壞，后必欲起之，用生鐵數萬斤疊其下，門乃成。」

將至吴中，親舊多來相迓，感懷有作

望見家山意欲飛，古來燕晉一沾衣。回思客路豈非夢，乍聽鄉音真是歸。新事略從年少問，故人差覺坐中稀。不須更説桑榆暖㈠〔一〕，霜後鱸魚也自肥。

【校記】

㈠桑榆暖：原作「桑榆晚」，富校：「『晚』宋詩鈔作『暖』，是。按此用唐摭言卷十五所載唐玄宗『若嫌松桂寒，任逐桑榆暖』句意。」按，活字本、叢書堂本亦作「桑榆暖」，今據改。

【題解】

本詩作於淳熙四年（一一七七）九月末、十月初，時東歸已抵常州，有感而作。范成大吴船録卷下：「（九月）丙寅，發常州，平江親戚故舊來迓者，陸續於道，怳然如隔世焉。」按，石湖自乾道八年十二月自蘇州出發赴廣西帥任，至本年十月自蜀歸抵蘇，已達六年。

【箋注】

〔一〕「不須」句：唐摭言卷一五：「薛令之，閩中長溪人，神龍二年及第，累遷左庶子。時開元東宫官僚清淡，令之以詩自悼，復紀於公署曰：『朝旭上團團，照見先生盤。盤中何所有？苜蓿長闌干。……』上因幸東宫，覽之，索筆判之曰：『啄木觜距長，鳳凰毛羽短。若嫌松桂寒，任逐桑榆暖。』令之因此謝病東歸。」石湖用此故事。

石湖居士詩集卷二十

淳熙五年四月二日，直宿玉堂，懷舊二絶句

桂海冰天老歲華〔一〕，直廬重上玉皇家〔二〕。當年曾識青青鬢〔三〕，惟有東牆一架花。

雪山刁斗不停撾，夜把軍書敢顧家？珍重玉堂今夜夢，静聞宫漏隔宫花〔四〕。

【題解】

本詩作於淳熙五年（一一七八）四月二日，時任禮部尚書，兼直學士院，因直宿玉堂，懷舊作本詩。石湖於淳熙四年東歸後，十一月入對，除權禮部尚書，五年正月，以禮部尚書知貢舉，三月，兼直學士院。周必大神道碑：「十一月入對，除權禮部尚書，賜上方珍劑。五年正月知貢舉……公尋兼直學士院。四月，以中大夫參知政事，又權監修國史、日曆。」作本詩時，尚未有除參知政事之任命。

【箋注】

〔一〕「桂海」句：桂海，指任桂帥時之行止；冰天，指使金景境，參見卷一四畫工李友直爲余作冰天桂海二圖冰天畫使北虜渡黄河時桂海畫游佛子巖道中也戲題「題解」。

〔二〕直廬：文選卷二一陸機贈尚書郎顧彦先之二：「朝游游曾城，夕息旋直廬。」吕延濟云：「直廬，直宿之廬。」

〔三〕「當年」句：石湖有玉堂寓直、己丑中秋寓直玉堂、八月二十二日寓直玉堂諸詩，己丑爲乾道五年，時年四十四歲，頭髮尚黑，故云「青青髮」。

〔四〕宮漏：宮中之漏壺，報時器。以銅壺盛水，壺底穿一小孔，壺中立箭，上刻度數，以記時。唐李益宮怨：「似將海水添宮漏，共滴長門一夜長。」

初歸石湖

曉霧朝暾紺碧烘，横塘西岸越城東。行人半出稻花上，宿鷺孤明菱葉中。信脚自能知舊路，驚心時復認鄰翁。當時手種斜橋柳，無限鳴蜩翠掃空。

【題解】

本詩作於淳熙五年（一一七八）初秋。「初歸石湖」，乃指罷參知政事後歸休石湖。詩云：「稻花」、「菱茱」，知時在初秋。宋史范成大傳：「拜參知政事。兩月，爲言者所論，奉祠。」周必大神道碑：「（淳熙五年）四月，以中大夫參知政事，又權監修國史、日曆。纔兩月，前御史亟論公，公即出門，明日宣押奏事，引咎而已。上曰：『朕不忘卿，數月，訊至卿家矣。』除資政殿學士知婺州。公請以本官奉祠，詔如所乞，提舉臨安府洞霄宫。」于北山范成大年譜淳熙五年附注對石湖此次遭罷有詳細考訂：「石湖爲言者論罷，宋史本傳、周必大神道碑均未明著言者何人。神道碑略透消息，以爲石湖本年正月以禮部尚書知貢舉，開院應由侍御史啓封，司事吏措置稍疏，於是御史『疑薄己，有後言』；下文繼云『纔兩月，前御史亟論公』。不知此特曾黨排陷之借口，未能揭出其實質。姑隱其名，顯有諱忌，碑志之體，未足深異。宋史本傳則只寥寥十餘字：『拜參知政事，兩月，爲言者所論，奉祠。』續資治通鑑踵其説：『范成大罷職奉祠，以言者論之也。』如此輕率，則均非史筆所應有。今考知此言者，即當時任侍御史之謝廓然。謝氏依附曾覿進身，去年始賜進士出身，以侍御史首劾參政龔茂良，茂良，固明爲反曾覿者。搏噬結果，茂良不僅罷政，且貶英州安置以死（本年六月，父子卒於英州貶所，陸游曾爲文祭之）。自此，大獲曾黨之寵信。石湖早年即與張説、曾覿等不睦，此時身爲執政，曾黨必不能使之久立于朝，遇事阻梗。故本年正月，石湖初膺知貢舉之命，謝氏即急對貢舉事有所論列，實對主司横加刁難，使之無所措手足，如云：『近來掌文衡者，主王安石之説，則專尚穿鑿；主程顥之説，則務爲虚誕。虚誕之説行，則日入於險怪；穿鑿之説興，則日趨於破碎。請詔有司公心考校，無得徇私，專尚王程之末習。』而朝廷『從之』。如此，則標準何在？是非何在？其意豈非罷黜王程，應盡從曾覿乎？啓釁之端，已彰彰明甚。嚆矢所加，鋒鏑必至。石湖知朝政日非，本有退志，還朝論奏，鋒鋭已消。睹此情勢，知非口舌所能争，亦非獨力所能抗，故『引咎』遜避而去。謝氏自此，三四年間，躐登二府（同知樞密院事兼參知政事）。仕途騰趠之速，罕有其比，曾氏固不惜以名位酬其鷹犬也。嗣後石湖有嘲蚊四十韻，有『云何人欣戚，乃係汝張歙』，『消息誰使然，智力詎能及』之句，可見其仕進之念雖微，而憂國之心未戢，當即對曾謝等而發也。」

寄蜀州楊道人

老來萬事總蕭然，猶憶西州暑雪邊。爲報岷峨山水道，如今真箇得歸田。

【題解】

本詩作於淳熙五年（一一七八），時正罷參知政事歸石湖閒居，寄詩蜀州楊道士志感。楊道士，生平不詳。

送同年萬元亨知階州

老我曾頒萬里春㈠，憐君飛棹也浮秦。當年千佛名經裏〔二〕，又見西遊第二人。

路入南山舊漢畿，油油清渭照牙旗。古來百戰功名地，正是鷄鳴起舞時〔二〕。
十年關隴困科輸，聖德如天盡掃除。臨遣中和二千石〔三〕，好乘春日下寬書〔四〕。

【校記】

〔一〕曾頒：活字本、叢書堂本、董鈔本均作「曾班」。

【題解】

本詩作於淳熙五年（一一七八）冬，時在蘇州，同年萬鍾赴階州任，路過蘇州，石湖因作三絶句送之。萬元亨，即萬鍾，字元亨，臨安錢塘人。紹興二十四年進士。宋史、宋史翼均無傳，歷仕起居郎、中書舍人、吏部侍郎、階州知州、江東轉運副使、工部侍郎、潤州知州、司農卿、淮西總領等職。南宋館閣續録卷七：「萬鍾，字元亨，臨安錢塘人。紹興二十四年張孝祥榜進士出身。治詩賦，（淳熙）五年二月除（秘書監），五月爲吏部侍郎。」建炎以來朝野雜記乙集卷八「丁未成都火」條云：「萬元亨爲司農少卿，應詔上言：成都之火，於守臣何害？……元亨以何自然之言，起爲江東副漕，召爲工部侍郎。」嘉定鎮江志卷一五宋潤州太守：「萬鍾，中大夫、秘閣修撰，慶元三年九月到，次年十二月除司農卿。」景定建康志卷二六轉運司題名：「萬鍾，中大夫直龍圖閣副使，慶元二年正月十一日到任，七月改除司農卿淮西總領。」楊萬里對他評價很高，誠齋集卷一〇四有與江東萬漕書云：「山藏海韞之學，瓊琚玉佩之詞，光風霽月之望，妙齡孤秀，漢廷無右」，「而論事剴切，抵觸當權，脱然冥鴻之高翔。」階州，宋代屬秦鳳路，王存元豐九域志卷三秦鳳路階州，武都郡，軍事，治福津縣。

【箋注】

〔一〕千佛名經：此指登科名榜。封演封氏聞見記卷三：「進士張繟，漢陽王柬之曾孫也。時初落第，兩手奉登科記頂戴之，曰：『此千佛名經也。』其企羨如此。」

〔二〕雞鳴起舞：即聞雞起舞之意。晉書祖逖傳：「（祖逖）與司空劉琨俱爲司州主簿，情好綢繆，共被同寢。中夜聞荒雞鳴，蹴琨覺曰：『此非惡聲也。』因起舞。」

〔三〕中和：中正和平，荀子王制：「中和者，聽之繩也。」　二千石：漢代太守的俸禄，後代亦用以指稱太守一級的官吏爲二千石。

〔四〕「好乘」句：萬鍾於淳熙五年冬出發，至階州是春日，正好下達寬政的詔書。

次韻蜀客西歸者來過石湖，并寄成都舊僚

走偏塵埃倦鳥還，故鄉元在水雲間。黄粱飯裏夢魂醒〔一〕，青篛笠前身世閒〔二〕。鷗鷺飛來俱玉立，松篁歲晚各蒼顔。岷峨交舊如相問，鐵鎖無扃任客攀。

【題解】

本詩作於淳熙五年(一一七八)冬,時正閒居在石湖。詩云「歲晚」,又次於十一月大霧中自胥口渡太湖詩之前,則本詩亦當作於十一月前後。蜀客西歸,過石湖,有詩,石湖乃次其韻作本詩,兼懷成都舊交。

【箋注】

〔一〕「黄粱」句:用沈既濟枕中記「黄粱夢」典。

〔二〕「青篛笠」句:自張志和漁父詞「青箬笠,緑蓑衣,斜風細雨不須歸」化出,形容自己目前的心境。

十一月大霧中自胥口渡太湖

白霧漫空白浪深,舟如竹葉信浮沉。科頭晏起吾何敢,自有山川印此心。

【題解】

本詩作於淳熙五年(一一七八)十一月,大霧中渡太湖,乃賦詩志感。胥口,在木瀆西,范成大吴郡志卷一八:「胥口,在木瀆西十里,出太湖之口也。上有胥山。舟出口則水光接天,洞庭東、西山峙銀濤中,景物勝絶。」朱長文吴郡圖經續記卷下:「胥口,在姑蘇山西北十二里,因胥山得名。」

靈祐觀

即古神景宫也。相傳舊宫廊百間，繞三大殿，謂之百廊三殿，今不復有。堂前有垂絲檜三本。

暘谷西門鎖洞宫〔一〕，古苔斑駁檜蒙茸。百廊三殿惟眢井，萬壑千巖有瘦筇。

【題解】

本詩作於淳熙五年（一一五八），時罷參知政事閒居在家，游靈祐觀，作本詩。靈祐觀，本名神景宫，在洞庭山林屋洞旁。陸廣微吴地記後集：「神景宫在縣西南一百二十里太湖中，唐乾符二年置。」朱長文吴郡圖經續記卷中：「靈祐觀，在洞庭山，唐之神景宫也，蓋明皇時建，内有林屋洞，人間第九洞天也。」范成大吴郡志卷三一「宫觀」：「靈祐觀，在洞庭山林屋洞傍，舊名神景宫，唐乾符二年建。内有林屋洞。」徐崧、張大純百城烟水蘇州：「靈祐觀，在林屋洞旁。……宋天禧五年，詔康孝基重建。」

【箋注】

〔一〕暘谷：即暘谷洞，徐崧、張大純百城烟水蘇州：「洞山，有林屋洞，丙洞、暘谷洞。」王謇宋平江城坊考卷五「洞庭西山」引盧志：「周處風土記云：『包山洞穴，潛行地中，無所不通，謂之洞庭地脈。』道書云：林屋洞是十大洞天之第九洞，一名左神幽虚之天洞。有三門，同會一穴。内有石門，爲隔凡，一名雨谷，一名暘谷。洞向東，更有丙洞，中有石室銀房、石鐘石鼓、金庭玉柱，又有白芝隱泉、金沙龍盆、魚乳泉、石燕。」

林屋洞

仙經：一名左神幽虛洞天。正洞門左觀中，出觀左門，又有二門，一名雨洞，一名暘谷洞。

擊水摶風浪雪翻，煙銷日出見仙村。舊知浮玉北堂路，今到幽墟三洞門。石燕翾飛遮炬火，金龍深阻護嵌根㈠。寶鐘靈鼓何須叩，庭柱宵晨已默存〔二〕。

【校記】

㈠ 金龍：原作「金籠」，富校：「『籠』黄刻本作『龍』，是。」按活字本、叢書堂本、董鈔本均作「金龍」，今據改。

【題解】

本詩作於淳熙五年（一一七八），時罷參知政事閒居在家。游林屋洞，賦七律一首以紀遊。林屋洞，在洞庭西山。陸廣微吴地記引洞庭山記：「洞庭有二穴，東南入洞，幽邃莫測，昔闔閭使令威丈人尋洞，秉燭晝夜而行，纔七十日，不窮而返，啓王曰：『初入，洞口狹隘，傴僂而入，約數里，忽遇一石室，可高二丈，常垂津液。』内有石牀枕硯。石几上有素書三卷，持回，上於闔閭，不識，乃請孔子辯之。孔子曰：『此夏禹之書，並神仙之事，言大道也。』王又令再入，經二十日却返。云：『不似前也，唯上聞風水波濤，又有異蟲，撓人撲火，石燕蝙蝠大如鳥，前去不得。』丈人姓毛名萇，號曰毛公。今洞庭有毛公宅，石室并壇存焉。」朱長文吴郡圖經續記卷中「靈祐觀」：「内有林屋洞，人間第九洞天也，爲左神幽虚之天，即天后真君之便闕。真誥云：『勾曲洞天，左通林屋，北通岱宗，西通峨眉，南通羅浮。』言諸洞可以交達也。舊傳禹治水過會稽，夢人衣玄纁，告治水法并不死方在此山石函中，既得之，以藏包山石室。吴人得之，不曉，以問孔子，孔子曰：『此禹石函文。』所謂靈寶經三卷，蓋即此也。」一名雨洞，一名暘谷洞，徐崧、張大純百城烟水蘇州：「洞山，有林屋洞，（面西，王文恪公題「第九洞天」，趙凡夫山人題「左神虚幽之天」於石，入洞如石屋……其中奇窅茫不能悉。名雨洞，俗稱龍洞。）丙洞，（循麓而南，山根一穴甚小，然好事者指爲「林屋三門」，但其上其旁石壁陡削。王文恪題曰「偉觀」。）暘谷洞。（面東，下瞰如深衖。）」

【箋注】

〔一〕「寶鐘」二句：鐘鼓，即石鐘石鼓；庭柱，即金庭玉柱。均爲林屋洞中景物。朱用純洞山：「傳聞林屋中，其事多不經。古今足迹到，玉柱與金庭。」

包山寺

在毛公壇前别峰下，慈受深老所作。深老入山時，手植二竹，今遂成林。山上松多非種植，風吹松子自成，謂之飛松。

仙塢遜半坐，精廬遷古幢。槁衲昔開山，至今坐道場。熾然説慈忍，禪海薰戒香。稺竹暗寒碧，飛松盤老蒼。船鼓入宴坐〔一〕，紅塵隔滄浪。藤杖嬾歸去，共倚蒲團牀。

【題解】

本詩作於淳熙五年（一一七八），時正閒居在家，游包山寺，賦詩以志感。包山寺，在洞庭西山。范成大吴郡志卷三四「郭外寺」：「包山禪院，在吴縣西南一百二十里。院有舊鐘，云梁大同二年置，爲福願寺。天監中再葺。唐上元九年，改爲包山寺，高宗賜名顯慶寺。本朝靖康間，慈受大師懷深居之，詔復賜舊名，院亦復興。」徐崧、張大純百城烟水蘇州：「包山禪寺，梁大同二年建，天監中再葺。初名福源寺，唐上元九年改今名，高宗賜名顯慶寺。宋靖康中慈受深禪師居此，賜額包山禪院。」宋王銍於紹興二年正月爲包山寺作記，云：「靖康元年夏五月，慈受大士普照禪師懷深，住大相國寺慧林禪院之六年。力祈還山，優詔不許。命大丞相喻旨，所以留師者，靡不盡也。師確不可奪，拂袖出都，徧走江浙。所至山川城邑，僧俗擁衆歡迎。瞻頂焚香夾道，如佛行化。靈巖、蔣山，虚二禪席以待。而兩山之人，遮道不得行。師姑慰其意，皆少留而去。最後得洞庭包山廢院，欣然駐錫卷械，爲終焉計。兹院自六朝之初爲勝地，梁天監中，始再崇葺。唐高宗賜名顯慶，爲大叢林，庇千僧。陸龜蒙、皮日休所賦包山精舍是也。政和中，權豪用事，撤以修其墳寺，瓦木滌地俱盡。淵聖皇帝詔復其名。而舊寺僧法聰，爲師以請。既至山，平江府令其弟了初主院事。然頽基斷址，四顧荒寒。而富者獻財，巧者獻技，壯者獻力。不數月，殿堂門室，鍾經與樓皆具。師平日未嘗求施，兵燼之後，尤不煩人。而施者自遠而至，惟恐弗受。於是禪居靚深，巋然出雲煙之上矣。」

【箋注】

〔一〕「船鼓」句：描寫船宴的景况。唐宋時代，豪家常在船上舉行宴會，李白在水軍宴韋司馬樓船觀妓：「詩因鼓吹發，酒爲劍歌雄。」即是。帝王家亦然，周密武林舊事卷三西湖游幸：「淳熙間，壽皇以天下養，每奉德壽三殿，游幸湖山，御大龍舟。宰執從官，以至大璫應奉諸司，及京府彈壓等，各乘大舫，無慮數百。時承平日久，樂與民同，凡游觀買賣，皆無所禁。畫楫輕舫，旁午如織。至于果蔬、羹酒……玩具等物，無不羅列。」吴地至今還盛傳船宴之風俗。

毛公壇福地

西山最深處。毛公，劉根也，身生緑毛，故云。有劉道人作小庵在隱泉之上。

松蘿滴翠白晝陰，七十二峰中最深〔一〕。緑毛仙翁已仙去，惟有石壇留竹塢。竹陰掃壇石槎牙，漢時風雨生蘚花。山中笙鶴尚遺響，湖外人煙驚歲華。道人眸子照秋色，邀我分山築丹室。驅丁役甲莫兒嬉〔二〕，渴飲隱泉飢餌朮〔三〕。

【題解】

本詩作於淳熙五年（一一七八）秋，時罷參知政事閒居在家，游毛公壇，題詩紀游。毛公壇，在洞庭西山中。范成大吴郡志卷九「古蹟」：「毛公壇，即毛公壇福地，在洞庭山中，漢劉根得道處也。根既仙身，生緑毛，人或見之，故曰毛公。今有石壇，在觀傍，猶漢物也。」

【箋注】

〔一〕七十二峰：即七十二山。徐崧、張大純百城烟水蘇州：「七十二山，湖之西北爲山十有四，馬迹最大。又東爲山四十有一，西洞庭最大。又東爲山十有七，東山最大。」

〔二〕驅丁役甲：即用道家符籙差遣六丁、六甲等神。六丁爲天帝役使的陰神，六甲爲天帝役使的陽神。

〔三〕「渴飲」句：范成大吳郡志卷一五「山」：「洞庭包山，即洞庭山也。……真誥云：包山下有石室銀房，圍百里。又有白芝隱泉，其水紫色。」飢餌术，即食白芝术。

上方寺 在銷夏灣上

檥棹古銷夏，搘筇新上方。珠灣鎖員折〔一〕，冰鏡沉空光。楓纈醉晴日，橘黃明蚤霜。閒門松竹徑，隨處有清涼。

【題解】

本詩作於淳熙五年（一一七八）秋，時罷參知政事閒居在家，遊上方寺，題詩寫景。上方寺，在洞庭西山銷夏灣。陸廣微吳地記後集：「洞庭上方院，在縣西南一百二十里，唐會昌六年置。」朱長文吳郡圖經續記卷中：「孤園寺，在洞庭，梁散騎常侍吳猛之宅，施爲精舍。」范成大吳郡志卷三四「郭外寺」：「孤園寺，在洞庭山。梁散騎常侍吳猛宅也，捨而爲寺。」徐崧、張大純百城烟水蘇州：「上方教寺，唐會昌六年僧道徹建，名孤園寺。宋嘉泰間僧無證新之，始改今額。」銷夏灣，在洞庭西山，范成大吳郡志卷一八「川」：「銷夏灣，在太湖洞庭西山之趾山，十餘里繞之。舊傳吳王避暑處。周迴湖水一灣，水色澄徹，寒光逼人，真可銷夏也。」皮日休孤園寺：「艇子小且兀，緣湖蕩白芷。縈紆泊一碕，宛到孤園寺。」可見上方寺實在銷夏灣上。

【箋注】

〔一〕「珠灣」句：淮南子墬行訓：「水圓折者有珠，方折者有玉。」員折，同圓折，指水流曲折。

銷夏灣

吴王避暑處。平湖循山，一灣雲水勝絶。

蓼磯楓渚故離宫㈠〔一〕，一曲清漣九里風㈡。縱有暑光無著處，青山環水水浮空。

【校記】

㈠蓼磯楓渚故離宫：詩淵第三册二二三二頁作「蓼磯楓青訪離宫」。

㈡九里風：原作「九里宫」，活字本、叢書堂本、董鈔本、詩淵均作「九里風」，今據改。

【題解】

本詩作於淳熙五年（一一七八）秋，時罷參知政事閒居在家，遊銷夏灣，賦小詩紀遊。與上方寺同時作，參見前詩「題解」。

【箋注】

〔一〕離宫：吴王在此避暑，築宫，故曰離宫。

橘園

橘中有佳人，招客果下遊〔一〕。胡牀到何許，坐我金碧洲。沉沉剪綵山，垂垂萬星毬。奇采日中麗，生香風外浮。折贈黄團雙，珍逾桃李投〔二〕。拆開甘露囊，快吸冰泉甌。熱腦散五濁〔三〕，豈止沉痾瘳。未知商山樂，能如洞庭不〔四〕？

【題解】

本詩作於淳熙五年（一一七八）秋，時閒居在家，遊洞庭西山橘園，賦詩頌橘。吴地盛産柑橘。朱長文吴郡圖經續記卷上「物産」：「其果，則黄柑香碩，郡以充貢。橘分丹緑，梨重絲蔕，函列羅生，何珍不有？」范成大吴郡志卷三〇「土物下」：「緑橘，出洞庭東西山，比常橘特大，未霜深緑色，臍間一點先黄，味已全可噉，故名緑橘。……芝田録云：韋蘇州寄橘詩云：『書後欲題三百顆，洞庭須待滿林霜。』蓋南史有人題書尾曰：『洞庭霜橘三百顆。』韋正用此事。」

【箋注】

〔一〕「橘中」二句：牛僧孺玄怪録卷八：「有巴邛人，不知姓名，家有橘園。因霜後諸橘盡收，餘有兩大橘，如三斗盎。巴人異之，即令攀摘，輕重亦如常橘。剖開，每橘有二老叟，鬢眉皤然，肌體紅潤，皆相對象戲。身僅尺餘，談笑自若，剖開後亦不驚怖，但相與決賭。賭訖，一叟曰：『君輸我海龍神第七女髮十兩，智瓊額黄十二枚，紫絹帔一副，絳臺山霞實散二庚，瀛洲玉塵九斛，阿母療髓凝酒四鍾，阿母女熊盈娘子躋虚龍縞韈八緉，後日於王先生青城草堂還我耳。』又有一叟曰：『王先生許來，竟待不得，橘中之樂，不減商山，但不得深根固蔕，爲愚人摘下耳。』又一叟曰：『僕饑矣，當取龍根脯食之。』即於袖中抽出一草根，方圓徑寸，形狀宛轉如龍，毫釐罔不周悉，因削食之，隨削隨滿。食訖，以水噀之，化爲一龍，四叟共乘之，足下泄泄雲起。須臾，風雨晦冥，不知所在。」

〔二〕桃李投：詩經衛風木瓜：「投我以木桃，報之以瓊瑶。」「投我以木李，報之以瓊玖。」

〔三〕五濁：佛家語，稱人世爲五濁惡世。法華經方便品：「諸佛出於五濁惡世，所謂劫濁、煩惱濁、衆生濁、見濁、命濁。」

〔四〕「未知」二句：商山樂，漢書王貢兩龔鮑傳：「漢興，有園公、綺里季、夏黄公、甪里先生，此四人者，當秦之世，避而入商雒深山，以待天下之定也。」玄怪録載橘中一叟云「橘中之樂，不減商山」。

華山寺

在西山盡處，多泉泓，僧房數處有之。有湯岐公、胡茂老樞密、孫仲益尚書諸公題詩。

五湖西岸孤絶處，旃檀大士來同住。性空真水偏清涼，隨緣出現無方所。蒙泉新潔鑑泉明，瀹茗羹藜甘似乳。何須苦問蓮開未，桂子菖花了今古。三翁彩筆照青霞，從此他山都不數。我今閒行作閒客，暫借雲窗解包具。魂清骨冷不成眠，徹曉跏趺聽粥鼓。脚力有餘西塢盡，明日灣頭更鳴櫓。却上東山喚德雲，別峰應在銀濤許。

【題解】

本詩作於淳熙五年（一一七八）十一月後，時閒居在家。遊華山寺，題詩志感。華山寺，又名觀音院，在洞庭西山。范成大吴郡志卷三四「郭外寺」：「觀音院，在洞庭山，宋元嘉安禪師所建華山院也。隋大業間廢，唐開成間再建，咸通間賜今名。」僧懷深有圓通殿記：「洞庭華山觀音院者，本在胥湖之北。宋元嘉中，會稽内史張裕請於朝而立焉。初，裕嘗事應真，謹甚。感池産千葉蓮，因名院曰華山。隋大業間經毁廢，暨唐開成四年，始遷於此。往時浚治，得會昌斷石刻，其略云：『羅浮常安禪師卜其地。』即里人進士徐正甫所施也。逮咸通十五載，奏賜今名。再廢於會昌，至是復興。有屋數十楹，視洞庭西峰諸刹，最爲勝絶處。主僧維照，篤志學佛，材器足以立事。嘗語其徒曰：『兹院雖號觀音，蓋未睹其像，名存而實亡矣。或問觀音安在？吾將何辭以對？』於是發廣大心，欲令一切睹相聞名，悉蒙解脱。乃用紫旃檀八百兩，造菩薩像。飾以黄金丹砂、珍珠琉璃，端嚴瑞相，工妙天下。并刻諸天十有六尊，莊嚴畢備，爲大殿以居之。規模雄偉，動人心目。費錢凡三百萬，毫累銖積，閲二十年，厥功乃就。來者作禮，歎未曾有。弟子維鑑實左右之。既而照公欲刻諸石，自太湖汎舟登靈巖，謁慈受叟懷深，求紀其事。懷深曰：華嚴經云：海上有山，多聖賢衆寶所成，極清浄勇猛。丈夫觀自在，爲利衆生，住此山。是大寶殿跨起於層波之中，真若鬼工神運。所謂補陀洛迦山者，豈異此耶？余聞菩薩，從聞思修，入三摩地。乃至心精遺聞，圓融無礙。悲愍群品，迷本循聲。是故不動道場，涉入諸國。廣施無畏，饒益衆生。請試宴坐，反聽嘿觀。則風濤澎湃，水石相薄。林木鳥獸，粥魚齋鼓。莫非三十二應身，八萬四千手眼，徧周法界，又何止於一方耶？雖然，不假乎像，無以示圓通之捷徑。俾夫見聞者，各隨根器。普皆證入，或由此也歟？獨喜照公，能以如幻三昧，成就不思議事，故樂爲之書。像造於崇寧五年二月，工休於四月。殿作於靖康二年之二月，落成於建炎改元之七月。作記以是冬之十月初八日也。」　湯岐公，即湯思退，見卷八鎮東行送湯丞相帥紹興「題解」。　胡茂老，即胡松年，厲鶚宋詩紀事卷三八：「松年字茂老，海州懷仁人。政和二年，上舍釋褐，累遷中書舍人。高宗朝，拜吏部尚書，權知政事，提舉洞霄宫。」　樞密孫仲益尚書，即孫覿，厲鶚宋詩紀事卷三八：「覿，字仲益，晉陵人。大觀三年進士。政和四年，中詞科，高宗朝，仕至户部尚書，提舉鴻慶宫，有鴻慶集。」范成大吴郡志卷三四「郭外寺」「觀音院」條下列孫覿德雲堂：「千丈銀山屹嵩華，浪涌雲屯天一罅。榜舟夜並黿鼉窟，杖藜曉入鷄豚社。處處人家橘柚垂，竹簷茅屋青黄亞。牛羊出没怪石走，蛟龍起伏蒼藤掛。樓殿青紅隱半山，兩腋清風策高駕。飢鼠窺燈佛帳寒，華鯨吼粥僧趺下。世味久諳真嚼蠟，老境得閒如噉蔗。山靈知我欲歸耕，一夜築垣應繞舍。」又引有胡松年德雲堂詩并序等。

縹緲峰　西山最高峰。

滿載清閒一棹孤，長風相送入仙都。莫愁懷抱無消豁，縹緲峰頭望太湖。

【題解】

本詩作於淳熙五年（一一七八）十一月間，時正閒居在家，遊縹緲峰，賦小詩抒懷。縹緲峰，在洞庭西山，爲西山最高峰。徐崧、張大純百城烟水蘇州：「縹緲峰，最高，登其顛則吴越諸山隱隱在目，又有上方、下方、石公、龍頭、金鐸、渡渚諸山，雖皆山之支隴，而逶迤起伏，靈棲邃構隨高下，各擅其勝。」

鎮下放船過東山二首

打頭風急鼻雷鼾〔一〕，醉夢閒心鐵石頑。惟有愛山貪未厭，西山纔了又東山。

老禪竿木各逢場，詩客端來共葦航。一任顛風聒高浪，滿船歡笑和詩忙。

【題解】

本詩作於淳熙五年（一一七八）十一月，時閒居在家。自洞庭西山放舟至東山，賦本詩以紀遊。鎮下，在洞庭西山，具區志村巷載其地，今稱鎮夏。

【箋注】

〔一〕打頭風：通俗編卷一「打頭風」條：「杜甫詩：『風急打船頭。』元稹詩：『船泊打頭風。』按：『打』字舊在梗韻，讀若頂，今語仍然。五代史補：『吳越王初入朝，上賜寶馬，馬出禁中，驕行却走，王顧左右曰：「此豈遇打頭風耶？」』」

翠峰寺

在東山，雪竇顯老道場，山半有悟道井，庭下大羅漢木兩株，虬屈蟠壯，甚奇古。

來從第九天〔一〕，橘社繫歸船〔二〕。借問翠峰路，誰參雪竇禪？應真庭下木，説法井中泉。公案新翻出，諸方一任傳。

【題解】

本詩作於淳熙五年（一一七八）十一月，時閒居在蘇，遊洞庭西山，又至東山翠峰寺，有感而賦本詩。翠峰寺，在洞庭東山。范成大吳郡志卷三四「郭外寺」：「翠峰禪院，在吳縣西南七十里洞庭東山。唐將軍席温其所捨宅也。」徐崧、張大純百城烟水蘇州：「東山……其陰爲翠峰塢，翠峰寺在焉。」又：「翠峰禪寺……唐天寶間席將軍温捨宅建。（白樂天題詩翠峰寺，有「笙歌畫船」之句。）宋初明覺顯禪師説法於此。（淳熙戊申元日建普同塔，迪功郎盛章落成之。）」雪竇顯老，即明覺顯禪師，師出雪竇。文徵明有游洞庭東山詩七首，翠峰寺詩題下自注：「雪竇禪師道場，中有降龍井、悟道泉。」

【箋注】

〔一〕第九天：即林屋洞，爲天下第九洞天，參見本卷林屋洞「題解」。

〔二〕橘社：姚承緒吴趨訪古録卷二「吴縣」：「唐儀鳳中，柳毅應舉不第，過涇陽，見一婦牧羊，蓋洞庭君女也，托柳毅寄書云：『洞庭之陰有大橘焉，曰橘社，擊樹三，當有應者。』今橘社樹猶存，故名其地曰社下。」姚氏所述之事，具見唐李朝威傳奇小説柳毅傳。

社山放船

社下鐘聲送客船，淩波撾鼓轉滄灣。横煙㬋處鷄豚社，落日濃邊橘柚山。八表茫茫孤鳥去，萬生擾擾一舟閒。湖心行路平如鏡，陸地風波却險艱。

【題解】

本詩作於淳熙五年（一一七八）十一月，時閒居在蘇。社山，即社下里，在洞庭東山，具區志村巷：「社下里」條下引范成大本詩。

東山渡湖

渡船帆飽如張弓，倏忽世界寒沖瀜〔一〕。堪輿無垠日夜汎〔二〕，浩浩元氣蓬蓬風。湖光日色不可辨，但見水精火齊合集成虛空。波臣川后敬愛客〔三〕，約束秘怪驅魚龍。大千總作大圓鏡〔四〕，光中飛度迷西東。蒼茫一身無四壁，八方上下惟孤篷。毛仙出迎笑相問〔五〕：何乃自苦荒寒中！吾生蓋頭乏片瓦，到處漂摇稱寓公。猶嫌塵土礙人眼，兹遊勝絶餘難同。九衢車馬恍昨夢，付與一笑隨飛鴻。

【題解】

本詩作於淳熙五年（一一七八）十一月，時閒居在蘇，自東山渡太湖，興會感發，賦本詩以志感。

【箋注】

〔一〕沖瀜：湖水深廣貌。文選木華海賦：「沖瀜沆瀁，渺瀰湠漫。」注：「沖瀜沆瀁，深廣之貌。」

〔二〕堪輿：天地總名。漢書揚雄傳引甘泉賦：「屬堪輿以壁壘兮。」注引張晏説：「堪輿天地總名也。」

〔三〕波臣：莊子外物：「周顧視車轍中，有鮒魚焉。周問之曰：『鮒魚來，子何爲者邪？』對曰：

『我，東海之波臣也。君豈有斗升之水而活我哉？』」川后：文選曹植洛神賦：「於是屏翳收風，川后静波。」吕向注：「川后，河伯也。」

〔四〕大圓鏡：佛家語，此用以形容太湖渺淼。大乘本生心地觀經卷二：「大圓鏡智，轉異熟識得此智慧，如大圓鏡現諸色像。如是如來鏡智之中，能現衆生諸善惡業，以是因緣，此智名爲大圓鏡智。」

〔五〕毛仙：即毛公。范成大吴郡志卷九「古蹟」：「毛公壇，即毛公壇福地，在洞庭山中，漢劉根得道處也。根既仙身，生緑毛，人或見之，故曰毛公。」

與游子明同過石湖

契闊相逢一笑歡，當年森桂共驂鸞。試談舊事醒村酒，仍趁新晴暖客鞍。梅粉都皴啼宿雨，柳黄不展噤春寒。從今鼎鼎多幽事〔一〕，仍喜蛙聲不在官。

【題解】

本詩作於淳熙六年（一一七九）春，時閒居在蘇，游次公來訪，乃同游石湖。詩云「梅粉」、「柳黄」、「噤春寒」，則時在初春。

【箋注】

〔一〕鼎鼎：禮記檀弓上：「故喪事雖遽不陵節，吉事雖止不怠。故騷騷爾則野，鼎鼎爾則小人，君子蓋猶猶爾。」鄭玄注：「鼎鼎，謂大舒。」

次韻同年楊廷秀使君寄題石湖

儀凰當瑞九韶成，何事栖鸞滯碧城〔一〕？公退蕭然真吏隱，文名藉甚更詩聲。句從月脇天心得〔二〕，筆與冰甌雪椀清。書到石湖春亦到，平堤梅影縠紋生。

半世輕隨出岫雲〔三〕，如今歸作卧雲人。小山有賦招遊子〔四〕，大塊無私佚老身。禪版夢中千嶂曉，鬢絲風裏萬花春。新年社甕鵝黄滿，賸醉田頭紫領巾。

【題解】

本詩作於淳熙六年（一一七九）初，時正閒居在家。孔凡禮楊萬里年譜繫本詩及楊萬里之原唱於淳熙五年，不當。按，楊之原唱及石湖之次韻詩，均寫春景，且云「新年」，當爲六年年初。淳熙五年春，石湖正在臨安任權禮部知貢舉，不可能寫出本詩。于北山范成大年譜繫本詩及楊之原唱於淳熙六年春，是也。「楊廷秀使君」，即楊萬里，時知常州。六年正月，楊雖有廣東提舉常平之任命，然尚未離任。楊萬里寄題石湖先生范至能參政石湖精舍（誠齋集卷一一）：「萬頃平湖石琢成，尚存越壘對吳城。如何豪傑干戈地，却入先生杖履中。古往今來真一夢，湖光月色自雙清。東風不解談興廢，只有年年春草生。」「不關白眼視青雲，四海如今幾若人？渭水傅巖看後代，東坡太白即前身。整齊宇宙徐揮手，點綴湖山別是春。解遣雙魚傳七字，遥知掉脱小烏巾。」

【箋注】

〔一〕碧城：仙人居處。太平御覽卷六七四引上清經：「元始居紫雲之闕，碧霞爲城。」李商隱碧城：「碧城十二曲闌干，犀辟塵埃玉辟寒。」

〔二〕「句從」句：語出皇甫湜顧華陽集序：「偏於逸歌長句，駿發踔厲，往往若穿天心，出月脇，意外驚人語，非尋常所能及。」

〔三〕出岫雲：語出陶淵明歸去來兮辭：「雲無心以出岫。」

〔四〕「小山」句：指淮南小山作招隱士。王逸云：「小山之徒，閔傷屈原，又怪其文昇天乘雲，役使百神，似若仙者，雖身沈没，名德顯聞，與隱處山澤無異，故作招隱士之賦，以章其志也。」

自閶門騎馬入越城

日影穿雲亦未濃，夜來疎雨洗清空。村前村後東風滿，略數桃花一萬重。

斷橋隤岸數家村，雨少晴多減漲痕。雪白鵝兒緑楊柳，日高猶自掩柴門。

【題解】

本詩作於淳熙六年（一一七九）春，時閒居在蘇，自閶門騎馬入越城，賦詩以記沿途風物。閶門，蘇州城西門，陸廣微吴地記：「閶門，亦號破楚門，吴伐楚，大軍從此門出。陸機詩曰：『閶門勢嵯峨，飛閣跨通波。』又孔子登山，望東吴閶門，歎曰：『吴門有白氣如練。』今置曳練坊及望館坊，因此。」朱長文吴郡圖經續記卷下「往迹」：「閶門，故名閶闔門，吴王闔閭時有之。或云魯匠般所製也，有高樓閣道，吴兵後由此出伐楚，改曰破楚門。吴屬楚，復曰閶門。」越城，在蘇州胥門外。陸廣微吴地記：「越城，胥門外越城者，越來伐吴，吴王在姑蘇築此城以逼之。」

姚夫人輓歌詞

衿帨虞鰥後〔一〕，詩書孟母鄰。高懷琴意静，晚福詔恩新。自古悲風木，于今詠澗蘋。松銘無溢美，百世考堅珉〔二〕。

【題解】

本詩作於淳熙六年（一一七九），時正閒居在家。

【箋注】

〔一〕「衿帨」句：衿，古代衣服的交領。顔之推顔氏家訓書證：「按，古者斜領下連於衿，故謂領爲衿。」帨，佩巾。詩經召南野有死麕：「無感我帨兮。」以上均女子衣飾，借指姚氏。虞鰥，尚書堯典：「師錫帝曰：有鰥在下曰虞舜。」陸游題四仙像：「曾看四嶽薦虞鰥。」虞舜姓姚，本詩輓姚夫人故云。

〔二〕堅珉：指碑刻銘文。蔡邕太傅安樂侯胡公夫人靈表：「追慕永思，憯怛罔極，遂及斯表，鐫著堅珉。」

北山草堂千巖觀新成，徐叔智運使吟古風相賀，次韻謝之

北山松竹堪怡顔，千巖觀前多好山。誰云都無卓錐地〔一〕，亦尚有此茅三間。洞門無鑰常不關，小徑百曲蒼龍盤。衆芳迷人不知處〔二〕，片雲與我俱忘還。花前一杯重鼎吕〔三〕，明日戽田并灌園。種苗種豆從此忙，昨夜驚雷送膏雨〔四〕。

【題解】

本詩作於淳熙六年（一一七九）春，時正閒居石湖。北山草堂、千巖觀新成，徐本中賦古風賀

之，石湖次韻以答。北山草堂、千巖觀，均石湖別墅中之建築，周密齊東野語卷一〇「范公石湖」條云：「文穆范公成大，晚歲卜築於吳江盤門外十里。蓋因闔閭所築越來溪故城之基，隨地勢高下而爲亭榭，所植多名花，而梅尤多。……壽皇嘗御書石湖二大字以賜之。公作上梁文，所謂『吳波萬頃，偶維風雨之舟；越戍千年，因築湖山之歡』者是也。又有北山堂、千巖觀、天鏡閣、壽樂堂，他亭宇尤多。一時各人勝士，篇章賦咏，莫不極鋪張之美。」石湖志略：「越城之陽，有石湖舊隱，文穆公歸田別墅也。面山臨湖，隨地勢高下而爲棟宇。天鏡閣第一，其餘千巖觀、北山堂、壽櫟堂（原注：光宗御書）、説虎、夢漁二軒，綺川（原注：在莫舍漊上）、盟鷗（原注：在行春橋右）二亭，又有玉雪、錦繡二坡。別築農圃堂，正對楞伽寺，公自作上梁文。周益公過之，留題壁間。」徐叔智，即徐本中，吳郡人，淳熙七年十月任江東運使。景定建康志卷二六「轉運司題名」：「徐本中，朝散郎、充集英殿修撰，副使，淳熙七年十月二十八日到任。」本詩作於六年，徐本中七年始赴江東漕任，則詩稱「運使」，當爲朝命已下，尚未赴任。石湖有送徐叔智運使奉祠歸吳中，時在淳熙九年春，石湖在建康知府任上，故能送徐本中離江東漕歸吳中。

【箋注】

〔一〕卓錐地：即立錐之地意，史記留侯世家：「今秦失德棄義，侵伐諸侯社稷，滅六國之後，使無立錐之地。」卓錐，黄庭堅次韻子瞻和子由觀韓幹馬因論伯時畫天馬圖：「雙瞳夾鏡耳卓錐。」

〔二〕「衆芳」句：白居易錢塘湖春行：「亂花漸欲迷人眼。」石湖句由此化出。

〔三〕鼎吕：史記平原君虞卿列傳：「毛先生一至楚，而使趙重於九鼎大吕。」司馬貞索隱：「九鼎大吕，國之寶器。」

〔四〕膏雨：滋潤作物之及時雨。左傳襄公十九年：「小國之仰大國也，如百穀之仰膏雨焉。」

贈舉書記歸雲丘

一枕清風四十霜，孤生無處話淒涼。相看只有龐眉客，還在雲丘舊草堂。

四股潤松雷斧碎，十圍巖桂燒痕枯。不知堦下跳珠處，舊竹春來有筍無？

青山面目想依依，水石風林入夢思。白髮蒼顏心故在，只如當日看山時。

【題解】

本詩作於淳熙六年（一一七九）春，時閒居在家。詩僧慧舉來游蘇州雲巖寺，將歸雲丘草堂，因作本詩贈行。舉書記，即詩僧慧舉，樓鑰跋雲丘草堂慧舉詩集（攻媿集卷七三）：「余頃歲游雲巖，有詩牌掛壁上，拂塵讀之，云：『朝見雲從巖上飛，暮見雲歸巖下宿。朝朝暮暮雲來去，屋老僧移幾翻覆。夕陽流水空亂山，巖前芳草年年緑。』愛其清甚，視其名，則僧舉也。曰：『非季若乎？』僧曰：『此今之廬山老慧舉也。』後得其詩編，號雲丘草堂集，及與吕東萊紫微公、雪谿王性之、後湖蘇養直、徐師川、朱希真諸公游；最後尤爲范石湖所知，盡和其大峨諸詩。余赴東嘉，亦辱詩爲贈。近世詩僧，如具圓、復瑩、温叟輩，淪落既盡，而師亦亡矣。其徒覺浄求跋其後，感念疇昔，因爲書之。師老於禪悦，詩句特其餘事，而能兼得衆體，佳處不可以一二數，讀之者可想見其人，不勞贊歎也。」陸游亦有跋雲丘詩集後（渭南文集卷二九），稱賞其詩云：「予觀雲丘詩，平淡閒暇，蓋庶幾可以自傳者。政使不遇吕居仁、蘇養直、朱希真、王性之、范至能，亦決不泯没。況如予者，烏足爲斯人重哉？」陸游作跋時爲嘉泰四年，慧舉已卒，其人年歲當長於石湖。

題查山林氏庵

庭户清深宅翠微㊀，雪如佳壁唤題詩。煙梢矗矗青圍屋，露葉鮮鮮緑滿籬。宿雨一春纔汎鴨〔一〕，新蕪幾日已藏碑。山僧見客如枯木，疑是懶殘南嶽師〔二〕。

【校記】

㊀庭户：原作「户庭」，富校：「『户庭』宋詩鈔作『庭户』，是。」按，活字本、叢書堂本、董鈔本、詩淵第五册第三七一三頁均作「庭户」，今據諸本改。

【題解】

本文作於淳熙六年（一一七九），時在家閒居。查山，即玉遮山，在陽山南。乾隆蘇州府志卷四山：「玉遮山在陽山南，横列如屏，今但呼爲遮山。（盧志作查山。）」

【箋注】

〔一〕鴨：鴨緑，指水色濃緑。

〔二〕懶殘南嶽師：宋高僧傳卷一九：「釋明瓚者，未知氏族生緣。初遊方詣嵩山，普寂盛行禪法，瓚往從焉。然則默證寂之心契，人罕推重。尋於衡嶽閑居，衆僧營作，我則晏如，縱被詆訶，殊無愧耻，時目之懶瓚也。一説伊僧差越等夷，或隨衆齋飡，或以瓦釜煮土而食，云是彌陀佛應身，未知何證驗之？一云好食僧之殘食，故殘也。或隨逐之，則時出言語，皆契佛理，事迹難知。天寶初，至南嶽寺執役，晝專一寺之工，夜止群牛之下，曾無倦也。如是經二十年。」

木瀆道中風雨震雷大作

惡風奔雲何壯哉！溪水欲立山欲摧〔一〕。石岸迸裂纜邊樹，胡牀動摇船底雷。

靈巖塔後雨脚挂〔二〕，胥口廟前浪花來。篷漏衣沾不足惜，酒瓶傾倒愁空罍。

【題解】

本詩作於淳熙六年（一一七九），時正閒居在蘇。行於木瀆道中，遇風雨震雷大作，賦本詩以紀實。木瀆，古鎮名，城西南三十里，靈巖山麓。施承緒吴趨訪古録卷二吴縣村鎮：「木瀆，在縣西南三十里。」

【箋注】

〔一〕溪水欲立：杜甫朝獻太清宫賦：「九天之雲下垂，四海之水皆立。」蘇軾有美堂暴雨：「天外黑風吹海立，浙東飛雨過江來。」石湖「溪水欲立」從此化出。

〔二〕「靈巖」句：靈巖山上靈巖寺，寺後有塔。范成大吴郡志卷八「古迹」：「館娃宫，吴越春秋、吴地記皆云：闔閭城西有山，號硯石山，山在吴縣西三十里，上有館娃宫。又方言曰：『吴有館娃宫』，今靈巖寺即其地也。」徐崧、張大純百城烟水吴縣：「靈巖山，去城西三十里，館娃宫遺址在焉。」「（僧寺）始建於東晉末，梁天監間智積顯化，唐名靈巖寺。……太平興國二年，藩臣孫承祐爲姊錢王妃建磚塔九級，孫自爲記。」

光福塘上

指點炊煙隔莽蒼，午餐應可寄前莊。鷄聲人語小家樂，木葉草花深巷香。春去已空衣尚絮，雨來何晚稻初芒。秖今農事村村急，第一先陂貯水塘。

【題解】

本詩作於淳熙六年（一一七九）春，時閒居在蘇，行光福塘上，賦本詩以記所見景物。光福，唐代名光福里，陸廣微吳地記（佚文）：「光福山，山本名鄧尉山，屬光福里，因名。」

與至先兄遊諸園看牡丹，三日行徧

拄杖無邊處處過，粉圍紅繞奈春何。閶門昨日看不足，今日婁門花更多〔一〕。
蜂蝶蕭騷草露漫，小家籬落閉荒寒。欲知國色天香句〔二〕，須是倚闌燒燭看。

【題解】

本詩作於淳熙六年（一一七九）春，時閒居在蘇，與至先看牡丹，賦詩記之。

【箋注】

〔一〕婁門：陸廣微吳地記：「陸門八，以象天之八風。……東婁匠之門。」「婁門，本號疁門，東南，秦漢時有古疁縣，至漢王莽改爲婁縣。」朱長文吳郡圖經續記卷上「門名」：「其東曰婁門，婁，縣名也，蓋因其所道也。」

〔二〕國色天香句：指李正封賞牡丹詩斷句：「天香夜染衣，國色朝酣酒。」

次韻同年楊使君回自毗陵，同泛石湖，舟中見贈

客舫中流下，人家夾岸看〔一〕。洛花堆錦煖，吳藕鏤冰寒。莫厭清歡暫，須知後會難。小詩煩本事，任禿彩毫端。

曲誤不須顧〔二〕，客狂當好看。日斜雙槳急，風駛夾衣寒。賸説歸田樂，休歌行路難。石湖三萬頃，何處覓憂端？

北渚乘風渡，西山帶霧看。袖單嫌翠薄，杯淺怯金寒。宿雨收全易，春酲解却難。且留行色住，重肯過蘇端〔三〕？

【題解】

本詩作於淳熙六年（一一七九）三月，時楊萬里赴廣東提舉常平任，過蘇，訪范成大，同泛石湖，共唱酬。毗陵，即常州，王存元豐九域志卷五兩浙路：「常州，毗陵郡，軍事，治晉城、武進二縣。」楊萬里誠齋西歸詩集序（誠齋集卷八〇）：「予假守毗陵，更未盡三月，移官廣東常平使者。既上二千石印綬，西歸過姑蘇，謁石湖先生范公。」廣東提舉告詞（誠齋集卷一三三）：「（淳熙六年正月二十一日，中書舍人陳騤行）爾萬里端實而無欺，宜將庾事於廣部。夫蹈容容之習，固不能以奮事；作赫赫之聲，亦不能以濟功。各適厥中，斯協於選。」知楊萬里於淳熙六

年正月受命，三月上旬即離任返里，過蘇。孔凡禮范成大年譜淳熙六年譜文：「三月，楊萬里移官廣東提舉常平，過姑蘇，晤成大，倡酬游賞甚樂。」下繫本詩。于北山范成大年譜繫本詩於淳熙七年春，非是。楊萬里原唱從范至能參政游石湖精舍坐間走筆：「孤塔鷗邊迥，千巖鏡裏看。折花倩人插，摘葉護窗寒。不是無相識，相從却是難。歸舟望精舍，已在白雲端。」「震澤分波入，垂虹隔水看。何須小風起，生怕牡丹寒。政坐諸峰好，端令落筆難。催人理歸棹，落日許無端。」

【箋注】

〔一〕人家夾岸看：周煇清波雜志卷三「東坡祠」條云：「東坡自海外歸毗陵，病暑，著小冠，披半臂坐船中，夾運河千萬人隨觀之。」

〔二〕「曲誤」句：三國志吴書周瑜傳：「瑜少精意于音樂，雖三爵之後，其有闕誤，瑜必知之，知之必顧，故時有人謡曰：『曲有誤，周郎顧。』」

〔三〕蘇端：杜甫友人，杜有雨過蘇端，有云：「蘇侯得數過，歡喜每傾倒。也復可憐人，呼兒具梨棗。濁醪必在眼，盡醉攄懷抱。紅稠屋角花，碧秀牆隅草。親賓縱談謔，喧鬧慰衰老。」盡顯好友相聚時之歡喜。「過蘇端」在宋詩中儼然成爲好友相聚之典，如陳與義次韻張迪功春日：「從此不憂風雪厄，杖藜時可過蘇端。」王十朋提舶欲移廚過雲榭示詩次韻：「雨中前日過蘇端，又欲移廚就稍寬。」

頃乾道辛卯歲三月望夜，與周子充内翰泛舟石湖松江之間，夜艾歸宿農圃，距今淳熙己亥九年矣。余先得歸田，復以是夕泛湖，有懷昔遊，賦詩紀事

石湖花月浮春空，憶共仙人同短篷。三更半醉吹笛去，櫂入濕銀天鏡中〔一〕。鶴鳴喚歸斗未没，却步扶疎花底月。不知行到碧桃邊〔二〕，但見天風吹積雪。月圓月缺今幾回〔三〕？依舊滿湖金碧堆。仙人還上玉堂宿，合有片時清夢來〔四〕。一笑流光飛電抹，嫦娥相對兩愁絶。桂枝應亦老無花，蟾兔不須疑鶴髮。

【題解】

本詩作於淳熙六年（一一七九）三月望夜，時閒居在家，夜泛石湖，憶及八年前與周必大同游石湖、松江間，乃賦本詩懷舊。「乾道辛卯歲」，石湖誤記。周必大與石湖同游石湖、松江間，時在壬辰，見周必大神道碑：「某與公齊年，御史王公，予外舅也，以是與公善。壬辰春，自春官去朝，過平江，游城西諸山。公訪予靈巖，同宿石湖，望夜，小舟共載湖心，風露浩然，嘗有六十挂冠之約。其後或同朝，或相遇於外，每以未踐言爲恨。」當時，石湖作與周子充侍郎同宿石湖詩，周必大

和之，參見卷一一該詩「題解」。「距今淳熙己亥九年矣」，從壬辰至己亥，當爲八年。詩題兩處誤記，理當更正。石湖本詩寄達周必大後，他於五月作次韻詩和之。次范至能憶同游石湖韻（省齋文稿卷七）（自注：己亥五月）：「桃源非真亦非空，幾年誤轉漁郎篷。豈知石湖天尺五，不隔三萬弱水中。主公心伴白鷗没，莫莫朝朝醉花月。邇來一念了世緣，蟬冕照人頭未雪。如今又作衣錦回，汀洲依舊玉成堆。聞道丹青憶賢佐，白麻早晚從天來。斷章批處階重抹，敢向座中論禮絶。午橋他日倘重陪，庶見方瞳并緑髮。」楊萬里遠在廣東，他讀到范、周的唱和詩，時間已很晚，淳熙七年他作詩和之，和石湖居士范至能與周子充夜遊石湖松江詩韻（誠齋集卷一六）：「石湖醉眼小太空，烏紗白紵雙鬢蓬。翰林來從昭回上，滿袖天香山水中。青山半邊日欲没，珠宫涌出初圜月。兩仙一棹輾琉璃，碎撼廣寒桂花雪。中流浪作凛不回，兩手播灑千銀堆。不知浩浩洪流後，曾有兹游奇特來？古人今人煙一抹，誰煎麟角續絃絶？一生句裏萬斛愁，只白秋來千丈髮。」見于北山楊萬里年譜。

【箋注】

〔一〕濕銀：李商隱河陽詩：「濕銀注鏡井口平，鸞釵映月寒錚錚。」馮浩注：「濕銀，鏡光。」

〔二〕「不知」句：碧桃，仙桃，尹喜内傳：「老子西游，省太真王母，共食碧桃紫梨。」唐高蟾下第後上永崇高侍郎：「天上碧桃和露種，日邊紅杏倚雲栽。」石湖詩取仙桃意，謂泛舟太湖中，如入天上仙境。

〔三〕月圓月缺：蘇軾水調歌頭丙辰中秋歡飲達旦大醉作此篇兼懷子由：「人有悲歡離合，月有陰晴圓缺。」

〔四〕「合有」句：秦觀千秋歲（水邊沙外）：「憶昔西池會。鵷鷺同飛蓋。攜手處，今誰在。日邊清夢斷，鏡裏朱顔改。」

嬾牀午坐

晴霄垂北窗，卧我翠幄中〔一〕。不知幾斧鑿，成此太虚空。前雲稍過盡，後雲來無窮。鳥雀有底忙，激彈過牆東。不如雙飛蝶，款款弄微風。我亦困思生，抛書眼蒙茸。

【題解】

本詩作於淳熙六年（一一七九）三月，時閒居在家，午坐困思，戲作本詩。

【箋注】

〔一〕「晴霄」二句：二句中含「北窗卧」之意，陶潛與子儼等疏：「常言五六月中，北窗下卧，遇涼風暫至，自謂是羲皇上人。」

秋前三日大雨

暑殘堪喜亦堪憎，恰似沙場喋血兵。縱有背城餘燼在，能禁幾度瀉檐聲？

【題解】

本詩作於淳熙六年（一一七九）立秋前三日，時閒居在家，立秋前大雨有感，乃作本詩。蘇州有「預先十日作秋天」的氣候特徵，袁景瀾吴郡歲華紀麗卷七「預先秋」條云：「立秋前數日，必有微雲細雨，乍陰乍晴，密點廉纖，輕颸飄忽，俗謂之秋風盲雨。於時玉露晨流，炎暑將退，漸有新秋涼意，俗謂之『預先十日作秋天』。」

秋前風雨頓涼

秋期如約不須催，雨脚風聲兩快哉。但得暑光如寇退，不辭老景似潮來。酒杯觸撥詩情動，書卷招邀病眼開。明日更涼吾已卜，暮雲渾作亂峰堆。

【題解】

本詩作於淳熙六年（一一七九）立秋前，時休閒在家。參見上首「題解」。

立秋後二日泛舟越來溪三絶

西風初入小溪帆，旋織波紋縐淺藍。行入鬧荷無水面，紅蓮沉醉白蓮酣。

一川新漲熨秋光，挂起篷窗受晚涼。楊柳無窮蟬不斷，好風將夢過横塘。

飯後茶前困思生，水寬風穩信篙撑。不知浪打船頭響，聽作淩波解佩聲〔一〕。

【題解】

本詩作於淳熙六年（一一七九）立秋後二日，泛舟越來溪，因作絶句三首以寫景。

【箋注】

〔一〕「聽作」句：用江妃解佩與鄭交甫的故事。列仙傳上江妃二女：「江妃二女者，不知何許人也，出遊於江漢之湄，逢鄭交甫。見而悦之，不知其神人也，謂其僕曰：『我欲下請其佩。』……遂手解佩與交甫。」

采菱户

采菱辛苦似天刑〔一〕，刺手朱殷鬼質青。休問揚荷涉江曲〔二〕，只堪聊誦楚詞聽。

【題解】

本詩作於淳熙六年（一一七九）秋，時閒居在家。見采菱户辛苦，賦本詩以志感。

【箋注】

〔一〕天刑：天降的刑罰。韓愈答劉秀才論史書：「夫爲史者，不有人禍，則有天刑。」

〔二〕揚荷涉江曲：楚辭中招魂：「涉江采菱，發揚荷些。」王注：「楚人歌曲也。」

曉起聞雨

老來稍喜睡魔清，兀坐枯株聽五更。蕭索輪囷憐燭燼，飛揚跋扈厭蚊聲〔一〕。登高事了從教雨，刈熟人忙却要晴。莫道西成便無慮〔二〕，大須濃日曬香杭。

【題解】

本詩作於淳熙六年（一一七九）重陽之後，時閒居在家，曉起聞雨，賦詩以志感。詩云「登高事了」，知詩成於重陽之後。

【箋注】

〔一〕飛揚跋扈：杜甫贈李白：「痛飲狂歌空度日，飛揚跋扈爲誰雄？」

〔二〕西成：尚書堯典：「平秩西成。」孔穎達疏：「秋位在西，於時萬物成熟。」

説虎軒夜坐

白雲深處卧癡頑，挂起東窗水月寬。但得好詩生眼底，何須寶刹現毫端〔一〕。一身莫作官身想，萬境都如夢境看。蟹舍鄰翁能日醉，呼來分與一蒲團。

【題解】

本詩作於淳熙六年（一一七九）秋，時閒居在石湖。説虎軒，石湖别墅内軒名。

【箋注】

〔一〕何須句：謂參禪也。華嚴經卷一一：「於一一毫端處，具足修習盡過去、未來際諸菩薩行。」圓悟佛果禪師語録卷第二：「問：如何是塵塵三昧？師云：點滴不施。進云：是一是二？師云：毫端寶刹。」

偶書

太行巫峽費車舟，休向滄溟認一漚。日下冰山難把玩〔一〕，雨中土偶任漂流〔二〕。

元無刻木牽絲技〔三〕，但合收繩卷索休。惟有酒缸并飯甑，却須秔秫十分收。

【題解】

本詩作於淳熙六年（一一七九），時閒居在蘇。

【箋注】

〔一〕「日下」句：王仁裕開元天寶遺事卷上「依冰山」條：「進士張象者，陝州人也，力學有大名，志氣高大，未嘗低折於人。人有勸象令脩謁國忠，可圖顯榮，象曰：『爾輩以謂楊公之勢，倚靠如太山，以吾所見，乃冰山也。或皎日大明之際，則此山當誤人爾。』後果如其言，時人美張生見幾。」

〔二〕土偶：戰國策卷一〇：「孟嘗君見之。謂孟嘗君曰：今者臣來，過於淄上，有土偶人與桃梗相與語。桃梗謂土偶人曰：『子，西岸之土也，挺子以爲人，至歲八月，降雨下，淄水至，則汝殘矣。』」

〔三〕刻木牽絲：謂木偶戲也。唐詩紀事卷二九録梁鍠詠木老人：「刻木牽絲作老翁，鷄皮鶴髮與真同。須臾弄罷寂無事，還似人生一夢中。」

睡覺

漏箭聲中斷角哀，界窗猶有月徘徊。心兵休爲一蚊動〔一〕，句法却從孤雁來。漱罷玉池甘似醴，夢餘金鼓辯如雷。夜長展轉添許事，推枕蕭然一笑咍。

【題解】

本詩作於淳熙六年（一一七九），時閒居在蘇。

【箋注】

〔一〕心兵：呂氏春秋蕩兵：「在心而未發，兵也。」

閶門行送胡子遠著作守漢川

前年送君朝明光〔一〕，今年送君還故鄉。錦官樓上一樽酒，萬里閶門折楊柳。吴波沄沄蜀山蒼，人生行路如許長。相逢相送鬢如雪，人生能禁幾離别！房湖風月開春臺〔二〕，石湖水雲歸去來。西棹東帆君未了，相逢還向閶門道。

【題解】

本詩作於淳熙六年（一一七九）春，時閒居石湖。胡子遠，即胡晉臣，蜀州人。胡晉臣，歷仕成都通判、秘書省校書郎、著作佐郎、知漢州，官至參知政事兼同知樞密院事，卒於位，贈資政殿學士，謚文靖，事見宋史卷三九一胡晉臣傳。初爲范成大蜀帥府幕客，薦之朝，淳熙四年爲秘書省校書郎。淳熙五年十月，除守漢州。六年春，赴蜀任路過蘇州，謁訪石湖，石湖作本詩送之。周必大有送胡子遠出守漢州分韻得萬字（省齋文集卷七）。建炎以來朝野雜記乙集卷一〇「淳熙至嘉定蜀帥薦士總記」條云：「蜀帥例得薦士。其始，胡長文所薦如吕周輔、范至能所薦如胡子遠，亦不過一二人，皆幕中之士。蓋以蜀去天日遠，士非大帥薦揚，無由自進。」南宋館閣録卷八：「胡晉臣，字子遠，唐安（即蜀州）人。王十朋榜同進士出身，治詩賦。（淳熙）四年三月除（校書郎），五年四月，爲著作佐郎。」又，南宋館閣續録卷八：「胡晉臣，（淳熙）五年四月除（著作佐郎），十月，知漢州。」又卷九：「胡晉臣，（淳熙）五年三月以校書郎兼（國史院編修官），四月，爲著作佐郎，仍兼。」因胡晉臣出守漢州前，朝官爲著作佐郎，故石湖詩題稱「胡子遠著作」。

【箋注】

〔一〕「前年」句：前年，當爲大前年。按，范成大於淳熙三年薦舉胡晉臣，孝宗即召赴行在，入對，疏當今世俗、民力、邊備、軍政四弊，稱旨，故四年三月有校書郎之任命。送胡朝見孝宗，當在淳熙三年，本年送行，上推之，則爲大前年。

〔二〕房湖：又名房公湖，在四川漢州。陸游遊漢州西湖：「房公一跌叢衆毁，八年漢州爲刺史。繞城鑿湖一百頃，島嶼曲折三四里。」嘉慶四川通志卷一〇輿地志山川一：「（漢州）房公湖，在州城南五十步，唐房琯爲刺史日所鑿，凡數百頃，洲島迴環，亭堂臺榭甚多。」

嘲蚊四十韻

暑魃方肆行，羽孽亦厲習。肖翹極么麼㊀，块圠累闟翕〔一〕。濕生同糞蝎，腐化類宵熠〔二〕。初來鬧郭郛，少進亘原隰。嘤如蠅聲薨，聚若螽羽揖。俄爲殷雷闐㊁〔三〕，遂作密霰集。口銜鋼針鋒，力洞衲衣襲。啾聲先計議，著肉便噓吸。立豹猶未定，卓錐已深入。血隨姑嘬升〔四〕，勢甚轆轤汲。沉酣尻益高，飽滿腹漸急。晶晶紫蟹眼，滴滴紅飯粒。拂掠倦體煩，爬搔瘁肌澀。捄東不虞西，擒一已竄十。新瘢蓓蕾漲，宿暈斑斕浥。竟夜眠轉展，連牀歎於悒。云何人戚欣，乃係汝張歙。驅以葵扇風，熏以艾煙濕。檠長鎮藏遮，帳隙亟補葺。火攻憚穢臭，手拍嫌腥汁。伏翼佐掃除，網蛛助收拾。薄暮洶交攻，大明訌未戢。牛革厚逾氈，鬣介銛勝鈒〔五〕。遭汝若欲困㊂，嗟人何以給？夏蟲雖衆多，罪性相百什㊃。蜂蠆豈房櫳，蟣蝨但褌褶；羊羶蟻登俎，驥逸蝱附㬷〔六〕；蠓惟舞醯甕〔七〕，蟫止祟書袠〔八〕；蚤爲鵂所撮〔九〕，蠅亦虎能執〔一〇〕；彼愆可貰死，汝罪當獻級。涼飆倏然至，醜類殆哉岌〔一一〕。一吹觜吻破，再鼓翅翎縶。三千蹀頡利，百萬走尋邑〔一二〕。快哉六合內，蔑有一塵立。虛空既清涼，家巷得寧輯。

鷄窗夜可誦，蛩機曉猶織。雨簾繡浪卷，風燭淚珠泣。客來添羽觴，人静拂塵笈。恍還神明觀，似啓坏户蟄。消長誰使然？智力詎能及！

【校記】

㈠么魔：活字本、叢書堂本、董鈔本、詩淵第四册第二八六三頁作「么麽」。

㈡殷雷：活字本、叢書堂本、董鈔本、詩淵作「隱雷」。

㈢若欲困：活字本、叢書堂本、董鈔本、詩淵作「尚欲困」。

㈣罪性相百：詩淵於此下之文字，與諸本均不同，諒爲誤鈔他人詩，不入校。

【題解】

本詩作於淳熙六年（一一七九）秋，時正閒居在家。詩人有感於近習弄權、讒邪者衆的朝政，效劉禹錫聚蚊謡作本詩。劉禹錫聚蚊謡：「沈沈夏夜閑堂開，飛蚊伺暗聲如雷。嘈然欻起初駭聽，殷殷若自南山來。喧騰鼓舞喜昏黑，昧者不分聰者惑。露花滴瀝月上天，利觜迎人看不得。我軀七尺爾如芒，我孤爾衆能我傷。天生有時不可遏，爲爾設幄潛匡牀。清商一來秋日曉，羞爾微形飼丹鳥。」瞿蜕園劉禹錫集箋證卷二一：「此詩乃借聚蚊成雷之諺，以喻讒者之衆。『天生有時』以下四句，謂讒邪之人雖凶惡，禦之亦自有術，終有一日殲滅之也。」黄震黄氏日鈔卷六七：「嘲蚊四十韻，極工，層層而起，如昌黎咏雪詩。」于北山范成大年譜淳熙六年譜文：「嘲蚊四十韻，有『云何人戚欣，乃係汝張歙』句，蓋刺近習竊權之作。」

【箋注】

〔一〕坱圠：彌漫貌，賈誼鵩鳥賦：「大鈞播物兮，坱圠無垠。」應劭曰：「其氣坱圠，非有限齊也。」

〔二〕「腐化」句：禮記月令：「腐草化螢。」李商隱隋宫：「於今腐草無螢火。」宵熠，螢的別稱。詩經豳風東山：「町疃鹿場，熠燿宵行。」石湖以「宵熠」稱螢。

〔三〕「聚若」二句：漢書十三王傳：「衆喣漂山，聚蚊成雷。」劉禹錫因作聚蚊謡，語出於此。劉詩云：「飛蚊伺暗聲如雷。」殷雷，語出詩經召南殷其雷：「殷其雷，在南山之陽。」

〔四〕姑嘬：用嘴吸食。孟子滕文公上：「蠅蚋姑嘬之。」

〔五〕鱟介：文選左思吴都賦：「乘鱟黿鼉，同眾共羅。」劉逵注：「鱟，形如惠文冠，青黑色，十二足，似蟹，足悉在腹下，長五六寸。雌常負雄行，漁者取之，必得其雙，故曰乘鱟。南海、朱崖、合浦諸郡皆有之。」鱟爲鱗介類動物，故稱鱟介。此以鱟介劍尾借指蚊嘴。

〔六〕蝱：同「寅」、「虻」。莊子天下：「由天地之道觀惠施之能，其猶一蚉一寅之勞者也。」馵，拴縛馬足的繩索。莊子馬蹄：「連之以羈馵。」

〔七〕蠓：一種小飛蟲。列子湯問：「春夏之月，有蠓蚋者，因雨而生，見陽而死。」

〔八〕蟫：即蠹蟲，又名衣魚。爾雅釋蟲：「蟫，白魚。」注：「衣書中蟲，一名蛃魚。」

〔九〕鵂：即鵂鶹，俗稱貓頭鷹，鴟鴞的一種。莊子秋水：「鴟鵂夜撮蚤，察豪末，晝出瞋目而不見丘山。」

〔一〇〕虎：招蠅虎，蜘蛛名，不結網，常在墻角捕食蠅等小蟲。崔豹古今注中「魚蟲」：「蠅虎，蠅狐也。形似蜘蛛，而色灰白，善捕蠅。」

〔一一〕「涼颷」二句：劉禹錫聚蚊謡：「清商一來秋日曉，羞爾微形飼丹鳥。」

〔一二〕「三千」二句：歐陽修準詔言事上書：「李靖破突厥於定襄，只用三千人，其後破頡利於陰山，亦不過一萬。」後漢書伏湛傳附伏隆傳：「尋、邑以百萬之軍，潰散於昆陽。」

閶門戲調行客

日夜飛帆與跨鞍，閶門川陸路漫漫。人生自苦身餘幾，天色無情歲又寒。萬事惟堪六如觀〔一〕，一杯莫信四并難〔二〕。重陽雖過黄花少，尚有遲開玉雪團〔三〕。

【題解】

本詩作於淳熙六年（一一七九）重陽後，時閒居在家，至閶門，見路上行客匆匆，有感而作本詩。

【箋注】

〔一〕六如觀：佛家語，金剛經：「一切有爲法，如夢、幻、泡、影，如露亦如電，應作如是觀。」

〔二〕四并難：謝靈運擬魏太子鄴中集詩序：「天下良辰、美景、賞心、樂事，四者難并。」

〔三〕玉雪團：白菊花，廣群芳譜卷四八「菊」：「一團雪，一名白雪團，一名簇香毬，一名鬥嬋娟，花極白，晶瑩，瓣如勺，長而厚。」

九月二十八日湖上檢校籬落

村北村南打稻聲，荒園屐齒亦嬉晴。菊邊更覺朝陽好，松下偏聞晚吹清。一歲無非吾樂事，千金不博此閒行。周遭踏徧芙蓉岸，足痺腰頑栩栩輕。

【題解】

本詩作於淳熙六年（一一七九）九月二十八日，時閒居在家，漫步石湖，見岸邊芙蓉，作本詩以抒情。

晚步吴故城下

意行殊不計榛菅，風袖飄然勝羽翰。拄杖前頭雙雉起，浮圖絶頂一雕盤。醉紅匝地斜曛暖〔一〕，熨練涵空漲水寒。却向東皋望煙火，缺蟾先映槲林丹。

【題解】

本詩作於淳熙六年（一一七九）秋，時閒居在蘇，晚步故城之下，賦詩寫景。吴故城有二：一在梅里，范成大吴郡志卷三「城郭」：「太伯城，周三里二百步，外郭三百餘里，在西北隅，名曰故吴，又曰吴城，在今梅里平墟，人民皆田其中。」石湖閒居晚步，不可能去梅里。二指闔閭城，吴郡志卷三：「闔閭城，吴王闔閭自梅里徙都，即今郡城。」陸廣微吴地記：「闔閭城，周敬王六年伍子胥作，大城周迴四十五里三十步，小城八里六百六十步。」

【箋注】

〔一〕醉紅：指紅花，王安石薔薇：「濃綠扶疏雲對起，醉紅撩亂雪争開。」

上沙田舍

更無雲物起微陰，壠畝人家各好音。歲晚陽和歸稻把，夜來霜力到楓林。兒童笑裏豐年面，烏鳥聲中落日心。釀秫炊秔都入手，臏拚腰脚辦登臨。

【題解】

本詩作於淳熙六年（一一七九）秋，時閒居在家，行經上沙田舍，賦本詩寫景志感。上沙，見卷三上沙「題解」。

與現、壽二長老遊壽泉，因話去年林屋之遊，題贈

何年錫杖斸清甘〔一〕，天遣深源壽此庵。金醴萬枝浮倒影，爲君題作菊花潭。

松風放浪入雲關，二衲相從一士閒。人與瘦筇俱老健，去年今日在包山。

【題解】

本詩作於淳熙六年（一一七九）十一月，時閒居在家，與現老、壽老同遊壽泉，話及去年同遊林屋，題本詩贈之。「去年林屋之遊」，淳熙五年十一月間，范成大渡太湖，遊林屋洞、包山寺等地，同遊者有澹齋、澹庵現老、眉庵壽老等人，本書卷二六再贈壽老詩尾注：「頃與澹齋兄遊洞庭、林屋，并澹庵現老、眉庵壽老偕，今十年矣。壽老見過話舊事，二澹已爲古人。」

【箋注】

〔一〕「何年」句：用六祖惠能故事，苏軾有卓錫泉銘并序云：「六祖初住曹溪，卓錫泉涌，清涼滑甘，贍足大衆，逮今數百年矣。」「祖師無心，心外無學。有來扣者，雲涌泉落。」「初住南華，集衆湞水。水性融會，豈有無理。引錫指石，寒泉自洌。衆渴得飲，如我説法。」

渡太湖

囊風閣雨半晴陰，慘淡誰知造化心？委命浮沉惟一葉，計身輕重亦千金。紅塵猶道不勝險，白浪莫嗔如許深。晚得薌山堪寄纜〔一〕，卧聽鼉吼與龍吟。

【題解】

本詩作於淳熙六年（一一七九），時閒居在蘇，渡太湖，作本詩志感。

【箋注】

〔一〕薌山：即香山。范成大吴郡志卷一五「山」：「香山，胥口相直，吴王種香於此山。」薌，通香。

再渡胥口

古來此地快蓬心，天繞明湖日照臨。一雁雲平時隱現，兩山波動對浮沉〔一〕。衰鬢都共荻花老，醉面不如楓葉深。罾户釣徒來問訊，去年盟在肯重尋？

【題解】

本詩作於淳熙六年（一一七九），時休閒在蘇。再度胥口，作本詩以寫景抒情。

【箋注】

〔一〕「兩山」句：孟浩然望洞庭湖贈張丞相：「氣蒸雲夢澤，波撼岳陽城。」石湖句自此化出。

跨馬過練墟喜晴

稻穗初乾怕雨時，晚來蒸煖欲霏微。西風若肯吹雲盡，不惜飄飄側帽歸〔一〕。

【題解】

本詩作於淳熙六年（一一七九），時在蘇閒居。騎馬過練墟，天晴，因作本詩。練墟，吴郡志卷一七有「練墟新橋」，姑蘇志卷一八有練墟村。

【箋注】

〔一〕側帽：周書獨孤信傳：「（獨孤信）在秦州，嘗因獵，日暮，馳馬入城，其帽微側，詰旦，而吏人有戴帽者，咸慕信而側帽焉。」

晚歸石湖

何須駟馬銜鄉關，只作歸農老圃看。夢裏曾腰緒結佩〔一〕，年來新著惰游冠〔二〕。

和煙種竹聊醫俗，帶月聞蛙不在官〔三〕。久矣此心恬不動，如今併與此身安。

【題解】

本詩作於淳熙六年（一一七九），時休閒在蘇，晚歸石湖有感而作本詩。

【箋注】

〔一〕緝結佩：語出禮記玉藻：「齊則緝結佩而爵韠。」鄭玄曰：「結，屈也。結，又屈之也。」孔穎達曰：「緝結佩，謂結其綬而又屈上之也。」

〔二〕惰游：禮記玉藻：「垂緌五寸，惰游之士也。」

〔三〕聞蛙不在官：晉書惠帝紀：「帝又嘗在華林園，聞蝦蟆聲，謂左右曰：『此鳴者爲官乎，私乎？』或對曰：『在官地爲官，在私地爲私。』」

北山堂開爐夜坐

困眠醒坐一龕多，竹洞無關斷客過。貪向爐中煨榾柮，懶從掌上看庵摩〔一〕。閒無雜念惟詩在，老不甘心奈鏡何？八萬四千安樂法，元無秘密可伽陀〔二〕。

【題解】

本詩作於淳熙六年（一一七九），時在家閒居。北山堂開爐夜坐生感，作本詩。

【箋注】

〔一〕「懶從」句：庵摩，一作庵摩羅，庵摩勒，果名。維摩經弟子品肇注：「庵摩勒果，形似檳榔，食之除風冷。」楞嚴經：「阿那律見閻浮提，如觀掌中庵摩羅果。」

〔二〕伽佗：阿伽佗的略稱。法華經玄贊卷二：「梵云伽佗，此翻爲頌，頌者美也，歌也，頌中文句極美麗故。」

入城

十里清風一餉間，片帆真欲解人顔。林家莊近聞鵝鴨，船到閶門儘未關。儘字俗用已久，據理只合用盡字〔一〕。

【題解】

本詩作於淳熙六年（一一七九），時閒居在蘇。

【箋注】

〔一〕「儘字」二句自注：胡樸安俗語典卷三三人部：「儘著，左傳文十四年：『公子商人，盡其家貸于公。』……按，盡，即忍切，即俗云儘著之儘。儘字惟見字彙，前此未收也。……宋間有用儘者，若陸游詩『儘醉帽幽香』之類。」其説與范石湖相合。

次韻蚤蚊

羽蟲么魔塞區寰，造化胡爲弗痰頑？長養污泥草木處，縱横大地山河間。夜聲雷動人力屈，秋喙花開天理還〔一〕。但願江湖無白鳥〔二〕，何須金鼎鑄神姦〔三〕？

【題解】

本詩作於淳熙六年（一一七九），時在家閒居。有人賦蚤蚊詩，次韻和之。

【箋注】

〔一〕秋喙花開：蚊蟲於秋風起以後，其喙破開。石湖嘲蚊四十韻：「涼飆倏然至，醜類殆哉岌。一吹觜吻破，再鼓翅翎縶。」

〔二〕白鳥：大戴禮記夏小正：「（八月）丹鳥羞白鳥。丹鳥也者，謂丹良也。白鳥也者，謂蚊蚋也。」

〔三〕金鼎鑄神姦：左傳宣公三年：「遠方圖物，貢金九牧，鑄鼎象物，百物而爲之備，使民知神姦。」杜預注：「圖鬼神百物之形，使民逆備之。」

冬至晚起，枕上有懷晉陵楊使君

新衣兒女鬧燈前，夢裏莊周正栩然。騎馬十年聽曉鼓，人生元有日高眠。

多稼亭邊有所思，冬來撚却幾行髭〔一〕。也應坐擁黄紬被，斷角孤鴻總要詩。

【題解】

本詩作於淳熙五年（一一七八）冬至日，時閒居在家，此日晚起，枕上懷念楊萬里，賦二絕以寄之。「晉陵楊使君」，即楊萬里，時知常州。于北山范成大年譜、楊萬里年譜，孔凡禮范成大年譜均繫本詩於淳熙五年，是。淳熙六年冬至時，楊萬里已任廣東常平提舉。楊萬里見詩後，作和范至能參政寄二絕句：「生憎雁鶩只盈前，忽覽新詩意豁然。錦字展來看未足，玉蟲挑盡不成眠。」「夢中相見慰相思，玉立長身漆點髭。不遣紫宸朝補衮，却教雪屋夜哦詩。」本卷次韻同年楊廷秀使君寄題石湖，作於淳熙六年春，列於前，本詩却列於後，不當。

【箋注】

〔一〕撚却幾行髭：盧延讓苦吟：「吟安一個字，撚斷數莖鬚。」

寒　雨

何事冬來雨打窗？夜聲滴滴曉聲淙。若爲化作漫天雪〔一〕，徑上孤篷釣晚江〔二〕。

【題解】

本詩作於淳熙六年（一一七九）冬，時閒居在蘇，遇寒雨，有感而作此。

【箋注】

〔一〕「若爲」句：自柳宗元與浩初上人同看山寄京華親故「若爲化得身千億，散上峰頭望故鄉」化出。

〔二〕「徑上」句：自柳宗元江雪「孤舟蓑笠翁，獨釣寒江雪」化出。

戲贈脚婆

日滿東窗照被堆，宿湯猶自煖如煨㈠。尺三汗脚君休笑〔一〕，曾踏鞾霜待漏來。

【校記】

㈠宿湯：原作「宿窗」，誤。富校：「『窗』黄刻本作『湯』，是。」活字本、叢書堂本、董鈔本、詩淵第二册第一四二〇頁均作「宿湯」，今據改。

【題解】

本詩作於淳熙六年（一一七九）冬，時閒居在家。冬日，使用暖脚瓶，戲作本詩。脚婆，即暖足瓶，俗稱湯婆子。黄庭堅戲詠暖足缾詩其一：「千金買脚婆，夜夜睡天明。」

【箋注】

〔一〕「尺三」句：唐摭言卷一五：「顧雲，大順中，制同羊昭業等十人修史。雲在江淮，遇高逢休諫議。時劉子長僕射清名雅譽，充塞搢紳，其弟崇望，復在中書。雲以逢休與子長舊交，將造門，希致先容，逢休許之久矣。雲臨岐請書，逢休授之一函，甚草創，雲微有惑，因潛啓閲之，凡一幅，並不言雲，但曰：羊昭業等擬將一尺三寸汗脚，踏他燒殘龍尾道，道懿宗皇帝雖薄德，不任被前人羅織。」

除夜前二日夜雨

雪不成花夜雨來，壠頭一洗定無埃。小童却怕溪橋滑，明日先生合探梅。

【題解】

本詩作於淳熙六年（一一七九）除夕前二日，時在家閒居，因夜雨作此小詩以志感。

次韻章秀才北城新圃

方流桃花塢〔一〕，窈窕入壺天。碧城當巖岫，清灣如澗泉。風月欲無價，聊費四萬錢〔二〕。雪後春事起，紅雲蜂蝶邊。

西城如西塞，桃花古來多。釣艇鱖魚肥，前身張志和〔三〕。煙霏幾白鷺，風雨一緑蓑。清江韻新引，清絶勝陽阿。

【題解】

本詩作於淳熙六年（一一七九）春，時閒居在家。章秀才賦北城新圃，石湖次其韻。章秀才，乃蘇州「北章」的後人。龔明元中吴紀聞卷六「南北章」條云：「章氏，本建安郇公之裔，後徙於平江者有二族，子厚丞相家州南，質夫樞密家州北，兩第屹然，輪奐相望，爲一州之甲。吴人號南北章以别之。」王謇宋平江城坊考吴中氏族考：「章氏。嘉祐中，浦城章楶爲蘇州教官，就居於此。故有南北二族：楶居城北，號北章；惇居城南，號南章。其二氏甚盛。」宋詩紀事卷二三章楶小傳云：「楶字質夫，浦城人，得象之姪。治平四年，進士甲科。哲宗朝，歷集賢殿修撰，知渭州，進端明殿學士。徽宗立，拜同知樞密院事，授資政殿學士、中太乙宫使。卒謚莊簡。」則章秀才爲「北章」章楶之後人。

【箋注】

〔一〕桃花塢：徐大焯燼餘録記載，宋代桃花塢範圍極大，云：「入閶門河而東，循能仁寺、章家巷河而北，過石塘橋出齊門，古皆稱桃花河。河西北，皆桃塢地。」舊有章楶别墅，占地甚廣。姑蘇志卷三一：「章氏别業，在閶門裏北城下，今名桃花塢。」明人唐寅卜築桃花庵，只占章園之一角。

〔二〕「風月」二句：用歐陽修滄浪亭：「清風明月本無價，可惜只賣四萬錢。」

〔三〕「釣艇」二句：登明經第，待張志和謁見顔真卿，作漁歌五首，其一云：「西塞山前白鷺飛，桃花流水鱖魚肥。青箬笠，緑蓑衣，斜風細雨不須歸。」

夢中作

漠漠人間一氣平，虚無宫殿鎖飛瓊〔一〕。碧雲萬里海光動，何處書來金鶴鳴？

【題解】

本詩作於淳熙六年（一一七九），時閒居在蘇，賦本詩記夢中之境以寄慨。

【箋注】

〔一〕「虚無」句：李商隱隋宫：「紫泉宫殿鎖煙霞。」飛瓊，即許飛瓊，仙女，漢武帝内傳：「（王母）

又命侍女董雙成吹雲和之笙，石公子擊昆庭之金，許飛瓊鼓震靈之簧。」

北城梅爲雪所厄㊀

凍蕊粘枝瘦欲乾，新年猶未有春看。雪花祇欲欺紅紫，不道梅花也怕寒〔一〕。

【校記】

㊀題：富校：「『城』下黄刻本、宋詩鈔有『梅』字，是。」按，活字本目録、正文，叢書堂本目録、正文，董鈔本，詩淵第四册第二三一一頁詩題均作「北城梅爲雪所厄」，今據補。

【題解】

本詩作於淳熙七年（一一八〇）正月，時閒居在蘇。有感於北城梅爲雪所厄，作本詩以寫意。

【箋注】

〔一〕不道：不料。張相詩詞曲語辭匯釋卷四「不道（一）」：「猶云不料也。」引范成大本詩云「言不料梅花也怕寒」。

雪後六言二首

雨聲和深巷屐，風力到短檠燈。可惜滴殘檐雪，從教漂盡河冰。

歲寒破屋萬卷，風急疎窗一燈。高卧眼生醉纈，遠遊鬢有堅冰。

【題解】

本詩作於淳熙七年（一一八〇），時閒居在家。

元夕大風雨二絶

東風無賴妒華年，一夜淒寒到酒邊。放盡珠簾遮畫炬，莫教檐雨濕青煙。

河傾海立夜翻盆，不獨妨燈更損春。凍澀笙簧猶可耐，滴皴梅頰勢須嗔。

【題解】

本詩作於淳熙七年（一一八〇）元夕，時閒居在家，因元夕大風雨，不能賞燈，故作本詩。

春懷

柳顰梅笑各相惱，詩債棋讎俱見尋。莫道幽居無一事，春來風物總關心。

【題解】

本詩作於淳熙七年（一一八〇）正月，時閒居在家，故詩云「幽居」。

自横塘橋過黄山

陣陣輕寒細馬驕，竹林茅店小帘招。東風已緑南溪水〔一〕，更染溪南萬柳條〔二〕。

【題解】

本詩作於淳熙七年（一一八〇）春，時閒居在蘇，自横塘橋過黄山，賦小詩以寫春景。横塘，在盤門外五里，姚承緒吴趨訪古録卷二：「横塘，在盤門西五里。有橋顔曰『横塘古渡』，爲游湖入山之路。」黄山，在縣西南二十五里。姑蘇志卷九：「黄山，在茶磨山北四里，胥塘之北。諸峰高下相連，俗稱筆格山。」

【箋注】

〔一〕「東風」句：王安石泊船瓜州：「春風又緑江南岸。」

〔二〕「更染」句：李賀瑶華樂：「薰梅染柳將贈君。」

次韻謝李叔玠追路送笋

墮地錦棚茁，解衣温玉姿。來償食竹債〔一〕，大勝伏雌炊〔二〕。少日羹藜子〔三〕，老來煨芋師〔四〕。盤餐登異味，指動已先知〔五〕。

【題解】

本詩作於淳熙七年（一一八〇）二月，時差知明州，李叔玠追路送笋，並賦詩，石湖次其韻答謝之。周必大神道碑：「（淳熙）七年（原作六年，誤。參宋史魏王愷傳、建炎以來朝野雜記甲集卷一魏惠憲王）二月，魏王薨於明州，起公代之，兼沿海制置使。」李叔玠，即李珪，字叔玠，建炎以來朝野雜記乙集卷一六「四川椿管錢物」條：「初遣户部郎官丹稜李叔玠奉使起發，叔玠持不可，上頗難之，會復置宣撫司，事得暫止。」李珪，爲紹興二十四年進士，與石湖爲同年，見嘉慶四川通志卷一二二。

【箋注】

〔一〕來償句：山谷外集詩注卷一二食笋十韻：「饞饞入中廚，如償食竹債。」注云：「楞嚴經云：身爲畜生，酬其宿債。詩意謂牛羊食竹，及死爲笋，爲人所食，若償債然。」

〔二〕伏雌：即母鸡。樂府詩集卷六〇百里奚妻琴歌三首其一：「百里奚，五羊皮。憶別時，烹伏雌，炊扊扅。今日富貴忘我爲！」

〔三〕羹藜：初學記卷九：「堯羹藜，舜飯糗。韓子曰：堯之王天下，糲粢之食，藜藿之羹。孟子曰：舜之飯糗茹草，若將終身焉。」

〔四〕煨芋：佛果圜悟禪師碧巖録卷四：「懶瓚和尚，隱居衡山石室中。唐德宗聞其名，遣使召之。使者至其室宣言：天子有詔，尊者當起謝恩。瓚方撥牛糞火，尋煨芋而食，寒涕垂頤未嘗答。使者笑曰：且勸尊者拭涕。瓚曰：我豈有工夫爲俗人拭涕耶！」

〔五〕指動：左傳宣公四年：「楚人獻黿于鄭靈公。公子宋與子家將見，子公之食指動，以示子家，曰：『他日我如此，必嘗異味。』及入，宰夫將解黿，相視而笑。公問之，子家以告。及食大夫黿，召子公而勿與也。子公怒，染指于鼎，嘗之而出。公怒，欲殺子公。」

石湖居士詩集卷二十一

秀州門外泊舟

拍岸清波撲岸埃，黑頭霜鬢幾徘徊。禾興門外官楊柳〔一〕，又見扁舟上堰來。

【題解】

本詩作於淳熙七年（一一八〇）二月初。時石湖受命知明州軍州事，赴闕路過秀州泊舟，因作本詩。秀州，元豐九域志卷五兩浙路秀州，治嘉興縣。淳熙七年，魏王趙愷卒，起石湖代知明州。周必大神道碑：「（淳熙）七年二月，魏王薨於明州，起公代之，兼沿海制置使。」宋史卷二四六魏王愷傳：「七年，薨於明州，年三十五。」建炎以來朝野雜記甲集卷一魏惠憲王：「淳熙初來朝，徙判明州，易鎮永興、成德。七年二月，薨於明州，年三十五。」寧波府志卷一六秩官上宋知明州軍州事題名：「范成大，（淳熙）七年三月。」又卷一八名宦：「范成大，字至能，吴郡人。淳熙中知州事。」石湖到達寧波在三月，然初受命赴闕，當在二月。

【箋注】

〔一〕禾興：即嘉興縣。李吉甫元和郡縣圖志卷二五江南道一蘇州嘉興縣：「本春秋時長水縣，秦爲由拳縣，漢因之。吴時有嘉禾生，改名禾興縣。後以孫皓父名，改爲嘉興縣也。」至元嘉禾志卷一「沿革」：「吴黄龍三年，由拳野稻自生，改爲禾興，志瑞也。」

臨平道中

煙雨桃花夾岸栽，低低渾欲傍船來〔一〕。石湖有此紅千葉〔二〕，前日春寒總未開。

【題解】

本詩作於淳熙七年（一一八〇）二月，赴闕道中，周必大玉堂類稿卷一二撫問新知明州范成大並賜銀合茶藥（注：淳熙七年三月四日）：「有敕：朕緬懷舊德，起表東藩。喜舟御之遄征，即都門而迎勞。仍加頒賚，用示眷存。」

【箋注】

〔一〕渾欲：簡直要。張相詩詞曲語辭匯釋卷二「渾（一）」：「渾，猶全也，直也。」杜甫春望：「白頭搔更短，渾欲不勝簪。」

〔二〕紅千葉：千葉紅桃。廣群芳譜卷二五「桃花」：「千葉桃，一名碧桃，花色淡紅。」

夜過越上不得遊覽

王程公事兩相催，衝雨片帆連夜開。千巖萬壑在何處？山陰道中無好懷〔一〕。

豈有酒船尋賀老〔二〕，興盡却能訪安道〔三〕。鑑湖春色漫芳菲，付與青青湖畔草。

【題解】

本詩作於淳熙七年（一一八〇）三月，時受命知明州軍州事，自杭赴明州途中，夜過會稽，不得游覽，因賦詩志感。

【箋注】

〔一〕「千巖」二句：王羲之蘭亭集序：「永和九年，歲在癸丑，暮春之初，會於會稽山陰之蘭亭，修禊事也。群賢畢至，少長咸集。此地有崇山峻嶺，茂林修竹，又有清流激湍，映帶左右，引以爲流觴曲水，列坐其次，雖無絲竹管絃之盛，一觴一咏，亦足以暢叙幽情。」

〔二〕「豈有」句：賀老，即賀知章（六五九—七四四），字季真，越州永興人。證聖初，擢進士，歷仕太常博士、太子賓客、禮部侍郎兼集賢殿學士、秘書監。天寶初，求歸故里，詔賜鑑湖一曲。工詩，善草書，喜飲酒，不受拘檢，杜甫飲中八仙歌，首列知章。兩唐書有傳。李白送賀賓客歸越：「鏡湖流水漾清波，狂客歸舟逸興多。山陰道士如相見，應寫黄庭换白鵝。」

〔三〕「興盡」句：用王徽之故事。世説新語任誕：「王子猷居山陰，夜大雪，眠覺，開室，命酌酒，四望皎然。因起彷徨，詠左思招隱詩，忽憶戴安道。時戴在剡，即便夜乘小船就之。經宿方至，造門不前而返。人問其故，王曰：『吾本乘興而行，興盡而返，何必見戴。』」

道中古意二絶

桃李寂無言，垂楊照溪緑。不見苧蘿人〔一〕，空吟若邪曲〔二〕。

浣紗寂不好㊀，辛苦觸戰箭。東施無麗質〔三〕，安穩嫁鄉縣。

【校記】

㊀寂不好：詩淵第三册第一九九七頁作「寧不好」。

【題解】

本詩作於淳熙七年（一一八〇），時正赴知明州任途中，作古絶二首，詠西施故事。

【箋注】

〔一〕苧蘿人：指西施，吴越春秋勾踐陰謀外傳：「乃使相者國中，得苧蘿山鬻薪之女曰西施鄭旦。」

〔二〕「空吟」句：若邪，同若耶，溪名，相傳西施曾浣紗於此，故亦名浣紗溪。李白採蓮曲：「若耶溪傍採蓮女，笑隔荷花共人語。」若邪曲即指此。

〔三〕「東施」句：莊子天運：「故西施病心而矉於里，其里之醜人見而美之，歸亦捧心而矉其里。」後人稱此醜人爲「東施」，太平寰宇記卷六九越州諸暨縣有西施家、東施家。

觀褉帖有感三絶

古人賦多情，無事輒愁苦。蘭亭一觴詠〔一〕，感慨乃如許！

寶章薶九泉，摹本範百世〔二〕。白鵝滿波間，誰識腕中意？

三日天氣新〔三〕，褉飲傳自古。今人不好事，佳節棄如土。

【題解】

本詩作於淳熙七年（一一八〇）三月赴明州任途中，觀王羲之蘭亭集序帖有感，賦三絶句以志感。褉帖，即王羲之所書寫的蘭亭集序，因記修褉事，故稱褉帖。宋高宗翰墨志：「至若褉帖，則測之益深，擬之益嚴，姿態横生，莫造其源。」

【箋注】

〔一〕「蘭亭」句：用王羲之故事。晉書王羲之傳：「嘗與同志宴集於會稽山陰之蘭亭，羲之自爲之序以申其志，曰：永和九年，歲在癸丑，暮春之初，會於會稽山陰之蘭亭，修褉事也。……

雖無絲竹管絃之盛，一觴一咏，亦足以暢叙幽情。」

〔二〕「寶章」二句：寶章，指蘭亭集序帖真迹。薶，埋之本字，埋藏。淮南子時則訓：「掩骼薶骴。」高誘注：「薶，藏也。」唐太宗酷愛書法，從王羲之七世孫僧智永弟子辯才處，得其真迹，命趙模、韓道政、馮承素、諸葛貞等人各搨數本。太宗臨死時，囑以真迹殉葬於昭陵。故云「寶章薶九泉」。今存定武、神龍諸本皆歐陽詢、褚遂良臨摹搨本。故云「摹本範百世」。唐何延之蘭亭記有詳細記載。

〔三〕三日天氣新：語出杜甫麗人行：「三月三日天氣新。」

浙東舟中

處處槿樊圃，家家桃廡門。魚鹽臨水市，煙火隔江村。雨過張帆重，潮來汲井渾。彎跧短篷底，休説兩朱轓〔一〕。

【題解】

本詩作於淳熙七年（一一八〇）三月，時在赴知明州任途中。

【箋注】

〔一〕兩朱轓：高官顯貴所乘。漢書景帝紀：「令長吏二千石車朱兩轓，千石至六百石朱左轓。」

初赴明州

四征惟是欠東征〔一〕，行李如今忽四明〔二〕。海接三韓諸島近〔三〕，江分七堰兩潮平，擬將寬大來宣詔，先趁清和去勸耕。頂踵國恩元未報〔四〕，驅馳何敢歎勞生。昌國縣圖障於海中，題字云：「自此與高麗國接界。」蓋宇内極東處也〔五〕。

【題解】

本詩作於淳熙七年（一一八〇）三月，時已赴明州任。紹定四明志卷一郡守：「范成大，中大夫兼沿海制置使，淳熙七年三月二十一日到任。」寶慶四明志卷一郡守：「范成大，中大夫兼沿海制置使，淳熙七年三月二十一日到任，八年三月二十一日除端明殿學士知建康府。」

【箋注】

〔一〕四征：出使金國爲北征，赴桂帥爲南征，任蜀帥爲西征，帥明州爲東征，合爲四征。

〔二〕四明：山名，在明州鄞縣境内，因以代指明州。乾道四明圖經卷二鄞縣：「四明山，在縣西南六十里。」

〔三〕「海接」句：三韓，漢代國名，宋代爲高麗國。漢代，朝鮮南部分爲馬韓、辰韓、弁辰（弁韓）三國，合稱「三韓」，見後漢書卷八五東夷傳。後以「三韓」作爲朝鮮的代稱。宋代其流通錢幣中有一種即稱「三韓通寶」。宋史卷四八七高麗傳：「其東所臨，海水清徹，下視十丈，東南望明州，水皆碧。」

〔四〕頂踵：孟子盡心上：「墨子兼愛，摩頂放踵利天下，爲之。」朱子注：「放，上聲。墨子，名翟。兼愛，無所不愛也。摩頂，摩突其頂也。放，至也。」

〔五〕「昌國縣」四句尾注：昌國縣，屬明州，其地即唐代鄮縣之翁洲，李吉甫之元和郡縣圖志卷二六：「（明州鄮縣）翁洲，入海二百里，即春秋所謂甬東地也。越滅吴，請吴王居甬東，吴王曰：『孤老矣，不能事君王。』乃縊。其洲周環五百里，有良田湖水，多麋鹿。」乾道四明圖經卷七昌國縣：「唐開元二十六年，與州同置，即翁山縣是也。」縣有梅岑山，在縣東二百七十里，四面環海：「高麗、日本、新羅、渤海諸國，皆由此取道。守候風信，謂之放洋。」

寄虎丘範長老

誰云簪紱坐成禽〔一〕，亦漫爲官漫好音。身已備嘗生老病，心何曾住去來今。一波不動月空照，萬籟無情風自吟。持此東歸似同志，故應分我半山林。

【題解】

本詩作於淳熙七年（一一八〇），時在知明州任上，寄詩與虎丘範長老，表明自己的心志。範長老，號默堂，見卷二三積雨作寒五首自注：「禪老，範默堂。」

【箋注】

〔一〕成禽：後漢書袁紹傳：「若分遣輕軍，星行掩襲，許拔則操成禽。」

次韻汪仲嘉尚書喜雨

雨雲渾似雪雲同，天意人心本自通。吏役驅驅騎馬滑，何如欹枕閉門中？

老身窮苦不須憂，未有毫分慰此州。但得田間無歎息，何須地上見錢流〔一〕？

【題解】

本詩作於淳熙七年（一一八〇），時已到明州任，汪大猷時奉祠家居，賦喜雨詩，石湖次韻答之。汪仲嘉，即汪大猷，鄞縣人，曾兼權吏部尚書，故稱「尚書」，參見卷一一送汪仲嘉使虜分韻得待字「題解」。原唱已佚。汪大猷工詩，樓鑰敷文閣學士宣奉大夫致仕贈特進汪公行狀（攻媿集卷八八）：「詩造平淡，能道人情曲折，和達哉樂天行等篇，置之集中，殆莫能辨也。」

【箋注】

〔一〕見錢流：用唐代劉晏故事。新唐書劉晏傳：「諸道巡院，皆募駛足，置驛相望，四方貨殖低昂及它利害，雖甚遠，不數日即知，是誰權萬貨重輕，使天下無甚貴賤而物常平，自言如見錢流地上。」辛棄疾水調歌頭壽趙漕介庵：「莫管錢流地，且擬醉黄花。」亦用此典。

曉　起

窗明驚起倒裳衣，鈴索頻摇定怪遲。即入簿書叢裏去，少留欹枕聽黄鸝。

【題解】

本詩作於淳熙七年（一一八〇），時在知明州任上。

大　風　四明亦有颶風。

颶母從來海若家，青天白地忽飛沙。煩將殘暑驅除盡，只莫顛狂損稻花。

【題解】

本詩作於淳熙七年（一一八〇），時在知明州任上，因四明有颶風，作本詩感之。

大黄花

大芋高荷半畝陰，玉英危綴碧瑶簪。誰知一葉蓮花面，中有將軍劍戟心。

【題解】

本詩作於淳熙七年（一一八〇），時在知明州任上。

進修堂前荷池

方池留水勝埋盆，露入蓮腮沁粉痕。鈴索無聲人不到，小禽飛入鬧荷根。

【題解】

本詩作於淳熙七年（一一八〇），時在知明州任上。進修堂，在明州府衙内。

州宅堂前荷花

淩波仙子静中芳，也帶酣紅學醉粧㈠。有意十分開曉露，無情一餉斂斜陽。泥根玉雪元無染〔一〕，風葉青葱亦自香。想得石湖花正好，接天雲錦畫船涼〔二〕。

【校記】

㈠ 粧：瀛奎律髓卷二七作「狂」。

【題解】

本詩作於淳熙七年（一一八〇）夏，時已在知明州任上，見州宅堂前荷花，興起憶念石湖的情思。瀛奎律髓卷二七方回評：「此明州州宅也。淳熙七年庚子，石湖以前參政起家帥鄞。五、六甚佳。」馮舒評：「起句俚。」馮班評：「破不妥切。」紀昀評：「中四句皆好。『醉狂』不似荷花。七句倒托出州宅。」

【箋注】

〔一〕「泥根」句：周敦頤愛蓮説：「予獨愛蓮之出淤泥而不染。」

〔二〕「接天」句：自楊萬里曉出淨慈寺送林子方「接天蓮葉無窮碧，映日荷花别樣紅」句化出，以雲錦喻盛開之荷花。

新荔枝四絶

荔浦園林瘴霧中〔一〕，戎州沽酒擘輕紅〔二〕。五年食指無占處〔三〕，何意相逢萬壑東。

海北天西兩鬢蓬，閩山猶欠一枝筇。鄞船荔子如新摘，行脚何須更雪峰？

甘露凝成一顆冰，露穠冰厚更芳馨。夜涼將到星河下，擬共嫦娥鬥月明。

趠舶飛來不作難㈠〔四〕，紅塵一騎笑長安〔五〕。孫郎皺玉無消息〔六〕，先破潘郎玳瑁盤〔七〕。四明海舟自福唐來，順風三數日至，得荔子，色香都未減，大勝戎、涪間所産。莆陽孫使君許寄蜜荔，過期不至；貳車潘進奏餉玳瑁一種，亦佳，并賦之。

【校記】

㈠ 趠舶：原作「趠泊」，富校：「沈注云：『東坡集作「舶趠」，此誤也。』按蘇軾舶趠風詩引：『吳中梅雨既過，颯然清風彌旬，歲歲如此，湖人謂之舶趠風。是時海舶初回，云此風自海上與舶俱至云爾。』」按，活字本、叢書堂本、董鈔本、詩淵第二册第一二〇六頁均作「趠舶」，今據改。

【題解】

本詩作於淳熙七年（一一八〇）秋，時在知明州任上。福建新荔枝到明州，石湖賦詩詠之。莆陽守孫紹遠許寄蜜荔未到，甚念之。

【箋注】

〔一〕荔浦：縣名，屬桂州。王存元豐九域志卷九廣南西路桂州，有荔浦縣。

〔二〕戎州：李吉甫元和郡縣圖志卷三一「戎州」：「南溪縣，平蓋山，多荔枝。」王存元豐九域志卷七戎州有南浦縣。

〔三〕食指無占處：參卷二〇次韻謝李叔玠追路送筍「指動」注。

〔四〕趠舶：沈注卷中：「按，東坡集作舶趠，此誤也。」蘇軾舶趠風并引：「吳中梅雨既過，颯然清風彌旬，歲歲如此，湖人謂之舶趠風。是時海舶初回，云此風自海上與舶俱至云爾。」陳巖肖庚溪詩話：「吴中每暑月，則東南風數日，甚者至踰旬而止，吴人名之曰舶趠風云，海外舶船，禱於神而得之，乘此風到江浙間也。」

〔五〕「紅塵」句：語出杜牧過華清宫絶句三首其一：「長安回望繡成堆，山頂千門次第開。一騎紅塵妃子笑，無人知是荔枝來。」

〔六〕孫郎：即孫紹遠，附注「莆陽孫使君」，亦即紹遠，時知莆陽。弘治興化府志卷二宋興化軍知軍題名：「孫紹遠，以承議郎知，（淳熙七年）二月二十一日到任，九年四月十二日滿替。」興化軍，即莆陽，王存元豐九域志卷九興化軍，治莆陽縣。

〔七〕潘郎：即附注中之「貳車潘進奏」，生平未知。

甬東道院午坐

一夜西風轉酒旗，午餘殘暑不多時。緑荷半蝕霜前葉，丹桂全封雨後枝。忙裏有詩償日課〔一〕，老來無賦爲秋悲〔二〕。梳頭小隸那知此，强向窗前數鬢絲。

【題解】

本詩作於淳熙七年（一一八〇）秋，時在知明州任上，午坐甬東道院，即景寫情，因賦本詩。甬東道院，在清心堂南。寶應四明志卷三「公宇」：「甬東道院，在清心堂南，趙子潚建。」

【箋注】

〔一〕詩債：白居易晚春欲攜酒尋沈四著作先以六韻寄之：「顧我酒狂久，負君詩債多。」

〔二〕「老來」句：宋玉九辯：「悲哉秋之爲氣也。」石湖由此生發。

東門外觀刈熟，民間租米船相銜入門㊀，喜作二絶

菊莎杞棘爨無煙〔一〕，日日文書横索錢。今日甬東官况好，東津門外看租船。文書，謂諸司督逋者。

潮到靈橋緑繞船〔二〕，海邊力穡屢豐年。淡青山色深黄稻，恰似胥門九月天。

【校記】

㊀相銜入門：富校：「『門』黄刻本、宋詩鈔作『城』，是。」活字本目録、正文，叢書堂本目録、正文，董鈔本，詩淵第二册第一五〇五頁均作「入門」。

【題解】

本詩作於淳熙七年（一一八〇）九月，時在知明州任上。

【箋注】

〔一〕菊莎杞棘：語出陸龜蒙杞菊賦：「爾杞未棘，爾菊未莎。」參沈欽韓注。

〔二〕靈橋：在州城外，寶慶四明續志卷二「惠民藥局」記載增開子鋪十四所，其中一所即靈橋門鋪。

探木犀

秋半秋香花信遲〔一〕，攀枝擘葉看纖微。昨朝尚作茶槍瘦〔二〕，今雨催成粟粒肥。

【題解】

本詩作於淳熙七年（一一八〇）秋，時在知明州任上，探視桂樹，寫下本詩。

【箋注】

〔一〕秋香：桂花之香，李賀金銅仙人辭漢歌：「畫欄桂樹懸秋香。」

〔二〕茶槍：茶的嫩芽，陸龜蒙奉酬襲美先輩吴中苦雨一百韻：「酒幟風外攲，茶槍露中擷。」注：「茶芽未展者曰槍。」本詩借指桂花花苞之嫩者。

九月五日晴煖步後園

海氣烘晴入斷霞，半空雲影界山斜。輕羅小扇游蜂畔，只比東風有菊花。

【題解】

本詩作於淳熙七年（一一八〇）九月五日，時在知明州任上。因晴暖閑步南園，作本詩以寫景。

九日憶菊坡

菊坡長恨隔横塘，城郭山林自不雙。放棹松江花已遠，濤江之外更鄞江〔一〕。

【題解】

本詩作於淳熙七年（一一八〇）九月九日，時在知明州任上，憶菊坡，作本詩以志感。

【箋注】

〔一〕鄞江：乾道四明圖經卷二鄞縣：「江在縣東一里，實海口也。」

重陽九經堂作

俗間佳節自怱怱，老去悲秋又客中〔一〕。青嶂捲簾三面月，黄花吹鬢幾絲風。十年故國新栽柳，萬里他鄉舊轉蓬。誰與安排今夜夢？片帆飛到小籬東。

【題解】

本詩作於淳熙七年（一一八〇）重陽，時在明州任上。九經堂，朝廷頒賜明州九經，明州守陳充作九經堂貯之。淳熙七年，范成大修葺之，又收藏皇子趙愷之藏書。寶慶四明志卷二「賜書」：「經，一百一十五部，計五百八十一册。（原注：傳解釋文等在内。）史，七十九部，計一千三百四十三册。（原注：説史者在内。）子，一十五部，計四十五册。文集一百七十一部，計一千五百册。雜書，九十五部，計七百二十八册。御書臨帖五册。（原注：已入御書類。）宸翰詔書一軸。（原注：已入御書類。）右皇子魏王判州，藏書四千九十二册，一十五軸。淳熙七年有旨，就賜明州。於是守臣范成大奉藏於九經堂之西偏。繼又恐典司弗虔，乃奉藏於御書閣，列爲十廚。」寶慶四明志卷三「公宇」云：「九經堂，太宗皇帝淳化元年，詔頒國子監九經，二年，守陳充作堂以藏，久而堂圮書散。元祐五年，守李閎鑿池畚土增舊址，别求九經藏之，火於建炎。紹興十八年，守徐琛又新之，跨池爲石橋，通鄮山堂，翼以步廊。淳熙七年，范成大守明，詔賜魏王所藏書四千九十二册，十五軸，乃葺斯堂，奉其書西偏。已乃藏所賜書於府學之御書閣。築堂及奉安賜書，皆有碑記，而陳之碑逸矣。淳祐五年冬，制帥集撰顔公頤仲重修。」

【箋注】

〔一〕「老去」句：化用杜甫登高「萬里悲秋常作客」句意。

真瑞堂前丹桂

血色凡花太俗生，花工新意染秋英。袍紅太重緹紅淺，畫不能摹句寫成〔一〕。官忙風月鎮長閒，開遍香紅酒尚寒。若要與花相領略，千巖隨分有闌干〔二〕。石湖千巖觀前手植丹桂二畝。

【題解】

本詩作於淳熙七年（一一八〇）秋，時在知明州任上。堂前丹桂盛開，詩人興起吟成本詩。真瑞堂，在明州府衙内。寶慶四明志卷三「公宇」：「真瑞堂，熙春亭之東迤於南，前有木犀。」

【箋注】

〔一〕「畫不」句：畫不能成，用詩句寫出。唐詩人蘇頲扈從鄠杜間奉呈刑部尚書舅崔黄門馬常侍：「雲山一一看皆美，竹樹蕭蕭畫不成。」李唐七絶也説：「看之如易作之難。」石湖在賞雪騎鯨軒子文夜歸酒渴侍兒薦茗飲蜜漿明日以詫同游戲爲書事邀宗偉同作：「懸知晝不到，未省詩能説？」

〔二〕隨分：隨意。黄庭堅呻吟齋睡起五首呈世弼：「蔓蒿隨分種，杞菊未須遊。」

題羔羊齋外木芙蓉

慵粧酣酒夕陽濃，洗盡霜痕看綺叢。緑地團花紅錦障，不知庭院有西風。

【題解】

本詩作於淳熙七年（一一八〇）秋，時在知明州任上，閑時題咏羔羊齋外木芙蓉。羔羊齋，寶慶四明志卷三「公宇」：「羔羊齋，平易堂之後。」

進思堂夜坐懷故山

塵事潮來不可推，身如病鶴强毰毸〔一〕。簿書遮斷尋詩路，風雨驚殘問月杯〔二〕。想得竹門無客到，直須雪夜有船迴。鱸鄉望眼雙明處〔三〕，祇欠凌霄萬仞臺。

【題解】

本詩作於淳熙七年(一一八〇)秋,時在知明州任上。夜坐進思堂,作本詩以抒懷鄉之情思。進思堂,寶慶四明志卷三「公宇」:「進思堂,紹興四年,守郭仲荀建。淳祐六年冬,制帥集撰顏公頤仲以舊規湫隘卑下,歲老不支,於是增高故址,一新改造。七年春賜御書堂扁,從公請也。」

【箋注】

〔一〕毰毸:同陪鰓,原指鳥羽奮張貌,文選潘岳射雉賦:「摛朱冠之赩赫,敷藻翰之陪鰓。」徐爰注:「陪鰓,奮怒之貌也。」曾鞏不飲酒:「況從多病久衰耗,自顧白髮垂毰毸。」

〔二〕問月杯:自蘇軾水調歌頭「明月幾時有?把酒問青天」句意化出。

〔三〕鱸鄉:吴江盛産鱸魚,故有「鱸鄉」之美稱。吴曾能改齋漫録卷五:「陳文惠(按,即陳堯佐)有題松江詩,落句云:『西風斜日鱸魚鄉。』言惟松江有鱸魚耳。」林肇鱸鄉亭詩序:「肇頃過松陵,讀陳丞相留題詩,有『秋風斜日鱸魚鄉』之句。去秋作亭江上,取『鱸鄉』二字名。」

楊少監寄西征近詩來,因賦二絶爲謝。詩卷第一首乃石湖作別時倡和也

柴門重客醉中歸,尚憶揮毫索紙時。何物與儂供不朽〔一〕,西征卷首石湖詩。

錦囊隨上越王臺〔二〕，天海風濤亦壯哉！書到嶺頭梅恰動，一枝應伴一篇來〔三〕。

【題解】

本詩作於淳熙七年（一一八〇）初冬，時在明州任上。楊萬里從廣東寄詩來，因賦二絶和之。楊少監，即楊萬里，他曾任將作少監，本詩用舊稱，蓋重京官也。楊萬里誠齋西歸詩集序（誠齋集卷八〇）：「予假守毗陵，更未盡三月，移官廣東常平使者。既上二千石印綬，西歸過姑蘇，謁石湖先生范公，公首索予詩，予謝曰：『詩在山林，而人在城市，是二者常巧於相違而喜於不相值。某雖有所謂荆溪集者，竊自薄陋，不敢爲公出也。』既還舍，計在道及待次凡一年，得詩僅二百首，題曰西歸集，録以寄公。」石湖得詩後，賦二絶以謝。楊萬里得其詩後，即和之，遣騎問訊范明州參政報章寄二絶句和韻謝之（誠齋集卷一六）：「南海人從東海歸，新詩到日恰梅時。撚梅細比新詩看，未必梅花瘦似詩。」「一别姑蘇江上臺，緑波碧草恨悠哉。忽然兩袖珠璣滿，割取三吴風月來。」

【箋注】

〔一〕儂：吴人稱我爲儂。

〔二〕「錦囊」句：錦囊，盛詩之囊，用李賀典，李商隱李長吉小傳：「恒從小奚奴，騎駏驢，背一古破錦囊，遇有所得，即書投囊中。」李綱讀李長吉詩：「嘔心古錦囊，絶筆白玉樓。」越王臺，在紹興，方輿勝覽卷六浙東路紹興府：「越王臺、舊經：『在種山。』今在卧龍之西，汪綱創。氣象開豁，極目千里，爲一郡登臨勝處。」

〔三〕「一枝」句：事類賦注卷二六「陸凱寄江南之春」引荆州記：「陸凱與范曄相善，自江南寄梅花一枝，詣長安與曄，兼贈詩曰：『折花逢驛使，寄與隴頭人。江南無所有，聊贈一枝春。』」

羔羊齋小池兩涘，木芙蓉盛開，有懷故園

洞户掩秋深，畫橋横晚静。嫋嫋芙蓉風，池光弄花影。懷我白鷗邊，錦帳繚千頃。明河拍岸平，紅緑染天鏡。釣船無畔岸，收拾入簿領〔一〕。牆籓束院落，寒窘令人癭〔二〕。

【題解】

本詩作於淳熙七年（一一八〇）秋，時在知明州任上，見羔羊齋前小池兩邊木芙蓉盛開，忽生懷鄉之情，乃賦此詩以抒情。

【箋注】

〔一〕簿領：官府簿册、文書之類，漢書戴就傳：「（戴就）仕郡倉曹掾，楊州刺史歐陽參奏太守成公浮臧罪，遣部從事薛安案倉庫簿領，收就於錢唐縣獄。」蘇軾用王鞏韵贈其姪震：「王猷修潤色，亦有簿領煩。」

〔二〕寒窘令人瘦：沈注卷中：「此用魏志賈逵事。」按，此事不見於三國志魏書賈逵傳，見於裴松之注引魏略：「逵前在弘農，與典農校尉争公事，不得理，乃發憤生癭，後所病稍大，自啓願欲令醫割之。太祖惜逵忠，恐其不活，教『謝主簿，吾聞「十人割癭九人死」。』逵猶行其意，而癭愈大。」

鹿鳴席上贈貢士

登陸由來説四明〔一〕，台星光處更魁星〔二〕。海濱二老尊周室〔三〕，館下諸生右漢廷〔四〕。秋賦重增人物志〔五〕，春闈俱上佛名經〔六〕。一飛好趁扶摇便〔七〕，咫尺西興是北溟〔八〕。

【題解】

本詩作於淳熙七年（一一八〇）秋，時在知明州任上。

【箋注】

〔一〕「登陸」句：孫綽遊天台山賦序：「天台山者，蓋山嶽之神秀者也。涉海則有方丈蓬萊，登陸則有四明天台。皆玄聖之所遊化，靈仙之所窟宅。」四明，三才圖會四明山圖考：「四明山者，天台之委也。高與華頂齊，跨數邑。自奉化雪竇入，則直謂之四明。行山中大約五六十里，山山盤亘，竹樹葱菁，衆壑之水，亂流争趨。入益深，猿鳥之聲俱絶，悄然嘻呬通顥氣，覺與世界如絶，不似天台之近人也。道書稱第九洞天。峰凡二百八十二，中有芙蓉峰，刻漢隸『四明山心』四字。其山四穴如天窗，隔山通日月星辰之光，故曰四明。」

〔二〕台星：三台星，喻指宰輔。晉書天文志上：「三台六星，兩兩而居，起文昌，列抵太微。一曰天柱，三台之位也。在人曰三公，在天曰三台，主開德宣符也。」魁星：通俗編：「魁星，癸辛雜志：『太學先達歸齋，各有光齋之禮，狀元則送鍍金魁星杯柈一副。』儼山外集：『天順癸未會試京邸，戲爲魁星圖，貼于座右，無何失去。時陸鼎儀寓友人温氏，出以爲翫，惘然問所從來，云：「昨日倚門，見一兒持此，以果易之。」予默以爲吾二人得失之兆矣。』按：雜説中載魁星事，所見惟此二條。但以爲儀設圖玩，未嘗祀之也。魁特北斗之首，古人凡首皆謂之魁。……顧寧人日知録言『魁』當『奎』之訛，『奎爲文章之府，文士宜祀』……今祠觀中多祀其像，漸及學宫，不知何時所起。」

〔三〕「海濱」句：孟子離婁：「孟子曰：伯夷辟紂，居北海之濱，聞文王作興，曰：『盍歸乎來，吾聞西伯善養老者。』太公辟紂，居東海之濱，聞文王作興，曰：『盍歸乎來，吾聞西伯善養老者。』二老者，天下之大老也。」

〔四〕「館下」句：史記叔孫通傳：「叔孫通之降漢，從儒生弟子百餘人。……漢王拜叔孫通爲博士，號稷嗣君。」集解引徐廣曰：「蓋言其德業足以繼蹤齊稷下之風流也。」

〔五〕秋賦：唐宋時州府向朝廷薦舉會試人員的考試，於秋季舉行，故稱，有稱秋貢。宋史選舉一：「景德四年，命有司詳定考校進士程式，送禮部貢院，頒之諸州。士不還鄉里而竊户他州以應選者，嚴其法。每秋賦，自縣令佐察行義保任之，上于州。」

〔六〕春闈：即科舉考試中的禮部試，在春天舉行，故稱。佛名經：即千佛名經，此指登科名榜，封演封氏聞見記卷三：「進士張繟，漢陽王柬之曾孫也。時初落第，兩手奉登科記頂戴之，曰：『此千佛名經也。』其企羨如此。」

〔七〕「一飛」句：莊子逍遥遊：「有鳥焉，其名爲鵬，背若太山，翼若垂天之雲，摶扶摇羊角而上者九萬里，絶雲氣，負青天，然後圖南，且適南冥也。」

〔八〕「咫尺」句：北溟，莊子逍遥遊：「窮髮之北，有冥海者，天池也，有魚焉，其廣數千里，未有知其修者，其名爲鯤。」西興，元豐九域志卷五杭州蕭山縣有西興鎮，方輿勝覽卷六：「西興渡，在蕭山縣西十二里。本名西陵，吴越武肅王以非吉語，改西興。」

大廳後堂南窗負暄

萬壑無聲海不波〔一〕，一窗油紙暮春和。醉眠陡覺氍毹贅，圍坐翻嫌帽絮多。水煖玉池添漱嚥，花生銀海費揩摩。端如擁褐茅檐下〔二〕，祇欠烏烏擊缶歌〔三〕。

【題解】

本詩作於淳熙七年(一一八〇)冬,時在知明州任上。於大廳後堂負暄,有感而賦本詩。

【箋注】

〔一〕海不波:天下太平。韓詩外傳卷五謂周初統一全國後,遠方來朝,稱:「海之不波溢也,三年於兹矣。意中國殆有聖人,盍往朝之。」

〔二〕端如:猶端然,荀子非十二子:「儉然恀然、輔然端然、訾然洞然、綴綴然、瞀瞀然,是子弟之容也。」王先谦集解:「端然,不傾倚之貌。」

〔三〕擊缶歌:漢書楊惲傳:「仰天拊缶,而呼烏烏。其詩曰:『田彼南山,蕪穢不治,種一頃豆,落而爲萁。人生行樂耳,須富貴何時!』」顔師古注引應劭曰:「缶,瓦器也;秦人擊之以節歌。」詩經陳風宛丘:「坎其擊缶,宛丘之道。」

晚步北園

刮地晴飆退海痕,出門無扇可障塵。麥粘瘠土何時雪?梅糝疎林昨夜春。天鏡風煙疑夢事,鬢霜時節尚官身。裹章束帶朝還暮〔一〕,慚愧青鞋紫領巾〔二〕。

【題解】

本詩作於淳熙七年（一一八〇），時在知明州任上。

【箋注】

〔一〕裹章：章即章服，飾有象徵等級的圖文的官服。束帶：論語公冶長：「子曰：赤也，束帶立於朝，可使與賓客言也。」皇侃疏：「束帶立於朝，謂赤有容儀，可使對賓客言語也。故范寧曰：『束帶，整朝服也。』」

〔二〕青鞋：杜甫發劉郎浦：「白頭厭伴漁人宿，黄帽青鞋歸去來。」仇兆鼇注：「沈氏曰：黄帽，籜冠。青鞋，芒鞋。」紫領巾：韓愈游城南十六首賽神：「白布長衫紫領巾，差科未動是閑人。」

謝賜臘藥感遇之什

鴻寶刀圭下九關，十年長奉璽封看。扶持蒲柳身猶健〔一〕，收拾桑榆歲又寒〔二〕。天地恩深雙鬢雪，山川途遠一心丹。疲甿疾苦今何似？拜手歸來愧伐檀〔三〕。

【題解】

本詩作於淳熙七年（一一八〇）冬，時在知明州任上。京城送來臘藥，石湖乃賦詩志感。臘藥，唐宋時代，帝王於臘日有賜近臣貴戚口脂、面藥的習俗，杜甫臘日：「口脂面藥隨恩澤，翠管銀罌下九霄。」陳元靚歲時廣記卷三九引提要録云：「唐制，臘日賜宴及口脂、面藥，以翠管銀罌盛之。」

【箋注】

〔一〕蒲柳：世説新語德行：「顧悦與簡文同年，而髮蚤白。簡文曰：『卿何以先白？』對曰：『蒲柳之姿，望秋而落；松栢之質，經霜彌茂。』」

〔二〕桑榆：文選曹植贈白馬王彪：「年在桑榆間，影響不能追。」李善注：「日在桑榆，以喻人之將老。」

〔三〕伐檀：詩經魏風中的篇名，序云：「伐檀，刺貪也。在位貪鄙，無功而受禄，君子不得進仕爾。」

立春後一日作

浮生萬法本悠哉，大笑羲娥轉轂催〔一〕。官事已邀癡作伴，春風應共老俱來。雲容雪意將詩問，柳眼花心待酒媒。九十韶光天不靳㊀〔二〕，人間笑口自難開〔三〕。

【校記】

㊀天不靳：原作「天不斳」，富校：「『斳』黄刻本作『靳』，是。」按，活字本、叢書堂本、董鈔本均作

「天不斳」，今據改。

【題解】

本詩作於淳熙七年（一一八〇），時在知明州任上，立春後一日作本詩以志慨。

【箋注】

〔一〕羲娥：羲和與嫦娥，借指日月。韓愈石鼓歌：「孔子西行不到秦，掎摭星宿遺羲娥。」朱熹考異引孫汝聽曰：「羲娥，日月也。羲和，日御；嫦娥，月御。」曾幾十月一日：「屋角羲娥轉兩輪，今朝水帝又司辰。」

〔二〕斳：吝惜，後漢書崔寔傳附崔烈傳：「烈時因傅母入錢五百萬，得爲司徒……帝顧謂親倖者曰：『悔不小斳，可至千萬。』」

〔三〕「人間」句：白居易藍田劉明府攜酎相過與皇甫郎中卯時同飲醉後贈之：「不爲劉家賢聖物，愁翁笑口大難開。」杜牧九日齊山登高：「塵世難逢開口笑。」

春前十日作

臘淺猶賒十日春，官忙長愧百年身。雪催未動詩無力，愁遣還來酒不神。節物何曾欺老病？書生自慣説悲辛！終朝戚促成何事〔一〕〔一〕，今古紛紛一窖塵〔二〕。

【校記】

㈠終朝：原作「終期」，富校：「『期』黄刻本、宋詩鈔作『朝』，是。」按，活字本、叢書堂本、董鈔本均作「終朝」，今據改。

【題解】

本詩作於淳熙七年（一一八〇），時在知明州任上，於立春前十日，作本詩抒情遣懷。

【箋注】

〔一〕終朝：整天，杜甫冬日有懷李白：「寂寞書齋裏，終朝獨爾思。」戚促：戚，同蹙，詩經小雅小明：「曷云其還，政事愈蹙。」毛傳：「蹙，促也。」鄭玄注：「何言其還，乃至於政事更益促急。」

〔二〕一窖塵：澠水燕談録卷二：「太子賓客謝濤，生平清慎，恬于榮利。晚節乞知西臺，尋分務洛中，不接賓客，屏去外事，日覽舊史一編，以代賓話。將終前一日，夢中得詩一章，覺，呼其孫景初録之，曰：『百年奇特幾張紙，千古英雄一窖塵。惟有炳然周孔教，至今仁義浸生民。』」

三江亭觀雪

陰山陽朔雪中迴，行到天西玉作堆〔一〕。乘興却遊東海上，白銀宮闕認蓬萊。

【題解】

本詩作於淳熙七年（一一八〇）冬，時在知明州任上，至三江亭觀雪，寫下小詩記事。三江亭，寶慶四明志卷三「公宇」：「三江亭，鄞江之東，舊有亭名三江，久廢。紹興十年，守潘良貴創亭於江之西城之上，東渡門之北，取舊名名之，蓋慈溪之江與奉化江合流其前而入定海江也。」

【箋注】

〔一〕「陰山」三句：陰山，指使金之行程；陽朔，指帥桂林之行程；天西，指帥成都之行程。成都西有雪山，故稱「玉作堆」。

懷歸寄題小艇

日出塵生萬劫忙，可憐虛費隙駒光〔一〕。若教閒裏工夫到，始覺淡中滋味長。歲晚角巾思芋栗〔二〕，年來手版愧耕桑。松風蘿月須相信，春水深時上野航。

【題解】

本詩作於淳熙七年（一一八〇）歲晚，時在知明州任上。任職一年，生懷歸之思，因賦本詩，題咏蘇州之小艇。小艇，行駛於蘇州水巷中的小舟，也叫「小舫」，白居易曾對之有詳細的描寫，小舫：「小舫一艘新造了，輕裝梁柱庳安篷。深坊靜岸游應徧，淺水低橋去盡通。黃柳影籠隨棹月，

「闊狹才容從事座，高低恰稱使君身。舞筵須揀腰輕女，仙棹難勝骨重人。」對小艇的形制，作了具體描寫。

他又在重題小舫贈周從事兼戲微之：「白蘋香起打頭風。慢牽欲傍櫻桃泊，借問誰家花最紅。」

【箋注】

〔一〕隙駒光：喻極快之速度。禮記三年問：「將由夫修飾之君子與？則三年之喪，二十五月而畢，若駟之過隙。」鄭玄注：「駟之過隙，喻疾也。」

〔二〕「歲晚」句：沈注卷中：「芧栗，即皁斗也，誤作芋。」按，芧，指櫟實，莊子齊物論：「狙公賦芧。」釋文：「司馬云：橡子也。」富壽蓀先生曾對沈説作過分析，認爲本詩乃爲「芋栗」，不是「芧栗」之誤文，見石湖詩集校記：「沈注云：『芧栗，即皁斗也，誤作「芋」。杜工部集：「錦里先生烏角巾，園收芋栗未全貧。」亦誤作「芋」，不知「芋栗」字本出莊子也。』按杜詩詳注南鄰『園收芋栗未全貧』下注：『一作「芧」，非。』並引杜臆：『「芋栗」止於一物，作「芋栗」可該園中所産。』又引顧宸曰：『據公他詩云「我戀岷下芋」，又云「嘗果栗皺開」，芋栗，皆成都所産矣。且芋栗野生，不待園中收種，而芋栗充飢，乃貧餒之甚者，豈可云「未全貧」乎？』據上所述，則沈説非是。」

雪後雨作

瑞葉飛來麥已青，更煩膏雨發欣榮。東風不是厭滕六〔一〕，却怕雪天容易晴。

【題解】

本詩作於淳熙七年（一一八〇）冬，時在知明州任上。

【箋注】

〔一〕滕六：牛僧孺玄怪録卷七蕭志忠條：「黄冠曰：『蕭使君每役人，必恤其饑寒，若祈滕六降雪，巽二起風，即不復遊獵矣。』」履齋示兒編卷一五：「雪爲滕六，風爲巽二。」

再雪

銀竹方依檐住，瑶花又入簾窺。一白本憐麥瘦，重來應爲梅遲。

【題解】

本詩作於淳熙七年（一一八〇）冬，時在知明州任上，再次下雪，又詠。

立春日陪魏丞相登三江亭

佳節登臨始此回，聊從晻靄望蓬萊〔一〕。水分江北渡頭去，風自海東潮外來。太白天寒猶帶雪〔二〕，十洲地煖已浮醅㊀〔三〕。一尊往酹發船鼓，我亦歸帆相次開。

【校記】

㊀ 地煖：原作「池煖」，富校：「『池』黄刻本作『地』，是。」按，活字本、叢書堂本、董鈔本、詩淵第五册第三四七一頁均作「地煖」，今據改。

【題解】

本詩作於淳熙七年（一一八〇）立春日，時在明州任上。淳熙七年爲閏年，有兩個立春日，第一個立春日在年前，第二個立春日在年後。魏丞相，即魏杞，曾任參知政事，故云。魏杞告老後居明州，與石湖志同道合，交往甚密。魏杞，字南夫，壽春人，紹興十二年登進士第，知宣州涇縣，擢太府寺主簿，進丞，遷宗正少卿。隆興初，使金，能尊國體，正敵國禮，損歲幣五萬，不發歸正人北還，不辱使命。還，遷給事中，同知樞密院事，進參知政事，右僕射兼樞密使。淳熙六年知平江府，諫官王希吕論杞貪墨，奪職。後以端明殿學士奉祠告老，復資政殿大學士。淳熙十一年卒，謚文節。見宋史卷三八五魏杞傳。魏杞告老後居明州，延祐四明志卷五、寶慶四明志卷九「先賢事迹下」記其事（與宋史本傳略同）。石湖知明州，適魏杞告老未久，兩人過往甚密。范成大巖桂三首其三自注：「四明丹桂特奇，州宅所種尤蔚茂，常與魏丞相夜飲其下。」

【箋注】

〔一〕晻靄：屈原離騷：「揚雲霓之晻藹兮，鳴玉鸞之啾啾。」姜亮夫屈原賦校注：「晻藹本雙聲聯綿字，又作晻靄、晻濭、晻曖、庵藹、暗濭、暗藹、闇藹、暗薆、煙靄。蓋古有其聲，後擬其字，至漢賦所用遂益繁複不可理矣。」

〔二〕太白：山名，在寧波東六十里。寶慶四明志卷一二鄞縣志一：「太白山，縣東六十里，視諸山爲最高，其巔有龍池，雲氣蓊勃，生於水面不絶。……又曰近有小白嶺，故爲大白，非太白也。」

〔三〕「十洲」句：明州鄞縣有東錢湖，舊名西湖，湖中有十洲，可游賞。寶慶四明志卷一二鄞縣志一：「東錢湖，縣東二十五里，一名黄金湖，以其爲利重也。在唐曰西湖，蓋鄮縣未徙時，湖在縣治之西也。」韓注引輿地紀勝：「西湖在州南，湖中有汀洲島嶼凡十：曰柳汀、曰雪汀、曰芳草洲、曰芙蓉洲、菊花洲、月島、松島、花嶼、竹嶼、煙嶼。四時之景不同，而士女游賞，特盛於春夏，飛蓋成陰，畫船漾影，無虚日也。」乾道四明圖經卷八著録劉珵詠西湖十洲詩。劉珵，曾任户部郎中，紹聖年間守明州，濬治西湖，補葺湖上之景，並歌咏之。王亘和之，題云：「太守劉户部，乘水涸時濬治堙塞，因其餘力補葺廢墜，而湖上之景爲之一新，島嶼凡九，作一，成十，隨景命名，遂有十洲之咏，邀余同賦，爲之次韻。」舒亶、陳瓘亦有和韻詩。

寄題鹿伯可見一堂

夢覺春闈俱轉蓬，仙凡今隔玉霄東。聊攀鐵鎖問何似〔一〕，豈敢避堂邀蓋公〔二〕。生來於君一歲長〔三〕，決去愧我三年遲〔四〕。今世誰不落第二，著鞭尚續堂中詩。雪溪興盡船當迴〔五〕，却擬登陸游天台〔六〕。經行見一堂前路，轉入湖山尋誤來。

【題解】

本詩作於淳熙七年（一一八〇）歲杪，時在知明州任上。鹿伯可，即鹿何，字伯可，赤城人。紹興三十年登進士第，歷仕泉州南安縣令、吉州通判、知饒州、金部員外郎，未老乞致仕，歸，築見一堂，時號見一先生。嘉定赤城志卷三三：「紹興三十年梁克家榜：……鹿何，臨海人。字伯可。歷監登聞鼓院，通判吉州，知饒州，諸王宫教授，屯田、金部郎官。年五十二乞致仕。進朝奉郎，直秘閣，官一子以華其歸。時號見一先生。子昌運，知連州。」岳珂桯史卷五「見一堂」條云：「孝宗朝尚書郎鹿何年四十餘，一日，上章乞致其事。上驚諭宰相，使問其繇，何對曰：『臣無他，顧德不稱位，欲稍矯世之不知分者耳。』遂以其語奏，上曰：『姑遂其欲。』時何秩未員郎，詔特官一子，凡在朝者，皆詩而祖之。何歸，築堂扁曰『見一』，蓋取『人人盡道休官去，林下何嘗見一人』之句而反之也。何去國時，齒髮壯，不少衰，居二年，以微疾卒。或較其積閥，謂雖居位，猶未該延賞，天道固有知云。所官之子曰昌運，余在故府時，昌運爲左帑，嘗因至北關送客，吴勝之爲余道其事，今知連州。」宋會要輯稿職官七七：「（淳熙）六年十月二十六日，奉議郎、金部員外郎鹿何年未六十，自乞致仕。（何年五十四，未覺衰老而止足，遽求休致，上以其志可嘉，故有是命。）」周必大省齋文稿卷七送鹿伯可致仕直閣兼簡吴明可致政給事，自注：「伯可年五十，自郎曹乞休致，特轉朝奉郎，除前職。」周必大云：「伯可年五十。」這蓋爲約數，當從宋會要輯稿之記載。樓鑰有見一堂集序：「赤城鹿公，以望郎顯於淳熙間。當服官政之年，不以病，不以故，致爲臣而歸。天子既寵褒之，朝之名卿大夫、學校之士，争爲歌詩以餞其行。郡太守侈其事，裒以爲見一堂集傳於世，將三十年矣，其子龍泉大夫又輯一時諸公寄贈若山園留題等，益之爲十卷。所以顯揚先君子之清風峻節，歆動中外。蓋其祖帳之盛如二疏，歌詩之多如楊巨源，而其齒尚强，其去猶高。雖時移歲久，一覽此編，赫赫若前日事，真足以廉貪立懦也。觀夫大篇短章，鏗鏘眩晃，極其形容之美，寫其慕歎之懷，非不欲庶幾公之所立也，然而至今未聞有繼之者，豈非坡公所謂『有其言而無其心，有其心而無其決』者哉！」（攻媿集卷五二）

【箋注】

〔一〕「聊攀」句：此用陳元達鎖諫的故事。晉書劉聰傳云：「聰將爲劉氏起䳨儀殿於後庭，廷尉陳元達諫曰：『臣聞古之聖王愛國如家，故皇天亦佑之如子。……臣聞太宗承高祖之業，惠吕息役之後，以四海之富，天下之殷，尚以百金之費而輟露臺，歷代垂美，爲不朽之迹。……

愚臣所以敢昧死犯顔色，冒不測之禍者也。』聰大怒曰：『吾爲萬機主，將營一殿，豈問汝鼠子乎！不殺此奴，沮亂朕心，朕殿何當得成邪！』……元達先鎖腰而入，及至，即以鎖繞樹，左右曳之不能動。聰怒甚。劉氏時在後堂，聞之，密遣中常侍私敕左右停刑，於是手疏切諫，聰乃解，引元達而謝之，易逍遥園爲納賢園，李中堂爲愧賢堂。」

〔二〕「豈敢」句：用漢代蓋公故事。漢書曹參傳：「既見蓋公，蓋公爲言『治道貴清静而民自定』，推此類具言之。參於是避正堂，舍蓋公焉。其治要用黄老術，故相齊九年，齊國安集，大稱賢相。」

〔三〕「生來」句：本詩作於淳熙七年，石湖時年五十六歲。鹿何五十四歲時乞致仕，時在淳熙六年，則淳熙七年時恰五十五歲，比石湖小一歲，與詩意合。

〔四〕「決去」句：因本年石湖剛到明州任，決意任滿後致仕，故云「三年遲」。

〔五〕「雪溪」句：用王徽之雪夜訪戴逵典。見世説新語任誕：「王子猷居山陰，夜大雪……忽憶戴安道，時戴在剡，即便夜乘小船就之，經宿方至。造門不前而返。人問其故，王曰：『吾本乘興而行，興盡而返，何必見戴？』」

〔六〕「却擬」句：孫綽遊天台山賦序：「天台山者，蓋山嶽之神秀者也。涉海則有方丈蓬萊，登陸則有四明天台。皆玄聖之所遊化，靈仙之所窟宅。」

將赴建康出城

牒訴繽紛塞甕天，經年癡坐兩三椽。出門納納乾坤大〔一〕，依舊青山繞畫船。

【題解】

本詩作於淳熙八年（一一八一），時接江東帥任命，將赴建康，出明州城，作小詩以紀行。周必大神道碑：「（淳熙八年）三月，改帥江東，兼行宮留守。」

【箋注】

〔一〕「出門」句：杜甫野望：「納納乾坤大，行行郡國遥。」

寺莊

大麥成苞小麥深，秧田水滿緑浮針。今年一飽全無慮，寬盡歸舟去客心。

【題解】

本詩作於淳熙八年（一一八一）三月，時離明州赴江東帥任，出明州城，見寺莊景物，賦詩抒情。

育王方丈

窗紙悲嘶萬壑風，石梁飛澗倒枯松。殷勤昨夜三更雨㈠〔一〕，添作投淵雪色龍。

【校記】

㈠殷勤：原作「因勤」，活字本、叢書堂本、董鈔本同。富校：「『因』黄刻本作『殷』，是。按此用蘇軾鷓鴣天詞中原句。」今據改。

【題解】

本詩作於淳熙八年（一一八一）三月，時離明州赴江東帥任，宿阿育王寺方丈，賦小詩志感。育王，即阿育王寺，在鄞縣。寶慶四明志卷一三「鄞縣」：「阿育王山廣利寺，縣東三十里，晉義熙元年建，梁武帝賜阿育王額。皇朝大中祥符元年，賜名廣利，大覺禪師懷璉居之，法席鼎盛，名聞天下。」

【箋注】

〔一〕「殷勤」句：此用蘇軾鷓鴣天（林斷山明竹隱墻）詞之成句：「殷勤昨夜三更雨，又得浮生一日涼。」

鰻井

缺甃神通未易論㊀〔一〕，雨聲留客夜翻盆。不辭客路春泥滑，且足秧田舊水痕。

【校記】

㊀ 缺甃：原作「决甃」，活字本、叢書堂本、董鈔本、詩淵第四册第二二九五頁均作「缺甃」，今據改。

【題解】

本詩作於淳熙八年（一一八一）春，時離明州赴江東帥任中。鰻井，寶慶四明志卷一三鄞縣志二：「淵靈廟，阿育王山廣利寺，環廟有聖井七，自東晉時已著靈異。中井有二鰻，其一金線自腦達於尾，其一每現光耀折花引之，則雙紅蟹或二蝦前導而後出焉。……僧統贊寧嘗著護塔靈鰻菩薩傳，邦人禱雨必應之。」輿地紀勝卷一一：「鰻井，在阿育王山，謂之聖井，中有二大鰻，旱暵祈禱有應，乃護塔神也。」寧波府志卷七山川上：「靈鰻井，縣西南二十五里，延福寺天王像堂前。歲旱，禱雨即應。」

【箋注】

〔一〕缺甃神通：莊子秋水：「公子牟隱机大息，仰天而笑曰：『子獨不聞夫埳井之蛙乎？謂東海之鼃曰：吾樂與！吾跳梁乎井幹之上，入休乎缺甃之崖。』」

妙喜泉

二士共談碑上法，千僧同酌沼中泉。法門泉味知多少？水桶繩頭一串穿。

【題解】

本詩作於淳熙八年（一一八一）春，時離明州赴江東帥任。妙喜泉，乾道四明圖經卷一一載張九成妙喜泉銘并序云：「育王爲浙東大道場，地高無水，僧衆苦之。紹興丙子佛日，禪師杲公受請住持，周旋其間，命僧廣恭穿穴兹地，爲一大池。鍬鍤一施，飛泉溢涌。知州事姜公秘監見而異之，名曰『妙喜』，無垢居士爲之銘曰：心外無泉，泉外無心。是心即泉，是泉即心。或者疑之，以問居士。心在妙喜，泉是育王，云何不察，合而爲一。居士曰來，汝其聽取。妙喜未來，泉在何處。妙喜來止，泉即發生。心非泉乎？泉非心乎？謂余未然，妙喜其決之。」

明月堂

古來禪窟鎖巖扃，拂子崔嵬拄杖横。塔上佛光堂上月，莫言公案不分明。

【題解】

本詩作於淳熙八年（一一八一）春，時離明州赴江東帥任。

自育王過天童，松林三十里

竹輿窈窕入蕭森，逗雨梳風冷客襟。翠錦屠蘇三十里，不知脚底白雲深。

【題解】

本詩作於淳熙八年（一一八一）春，時自明州離任，赴江東帥任，遊育王、天童等山。育王，山名，即阿育王山，寶慶四明志卷一二鄞縣志一：「阿育王山，在鄮山之東，高數百仞。阿育王見靈建寺其下，因以名山。寺有徑路可上，山腰有佛左足跡，入石二寸餘。峰頂有極目亭，望海中山如丘垤然。」天童，山名，同書同卷：「天童山，縣東六十里。晉永康中，僧義興結廬山間，有童子來給薪水，久乃辭去，曰：吾太白一辰，上帝遣侍左右。言訖不見。太白、天童之名昉於此。山前有玲瓏巖，石多嵌虛，支徑透其絶頂，景象尤勝。」

香　山

抖擻軒裳一鬨塵，任教空翠滴烏巾。老身已到籃輿上，處處青山是故人。

【題解】

本詩作於淳熙八年（一一八一）春，時離明州赴江東帥任，遊慈溪香山。寶慶四明志卷一六慈溪縣一：「香山，舊名大蓬山，又名達蓬山，縣東北三十五里，山峰有巖，高四五丈，狀如削成。……或云上多香草，故以爲名。」

育王望海亭

海雲晻靄日蘢葱，案指光中萬象空。想見蓬萊西望眼，也應知我立長風。

【題解】

本詩作於淳熙八年（一一八一）春，時自明州赴江東帥任，遊阿育王山。望海亭，乃望海之亭，即阿育王山頂之極目亭，見自育王過天童松林三十里「題解」。

天童三閣 千佛、羅漢、善財。

松蘿羃天墮空翠，迎面風香三十里。曾宮亭亭隔瑤水，碧瓦瓊榱五雲裏。千佛當門無半偈，聲聞未解祖師意。徧參踏破青鞋底，前樓後閣玲瓏起〔一〕。閒客那知如許事，東齋聽雨爛熳睡。覺來一轉聊布施，普請雲堂來擬議。

【題解】

本詩作於淳熙八年（一一八一）春，時自明州赴江東帥任，遊天童山景德寺。寶慶四明志卷一三鄞縣志二：「天童山景德寺，縣東六十里。……皇朝景德四年，賜今額。紹興初，宏智禪師正覺徹寺而新之，層樓傑閣，倍蓰於前。淳熙五年，孝宗皇帝親灑宸翰，書太白名山，賜了朴。十六年，僧懷敞來主寺，欲改建千佛閣，摹畫甚廣。」

【箋注】

〔一〕「前樓」句：天童山有玲瓏巖，本句指樓閣起於玲瓏巖之上。寶慶四明志卷一二「山」：「天童山，縣東六十里。……山前有玲瓏巖，石多嵌虛，支徑透其絶頂，景象尤勝。」卷一三「寺院」：「天童山景德寺……乾元初，相國第五琦奏以天童玲瓏巖爲寺名。」

石湖居士詩集卷二十二

送江朝宗歸括蒼

半生三邂逅，相看成老翁。詩情故崒嵂〔一〕，袖有天都峰〔二〕。江山佳麗地，登臨苦怱怱〔三〕。塔燈落淮水，寺樓倚霜空。攟拾著錦囊，撫掌夸窮工。歸轡不可挽，思入孤征鴻。洞天我昔遊，俛仰星一終。士友歎契闊，吏民念罷癃〔四〕。婆娑故將軍，白髮簿書叢。足趼雖四方，夢寐煙雨東。歸田有脚力，尚往尋行蹤。期君斬寒藤，伴我揺枯筇。

【題解】

本詩作於淳熙八年（一一八一）秋，時在知建康府任上，江漢自黄山過建康還括蒼，石湖賦詩送之。江朝宗，即江漢，字朝宗，衢州常山人，僑居處州。紹興十二年進士，歷任主簿、密州通判，工詩詞。光緒常山縣志卷五三江漢傳：「江漢，字朝宗，性卓犖，博學能文，尤長于詩。爲密州通判時，秦檜爲郡博士，掌箋表。漢每指摘竄定。高宗欲用之，適檜相，遂乞休歸。」景定建康志卷三二進士題名：「紹興十二年，陳誠之榜……江漢。」宋詩紀事卷六〇載其梅花絶句一首，蔡絛鐵圍山叢談卷二：「政和初，有江漢朝宗者，亦有聲，獻魯公詞曰：『昇平無際。慶八載相業，君臣魚水。鎮撫風稜，調燮精神，合是聖朝房魏。鳳山政好還被，畫轂朱輪催起。按錦轡，映玉帶金魚，都人争指。　丹陛。常注意。追念裕陵，元佐今無幾。繡衮香濃，鼎槐風細，榮耀滿門朱紫。四方具瞻師表，盡道一夔足矣。運化筆，又管領年年，烘春桃李。』時兩學盛謳，播諸海内。魯公喜，爲將上進呈，命之以官，爲大晟府製撰使，遇祥瑞時時作爲歌曲焉。」

【箋注】

〔一〕崒嵂：山高聳貌，這裏形容詩之風格雄偉。方輿勝覽卷四一形容拜相山云「二峰如筍，崒嵂參天」。

〔二〕天都峰：安徽黄山三大主峰之一。宋無名氏黄山圖經：「第二天都峰，高九百仞，與鍊丹峰相並，如天中群仙之所都。峰下有香谷源，長聞異香馥郁。」

〔三〕「江山」二句：謝朓入朝曲：「江南佳麗地，金陵帝王州。」兩句意謂陪江漢登臨金陵勝蹟，可惜時間太匆忙。

〔四〕罷癃：罷，疲困。癃，衰弱多病。國語吴語：「今吴民既罷，而大荒薦饑，市無赤米。」史記平原君傳：「臣不幸有罷癃之病。」

鍾山閣上望雨

天闊山長雨似煙，忽然飛去暗平川。秔禾未實秈禾瘦，不用廉纖便霈然〔一〕。

【題解】

本詩作於淳熙八年（一一八一），時在知建康府任上，在鍾山閣上望雨，有感而賦本詩。景定建康志卷一行宮留守：「范成大，淳熙八年四月，以端明殿學士、安撫使兼行宮留守。」則本詩當作於四月以後，秔秈未熟之前。

【箋注】

〔一〕廉纖：韓愈晚雨：「廉纖晚雨不能晴，池岸草間蚯蚓鳴。」石湖驂鸞録：「雨終日廉纖。」

除夜

婪尾杯殘雪滿簪〔一〕，牀頭曆日費光陰。故山巧入忙中夢，新歲尤關客裏心。烏鵲倦時三匝繞〔二〕，鷦鷯穩處一枝深〔三〕。勞生佚老尋常事，從政那堪力不任。

【題解】

本詩作於淳熙八年（一一八一）除夜，時在知建康府任上，故有「故山入夢」之句。

【箋注】

〔一〕婪尾杯：唐代稱宴飲時酒至末座爲「婪尾」，唐蘇鶚蘇氏演義卷下：「今人以酒巡匝爲婪尾。又云：『婪，貪也。』謂處於座末，得酒爲貪婪。」

〔二〕「烏鵲」句：曹操短歌行：「月明星稀，烏鵲南飛。繞樹三匝，何枝可依？」

〔三〕「鷦鷯」句：用莊子逍遥遊「鷦鷯巢於深林，不過一枝」句意。

元日

老來百味絮沾泥〔一〕，期會關身尚火馳〔二〕。幾夜鄉心欹枕處〔三〕，今年脚力上樓時。酒缸幸有乾坤大，丹鼎何憂日月遲。莫道神仙無可學，學仙猶勝簿書癡。

【題解】

本詩作於淳熙九年（一一八二）元日，時在知建康府任上，新歲感慨，乃成本詩。

【箋注】

〔一〕絮沾泥：侯鯖録卷三：「東坡在徐州，參寥自錢塘訪之，坡席上令一妓戲求詩，參寥口占一絶云：『多謝尊前窈窕娘，好將幽夢惱襄王。禪心已作沾泥絮，不逐東風上下狂。』坡云：『沾泥絮，吾得之，被老衲又占了。』」

〔二〕火馳：庄子天地：「齧缺之爲人也……與之配天乎，彼且乘人而無天，方且本身而異形，方且尊知而火馳。」林希逸曰：「火馳，如火之馳，言其急也。」

〔三〕「幾夜」句：意出白居易望月有感：「共看明月應垂淚，一夜鄉心五處同。」

體中不佳偶書

生平人比似維摩〔一〕，試比尪孱不啻過〔二〕。舊摘衰髯今雪偏，頻揩病眼轉花多。

從來世味聊復爾，此去官身如老何！收拾頽齡加藥餌，尚堪風月對婆娑。

【題解】

本詩作於淳熙九年（一一八二）正月，時在知建康府任上，因感體內不適而賦本詩。

【箋注】

〔一〕維摩：即維摩詰，因多病，又稱「病維摩」，石湖以此自喻。

〔二〕尪孱：身體羸弱多病。禮記檀弓：「歲旱，穆公召縣子然，曰：天久不雨，吾欲暴尪而奚若？」杜預曰：「尪者，病瘠之人，其面鄉上。」

坐嘯齋書懷　時方治賑濟。

老來窮苦事相違，兀坐鈴齋竟日癡。眼目昏緣多押字〔一〕，胸襟俗爲少吟詩。月侵燈影吏方去〔二〕，春偏梅梢官未知。直待食新方綬帶，明朝騎馬過陵陂。

【題解】

本詩作於淳熙九年（一一八二）春，時在知建康府任上。「時方治賑濟」，景定建康志卷一四建康表國朝建炎以來爲年表：「淳熙八年，成大開府金陵，適歲旱，招徠商賈，捐閣夏税，請於上，得軍儲二十萬，願賑飢民。苗額十七萬斛，是年蠲三之二，而五邑受粟總四萬五千四百餘户，無流徙者。」宋會要輯稿瑞異二旱：「（淳熙）九年八月十九日，詔：知建康府范成大、知臨安府王佐轉一官，減二年磨勘。」附注：「以去歲旱傷，賑濟有勞故也。」可知賑濟事在淳熙八年，本詩云「春偏梅梢官未知」，寫初春景色，則賑濟事延至淳熙九年春。「坐嘯齋」，指高齋，景定建康志卷二一：「高齋，舊在江寧府治，今在行宫内，康定中葉公清臣建，胡公宿作記。」記云：「今采謝宣城宴坐之意，直題曰高齋。」此齋可以坐嘯，石湖因而名之。

【箋注】

〔一〕押字：宋代進呈文字，押字而不書名。周密癸辛雜識後集「押字不書名」條云：「見前輩所載乾淳間禮部有申秘省狀，押字而不書名者。或者以爲相輕致憾，范石湖聞之，笑其陋，云：『古人押字，謂之花押印，是用名字稍花之，如韋陟五朵雲是也。』豈惟是前輩簡帖，亦止是前面書名，其後押字，雖刺字亦是前是姓某起居，其後亦是押字。士大夫不用押字代名，方是百餘年事爾。」

〔二〕「月侵」句：于北山范成大年譜淳熙九年譜文：「忙於賑濟，故有『月侵燈影吏方去』語。」

寶公祈雨感應，用陳申公韻賦詩爲謝

膴原龜坼暮春時〔一〕，夾路爐薰共禱祠。唤起雲頭千嶂涌，飛來雨脚萬絲垂。無情梅塢猶紅綻，有意秧田盡緑滋。大施門開須滿願〔二〕，願均此施匝天涯。

【題解】

本詩作於淳熙九年（一一八二）暮春，時在知建康府任上。寶公，即寶公院，在蔣山。景定建康志卷四六寺院：「蔣山，太平興國禪寺，去城一十五里。考證：梁武帝天監十三年以定林寺前岡獨龍阜葬誌公，永定公主以湯沐之資，造浮圖五級於其上。十四年，即塔前建開善寺，今寺乃其地也。唐乾符中改爲寶公院。南唐昇元中，徐德裕重修，後主又改爲開善道場。國朝太平興國五年改賜今額。」陳申公，即陳俊卿，字應求，興化人。紹興八年登進士第，歷仕象州觀察推官、校書郎、著作佐郎、監察御史、殿中侍御史。乾道五年，爲左相。淳熙五年知建康府，八年，告老，以少師中國公致仕，事見宋史卷三八三陳俊卿傳。宋史稱封魏公，而景定建康志、范成大詩均作「申公」，當從之。莆陽比事卷六：「陳俊卿，紹興三十一年爲殿中侍御史。金人將渝盟，時舊臣惟張忠獻公浚謫居湘湖。俊卿乞起浚禦敵。内侍張去爲陰阻其謀，俊卿抗言去爲阻撓，請按軍法斬之，以作士氣。上爲愕然，曰：『卿可爲仁者之勇。』遂以浚知建康。」堅瓠補集卷四：「正獻陳公道德風烈，爲阜陵名相第一。」庶齋老學叢談卷下：「陳丞相應求知福州日，親故干謁者沓至，公設會，置五百貫於前，曰：『有一聯，能對者即席奉送：三山出守，應求何以應其求。』獨一後生對云：『千里遠來，公使盡由公所使。』昔日州郡，各有公使錢庫供太守支用。」景定建康志卷一四建康表十：「淳熙五年戊戌，十月十六日特進觀文殿大學士陳俊卿判府事。」「七年庚子，七月二日，俊卿除少保。」「八年辛丑，三月二日，俊卿除醴泉觀使，進封申國公。」陳俊卿知建康府，爲范成大之前任，故本詩用其祈雨詩韻。孔凡禮范成大年譜繫本詩於淳熙八年，云：「詩首句『膴原龜坼暮春時』，是年閏三月，成大四月十三日到任，亦可言暮春。」其説牽强，今從于北山范成大年譜繫本詩於淳熙九年暮春。

【箋注】

〔一〕膴原：肥沃的土地。詩經大雅緜：「周原膴膴。」

〔二〕大施門：五燈會元卷一〇龍華慧居禪師：「大施門開，何曾雍塞？生凡育聖，不漏纖塵。」

送徐叔智運使奉祠歸吴中

手種湖邊花百畝，東風日夜催歸去。當年辛苦種花時，不道白頭猶未歸。君如肯過城南陌，但向水雲紅處覓。煩呼猿鶴問平安〔一〕，當有畦丁解看客。我今江船亦欲東，檝迎楓橋成兩翁〔二〕。壓枝萬朵雖過盡〔三〕，尚及巢龜蓮葉中〔四〕。

【題解】

本詩作於淳熙九年（一一八二），時在知建康府任上。徐叔智，即徐本中，參卷二〇北山草堂千巖觀新成徐叔智運使吟古風相賀次韻謝之「題解」。徐本中於本年離江東轉運使任奉祠歸吴中，石湖賦詩送之，時在五六月間。景定建康志卷二六「轉運司」：「徐本中，朝散郎充集英殿修撰副使，淳熙七年十月二十八日到任。」接替他的後任爲趙師夔，於淳熙九年六月十五日到任，則徐本中離任正在此之前，與石湖詩中描寫的「壓枝萬朵雖過盡」的景象相符。

【箋注】

〔一〕猿鶴：隱士之屬。蘇軾和穆父新涼：「家居妻兒號，出仕猿鶴怨。」宋史石揚休傳：「揚休喜閑放，平居養猿鶴，玩圖書，吟詠自適，與家人言，未嘗及朝廷事。」

〔二〕楓橋：宋史河渠志七：「平江閶門至常州，有楓橋。」方輿勝覽卷二：「楓橋寺，在吴縣西十里。唐人張繼詩：『月落烏啼霜滿天，江楓漁火對愁眠。姑蘇臺下寒山寺，半夜鍾聲到客船。』」

〔三〕「壓枝」句：杜甫江畔獨步尋花七絶句：「黄四娘家花滿蹊，千朵萬朵壓枝低。」

〔四〕巢龜蓮葉中：史記龜策列傳：「有神龜在江南嘉林中……常巢於芳蓮之上。」温庭筠和太常杜少卿東都修竹里有嘉蓮：「兩處龜巢清露裏，一時魚躍翠莖東。」

送舉老歸廬山

二千里往回似夢，四十年今昔如浮。去矣莫久留桑下，歸歟來共煨芋頭〔一〕。

【題解】

本詩作於淳熙九年（一一八二），時在知建康府任上。舉老，即舉書記，詩僧慧舉，參見卷二〇贈舉書記歸雲丘「題解」。廬山，誤，當作「蘆山」，蘆山，指蘆山普光院。寶慶四明志卷一七慈溪縣志二：「蘆山普光院，縣西南二十五里，唐乾元元年置，皇朝治平二年賜額。大觀間，中書侍郎劉逵記本院輪藏云：『清泰開基，元豐革律，綿歷紹聖，三世禪居。』其山堆青擁翠，秀拔鶴洲鳧渚之上，物情萬狀，皆出其中，此亦一方佳景也。謂之清泰開基，則在唐必廢而復興矣。」附注：「石湖范居士集有送舉老歸蘆山偈云：（略）」

【箋注】

〔一〕煨芋頭：用懶瓚垂涕煨芋典。

題現老真

三十年來共葛藤，如今蓮社冷如冰。茶瓜櫻筍遊山會，從此齋廚欠一僧。

【題解】

本詩作於淳熙九年（一一八二），時在知建康府任上。久未見現老，因題其影像，以申憶念之情。

致一齋述事

文書煙海困浮沉，不覺盤跚百病侵。偶問各年驚我老，忽聞鶯語歎春深。今朝麥粒黄堪麪，幾日秧田緑似針。除却一犂春雨足〔一〕，眼前無物可關心。

【題解】

本詩作於淳熙九年（一一八二），時在知建康府任上。致一齋，范成大胞弟成績之書齋。

【箋注】

〔一〕「除却」句：蘇軾如夢令寄黄州楊使君二首：「歸去。歸去。江上一犂春雨。」

次韻楊同年秘監見寄二首

瘴雲嵐雨幾時歸？應把周南視九夷〔一〕。舊説鬼神驚落筆〔二〕，新傳狐兔駭搴旗〔三〕。韶江石老簫音在，庾嶺梅殘驛使遲。自古朱絃清廟具，莫貪鵬海看天池。

吾衰長愧接輿狂〔四〕，忙裏何心領燕香〔五〕。塵土簿書憎鐵研，水雲蓑笠傲金章。論文無伴法孤起，訪舊有情書數行。何日却同湖上醉，露幃宵幄爲君張！

【題解】

本詩作於淳熙九年（一一八二）春，時在知建康府任上。「楊同年秘監」，指楊萬里，范成大於淳熙八年四月任知建康府，楊萬里於初秋時寄出賀詩（即寄賀建康留守范參政端明二首，因路途遥遠，賀詩至八年底或九年初方到達建康（即石湖詩云「庾嶺梅殘驛使遲」），故石湖作次韻詩已在九年春，時楊萬里在廣東提刑任上。秘監，爲秘書少監之省稱，楊萬里任秘監在淳熙十四年十月十一日，見南宋館閣續録卷七，則本詩題，是後來編集時所添改。楊萬里的原唱寄賀建康留守范参政端明：「衮衣不是未教歸，不合威名滿四夷。天與中興開日月，帝分萬乘半旌旗。春生錦繡山河早，秋到江淮草木遲。卧護北門期月爾，却專堂印鳳凰池。」「一生狂殺老猶狂，只炷先生一瓣香。不爲渠儂在廊廟，無端將相更文章。江南海北三千里，玉唾銀鈎十萬行。早整乾坤早巖壑，石湖風月剩分張。」

【箋注】

〔一〕史記太史公自序：「是歲天子始建漢家之封，而太史公留滯周南，不得與從事，故發憤且卒。」九夷：尚書旅獒：「惟克商，遂通道于九夷八蠻。」注云：「四夷慕化，貢其方賄。九、八，言非一，皆通道路，無遠不服。」

〔二〕「舊説」句：杜甫寄李十二白二十韻：「筆落驚風雨，詩成泣鬼神。」

〔三〕搴旗：吴子料敵：「然則一軍之中，必有虎賁之士，力輕扛鼎，足輕戎馬，搴旗斬將，必有能者。」此喻楊萬里在詩壇上之建樹。

〔四〕接輿狂：論語微子：「楚狂接輿歌而過孔子，曰：『鳳兮鳳兮，何德之衰。往者不可諫，來者猶可追。已而已而，今之從政者殆而！』」

〔五〕燕香：安息燕處時所燃之香。燕，安息，禮記經解：「燕處則聽雅頌之音。」

曉起信筆

午枕汗如洗，曉櫥氣稍蘇。莎蛩試風露，滿意鳴相呼。倦客感節物，流光不躊躇。秋聲已如許，殘暑何足驅。人言今歲熱，迥與常歲殊。此理恐未然，豈不知頭顱。年年有三伏，日日非故吾。婆娑今尚可，後當彌不如。病骨須一凉，未暇惜居諸〔一〕。坐來有清思，西風摇井梧。

【題解】

本詩作於淳熙九年（一一八二）盛夏，時在知建康府任上。曉起有感，信筆作本詩。

【箋注】

〔一〕居諸：詩經邶風柏舟：「日居月諸，胡迭而微。」孔穎達疏：「居、諸者，語助也。」後指光陰，蕭綱善覺寺碑銘：「居諸不息，寒暑相移。」

送曾原伯運使歸會稽，用送徐叔智韻

秧田水滿麥棲畝，勸農使者翩然去〔一〕。去年愁苦救荒時，豈敢夢爲今日歸。天津橋西官柳陌〔二〕，文書燈火長相覓。江山信美不留人〔三〕，寂寞回潮工送客〔四〕。鏡湖一曲浙河東，萬頃太湖蓑笠翁。願賡四愁作五詠，我所思兮思剡中。

【題解】

本詩作於淳熙九年（一一八二）夏，時在知建康府任上。曾原伯，即曾逢，字原伯，曾幾長子，歷仕左司郎中、江東轉運副使、大理卿、司農卿，以好學稱。宋史卷三八二曾幾傳：「二子：逢，仕至司農卿，逮，亦終敷文閣待制，而逢最以學稱。」陸游曾文清公墓誌銘（渭南文集卷三二）：「男三人：逢，朝散大夫，尚書左司郎中。」周必大跋曾氏兄弟帖（平園續稿卷八）：「文清公二子：大理卿字原伯，户部侍郎字仲躬，同事孝宗，克纘先業。」陸游祭曾原伯大卿文（渭南文集卷四一）：「惟靈淵乎似道，敏而好學。韋編鐵硯，雪窗螢几，不足以言其勤；冢書壁簡，銅墻鬼炊，不足以名其博。文亂典奧，論議超卓，不使直承明之庭，猶當置諸天禄之閣。」本年，曾逢運使離任歸會稽，石湖賦本詩送之，用送徐本中之詩韻。景定建康志卷二六「轉運使題名」：「曾逢朝請大夫權副使，淳熙七年十一月二十三日到任。」替代者蘇謂，於九年七月初五日到任。故知曾逢離任歸會稽，即在淳熙九年六七月間。

【箋注】

〔一〕勸農使者：指曾逢。宋代置勸農使，例以諸路轉運使兼，也以諸路提刑兼。宋會要輯稿職官四二「勸農使」云：「勸農使，掌勸課農桑之事。」「真宗景德三年二月，詔：『諸路轉運使副、開封府知府及諸道知州、刺史、少卿監已上並兼勸農使，其餘知州軍、通判等並兼勸農事。』曾逢在孝宗朝，乃以運副兼勸農使，承舊制。

〔二〕天津橋：在建康行宮前。景定建康志卷一六「橋梁」云：「天津橋，在行宮前，舊名虹橋。政和中，蔡公薿建爲石橋，號曰蔡公橋，後改今名。」

〔三〕江山信美：王粲登樓賦：「雖信美而非吾土，曾何足以少留。」

〔四〕寂寞回潮：劉禹錫金陵五題石頭城：「山圍故國周遭在，潮打空城寂寞回。」

王南卿母挽詞

櫛縰稱純孝，笄珈蚤隱憂〔一〕。病中心已化，身外世如浮。聞道悲風木〔二〕，誰能駐壑舟〔三〕？佳兒行古道，足以賁潛幽。

【題解】

本詩作於淳熙九年（一一八二），時在知建康府任上。王阮母卒，爲作挽詞。王南卿，即王阮，字南卿，江西德安人，隆興元年進士，仕至撫州守，因不附韓侂胄，奉祠歸廬山以終。有義豐集。宋史卷三九五有傳。隆興元年禮部對策，時范成大點檢試卷，嘆曰：「是人傑也。」吴愈義豐集序：「慶元初，孽臣竊柄，士大夫倚爲泰山，其門如市。吾邑王公先生以蓍蔡之明，冰霜之操，未嘗一躡其門，晚官臨川，陛辭奏事，柄臣使密客誘致之，迄弗往見。奉祠而歸，優游山間，無一毫隕獲意。此曾子所謂弘毅之士歟！」

【箋注】

〔一〕「櫛縰」二句：禮記內則：「子事父母，鷄初鳴，咸盥漱，櫛、縰、笄、總」。櫛縰，梳洗束髮；笄珈，佩帶首飾。

〔二〕風木：比喻不及奉養父母。韓詩外傳卷九：「夫樹欲靜而風不止，子欲養而親不待。」論語里仁：子曰：「父母之年，不可不知也。一則以喜，一則以懼。」康有爲注云：「常知父母之年，見其壽考則喜，見其衰老則懼。蓋罔極之恩，昊天莫報，孺慕之誠，愛日難釋，以使及時孝養，無致風木興悲也。」

〔三〕壑舟：典出莊子大宗師：「夫藏舟於壑，藏山於澤，謂之固矣。然而夜半有力者負之而走，昧者不知也。」比喻不知不覺中發生的變故。金履祥奠王敬巖文：「風木未盡，壑舟已移，如何不淑，而止於斯！」

次韻鄭校書參議留别

年豐方共慶，歲晚客他之。吏事朝還暮，人生合復離。江山殘夢破，風月片帆移。後會吾衰矣，桑榆一繭絲。

【題解】

本詩作於淳熙九年（一一八二）冬，詩云「歲晚客他之」，可知。「鄭校書參議」，即鄭鍔，字剛中，長樂人，紹興三十年進士及第，歷仕校書郎、江東安撫司參議官、秘書郎、屯田員外郎。寶慶四明志卷九：「鄭鍔，字剛中。自福州徙鄞。躬孝友之行，該貫群經，旁通子史百家，文備衆體，尤以詞賦得名。開門授徒，來者雲委。登紹興三十年進士第，仕至屯田郎官。寧宗在英邸，兼小學教授。嘗進勸戒元龜。後特加贈，且官其子沅。」鄭鍔於淳熙五年爲秘書省正字，六年爲校書郎，七年爲江東安撫司參議官，十年爲秘書郎。見南宋館閣續録卷八、卷九。鄭鍔於淳熙九年冬離江東安撫司參議官任，將入秘書省，賦詩留別，石湖乃次韻。

重九賞心亭登高

憶隨書劍此徘徊，投老雙旌重把杯。緑鬢風前無幾在，黄花雨後不多開。豐年江隴青黄徧，落日淮山紫翠來。飲罷此身猶是客，鄉心却附晚潮回。

【題解】

本詩作於淳熙九年（一一八二）重九日，時在知建康府任上。本年，大災後豐收，成大心情喜悦，因賦本詩。賞心亭，在建康下水門城上。景定建康志卷二二「亭軒」：「賞心亭，在下水門之城上，下臨秦淮，盡觀覽之勝。丁晉公謂建。景定九年亭燬，馬公光祖重建。」方回瀛奎律髓卷一六選成大此詩，以爲「淳熙八年辛亥」作，非是，并云「苦旱」之歲，「而獨云豐年」，「乃富貴人重九」誤解詩意。紀昀評：「凡六用顔色字，又重其一，殊非詩格。」

寄題王仲顯讀書樓

嗜書如嗜酒，知味乃篤好。欲辨已忘言〔一〕，不爲醒者道。使君青箱家〔二〕，文史裝懷抱。平生名教樂，雙旌不滿笑。忽乘雪溪興，來檥秦淮棹。丘亭客漂泊，夜夜短檠照。人云太癡絶，我自斲輪妙。今朝檣竿起，昨夢繞閤皂〔三〕。云有百尺樓，歸寄北窗傲。滴露紬朱黄，拂塵静緗縹〔四〕。想當呻畢時〔五〕，寧復羨騰趠〔六〕？古心千載事，俗眼詎能料。蕭灘富還往〔七〕，取友必同調。一張復一弛，釀秫助歌嘯。

【題解】

本詩作於淳熙九年（一一八二），時在知建康府任上。王光祖家有讀書樓，乃賦詩題之，並寄贈之。王仲顯，即王光祖，參見卷一五深溪鋪中二絶追路寄元將仲顯二使君「題解」。

【箋注】

〔一〕「欲辨」句：此用陶淵明飲酒其五之成句。

〔二〕青箱家：世傳家學。宋書王准之傳：「曾祖彪之，尚書令。……彪之博聞多識，練悉朝儀。自是家世相傳，並諳江左舊事，緘之青箱。世人謂之王氏青箱學。」石湖用王氏典頌王光祖世傳家學，運用貼切巧妙。

〔三〕閤皂：山名，王存新定九域志卷六臨江軍：「閤皂山，道書云此山有一福地。」沈注卷中：「紀要：閤皂山在臨江府東之十里，山形如閤，色如皂，相傳爲神仙之府，道書以爲第三十三福地。」

〔四〕緗縹：淺黃色和淺青色的織物，用以爲書衣。梁書王僧孺傳載與何炯書：「直以章句小才，蟲篆末藝，含吐緗縹之上，翩躚樽俎之側。」此又用王氏典。

〔五〕呻畢：禮記學記：「今之教者，呻其佔畢，多其訊，言及于數，進而不顧其安。」鄭玄注：「呻，吟也。佔，視也。簡謂之畢。」石湖藻姪比課五言詩已有意趣老懷甚喜因吟病中十二首示之可率昆季賡和勝終日飽閒也其一二：「學業荒呻畢，歡悰隔笑顰。」

〔六〕騰趠：跳躍，喻指仕途得意。唐張固幽閒鼓吹：「賓客劉公之爲屯田員外郎時，事勢稍異，旦夕有騰趠之勢。」

〔七〕蕭灘：在臨江軍城西蕭水中。沈注卷中引紀要云：「蕭水在府西五里，中有蕭灘。」

菊　樓　金陵出一種菊甚高，園丁結成樓塔，或至一二丈。

東籬秋色照疎蕪，挽結高花不用扶。浄洗西風塵土面，來看金碧萬浮圖。

【題解】

本詩作於淳熙九年（一一八二）秋，時在知建康府任上。

北門覆舟山道中

苒苒霜風掠弊貂，簿書塵外訪漁樵。林煙色淡如濛雨，塘水痕深似落潮。雁字江天聞塞管，梅梢山路欠溪橋。騎驢索句當年事〔一〕，歲暮騷人不自聊。

【題解】

本詩作於淳熙九年（一一八二）冬，時在知建康府任上。覆舟山，在城北七里。六朝事跡編類卷六：「覆舟山，寰宇記云：在城北五里，周回三里，高三十一丈，東接青溪，北臨玄武湖，狀如覆舟，因以爲名。輿地志云：宋元嘉中，改名玄武山，以其臨玄武湖，山復有玄武觀故也。晉北郊壇、宋藥園壘、樂遊苑、冰井、甘露亭，皆在此山。」

【箋注】

〔一〕騎驢索句：此用孟浩然故事。孟浩然赴京途中遇雪：「迢遞秦京道，蒼茫歲暮天。窮陰連晦朔，積雪滿山川。」蘇軾大雪青州道上有懷東武園亭寄交代孔周翰：「又不見襄陽孟浩然，長安道上騎驢吟雪詩。」施注：「世有孟浩然連天漢水闊孤客郢城歸圖，作騎驢吟詠之狀。」

送郭明復寺丞守蜀州

士進固未易，退亦良獨難。西州多故人，歸路常險艱。有道獨行意，郭舟若神仙。勿輕銀免符〔一〕，傾倒金貂蟬。唐安君昔遊，百萬緡逋錢〔二〕。我亦常客夢，醉歌采菱船。父老尚相記，況君有前緣。想見東西湖，恩波漲春瀾。此地著經濟，紗籠相後先。潭潭相業堂，新題我所刊〔三〕。政爲來者地，君行豈偶然。去去進明德，後日五四賢〔四〕。

【題解】

本詩作於淳熙九年（一一八二），時在知建康府任上。郭明復，舊爲石湖任蜀帥時幕客，字中行，成都人。隆興元年進士及第。本年郭明復自寺丞出守蜀州，過建康，訪石湖，成大賦詩送之，勵其「進明德」。厲鶚宋詩紀事卷五三：「郭明復，成都人，印子。隆興癸未登科，仕爲宗丞。」癸未，即隆興元年。洪邁容齋三筆卷六「琵琶亭詩」條云：「淳熙己亥，蜀士郭明復，以中元日至亭，賦古風一章。」己亥，淳熙六年，明復自蜀赴行在，任寺丞。范成大吴船録卷上：「(淳熙四年六月丁酉)幕客范謩季申、郭明復中行、楊輔嗣勳，皆自漢嘉來會，而不及余於峰頂。食後，同遊黑水。」周必大與崇慶郭明復書(省齋文稿卷一一)稱明復「邁往之姿，博古之學，翱翔班綴，垂上要津，擁麾而去，上思固釋矣，士論則深惜。捨王國而重侯藩，其望來歸者總總也。」對其期望甚高。

【箋注】

〔一〕銀兔符：銀質兔形的兵符，亦作「銀菟符」。舊唐書高祖紀：「停竹使符，頒銀菟符於諸郡。」

〔二〕「唐安」二句：唐安，即蜀州，王存元豐九域志卷七成都府路：「蜀州，唐安郡，軍事，治晉原縣。」蠲逋錢，指郭中行當年在幕府時曾到過唐安，免去當地的逋欠之錢。

〔三〕「潭潭」二句：相業堂，舊名四相堂，在蜀州。范成大吴船録卷上：「至蜀州，郡圃内西湖極廣袤，荷花正盛。……郡守吴廣仲撤舊四相堂新之，名曰熙春。余謂不若仍其舊。四相，謂唐李絳、鍾紹京等，皆嘗爲蜀州刺史者也。然但名『四相』，嫌限定數，乃爲更名『相業』云。」

〔四〕五四賢：勉勵郭中行「進明德」，創治績，後日能與「四相」賢者相併，合爲五賢。

元日謁鍾山寶公塔

雪後江皋未放春，老來猶駕兩朱輪。歸心歷歷來時路，官事驅驅病裏身。未暇鷄窠尋古佛〔一〕，且防鶴帳怨山人。君看王謝墩邊地，今古功名一窖塵。

【題解】

本詩作於淳熙十年（一一八三）元日，時在知建康府任上。謁鍾山寶公塔，賦詩以志感。寶公塔，見前寶公祈雨感應用陳申公韻賦詩爲謝「題解」。

【箋注】

〔一〕「未暇」句：宋陳葆光三洞群仙録卷一六洞微志：「李守中爲承旨，奉使南方，至瓊州界，道逢一翁，自稱楊遐舉，年八十一，邀守中詣其居，見其父，曰叔連，年一百二十二。又見其祖，曰宋卿，年一百九十五。語次，見鷄窠中有小兒，出頭下視。宋卿曰：此九代祖也。相傳數世不語不食，不知其年多少，朔望取下，子孫列拜而已。」

元日馬上二絶

泥絮心情雪樣髯，詩囊羞澀酒杯嫌。年來萬事都消滅，惟有牀頭曆日添。

筋骸全比去年非，騎吹聲中憶釣磯〔一〕。待得江風欺老病，何如閒健一蓑歸。

【題解】

本詩作於淳熙十年（一一八三）元日，時在知建康府任上。

【箋注】

〔一〕騎吹：李白鼓吹入朝曲：「鐃歌列騎吹。」王琦注：「宋書：漢鼓吹曲曰鐃歌。樂府詩集：漢有朱鷺等二十二曲列於鼓吹，謂之鐃歌。宋書：建初録云：務成、黄爵、玄雲、遠期皆騎吹曲，非鼓吹曲。此則列於殿庭者爲鼓吹，今之從行鼓吹爲騎吹。」

春晚

荒園蕭瑟懶追隨，舞燕啼鶯各自私。窗下日長多得睡，尊前花老不供詩。吾衰久矣雙蓬鬢〔一〕，歸去來兮一釣絲。想見籬東春漲動，小舟無伴柳絲垂。

【題解】

本詩作於淳熙十年（一一八三）春，時在知建康府任上。春晚有感而作本詩。

【箋注】

〔一〕吾衰久矣：論語述而：「子曰：『甚矣吾衰也，久矣吾不復夢見周公。』」

北窗偶書，呈王仲顯、南卿二友

官居故偪仄，北窗誰所開？胡牀憩午暑，簾影久徘徊。高槐忽低昂，知有好風來。須臾墮几席，篆香小飛灰。病翁亦披襟，月露裝奇懷。壠頭暴背耘，永晝婦子偕。不辭夢山裂，田水如潑醅。去年豈堪説，稻根已浮埃。使君坐侯宅，窗間即涼臺。何敢訴苦熱，灑然助心齋。

【題解】本詩作於淳熙十年（一一八三）初夏，時在知建康府任上。詩云「暴背耘」，知時在初夏。

中秋清暉閣静坐，因思前二年石湖、四明賞月

前年銀界接天迷，去歲金盤湧海低。漂泊相逢重一笑，秦淮東畔女牆西。

【題解】本詩作於淳熙八年（一一八一）中秋，時在知建康府任上。於中秋夜静坐府衙内清暉閣，追思前二年石湖、四明賞月情景，有感而作本詩。于北山范成大年譜繫本詩於淳熙十年，欠當。按，

「去歲金盤涌海低」，指四明賞月，石湖於淳熙七年知明州任上，度過中秋，八年四月已抵建康任。又，「前年銀界接天迷」，指石湖賞月，淳熙六年，成大與兄成象於中秋夜泛石湖。由此推算，本詩作於淳熙八年。

玉麟堂會諸司觀牡丹、酴醾三絶

東風微峭護餘春，紅紫香中酒自温。不用忙催銀燭上，酴醾如雪照黄昏。

洛園姚魏碧雲愁〔一〕，風物江東亦上游。憶起遨頭八年夢，彭州花檻滿西樓〔二〕。

莫向花前惜酒杯，一年一度有花開。浮生滿百今强半，歲歲看花得幾回？

【題解】

本詩作於淳熙十年（一一八三）春，時在知建康府任上。玉麟堂，景定建康志卷二一堂館：「玉麟堂，在府治。紹興十五年晁公謙之建，錢塘吴説書扁。」

【箋注】

〔一〕姚魏：即姚黄、魏紫，皆爲洛陽牡丹之名品，見歐陽修洛陽牡丹記。又其謝觀文王尚書舉正惠西京牡丹：「姚黄魏紫腰帶鞓，潑墨齊頭藏緑葉。」

〔二〕「憶起」二句：追憶蜀帥任上賞牡丹花事。「八年夢」，石湖於淳熙二年六月到蜀帥任，牡丹花事已過，淳熙三年春在成都賞牡丹，至本年恰爲八年。「彭州花檻」，彭州盛産牡丹，陸游天彭牡丹花品序：「牡丹在中州，洛陽爲第一；在蜀，天彭爲第一。」

重九獨坐玉麟堂

江上西風動所思，又將清賞負東籬。年年客路黄花酒，日日鄉心白雁詩〔一〕。籠月秦淮無舊曲〔二〕，馳煙鍾阜有新移。人生笑口真稀闊，况值官忙閔雨時。

【題解】

本詩作於淳熙十年（一一八三）重九日，時在知建康府任上，獨坐玉麟堂有感而作本詩。

【箋注】

〔一〕白雁詩：沈括夢溪筆談雜志一：「北方有白雁，似雁而小，色白，秋深則來。白雁至則霜降，河北人稱之爲『霜信』。杜甫詩云『故國霜前白雁來』，即此也。」

〔二〕「籠月」句：意出杜牧泊秦淮：「烟籠寒水月籠沙，夜泊秦淮近酒家」。

次韻舉老見嘲未歸石湖

半世吟客舍柳〔一〕，長年憶後園花〔二〕。爲報廬山莫笑，雲丘今屬誰家？

【題解】

本詩作於淳熙十年（一一八三），時在知建康府任上，舉老作詩嘲詩人未歸石湖，乃次其韻答之。

【箋注】

〔一〕客舍柳：語出王維送元二使安西：「客舍青青柳色新。」

〔二〕後園花：何遜閨怨詩其二：「閨閣行人斷。房櫳月影斜。誰能北窗下。獨對後園花。」

次韻曾仲躬侍郎同登伏龜二絶

帶東江淮翠岫圍，掌窺臺殿碧鱗差。劉郎句裏登臨眼〔一〕，壓倒三江二水詩〔二〕。

古來遊客謾西東，領會誰如我與公？露坐繩牀大不盡，絶勝簾雨棟雲中〔三〕。

【題解】

本詩作於淳熙十年（一一八三），時在知建康府任上。曾仲躬侍郎，即曾逮，字仲躬，曾幾次子。全宋詞曾逮小傳：「字仲躬，曾幾次子。隆興二年，太常丞，後以右朝奉郎知温州。乾道九年，户部員外郎、淮東總領。同年八月，除直顯謨閣知荆州。淳熙三年知寧國府，除集英殿修撰。五年，守湖州。六年，朝奉大夫、集英殿修撰守潤州。八年，宫觀。十年，户部侍郎。同年八月，刑部侍郎。終敷文閣待制。學者稱習庵先生。」陸游曾文清公墓誌銘（渭南文集卷三二）：「男三人：逢，朝散大夫、尚書左司郎中；逮，朝奉大夫、充集英殿修撰，知湖州。」周必大跋曾氏兄弟帖（平園續編卷八）：「文清公二子：大理卿字原伯，户部侍郎字仲躬。」范成大吴郡志卷七「提點刑獄司」：「曾逮，右承議郎，隆興二年閏十一月初三日到任，乾道二年五月十六日，丁父憂。」咸淳臨安志卷五〇「兩浙轉運」條云：「曾逮，乾道八年運判。」本詩列於中秋、重九諸詩之後，當作於九月十月間，則其時曾逮已任刑部侍郎。伏龜，樓名，在府城東南隅。景定建康志卷二一：「伏龜樓，在府城上東南隅，景定元年馬大使光祖增創硬樓八十八間。」

【箋注】

〔一〕「劉郎」句：劉郎，指劉禹錫。景定建康志卷二一伏龜樓條引楊萬里詩：「周遭故國是山圍，對景方知此句奇。」由楊詩可見石湖此句乃指劉禹錫金陵五題石頭城：「山圍故國周遭在，潮打空城寂寞回。」

〔二〕「壓倒」句：「三江二水詩」，指李白登金陵鳳凰臺：「三山半落青天外，二水中分白鷺洲。」「三山」與「二水」相對，石湖謂三江二水，疑誤。

〔三〕「絶勝」句：自王勃滕王閣詩「畫棟朝飛南浦雲，珠簾暮捲西山雨」兩句中化出。

題李雲叟畫軸，兼寄江安楊簡卿明府二絶

蒼煙枯木共荒寒〔一〕，籬落堤灣洶漲湍。歸路宛然歸未得，閒將李叟畫圖看。

新圖來自雪邊州，皴石枯槎筆最遒。明府能詩如此畫，爲渠題作小營丘〔二〕。

【題解】

本詩作於淳熙十年（一一八三），時在知建康府任上。李雲叟，即李皓，字雲叟，蜀地畫家，安肅人，居成都，北宋名畫家李世南之孫。鄧椿畫繼卷四：「李皓，字雲叟，唐臣（李世南）孫也，避亂入蜀，居成都。其所作山水，取前輩成樣合而爲一，故能美觀，一時翕然稱之。」江安，王存元豐九域志卷七梓州路瀘州，縣三：江安。楊簡卿，知江安縣。他將李皓的畫幅寄給石湖，石湖便爲李畫題詩，兼寄楊簡卿。

【箋注】

〔一〕「蒼煙」句：描寫畫中之景。畫繼卷四「李世南條」：「予嘗見其孫皓云：『此圖（李世南秋景平遠）本寒林障，分作兩軸：前三幅盡寒林，坡所以有龍蛇姿之句。』」李世南擅畫寒林，李皓承家學，亦擅畫寒林。

〔二〕「爲渠」句：營丘，即李成，北宋山水畫的著名畫家。楊簡卿題其畫，稱李皓爲「小營丘」，就

是稱贊他能繼承李成山水畫的藝術傳統。郭若虛圖畫見聞志三：「李成，字咸熙，其先唐宗室，避地營丘，因家焉。祖、父皆以儒學吏事聞於時，至成，志尚沖寂，高謝榮進。博涉經史外，尤善畫山水寒林，神化精靈，絶人遠甚。」

晨出蔣山道中

霜痕如雨沁東郊，樂歲家家一把茅。故國丘陵多麥壠，新晴籬落有梅梢。小山何在應招隱〔一〕，北嶺如今已獻嘲。歸計未成聊琢玉〔二〕，飄飄風袖作推敲〔三〕。

【題解】

本詩作於淳熙十年（一一八三），時在知建康府任上。蔣山，即鍾山，李吉甫元和郡縣圖志卷二五江南道潤州上元縣：「鍾山，在縣東北十八里。按輿地志，古金陵山也，邑縣之名，皆由此而立。吴大帝時，蔣子文發神異於此，封之爲蔣侯，改山曰蔣山。」景定建康志卷一七山川：「鍾山，一名蔣山，在城東北一十五里，周迴六十里，高一百五十八丈，東連青龍山，西接青溪，南有鍾浦，下入秦淮，北接雉亭山。」

【箋注】

〔一〕「小山」句：小山，指淮南小山，淮南王劉安之門客。招隱，指其所作之招隱士。

〔二〕琢玉：此同琢句，指寫作詩文，王安石憶昨詩示諸外弟：「刻章琢句獻天子，釣取薄禄歡庭闈。」

〔三〕推敲：用賈島故事。胡仔苕溪漁隱叢話前集卷一九「賈浪仙條」：「劉公嘉話云：島初赴舉京師，一日，於驢上得句云：鳥宿池邊樹，僧敲月下門。始欲着推字，又欲着敲字，鍊之未定，遂於驢上吟哦，時時引手作推敲之勢。時韓愈吏部權京兆，島不覺衝至第三節，左右擁至尹前，島具對所得詩句云云。韓立馬良久，謂島曰：作敲字佳矣。遂與並轡而歸，留連論詩，與爲布衣之交。」

有感今昔二首

陽春白雪雅音希〔一〕，俚耳冬烘輒笑嗤。麋見麗姬翻決驟〔二〕，鳥聞韶樂却憂悲。

爛奚輕薄人何敢〔三〕，伏獵荒唐自不知〔四〕。蚓竅蠅鳴莫嘲誚，彭亨菌蠢正當時〔五〕。

飄風驟雨謾驚春，掃蕩何煩臂屈伸。天識不衷宜不恕，神歆非類即非仁。休雠地下枯魚骨，且鬭尊前健犢身。静看可憐還可笑，香山寧是幸災人〔六〕？

【題解】

本詩作於淳熙十年（一一八三），時在知建康府任上，有感於今昔之異而作本詩。于北山范成大年譜淳熙十年繫本詩於「返里後」，似可商兑。

【箋注】

〔一〕「陽春」句：宋玉對楚王問：「客有歌於郢中者，其始曰下里巴人，國中屬而和者數千人。其爲陽阿、薤露，國中屬而和者數百人。其爲陽春、白雪，國中屬而和者不過數十人而已。」

〔二〕「麋見」句：語出莊子齊物論：「毛嬙、麗姬，人之所美也，魚見之深入，鳥見之高飛，麋鹿見之決驟，四者孰知天下之正色哉！」

〔三〕「爛奚」句：舊五代史康福傳：福擢自小校，暴爲貴人，在天水日，嘗有疾，福擁衾而坐；客有退者，謂同列曰：「錦衾爛兮！」福開之，遽召言者，怒視曰：「吾雖生於塞下，乃唐人也，何得以爲爛奚！」因叱出之。

〔四〕「伏獵」句：新唐書嚴挺之傳：「户部侍郎蕭炅，林甫所引，不知書，嘗與挺之言，稱『蒸嘗伏臘』乃爲『伏獵』，挺之白九齡：『省中而有伏獵侍郎乎！』」

〔五〕「彭亨」句：彭亨，脹大貌，高湛養生論（太平御覽卷七二〇引）：「尋常飲食，每令得所，多餐令人彭亨短氣，或致暴疾。」韓愈石鼎聯句：「豕腹漲彭亨。」菌蠢，語出文選張衡南都賦：「芝房菌蠢生其隈。」李善注：「菌蠢，是芝貌也。」韓愈石鼎聯句：「龍頭縮菌蠢。」

〔六〕「香山」句：沈注卷中：「謂甘露之禍，宰相王涯等俱族誅，白樂天有詩曰：『當君白首同歸日，是我青山獨往時。』」

種竹歎。向在成都，種竹滿西園，偶苦寒疾。趨來金陵，復種繞池，未幾以眩卧閤。家人子遂謂不當種竹，其説甚可怪歎，口占此詩

宣華種萬竿，寒疾適相值。玉麟種千竿，偶復須藥餌。僮奴狃今昨〔一〕，競道竹相祟。如將聖作狂，似以儒爲戲。此君來聲冤，林神亦短氣。我夢不平鳴，霍然推枕起。明當還石湖，賸種千畝地。未論比封君，且用執讒喙。

【題解】

本詩作於淳熙十年（一一八三），時在知建康府任上，因在金陵種竹未幾而頭眩，家人以爲不當種竹，乃作本詩。

【箋注】

〔一〕「僮奴」句：狃，詩經鄭風大叔于田：「將叔無狃，戒其傷女。」毛傳：「狃，習也。」此作迷惑解。今昨，指成都種竹，偶苦寒疾；金陵種竹，未幾眩卧。

公退書懷

昨者騰章奏發倉，今兹飛檄議驅蝗。四無告者僅一飽，七不堪中仍百忙〔一〕。曒日自能臨俯仰，浮雲寧解制行藏？求田問舍亦何有〔二〕，歲晚倦遊思故鄉。

【題解】

本詩作於淳熙十年（一一八三），時在知建康府任上。

【箋注】

〔一〕七不堪：嵇康與山巨源絶交書云其不出仕的原因「有必不堪者七，甚不可者二」，此以「七不堪」指代爲官之苦。

〔二〕求田問舍：三國志魏書陳登傳：「備曰：君有國士之名，今天下大亂，帝主失所，望君憂國忘家，有救世之意。而君求田問舍，言無可采，是元龍所諱也，何緣當與君語？」

石湖居士詩集卷二十三

初秋二首

急雨過窗紙，新涼生簟籐。蹣跚老鈴下，來炷壁間燈。
壯歲故多病，老年知不堪。何須看公案，只此是真參。

【題解】

本詩作於淳熙十年（一一八三）初秋，時仍在知建康府任上。

蝙蝠

伏翼昏飛急，營營定苦飢。聚蚊充口腹，生汝亦奚爲！

【題解】

本詩作於淳熙十年（一一八三），時仍在知建康府任上。

蛩

壁下秋蟲語，一蛩鳴獨雄。自然遭跡捕，窘束入雕籠㊀。

【校記】

㊀ 雕籠：原作「雕龍」，富校：「『龍』黄刻本作『籠』，是。」按，活字本、叢書堂本、董鈔本、詩淵第四册第二七三〇頁均作「雕籠」，今據改。

【題解】

本詩作於淳熙十年（一一八三），時尚在知建康府任上，聽蛩鳴有感，作本詩寓戒意。于北山范成大年譜淳熙十年譜文：「蛩詩，寓多言足戒之意。」

四 花

素馨間茉莉〔一〕，木犀和玉簪〔二〕。醫來都屏去，頭眩怕香侵。

【題解】

本詩作於淳熙十年（一一八三），時尚在知建康府任上，頭眩病發，避花香，因賦本詩。

【箋注】

〔一〕「素馨」句：素馨，廣群芳譜卷四三：「素馨，一名那悉茗花，一名野悉蜜花，來自西域，枝榦裊娜，似茉莉而小，葉纖而緑，花四瓣，細瘦，有黄白二色。」又引廣東新語：「隆冬花少，曰雪花，摘經數日乃開。夏月花多，瓊英狼藉。」茉莉，廣群芳譜卷四三引丹鉛録：「茉莉，葉如茶而大，緑色團尖，夏秋開小花，花皆暮開，其香清婉柔淑，風味殊勝。」

〔二〕玉簪：廣群芳譜卷四七：「玉簪……六七月，叢中抽一莖，莖上有細葉十餘，每葉出花一朵，長二三寸，本小末大。未開時，正如白玉搔頭簪形。」

謝範老問病

三椽一席度秋冬，造化兒嬉困此翁。帖有王書難治眩〔一〕，文如陳檄不驅風〔二〕。骨枯似柹膚如腊，髮織成毾鬢作蓬。點檢病身還一笑，本來四大滿虚空〔三〕。

【題解】

本詩作於淳熙十年（一一八三）九月以後，時已自金陵返蘇，範老問病，因作本詩答謝之。孔凡禮范成大年譜淳熙十年附注：「詩集卷二十三謝範老問病（詩略），以佛理自慰。」周必大神道碑：「公以積勤寖苦頭眩，自夏徂秋，五上章求閒。上不得已，進資政殿學士，再領洞霄。」景定建康志卷一四：「十年癸卯八月三十日，成大除資政殿學士，提舉臨安府洞霄宫。」則石湖返蘇，範老問病，必在本年九月後，故詩云「三椽一席度秋冬」。

【箋注】

〔一〕「帖有」句：王羲之書有頭眩方。

〔二〕「文如」句：三國陳琳依附袁紹時作討伐曹操的檄文爲袁紹檄豫州文，後歸附曹操，三國志魏書二一引典略曰：「琳作諸書及檄，草成呈太祖。太祖先苦頭風，是日疾發，卧讀琳所作，翕然而起曰：『此愈我病。』」

〔三〕「本來」句：四大滿虚空，即四大皆空，佛家語。四大爲地、火、水、風，四十二章經二十：「佛言：當念身中四大，各自有名，都無我者。」景德傳燈録卷二〇：「肇法師遭秦王難，臨就刑説偈云：『四大元無主，五陰本來空。將頭臨白刃，猶似斬春風。』」

二偈呈似壽老

法法刹那無住〔一〕，云何見在去來。若覓三心不見〔二〕，便從不見打開。

孟說所過者化〔三〕，莊云相代乎前〔四〕。何處安身立命〔五〕？飢餐渴飲困眠。

【題解】

本詩作於淳熙十年（一一八三），時自建康府歸家，作二偈自慰，呈壽老。孔凡禮范成大年譜淳熙十年附注：「以儒家達觀、莊周相代之說自慰。」

【箋注】

〔一〕「法法」句：無住，無所住著。維摩詰經觀衆生品：「從無住本立一切法。」注：「什曰：法無自性，緣感而起。當其未起，莫知所寄。莫知所寄，故無所住。無所住故，則非有無，非有無而爲有無之本。」

〔二〕三心：佛家有多種含義，此當指過去心、現在心、未來心，金剛經：「佛告須菩提：爾所國土中，所有衆生若干種心，如來悉知。何以故？如來説諸心，皆爲非心，是名爲心。所以者何？須菩提！過去心不可得，現在心不可得，未來心不可得。」

〔三〕「孟説」句：語出孟子盡心上：「所過者化，所存者神，上下與天地同流。」

〔四〕「莊云」句：莊子齊物論：「日夜相代乎前，而莫知其所萌。」

〔五〕安身立命：景德傳燈録卷一〇：「僧問：『學人不據地時如何？』師云：『汝向什麽處安身立命？』」

諸惺庵枕上

噩夢驚回曉枕寒，青燈猶照藥爐邊。紙窗弄色如朧月，又了浮生一夜眠。

【題解】

本詩作於淳熙十年（一一八三），時在家養病。

癸卯除夜聊復爾齋偶題

五夜燈花重〔一〕，東風角韻來。雪慳衣未纈，春早句多梅。寂歷羅門亞，温馨藥鼎煨〔二〕。老嫌新歲换，病喜舊星回。鬱壘先題版〔三〕，屠蘇後把杯〔四〕。書扉無健筆，爆竹有寒灰。餳檏牙難膠〔五〕，椒盤眼倦開〔六〕。陳人仍憊卧〔七〕，身世兩悠哉！

【題解】

本詩作於淳熙十年（一一八三）除夕，時在家養病。癸卯，即淳熙十年。

【箋注】

〔一〕五夜：黄朝英靖康緗素雜記（見説郛卷九。）：「漢官儀黄門持五夜之法，謂甲、乙、丙、丁、戊也。故宋子京夜緒詩云：『宵開甲乙遲。』……或有謂之午夜者，謂半夜時如日之午也。故李長吉七夕詩云：『羅幃午夜愁。』杜少陵所謂『五夜漏聲催曉箭』者，正謂午夜也。」五夜可謂午夜，端午可謂端五，唐宋時尚之。洪邁容齋隨筆卷一「八月端午」條云：「張説上大衍曆序云：『謹以開元十六年八月端午赤光照室之夜獻之。』唐類表有宋璟請以八月五日爲千秋節，表云：『月惟仲秋，日在端午。』然則凡月之五日，皆可稱端午也。」石湖這裏正以五夜作午夜講。

〔二〕温馨：劉禹錫唐侍御寄遊道林嶽麓二寺詩并沈中丞姚員外所和見徵繼作：「紫髯翼從紅袖舞，竹風松雪香温馨。」李商隱魏侯第東北樓堂郢叔言别聊用書所見成篇：「疑穿花透迤，漸近火温馨。」

〔三〕鬱壘：宗懔荆楚歲時記引括地圖：「桃都山有大桃樹，盤屈三千里，上有金鷄，日照則鳴，下有二神，一名鬱，一名壘，并執葦索以伺不祥之鬼，得則殺之。」後以鬱壘爲門神，此指桃符之類。陸游歲首書事：「鬱壘自書誇腕力，屠蘇不至歎人情。」

〔四〕「屠蘇」句：宗懔荆楚岁时記：「（正月一日）長幼悉正衣冠，以次拜賀，進椒柏酒，飲桃湯，進屠蘇酒……凡飲酒次第從小起。」石湖年長，故云「後把杯」。

〔五〕餳楪：盛糖果之碟子。顧禄清嘉録卷一「餳糖」條云：「案：楚詞注：『餳，謂之飴，即古之餦餭也。』吴人呼爲糖，蓋冬時風燥糖脆，利人牙齒。」

〔六〕椒盤：古代於正月初一日以盤盛椒，飲酒時取椒入酒，稱椒盤。杜甫杜位宅守歲：「守歲阿戎家，椒盤已頌花。」

〔七〕陳人：莊子寓言：「人而無以先人，無人道也；人而無人道，是之謂陳人。」郭象注：「直是陳久之人耳。」

甲辰人日病中，吟六言六首以自嘲

攢眉輒作山字，啾耳惟聞水聲。人應見憐久病，我亦自厭餘生〔一〕。

目慌慌蟻旋磨㊀，頭岑岑黿負山。筆牀久已均伏，藥鼎何時丐閒〔二〕？

政爾榮枯衛瀫，剛云人厄天窮。歸咎四衝臨歲〔三〕，乞憐九曜過宫。

復吉既愆七日〔四〕，泰來惟候三陽〔五〕。曆日今頒寅正，占星更候農祥。

有日猶嫌開牖，無風不敢上簾。報國丹心何似，夢中抵掌掀髯。

壯歲喜新節物，老來惜舊年華。病後都盧不問〔六〕，家人時换瓶花。

【校記】

㊀目慌慌：原作「日慌慌」，富校：「『日』黄刻本、宋詩鈔本作『目』，是。」按，活字本、叢書堂本、董鈔本均作「目慌慌」，今據諸本改。

有一新小草屋，見一女子出門望，年可十六七，姿容端正，衣服鮮潔。見周過，謂曰：『日已暮，前村尚遠，臨賀詎得至？』周便求寄宿，此女爲然火作食。向至一更，聞外有小兒喚『阿香』聲，女應曰：『諾。』尋云：『官喚汝推雷車。』女乃辭行，云：『今有官事，當去。』夜遂大雷雨。向曉女還。周既上馬，自異其處，返尋，看昨所宿處，止見一新塚，塚口有馬跡及餘草，周甚驚惋。」蘇軾無錫道中賦水車：「天公不見老翁泣，喚取阿香推雷車。」

〔二〕「但要」二句：逸周書周月：「春三月，中氣，驚蟄，春分，清明。」顧禄清嘉録卷二：「土俗，以驚蟄節日聞雷，主歲有秋。諺云：『驚蟄聞雷米似泥。』若雷動于未交驚蟄之前，則主歲歉。諺云：『未蟄先蟄，人吃狗食。』案：孝經緯：「雨水十五日，斗指甲，爲驚蟄二月節。蟄者，蟄蟲震驚起而出也。」本年正月十日先雷震，故石湖發出「何須一許震驚」之感嘆。

吴燈兩品最高

鏤冰影裏百千光，剪綵毬中一萬窗。不是齊人誇管晏，吴中風物竟難雙。

【題解】

本詩作於淳熙十一年（一一八四）正月，時在家養病。吴燈兩品，從詩句看，兩燈指琉璃球燈和萬眼羅燈。吴郡志卷二「風俗」：「上元影燈巧麗，它郡莫及，有萬眼羅及琉璃球者，尤妙天下。」

顧禄清嘉録卷一：「臘後春前，吴趨坊、申衙里、皋橋、中市一帶，貨郎出售各色花燈，精奇百出……其奇巧則有琉璃球、萬眼羅、走馬燈、梅里燈、夾紗燈、畫舫、龍舟，品目殊難枚舉。」關於兩燈的具體描寫，參見本卷上元紀吴中節物俳諧體三十二韻注。

燈夕懷廣蜀舊事

灘水橋西列炬香，少城樓下變燈忙。兒嬉萬里客程遠，老懶一龕春夢長。

【題解】

本詩作於淳熙十一年（一一八四）正月十五日，時正養病在家。因燈夕而思桂林、成都舊事，作本詩以志慨。

上元紀吴中節物俳諧體三十二韻

斗野豐年屢〔一〕，吴臺樂事并。酒壚先疊鼓，歲後即旗亭先擊鼓不已，以迎節意。燈市蚤投瓊。臘月即有燈市，珍奇者，數人醵買之，相與呼盧，采勝者得燈。價喜膏油賤，祥占雨雪晴。篔簹仙子洞〔二〕，坊巷燈以連枝竹縛成洞門，多處數十重。菡萏化人城。蓮花燈最多。檣炬疑龍見，舟人接竹桅檣之表，置一燈，望之如星。橋星訝鵲成。橋燈。小家厖獨踞，犬燈。高閈鹿雙撐。鹿燈。屏展輝雲母，琉璃屏風。簾垂晃水精。琉璃簾。萬窗花眼密，萬眼燈以碎羅紅白相間砌成，工夫妙天下，多至萬眼。千隙玉虹明。琉璃毬燈每一隙映成一花，亦妙天下。薝蔔丹房挂，梔子燈。葡萄緑蔓縈。葡萄燈。方縑繙史册，生絹糊大方燈，圖畫史册故事，村人喜看。圓魄綴門衡。月燈。擲燭騰空穩，小毬燈時擲空中。推毬滾地輕。大滾毬燈。映光魚隱見，琉璃壺瓶貯水養魚，以燈映之。轉影騎縱横。馬騎燈。輕薄行歌過，顛狂社舞呈。民間鼓樂謂之社火，不可悉記，大抵以滑稽取笑。村田蓑笠野，村田樂。街市管絃清。街市細樂。里巷分題句，每里門作長燈，題好句其上。官曹别扁名〔一〕。官府名額，多以絹或琉璃照映。旱船遥似泛，夾道陸行爲競渡之樂，謂之划旱船。水傀近如生。水戲照以燈。鉗赭裝牢户，獄燈。嘲嗤繪樂棚。山棚多畫一時可嘲誚之人。堵觀瑶席隘，喝道綺叢争。禁鑰通三鼓，歸鞭任五更。桑蠶春繭勸〔三〕，春繭自臘月即入食次，所以爲蠶事之兆。花蝶夜蛾迎。大白蛾花，無貴賤悉戴之，亦以迎春物也。鳧子描丹筆，紅畫鴨子相餽遺。鵝毛剪雪英。剪鵝毛爲雪花，與夜蛾並戴。寶糖珍粔籹，餹拍吴中謂之寶糖餹，特爲脆美。烏膩美飴餳。烏膩糖即白餳，俗言能去烏膩。撚粉團欒意，糰子。熬稃腷膊聲。炒糯穀以卜，俗名孛婁，北人號糯米花〔四〕。筳篿巫志怪，香火婢輸誠。俗謂正月百草靈，故帚葦針箕之屬皆卜焉，多婢子之輩爲之〔五〕。箒卜拖裙驗，弊帚繫裙以卜，名掃帚姑。箕詩落筆驚〔六〕。即古紫姑，今謂之大仙，俗名筲箕姑。微如針屬尾，以針姑卜，伺其尾相屬爲兆，名針姑。賤及葦分莖。葦莖分合爲卜，名葦姑。末俗難訶止，佳辰且放行。此時紛僕馬，有客静柴荆。幸甚歸長鋏，居然照短檠。生涯惟病骨，節物尚鄉情。掎摭成俳體，咨詢逮里甿。誰修吴地志，聊以助譏評。

【校記】

〔一〕扁名：原作「扁門」，按，活字本、叢書堂本、董鈔本均作「扁名」，句下注：「官府名額，多以絹或琉璃照映。」則當爲「扁名」，今據改。

【題解】

本詩作於淳熙十一年（一一八四）正月十五日，時在家養病。上元，即正月十五日，唐人稱每年正月、七月、十月的十五日爲「三元」，王溥唐會要卷五〇：「（開元）二十二年十月十三日詔：道家三元，誠有科戒，朕嘗精意久矣。……自今已後，及天下諸州，每年正月、七月、十月凡三元日，起十三日至十五日，并宜禁斷屠宰。」吴中上元日節物，范成大吴郡志卷二「風俗」條有記載，較略。清嘉録卷二「燈市」條：「臘後春前，吴趨坊、申衙里、皋橋、中市一帶，貨郎出售各色花燈，精奇百出。如像生人物則有老跎少、月明度妓、西施采蓮、張生跳牆、劉海戲蟾、招財進寶之屬；

花果則有荷花、梔子、葡萄、瓜藕之屬；百族則有鶴鳳鵁鶄、猴鹿馬兔、魚蝦螃蟹之屬；其奇巧則有琉璃球、萬眼羅、走馬燈、梅里燈、夾紗燈、畫舫、龍舟，品目殊難枚舉。至十八日始歇，謂之『燈市』。案：周密乾淳歲時記：『元夕張燈，以蘇燈爲最。圈片大者，徑三四尺，皆五色琉璃所成。山水、人物、花竹、翎毛，種種奇妙，儼然著色便面也。』王鏊姑蘇志：『吴燈，往時最多。范成大詩注有琉璃球、萬眼羅二燈，尤爲奇絶。或生綃糊方燈，圖畫史册故事。他如荷花、梔子、葡萄、鹿、犬、走馬之狀，擲空小球燈，滚地大球燈。又有魚魫、鐵絲、麥桿爲之者。一種名「栅子燈」，在魚行橋，盛氏造，今不傳。或懸剪紙人馬於傍，以火運動，曰「走馬燈」。』舊府志：『彩牋鐫細巧人物，出梅里，名「梅里燈」。剡紙刻花、竹、禽、魚，輕綃夾之，名「夾紗燈」。』石湖樂府序云：『吴中風俗，尤競上元。前一月，已賣燈，謂之「燈市」。價貴者數人聚博，勝則得之。喧盛不減燈夕。』」俳諧體，舊時詩文内容以游戲取笑爲主的作品，稱爲俳諧體，黄徹䂬溪詩話卷一〇：「子建及孔北海（融）文章多雜以嘲戲，子美亦戲效俳諧體，退之亦有『寄詩雜詠俳』，不獨文舉爲然。」

【箋注】

〔一〕斗野：范成大吴郡志卷一「分野」云：「斗建在子，今吴越分野。」新唐書天文志一：「南斗在雲漢下流，當淮海間，爲吴分。」

〔二〕篔簹仙子洞：以松竹葉縛棚，百城烟水卷一蘇州府：「上元作燈市，采松竹葉結棚於通衢，下綴華燈。」

〔三〕桑蠶春繭勸：范成大吴郡志卷二「風俗」：「以糖糰、春繭爲節物。」本詩自注云：「春繭自臘月即入食次。」均指食物。沈注開元天寶遺事「造麪繭，以官位帖子占官位高下」，與本詩意不合。

〔四〕「熬稃」句注：吴郡志卷二「風俗」：「爆糯穀於釜中，名孛婁，亦曰米花，每人自爆，以卜一歲之休咎。」百城烟水卷一蘇州府：「吴俗最重節物。……十三日，以糯粒投焦釜，老幼各占一投，以卜終歲吉凶，謂之爆孛婁，亦曰米花，又曰卜流（言卜流年也）。」

〔五〕「筳篿」二句及自注：清嘉録卷一「百草靈」條云：「婦女又有召帚姑、針姑、葦姑，卜問一歲吉凶者，一名百草靈。」「弊帚繫裙以卜，名掃帚姑。針姑以針卜，伺其尾相屬爲兆，俗名針姑。葦莛分合爲卜，名葦姑。」袁景瀾吴郡歲華紀麗卷一「迎紫姑神」條引便民圖纂云：「俗傳正月間百草皆靈，故苕帚葦針之屬皆卜焉。多婢子輩爲之。」

〔六〕箕詩落筆驚：吴地有迎紫姑神之習俗，劉敬叔異苑卷五：「世有紫姑神者，古來相傳云，是人家妾，爲大婦所嫉。每以穢事相次役。正月十五日，感激而死。故世人以其日作其形，夜於廁間或猪欄邊迎之，祝曰：『子胥不在，是其婿名也，曹姑亦歸，曹即大婦也。小姑可出戲。』投者覺重，便是神來。奠設酒果，亦覺貌輝輝有色，即跳躞不住，能占衆事，卜未來蠶桑。」

雪寒探梅

酸風如箭莫憑闌〔一〕，凍合横枝雪未乾。吴下得春元自晚，那堪添與十分寒〔二〕。

【校記】

㈠添與：原作「天與」，按，活字本、叢書堂本、董鈔本、詩淵第四册第二五三二頁均作「添與」，今據改。

【題解】

本詩作於淳熙十一年（一一八四）正月，時在家養病。

【箋注】

〔一〕「酸風」句：語出李賀金銅仙人辭漢歌：「東關酸風射眸子。」「酸風如箭」之詩意，自李賀句之「射」字生發。後來吴文英八聲甘州：「箭徑酸風射眼。」亦用李賀語。

曉枕三首

煮湯聽成萬籟，添被知是五更。陸續滿城鐘動，須臾後巷鷄鳴。

卧聞赤脚鼾息〔一〕，樂哉栩栩蘧蘧〔二〕。病夫心口相語，何日佳眠似渠？

舒慘常隨天氣，關心窗暗窗明。日晏扶頭未起，唤人先問陰晴。

【題解】

本詩作於淳熙十一年（一一八四），時在家養病。

【箋注】

〔一〕赤脚：指老婢。韓愈寄盧仝：「一奴長鬚不裹頭，一婢赤脚老無齒。」

〔二〕「樂哉」句：莊子齊物論：「昔者莊周夢爲胡蝶，栩栩然胡蝶也。自喻適志與，不知周也。俄然覺，則蘧蘧然周也。」

不寐

春宵似暖非暖，曉夢欲成未成。風竹時驚雀噪，月窗誰伴梅横？

【題解】

本詩作於淳熙十一年（一一八四）春，時在家養病，因不寐而作本詩。

戲書二首

長病人嫌理亦宜，吾今有計可扶衰。煩君昇著山深處，恐有黄龍浴水醫〔一〕。

群兒欺老少陵窮，口燥脣乾髮漫衝〔二〕。顛沛須臾猶執禮，古來惟有一高共〔三〕。

【題解】

本詩作於淳熙十一年（一一八四），時在家養病。

【箋注】

〔一〕黄龍浴水醫：太平廣記卷八三「賈耽」條引會昌解頤録：「賈耽相公鎮滑臺日，有部民家富於財，而父偶得疾，身體漸瘦，糜粥不通，日飲鮮血半升而已。……公曰：人病固有不可識者，此人是虱癥，世間無藥可療，須得千年木梳燒灰服之，不然，即飲黄龍浴水，此外無可治也。」

〔二〕「群兒」二句：杜甫茅屋爲秋風所破歌：「南村群童欺我老無力，忍能對面爲盜賊。公然抱茅入竹去，脣焦口燥呼不得。」

〔三〕「古來」句：用史記高共故事。史記趙世家：趙襄子被圍晉陽，群臣皆有外心，禮益慢，惟高共不失臣禮。

耳鳴

風號高木水翻洪，歷歷音聞不是聾。一任大千都震吼，便從卷葉證圓通〔一〕。

【題解】

本詩作於淳熙十一年（一一八四），時養病在家，耳鳴生感，乃賦小詩。

【箋注】

〔一〕「便從」句：卷葉，指耳朵，形如卷葉。圓通，佛家語，楞嚴經正脈疏卷五：「圓通即六根互用，周徧圓融之果。」三藏法數二十五圓通：「性體周徧曰圓，妙用無礙曰通，乃一切衆生本有之心源，諸佛菩薩所證之聖境也。」

案上梅花二首

南坡玉雪萬花團，舊約東風載酒看。冷落銅瓶一枝亞，今年天女亦酸寒。

地爐火煖日烘窗，一夜花鬚半吐黃。鼻觀圓通熏百和〔一〕，博山三夕罷燒香〔二〕。

【題解】

本詩作於淳熙十一年（一一八四）春，時在家養病。看到插在桌子上銅瓶裏的一枝梅花，有感而賦。

【箋注】

〔一〕「鼻觀」句：鼻觀圓通，指眼睛與鼻子的通感。鼻是嗅覺器官；觀，是眼的功能，是視覺。列子黃帝篇：「眼如耳，耳如鼻，鼻如口，無不同也。心凝形釋，骨肉都融，不覺形之所倚。」五燈會元卷一二淨因繼成禪師：「鼻裏音聲耳裏香，眼中鹹淡舌玄黃。意能覺觸身分别，冰室如春九夏涼。」眼中看到梅花，鼻子嗅到梅香，兩者互通，如同聞到百和熏香。

〔二〕博山：指博山爐。西京雜記卷一：「長安巧工丁緩者……又作九層博山香爐，鏤爲奇禽怪獸，窮諸靈異，皆自然運動。」

古梅二首

孤標元不鬬芳菲，雨瘦風皴老更奇。壓倒嫩條千萬蕊，只消疎影兩三枝。

誰似西湖處士才〔一〕，詩中籬落久塵埃。陸郎舊有梅花課，未見今年句子來〔二〕。

【題解】

本詩作於淳熙十一年（一一八四）春，時在家養病。

【箋注】

〔一〕西湖處士：指林逋，隱居西湖，植梅養鶴，有山園小梅詩。

〔二〕「陸郎」二句：陸郎，即陸凱。太平御覽卷九七〇引荆州記：「陸凱與范曄友善，自江南寄梅花一枝詣長安與曄，並贈詩曰：『折梅逢驛使，寄與隴頭人。江南無所有，聊贈一枝春。』」

至昌爲具賞東軒千葉梅，然梅尚未開

玉葉重英意已芽，新移竹外小横斜〔一〕。東齋何事春工晚㈠，鐵樹已花梅未花〔二〕。

【校記】

㈠何事：原作「何似」，富校：「『似』黄刻本作『事』，是。」按，活字本、叢書堂本、董鈔本、詩淵第四册第二五四六頁均作「何事」，今據改。

【題解】

本詩作於淳熙十一年（一一八四）春，時養病在家。至昌，范成大之堂弟，爲堂兄范成象之胞弟。

【箋注】

〔一〕「新移」句：林逋山園小梅二首其一：「疏影横斜水清淺。」蘇軾和秦太虚梅花：「竹外一枝斜更好。」

〔二〕鐵樹已花：續傳燈録卷三一或庵師體禪師：「淳熙己亥八月朔示微疾……逮夜半，書偈示衆曰：『鐵樹開華，雄鷄生卵，七十二年，摇籃繩斷。』」

喜周妹自四明到

團欒話裏老龐衰，一妹仍從海浦來。孤苦尚餘兄弟樂，如今雖病也眉開。

【題解】

本詩作於淳熙十一年（一一八四）春，時養病在家。周妹自四明來，喜賦一絶。周妹，因范成大之妹夫姓周，名傑，故稱此妹爲周妹，參見卷五周德萬攜孥赴龍舒法曹道過水陽相見留別女弟「題解」。

占星者謂命宫月孛，獨行無害，但去年復照作災，今年正月一日已出，而歲星作福，戲書二絶

昔躔初度本除災，何意重逢作病媒。久住靈游今日過，曆翁歡喜勸椒杯〔一〕。

暗曜加臨有救神，煌煌福德自天仁。只煩終惠蘇殘喘，官爵從渠奉董秦〔二〕。

【題解】

本詩作於淳熙十一年（一一八四），時在家養病。

【箋注】

〔一〕曆翁：稱謂録卷二七：「曆翁，星官。」周必大詩：「亦知磨蠍是身宫，懶問星官與曆翁。」韓文：「曆翁、星官，莫能與其校得失。」

〔二〕「官爵」句：語出盧仝月蝕詩：「歲星主福德，官爵奉董秦。」董秦，即李忠臣。舊唐書李忠臣傳：「李忠臣，本姓董，名秦，平盧人。」後因平定安史叛臣有功，授開府儀同三司，殿中監同正。

題藥方

孤童亦復夢槐柯，無德無功用福多。天理乘除當老病，巢源王訣奈君何〔一〕！

【題解】

本詩作於淳熙十一年（一一八四），時養病在家。石湖因病常讀藥方、醫書。

【箋注】

〔一〕巢源王訣：兩種醫書，巢元方病源和王叔和脈訣的簡稱。宋史藝文志六：「王叔和脈訣，一卷。」「巢元方巢氏諸病源候論，五十卷。」澁江全善、森立之經籍訪古志補遺醫部：「諸病源候論五十卷，隋大業六年太醫博士臣巢元方奉敕撰。」又：「新刊注王叔和脈訣三卷，首載王叔和序，次元祐五年廬陵通真子劉元賓序，次目録，次通真子補注脈要秘括目録，次左右手脈圖。」

園丁折花七品各賦一絶

單葉御衣黄〔一〕

舟前鵝羽映酒，塞上駝酥截肪。春工若與多葉，應入姚家雁行〔二〕。

水精毬〔三〕，輕盈嫵媚，不耐風日 又名醉西施，又名風嬌，又名玉勝瓊。

縹緲醉魂夢物，嬌饒輕素輕紅。若非風細日薄，直恐雲消雪融。

壽安紅〔四〕，深色粉紅，多葉易種，且耐久

豐肌弱骨自喜，醉暈粧光總宜。獨立風前雨裏，嫣然不要人持〔一〕。

疊羅紅〔五〕**，開遲旬日，始放盡**

襞積剪裁千疊，深藏愛惜孤芳。若要韶華展盡，東風細細商量。

崇寧紅〔六〕

匀染十分艷絶，當年欲占春風。曉起粧光沁粉，晚來醉面潮紅。

鞓　紅〔七〕

猩脣鶴頂太赤，榴萼梅腮弄黄。帶眼一般官樣，祇愁瘦損東陽。

紫中貴

沉沉色與露滴，泥泥香隨日烘。滿眼艷粧紅袖，紫綃終是仙風。

【校記】

〔一〕不要人持：活字本、叢書堂本、董鈔本、詩淵第四册第二四二〇頁均作「不要人醫」。

【題解】

本組詩作於淳熙十一年(一一八四)春,時養病在家。花,指牡丹花,歐陽修洛陽牡丹記花品序:「(洛陽人)至牡丹則不名,直曰花,其意謂天下真花獨牡丹,其名之著,不假曰牡丹而可知也。其愛重之如此。」

【箋注】

〔一〕單葉御衣黄:廣群芳譜卷三二引鄞江周氏洛陽牡丹記:「御袍黄,千葉黄花也,色與開頭大率類女真黄,元豐時,應天院神御花圃中,植山篦數百,忽於其中變此一種,因目之爲御袍黄。」

〔二〕姚家:即牡丹中的「姚黄」。廣群芳譜卷三二「牡丹一」:「花有姚黄,出民姚氏家,一歲不過數朵。」

〔三〕水精毬:廣群芳譜卷三二「牡丹一」著録「水晶毬」一品。

〔四〕壽安紅:廣群芳譜卷三二「牡丹一」:「粗葉壽安紅,肉紅,中有黄蕊花,出壽安縣錦屏山,細葉者尤佳。」歐陽修洛陽牡丹圖:「壽安細葉開尚少,朱砂玉版人未知。」

〔五〕疊羅紅:廣群芳譜卷三二「牡丹一」:「疊羅,中間瑣碎,如疊羅紋。」

〔六〕崇寧紅:陸游天彭牡丹譜花品序:「天彭三邑皆有花……崇寧之間,亦多佳品,自城東抵濛陽,則絶少矣。大抵花品近百種,然著者不過四十,而紅花最多。」

〔七〕鞓紅：廣群芳譜卷三二「牡丹一」：「鞓紅，單葉，深紅，張僕射齊賢自青州以駱駝馱其種，遂傳洛中，因色類腰帶鞓，故名，亦名青州紅。」蘇軾常州太平觀牡丹：「自笑眼花紅緑眩，還將白首對鞓紅。」

聞春遠牡丹盛開

東軒聞道有花開，癡坐三椽首謾回。縱得好晴猶懶看，那堪風雨揭天來。

【題解】

本詩作於淳熙十一年（一一八四），時養病在家。

蜀花以狀元紅爲第一，金陵東御園紫繡毬爲最

西樓第一紅多葉，東苑無雙紫壓枝。夢裹東風忙裹過，蒲團藥鼎鬢成絲。

【題解】

本詩作於淳熙十一年（一一八四），時養病在家。「蜀花以狀元紅爲第一」，廣群芳譜卷三二「牡丹一」：「狀元紅，重葉，深紅花，其色與鞓紅、潛緋相類，天姿富貴，天彭人以冠花品。」

喜雨

昨遣長鬚借踏車，小池須水引鳴蛙。今朝一雨添新漲，便合翻泥種藕花。

【題解】

本詩作於淳熙十一年（一一八四），時養病在家。

嘲風

紛紅駭緑驟飄零〔一〕，癡騃封姨没性靈。報道海棠方熟睡，也須留眼爲渠青。

【題解】

本詩作於淳熙十一年（一一八四），時養病在家。

【箋注】

〔一〕紛紅駭緑：柳宗元袁家渴記：「每風自四山而下，振動大木，掩苒衆草，紛紅駭緑，蓊郁香氣。」

大風

春晴雖好恨多風，到眼花枝轉眼空。晴不與花爲道地，争如雲淡雨濛濛。

【題解】

本詩作於淳熙十一年（一一八四），時養病在家。

風止

收盡狂飆捲盡雲，一竿晴日曉光新。柳魂花魄都無恙，依舊商量作好春。

【題解】

本詩作於淳熙十一年（一一八四），時養病在家。

苦雨五首

河流滿滿更滿，檐溜垂垂又垂。皇天寧有漏處，后土豈無乾時？

不辭蛾化麥穗，叵忍秧浮浪花〔一〕。兒孫汩汰護岸〔二〕，翁媪扶攜上車〔三〕。

折筍肥梅飣坐〔四〕，涎蝸鬬蟻上梁。雨工莫賈餘勇，留待稻花半黄。

潤礎纔晴又汗，濕薪未爆先煙。壯夫往往言病，病叟岑岑且眠。

已厭衣裳蒸潤，仍憐書畫斕斑。匳香尚餘幾所？盡付熏罏博山。

【題解】

本詩作於淳熙十一年（一一八四），時在家養病。

【箋注】

〔一〕叵忍：即叵耐，張相詩詞曲語辭匯釋卷二「耐（一）」：「耐，奈也。……要之其義則皆如今所云可惡也。」

〔二〕汩汰：此同鼓汰，拍擊波浪之意。陸雲九愍行吟：「揮龍榜以鼓汰，遺芬響而清歌。」

〔三〕上車：指上水車。因雨水太多，翁媪也出來踏水車戽水。

〔四〕「折笋」句：梅，指梅子。飣坐，又作「飣座」，堆疊蔬果於盤。孔武仲石榴：「非徒適人口，飣坐亦風流。」

謝龔養正送蘄竹杖

一聲霜曉謾吹愁，八尺風漪不耐秋。上座獨超三昧地，諸惺庵裏證般舟〔一〕。釋氏謂常行爲般舟三昧。

【題解】

本詩作於淳熙十一年（一一八四）秋，時養病在家。龔頤正送蘄竹杖，作本詩致謝。龔養正，即龔頤正（原名龔敦頤，光宗受禪時改今名），和州歷陽人，龔原之曾孫，父龔相知華亭縣，遂移家吴中。龔長於史地考證之學，石湖著吴郡志，得其襄助。宋史無傳。陸友仁吴中舊事：「龔敦頤，字養正，和州人，兵部侍郎原之曾孫，居於郡中。有史學，念元祐諸臣以及建中靖國上書等人多表表，立名節，經崇寧禁錮、靖康流離，子孫不能盡存，平生施爲，漫不可考，慨然屬意，求訪遺闕，遂成列傳譜述一百卷，凡名在兩籍三百九人。而書於編者三百五人，其不可詳者，四人而已。淳熙七年，周益公必大修國史，薦之，得旨給札繕寫以進。後七年，洪景盧以翰林學士領史事，復薦之，得上州文學。」省齋文稿卷一八書龔史傳後：「頤正博通史學，嫺於辭章，諸公交薦諸朝，天子特命以官。今居姑蘇，閉户著書。近世言儒門者，推龔氏云。」淳熙間修姑蘇志卷五四：「龔頤正，字養正，本名敦頤。其先歷陽人。元祐黨人兵部侍郎原之曾孫。祖澈，通判江寧府。父相，字聖任。

知華亭縣，甚著聲績，遂家吴中。頤正用洪丞相門客恩，爲不理選限，登仕郎。嘗著符祐本末三十卷，又著元祐黨籍三百九人列傳，所佚者六人而已。淳熙末，洪邁領史院，奏授下州文學，補迪功郎，監潭州南嶽廟。光宗立，用薦，主管吏部架閣文字。遷太社令，宗正簿。頤正著續稽古録，言侂胄定策功，擢兼資善小學教授，遷樞密院編修官。嘉泰元年詔：頤正學問該博，賜進士出身。兼實録院檢討官，預修光、孝二宗實録。未幾，遷秘書丞，卒。侂胄死，有詔毁續稽古録。頤正有文名，爲范成大、周必大所稱。」

【箋注】

〔一〕「上座」二句：般舟三昧，佛家語，翻譯名義集卷四：「般舟，此云佛立，亦名十方現在佛悉在前立定經。經云：持佛威神，於三昧中立者有三事，持佛威神力，持佛三昧力，持本功德力。用是三事，故得見佛。」諸惺，古尊宿語録卷二〇：「上堂云：『真如凡聖，皆是夢言。佛及衆生，並爲增語。或有人出來道：「盤山老麽？」但向伊道：「不因紫陌花開早，争得黄鸎下柳條。」若更問道：「四面老吥？」自云：「喏，惺惺著。」』」

寄題祝郢州白雪樓

楚望風煙倚繡楹，使君静治有高情。祇應襦袴新翻曲，壓倒當年寡和聲。

【題解】

本詩作於淳熙十一年（一一八四），時養病在家，爲祝大任題郢州白雪樓，寄之。祝郢州，即祝大任，字元將，淳熙十年任郢州刺史、築白雲樓。孔凡禮范成大年譜淳熙十一年附注：「詩中『壓倒當年』云云，其人爲成大老友，頗疑爲祝元將。」于北山范成大年譜淳熙十一年附注云：「石湖離桂林任途中有清湘驛送祝賀州南歸、深溪鋪中二絶呈元將仲顯二使君二詩，其人爲祝元將，疑即祝大任，元將其字也。未敢確定，姑繫此以待續考。」兩氏所疑甚是，理由有三：一，大任、元將，名與字意義關連。二，祝大任於淳熙十年爲郢州刺史，與石湖詩意合。三，白雪樓故址即在郢州，其地後代改爲鍾祥，有鍾祥縣志爲證。按，鍾祥縣志（同治六年刊本）卷七職官表，淳熙十年刺史有祝大任，無傳。卷三古蹟：「白雪樓，在石城西，下臨漢江。樓今廢，遺址莫尋。

夏至二首

李核垂腰祝饐，粽絲繫臂扶羸〔一〕。節物競隨鄉俗，老翁閒伴兒嬉。

石鼎聲中朝暮，紙窗影下寒温。踰年不與廟祭，敢云孝子慈孫。

【題解】

本詩作於淳熙十一年（一一八四）夏至日，時在家養病。

【箋注】

〔一〕「李核」二句：范成大吴郡志卷二「風俗」云：「夏至復作角黍以祭，以束粽之草繫手足而祝之，名健粽，云令人健壯。又以李核爲囊帶之，云療饐。」袁景瀾吴郡歲華紀麗卷五「端五」條云：「以李核爲囊，帶之，云療饐。」又「角黍」條云：「以束粽之草繫手足而祝之，名曰健粽，云令人壯健也。」

重午

熨斗薰籠分夏衣，翁身獨比去年衰。已孤菖緑十分勸㊀，却要艾黄千壯醫〔一〕。蜜粽冰糰爲誰好〔二〕？丹符綵索聊自欺〔三〕。小兒造物亦難料，藥裹有時生網絲。

【校記】

㊀ 菖緑：原作「菖渌」。方回瀛奎律髓卷一六作「菖緑」。富校：「『渌』黄刻本作『緑』，是。」按，「菖緑」與「艾黄」相對。今據改。

【題解】

本詩作於淳熙十一年（一一八四）夏。時在家養病。菊坡叢話卷二評此詩云：「此『菖緑』、『艾黄』之對新，後四句又用吴體。」

【箋注】

〔一〕「已孤」二句：即菖蒲，袁景瀾吴郡歲華紀麗卷五「蒲劍艾旗」條云：「吴俗，端五截蒲爲劍，懸艾爲旗，副以桃梗、蒜頭、懸牀户間，亦以禳毒却鬼。」顧禄清嘉録卷五「蒲劍蓬鞭」條云：「截蒲爲劍，割蓬作鞭，副以桃梗、蒜頭，懸於牀户，皆以却鬼。」袁景瀾吴郡歲華紀麗卷五「端五」條云：「吴俗亦以五日爲端五節，瓶供蜀葵、石榴、蒲、蓬諸花草，婦女簪艾葉、榴花，號爲端五景。人家各具宴會，延賞端陽，藥肆餽遺蒼术、白芷、大黄、雄黄等品於常所往來貿易之家。」千壯，艾炙一次爲一壯，千壯，形容其多。醫説卷二「艾謂之一壯」條云：「醫用艾一灼謂之一壯，以壯人爲法。其言若干壯，壯人當以此數，老幼羸弱，量力減之。」

〔二〕蜜粽冰糰：吴人端午食粽子、糰子。范成大吴郡志卷二「風俗」云：「重午以角黍、水糰、綵索、艾花、畫扇相餉。」袁景瀾吴郡歲華紀麗卷五：「吴門端五節，争以角黍爲節物，巧製各種俱備。又有棗子粽、火肉粽等新製，居人買以相饋貽，并以祀先。」

〔三〕丹符綵索：丹符，即朱符。袁景瀾吴郡歲華紀麗卷五「貼天師符」條云：「吴郡志云：『五日，户貼朱符。』今世俗相沿。五月朔日，人家以道院所貽天師符貼廳事，以鎮惡辟疫癘，至六月朔焚之。梵寺亦多以紅黄白紙，墨畫神符，分貽比户，則非天師符矣。小户粘五色桃印綵符，每描畫姜尚父及財神、聚寶盆之類。受符者必酬以錢米，謂之符金。」綵索，結五色彩絲爲線，吴郡歲華紀麗卷五「進長命縷」條云：「繫五色彩絲爲索，繫小兒之臂，男左女右，云以驗小兒女後日之肥瘠，俗謂之長壽線。」

積雨作寒五首

壓屋雨雲晝暗，環城霖潦夏寒。西池半没荷柄，南蕩平沉芡盤〔一〕。

已報舟浮登岸，更憐橋塌平池。養成蛙吹無謂，掃盡蚊雷却奇。

熨帖重尋毳衲，補苴盡護紙窗。餘生雪鬢禪榻，昨夢雲帆漲江。

婢喜蚊僵霧帳，兒嗔蝸篆風櫺。兀坐鼻端正白〔二〕，忘懷眼底常青。

山寒禪老不下，泥滑琴僧罕來。且唤園丁閒語，喜聞湖岸未頹。禪老，範默堂〔三〕。琴僧，淨月師也。

【題解】

本詩作於淳熙十一年（一一八四）初夏，時閑居在家，因積雨而作此小詩以志感。

【箋注】

〔一〕芡盤：芡實，俗名鷄頭米，葉圓如盤。袁景瀾吳郡歲華紀麗卷八：「芡實，一名鷄頭。……三月生，葉平貼水面，大於荷葉，皺有芒刺，面青背紫，古稱鷄頭盤。昌黎詩所謂『平池散芡盤』是也。」

〔二〕「兀坐」句：楞嚴經：「孫陀羅難陀……白佛言：『……世尊教我及俱絺羅觀鼻端白，我初諦觀，經三七日，見鼻中氣，出入如煙，身心内明，煙相漸銷，鼻息成白。』」

〔三〕範默堂：即虎丘長老範默堂，參卷二一寄虎丘範長老「題解」。

喜晴二首

驅帚水争溝口，卷簾日款屋山。飢燕癡兒叫怒，拙鳩去婦復還。

窗間梅熟落蔕，牆下筍成出林。連雨不知春去，一晴方覺夏深。

【題解】

本詩作於淳熙十一年（一一八四）初夏，時閑居在家。

子文大丞重午日走覘煮酒，清甚，殆與遠水一色，何其妙哉？數語奉謝

臘脚清若空〔一〕，吾聞其語矣。今晨品義尊〔二〕，公酒正如此。太常家有此段奇，銷

得不齋醉如泥〔二〕。但恨今無遏雲曲，送我菖蒲一杯緑。子文舊有歌者名遏雲。

【校記】

㈠臘脚：富校：「『臘脚』黄刻本作『遠水』。」

【題解】

本詩作於淳熙十一年（一一八四）端午日，時閑居在家。子文，即嚴焕，見卷五次韻子文探梅水西春已深猶未開水西謂歙溪而黄君謨州學記云瀕江地卑蓋此水爲浙之源正可謂之江也「題解」。嚴焕於端午日送酒來，石湖賦詩謝之。大丞，指太常丞，嚴焕曾任此職。

【箋注】

〔一〕義尊：同義樽，即義酒，蘇軾書雪堂義墨：「予昔在黄州，鄰近四五郡皆送酒，予合置一器中，謂之雪堂義樽。」洪邁容齋隨筆卷八：「合衆物爲之，則有義漿、義墨、義酒。」

〔二〕「太常」二句：後漢書周澤傳：「時人爲之語曰：生世不諧，作太常妻，一歲三百六十日，三百五十九日齋。」唐李賢注：「漢官儀此下云：『一日不齋醉如泥。』」

子文見和，云亦有小鬟能度曲，復用韻戲贈

三年屏杯酌，甚矣吾衰矣！眼中有淄澠〔一〕，猶解商略此。花酒俱來事更奇，不

妨禪心絮沾泥。翠眉何時真度曲？細意煩君畫蛾緑。

【題解】

本詩作於淳熙十一年（一一八四）五月，時閑居在家。上詩寄去後，嚴焕和之，石湖復用韻戲題。

【箋注】

〔一〕淄澠：二水名，均在山東，傳説二水味異，合則難辨，惟春秋時易牙能辨之。

石湖居士詩集卷二十四

題請息齋六言十首

洞門晝挂鐵鎖，閣道秋生緑苔。著下略同龜伏〔一〕，瓜中且免蠅來〔二〕。

多謝紛紛雲雨，相忘渺渺江湖。坐隅但忌占鵩，屋上何煩譽烏㊀〔三〕？

灩澦年年似馬，太行日日摧車。笑中恐有義府㊁〔四〕，泣裏難防叔魚〔五〕。

見影蜮猶鉍鉍〔六〕，聞聲厖尚狺狺〔七〕。問誰毛生名紙，知我角出車輪〔八〕。

不惜人扶難拜，非關我醉欲眠。勞君敬枯木耳，恐汝見濕灰焉〔九〕。

税駕今吾將老，結廬此地不喧。恐妨蝴蝶同夢，笑倩顛當守門〔一〇〕。

口邊一任醭去，鼻孔慵將涕收。閒門冷落車轍，空室團欒話頭〔一一〕。

冷煖舊雨今雨〔一二〕，是非一波萬波。壁下禪枯達磨〔一三〕，室中病著維摩。

親戚自有情話，來往都無雜言。酒熟徑須相報，文成聊與細論〔一四〕。

園丁以時白事，山客終日相陪。竹比平安報到〔一五〕，花依次第折來。

【校記】

㈠何煩：詩淵第四册第三〇一一頁作「何須」。

㈡義府：原作「義甫」。按，詩淵作「義府」，富校：「沈注云：『「甫」當作「府」。唐書李義府傳：「人謂笑中有刀。」』」今據改。

【題解】

本詩作於淳熙十一年（一一八四）秋，時養病在家，題請息齋志感。請息齋，石湖書齋名。

【箋注】

〔一〕「蓍下」句：蓍龜，蓍草和龜甲，古時占卜用具，筮用蓍草，卜用龜甲。易繫辭上：「成天下之亹亹者，莫大於蓍龜。」

〔二〕「瓜中」句：用武儒衡故事。舊唐書武儒衡傳：「時元稹依倚内官，得知制誥，儒衡深鄙之。會食瓜閣下，蠅集於上，儒衡以扇揮之曰：『適從何處來，而遽集於此？』」

〔三〕「屋上」句：劉向説苑貴德：「愛其人者，兼屋上之烏。」杜甫奉贈射洪李四丈：「丈人屋上烏，人好烏亦好。」

〔四〕「笑中」句：新唐書李義府傳：「義府貌柔恭，與人言，嬉怡微笑，而陰賊褊忌著于心，凡忤意者，皆中傷之，時號義府『笑中刀』。」

〔五〕「泣裹」句：左傳昭公十三年：叔魚見季孫且泣。杜預注：「泣以信其言。」

〔六〕「見影」句：蜮，一種能含沙射人影的動物，也叫「短狐」。詩小雅何人斯：「爲鬼爲蜮，則不可得。」毛傳：「蜮，短狐也。」釋文：「蜮，狀如鼈，三足。一名射工，俗呼之水弩。在水中含沙射人。一云射人影。」鉥，通䀎，説文：「直視也。」博雅：「視也，一作惡視。」

〔七〕「聞聲」句：厖，犬也。爾雅釋詁：「厖，犬也。」狺狺，語出宋玉九辯：「猛犬狺狺而迎吠兮，關梁閉而不通。」

〔八〕「知我」句：郭茂倩樂府詩集卷四六張祜讀曲歌：「看渠駕去車，定是無四角。」角出車輪，言不能行也。陸龜蒙古意：「願得雙車輪，一夜生四角。」

〔九〕見濕灰：列子黄帝篇巫季咸見列子曰：「子之先生死矣，弗活矣，不可以旬數矣。吾見怪焉，吾見濕灰焉。」

〔一〇〕顛當：蟲名，俗名土蜘蛛。段成式酉陽雜俎前集卷一七「廣動植二」：「顛當，成式書齋前，每雨後多顛當窠，（俗人所呼。）深如蚓穴，網絲其中，土蓋與地平，大如榆莢。常仰桿其蓋，伺蠅蠖過，輒翻捕之，纔入復蓋，與地一色，並無絲隙可尋也。其形如蜘蛛，（如牆角亂綱中者。）爾雅謂之『王蛈蝪』，鬼谷子謂之『蛈母』。秦中兒童戲曰：『顛當顛當牢守門，蠮螉寇汝無處奔。』」

〔一一〕「空室」句：五燈會元卷三龐蘊居士：「有男不婚，有女不嫁。大家團欒頭，盡説無生話。」

〔二〕「冷暖」句：舊雨今雨，語出杜甫秋述：「秋，杜子卧病長安旅次，多雨生魚，青苔及榻。常時車馬之客，舊雨來，今，雨不來。」本書卷二六丙午新正書懷十首其四：「人情舊雨非今雨，老境增年是減年。」

〔三〕「壁下」句：達磨，是菩提達磨的省稱，天竺人，梁普通六年來華，武帝迎之金陵，後渡江，至於嵩山少林寺，面壁九年而化。傳法於神光。見景德傳燈録卷三。

〔四〕「文成」句：杜甫春日憶李白：「何時一樽酒，重與細論文。」

〔五〕「竹比」句：段成式酉陽雜俎續集卷一〇「支植下」：「衛公言北都惟童子寺有竹一窠，纔長數尺。相傳其寺綱維，每日報竹平安。」

送劉唐卿户曹擢第西歸六首

摩挲漢柱愴分襟〔一〕，邂逅吴船喜盍簪。別久十年知幾夢〔二〕？情親萬里只初心。

學道何關紫與青，發身聊假佛名經。歸來解盡程書縛，千古文章似建瓴〔三〕。

槐黄燈火困豪英，此去書窗得此生。學力根深方蔕固，功名水到自渠成。

中年親友惜分離，况我身兼老病衰。餘景庶幾猶及見，登瀛召客過門時。

我識岷峨最上頭，當年脚力與雲浮。兩山父老如相問，一席三椽正卧遊〔四〕。

四海西州舊故多，煩君問訊各如何？心期本自無南北，萬里天波一月波。末句戲用蜀語，以見久要不忘之意。

【題解】

本詩作於淳熙十一年（一一八四），時養病在家。

【箋注】

〔一〕「摩挲」句：劉唐卿昔日爲桂林帥幕僚，淳熙二年，石湖離桂林，與之分襟。

〔二〕「別久」句：自淳熙二年離別至今，恰爲十年。

〔三〕建瓴：史記高祖本紀：「地勢便利，其以下兵於諸侯，譬猶居高屋之上建瓴水也。」

〔四〕「一席」句：卧遊，以欣賞山水圖代替游覽。宋書宗炳傳：「好山水，愛遠遊……有疾還江陵，嘆曰：『老疾俱至，名山恐難遍睹，唯當澄懷觀道，卧以遊之。』」全句謂我當於居室裏欣賞蜀地山水圖。

富順楊商卿使君，曏與余相别于瀘之合江，渺然再會之期。後九年，迺訪余吴門，則喜可知也。今復分袂，更增惘然，病中强書數語送之

合江縣下初語離，共説再會知何時？壽櫟堂前哄一笑，人生聚散真難料！青燈話舊語未終，船頭疊鼓帆争風。草草相逢復相送，直恐送迎皆夢中〔一〕。昨聞親上安邊奏，玉階從容移禁漏。天香懷袖左魚符，歸作雙親千歲壽。我今老病塘蒲衰〔二〕，君歸報政還復來。萬里儻容明月共〔三〕，更期後夢如今夢。

【題解】

本詩作於淳熙十一年（一一八四），時養病在家。本年，楊光自臨安赴任蜀中，路過蘇州，訪成大，成大賦本詩送行。富順，乃梓州路富順監，王存元豐九域志卷七梓州路富順監：「乾德四年，以瀘州富義縣地置富義監，太平興國元年改富順。」題云「使君」，知楊光乃知富順監。「曏與余相别於合江」，參見卷一九譚德稱楊商卿父子送余自成都合江亭相送至瀘南合江縣始分袂水行踰千里作詩以别、發合江數里寄楊商卿諸公兩詩。

【箋注】

〔一〕「直恐」句：杜甫羌村三首其一：「夜闌更秉燭，相對如夢寐。」晏幾道鷓鴣天：「今宵賸把銀釭照，猶恐相逢是夢中。」

〔二〕塘蒲衰：世説新語言語：「顧悦與簡文同年，而髮蚤白，簡文曰：『卿何以先白。』對曰：『蒲柳之姿，望秋而落。松柏之質，經霜彌茂。』」

〔三〕「萬里」句：白居易望月有感詩：「共看明月應垂淚，一夜鄉心五處同。」

久病，或勸勉强遊適，吟四絶答之

風月箇中老子，江湖之上散人〔一〕。化鑪苦靳清福，環堵閒拋好春。

鶴怨久迴俗駕〔二〕，鷗盟誰主載書？一丘一壑謝汝〔三〕，三歲三秋望予。

捫蝨即是忙事〔四〕，驅蠅豈非褊心。香煖香寒功課，窗明窗暗光陰。

羸如蓐婦多忌，倦似田翁作勞。玩具僧梳刖屨，歡悰丁尾龜毛〔五〕。

【題解】

本詩作於淳熙十一年（一一八四），時養病在家。

【箋注】

〔一〕「江湖」句：新唐書陸龜蒙傳：「居松江甫里……不喜與流俗交，雖造門不肯見。不乘馬，升舟設蓬席。齎束書、茶竈、筆牀、釣具往來。時謂江湖散人，或號天隨子、甫里先生。」

〔二〕「鶴怨」句：隱括孔稚圭北山移文句：「蕙帳空兮夜鶴怨，山人去兮曉猿驚。」「請迴俗士駕，爲君謝逋客。」

〔三〕「一丘」句：漢書敘傳上：「漁釣於一壑，則萬物不奸其志；栖遲於一丘，則天下不易其樂。」世説新語品藻：「明帝問謝鯤：『君自謂何如庾亮？』答曰：『端委廟堂，使百官準則，臣不如亮；一丘一壑，自謂過之。』」

〔四〕捫蝨：用王猛故事。晉書王猛傳：「桓温入關，猛披褐而詣之，一面談當世之事，捫蝨而言，旁若無人。」陸游即事：「捫蝨雄豪空自許。」

〔五〕丁尾龜毛：莊子天下篇：「丁子有尾。」疏：「楚人呼蝦蟆爲丁子也。夫蝦蟆無尾，天下共知，此蓋物情，非關至理。以道觀之者，無體非無，非無尚得稱無，何妨非有，可名尾也。」楞嚴經卷一：「龜毛兔角，則汝法身，同於斷滅。」

初秋閒記園池草木五首

茙葵爛紫終陋〔一〕，薝蔔嫣黄亦香〔二〕。醫俗膭延竹色〔三〕，療愁催拆萱房〔四〕。

牛牽碧蔓自繞〔五〕，鷄聳朱冠欲争〔六〕。菱葩可範伯雅〔七〕，蓼節偏宜麴生〔八〕。菱葩爲酒杯，樣最佳。蓼入麴爲勝。

旱地蓮花嬌小〔九〕，水盆梔子幽芳〔一〇〕。薇帳半年春艷〔一一〕，桂叢四季秋香〔一二〕。紫薇一名半年紅。巖桂一種，四季有花。

醉憐金琖齊側〔一三〕，卧看玉簪對横〔一四〕。腥水留灌末利〔一五〕，結香旋薰素馨〔一六〕。末利用治魚腥水澆，方多花。

玉菡化生稚子〔一七〕，碧枝視現聲聞〔一八〕。馬齒任藏汞冷〔一九〕，鴻頭自勝硫温〔二〇〕。謂孩兒蓮、羅漢木。馬齒莧中有水銀。鴻頭，芡實也，芡性煖，號水硫黃。

【題解】

本詩作於淳熙十一年（一一八四）初秋，時閑居在家。

【箋注】

〔一〕茙葵：即蜀葵，廣群芳譜卷四六：「蜀葵一名戎葵……一名吴葵……一名一丈紅。」「肥地勤灌，可變至五六十種，色有深紅、淺紅、紫白、墨紫、深淺桃色、茄子藍等色。」

〔二〕薝蔔：花名，即梔子花。段成式酉陽雜俎卷一八廣動植：「陶貞白言：『梔子剪花六出，刻房七道，其花香甚。』相傳即西域薝蔔花也。」

〔三〕「醫俗」句：蘇軾於潛僧緑筠軒：「可使食無肉，不可使居無竹。無肉令人瘦，無竹令人俗。」陸游表侄江坰種竹名筠坡來求詩：「但令有竹能醫俗，何患無天可寄愁。」

〔四〕「療愁」句：詩經衛風伯兮：「焉得諼草，言樹之背。」毛傳：「諼草令人忘憂。」釋文：「諼，本又作萱。」嵇康養生論：「合歡蠲忿，萱草忘憂。」廣群芳譜卷四六：「萱，一名忘憂……一名療愁……一名宜男。」述異記卷下：「吴中書生呼爲療愁花。」

〔五〕「牛牽」句：牛牽，即牽牛花，果實稱牽牛子，可入藥，見本草綱目卷一八。

〔六〕「鷄聳」句：廣群芳譜卷五二：「鷄冠花，俗名波羅奢花。」「六七月莖端開花，穗圓長而尖者，如青箱之穗；扁卷而平者，如雄鷄之冠。」楊萬里宿花斜橋見鷄冠花二首其一：「出牆那得丈高鷄，只露紅冠隔錦衣。」

〔七〕「菱葩」句：菱葩，即菱花。廣群芳譜卷六六：「薐，又作菱，一名芰。」「五六月開花，黄白色。」

〔八〕「蓼節」句：蓼，蓼花，有節。廣群芳譜卷四七：「蓼花其類最多，有青蓼、香蓼……身高者丈餘，節生如竹，秋間爛熳可愛。」

〔九〕旱地蓮：即連翹，本草綱目卷一六：「連翹，旱蓮子。……時珍曰：旱蓮乃小翹，人以爲鱧腸者，故同名。」

〔一〇〕梔子：花名，廣群芳譜卷三八：「巵子，今俗加木作梔。」「一種徽州梔子，小枝，小葉，小花，高不盈尺，可作盆景。」詩云「水盆梔子」，即是這種品種。

〔一一〕「薇帳」句：廣群芳譜卷三八：「紫薇，一名百日紅，四五月始花，可至八九月，故名。」四月開花，至九月尚紅，歷時六月，故石湖自注「一名半年紅」。

〔一二〕「桂叢」句：廣群芳譜卷四〇：「巖桂，叢生巖嶺間，謂之巖桂，俗呼爲木犀。……有秋花者，春花者，四季花者，逐月花者。」石湖自注：「巖桂一種，四季有花。」，與此合。秋香，李賀金銅仙人辭漢歌：「畫欄桂樹懸秋香。」

〔一三〕「醉憐」句：金琖，即金盞花，廣群芳譜卷四六引宛陵集詩注：「金盞花，一名醒酒花。」梅堯臣吳正仲遺二物詠之金盞子：「鍾令昔醒酒，豫章留此花。黄金盞何小，白玉椀無瑕。」

〔一四〕「卧看」句：廣群芳譜卷四七：「玉簪……一名白萼，一名白鶴仙。……每葉出花一朵，長二三寸，本小末大，未開時，正如白玉搔頭簪形，開時微綻四出，中吐黄蘂。」

〔一五〕「腥水」句：末利，同茉莉。廣群芳譜卷四三：「茉莉，一名抹厲……弱莖繁枝，葉如茶而大，緑色團尖，夏秋開小白花，花皆暮開，其香清婉柔淑，風味殊勝。」「六月六日，以治魚水一灌，愈茂，故曰：清蘭花，濁茉莉。」

〔一六〕「結香」句：廣群芳譜卷四三：「素馨，一名那悉茗花，一名野悉蜜花，來自西域，枝榦裊娜，似茉莉而小，葉纖而緑，花四瓣，細瘦，有黄白二色。須屏架扶起，不然不克自竪。雨中嫵態，亦自媚人。」

〔一七〕「玉菡」句：廣群芳譜卷二九：「荷爲芙蕖花。……花已發爲芙蓉，未發爲菡萏。」

〔一八〕「碧枝」句：自注：「謂羅漢木。」廣群芳譜卷八一：「羅漢木，石湖詩注：翠峰寺在東山雪竇顯老道場，山半有悟道井，庭下大羅漢木兩株，虬屈蟠狀，甚奇古。」

〔一九〕「馬齒」句：廣群芳譜卷一四：「馬齒莧……有二種，葉大者名㹠耳草，不堪用；小葉者又名鼠齒莧，節葉間有水銀，每十觔可得八兩或十兩。」

〔二〇〕「鴻頭」句：即芡實。廣群芳譜卷六六：「芡，一名鷄頭……一名雁喙……一名雁頭……一名鴻頭。爾雅翼云：葉有芒刺，兼有觜，若鷄雁之頭，故有諸名。……一名水硫黄，孫公談圃云：芡甘滑可食，名爲水硫黄，詳見東坡雜記。」

巖桂三首

風簾疎爽月徘徊，悵望家人把酒杯。病著幽窗知幾日，瓶花兩見木犀開。

越城芳徑手親栽，紅淺黄深次第開。不用小山招隱賦〔一〕，身如强健日千迴。

一株蕭索倚宣華，東苑香風屬内家。丹碧屠蘇銀燭照，平生奇絶象山花〔二〕。少城圃中惟有一株，建康東御園有亦不多。四明丹桂特奇，州宅所種尤蔚茂，常與魏丞相夜飲其下。

【題解】

本詩作於淳熙十一年（一一八四）秋，時在家養病。

【箋注】

〔一〕「不用」句：小山招隱賦，指淮南小山招隱士，有云「王孫兮歸來，山中兮不可以久留」。

〔二〕象山花：象山的巖桂，自注：「四明丹桂特奇，州宅所種尤蔚茂，常與魏丞相夜飲其下。」象山，縣名，王存元豐九域志卷五明州有象山縣。魏丞相，即魏杞，在明州時，與石湖交密，見卷二二立春日陪魏丞相登三江亭。

中秋無月三首

兒女無悰坐客稀，今年孤負隔年期〔一〕。誰從天上牢遮月，不管人間大欠詩。

撲地癡雲欲萬重，家家簾幙護房櫳。世間第一無情物，誰似中秋雨與風。

一生露下風前客，兩歲愁邊病裏身。姑置陰晴圓缺事，藥寮燈火正相親。

【題解】

本詩作於淳熙十一年（一一八四）中秋，時閑居在家，因中秋無月，賦三首以志慨。

【箋注】

〔一〕孤負：黄朝英靖康緗素雜記卷二「孤負」條云：「世之學者，多以罪辜之辜爲孤負之字，殊乖禮意。蓋公正衆所附，私反而孤焉。衆所附則有相向之意，故不孤，私反而孤，則有相背之意，非向之也。孤負云者，言其背負而已。」

藻姪比課五言詩，已有意趣，老懷甚喜，因吟病中十二首示之，可率昆季賡和，勝終日飽閒也

舊歲連新歲，涼牀又煖牀。山川屏裏畫，時刻篆中香。畏壘吾安土〔一〕，支離飽太倉〔二〕。若教身更健，鶴背入維揚。

認鹿紛紜夢㊀〔三〕，亡羊散亂心。眵昏遮眼讀，愁苦撚髭吟。幸覺行迷遠，其如卧病深。通身都放下，何用覓砭鍼？

日煖衣猶襲，宵長被有稜。朝晡三楪飯，昏曉一釭燈。伴坐跧如几，扶行瘦比藤。生緣堪入畫，寂寞憩松僧。

繩倚扶枵骨，蒲團閣瘁膚。事疑償業債，形類窘囚拘。空劫真常體〔四〕，浮生幻

化軀。箇中元不二，無語對文殊〔五〕。

軟熟羞盤饌，芳辛實枕幃。候晴先曬席，占濕豫烘衣。易粟鷄皮皺，難培鶴骨肥。頭顱雖若此，虛白自生輝。

數息憎晨清，伸眉愜晚晴。隙塵浮日影，窗穴嘯風聲。捫蝨天機動，驅蚊我相生。偶然成一笑，栩栩暫身輕。

貴仕龜鑽筴〔六〕，閒居馬脱羈。冠塵昏舊製，帶眼剩新圍。堆案書郵少，登門刺字稀。掩關灰木坐，休示季咸機〔七〕。

目眚浮珠珮〔八〕，聲塵籟玉簫。秋懷潘鬢禿〔九〕，午夢楚魂銷。注水瓶花醒，吹薪藥鼎潮。南柯何處是？斜日上廊腰。

静裏秋先到，閒中晝自長。門闌疑泄柳〔一〇〕，尸祝漫庚桑〔一一〕。腹已枵經笥，身猶試藥方。强名今日愈，勃窣負東牆〔一二〕。

汗漬笻枝赤，苔封屐齒青。有醫延上坐，無客抗分庭。霽月鑽窗看，鳴琴側枕聽。莫嗔猿鶴怨，岫幌兩年扃。

視絮勞群從，祇承愧闔家。乳泉供水遞，金液養丹芽。加釀厚如酪，旋舂香勝花。百端扶老憊，無物報投瓜。

學業荒呻畢，歡悰隔笑鹽〔三〕。入秋先複幕，過夏亦疎簾。門客嗔愁思，家人獻吉占。尤憐小兒女，時報鵲鳴簷。

【校記】

㈠ 認鹿紛紜夢：「認」原作「牣」，富校：「『牣』黄刻本、宋詩鈔作『認』，是。」沈注云：「『牣』當作「仞」，俗作「認」。』按列子周穆王『夢仞人鹿』，沈説是也。」今據改。

【題解】

本詩作於淳熙十一年（一一八四），時在家養病，因吟病中十二首示藻姪，勉子侄賡和。

【箋注】

〔一〕畏壘：莊子庚桑楚：「老聃之役有庚桑楚者，偏得老聃之道，以北居畏壘之山。……居三年，畏壘大穰。」疏：「畏壘，山名，在魯國。」

〔二〕支離：名支離疏，形體殘病，支離不全。莊子人間世：「支離疏者，頤隱於臍，肩高於頂，會撮指天，五管在上，兩髀爲脅。挫鍼治繲，足以餬口；鼓筴播精，足以食十人。上徵武士，則支離攘臂而游於其間；上有大役，則支離以有常疾不受功；上與病者粟，則受三鍾與十束薪。夫支離其形者，猶足以養其身，終其天年，又況支離其德者乎！」

〔三〕「認鹿」句：列子周穆王記載一則故事：鄭國有一樵夫，殺鹿藏於池中，覆以蕉葉。後來，他忘掉藏鹿之所，以爲是夢，便告訴他人。有人依其言，取鹿歸。樵夫忽真夢藏鹿之處，及取鹿之人，遂與之争訟。其妻曰：「夢認人鹿，無人得鹿，今據有此鹿，請二分之。」

〔四〕空劫：三藏法數：「空劫者，謂世界空虛也。有二十小劫。壞劫之後，自初禪梵世已下，世界空虛，猶如墨穴，無晝夜日月，唯大黑暗，名爲空劫。」真常：楊卓佛學次第統編：「世間之相，虛妄不實，皆是因緣相續之假。若夫聖人所得之法，則是真常。真者真實，離迷情、絶虛妄，是曰真實。常者常住，法無生滅變遷，是曰常住。真實常住，故曰真常。」

〔五〕「箇中」二句：維摩詰經入不二法門品：「文殊師利曰：『如我意者，於一切法無言無説，無示無識，離諸問答，是爲入不二法門。』」

〔六〕「貴仕」句：龜筴，同龜策，古時占卜之具。屈原卜居：「用君之心，行君之意，龜筴誠不能知此事。」

〔七〕季咸：古神巫名，莊子應帝王：「鄭有神巫曰季咸，知人之死生存亡、禍福壽夭，期以歲月旬日，若神。」

〔八〕眚：説文：「目病生翳也。」

〔九〕潘鬢：文選潘岳秋興賦序：「余春秋三十有二，始見二毛。」

〔一〇〕泄柳：春秋時魯國人，字子柳，孟子滕文公下：「孟子曰：『古者不爲臣，不見，段干木逾垣而避之，泄柳閉門而不内，是皆已甚。』」

〔一一〕「尸祝」句：庚桑，老子的弟子。莊子庚桑楚：「老聃之役有庚桑楚者，偏得老聃之道。以居畏壘之山……居三年畏壘大穰。畏壘之民相與言曰：『……子胡不相與尸而祝之，社而稷之乎？』」疏：「尸，主也。庚桑大賢之士，慕近聖人之德，何不相與尊而爲君，主南面之事，爲立社稷，建其宗廟，祝祭依禮，豈不善邪！」

〔二〕勃窣：匍匐而行。文選司馬相如子虛賦：「媻珊勃窣，上金隄。」注引韋昭：「媻珊勃窣，匍匐上也。」

〔三〕笑鹽：沈注卷下：「鹽與艷同，此誤用。文苑英華辨證引容齋隨筆云：玄怪録載籧篨三娘工唱阿鵲鹽。又有突厥鹽、黄帝鹽、白鴿鹽、神雀鹽、疏勒鹽、滿座鹽、歸國鹽。唐詩：『媚賴吴娘唱是鹽』，『更奏新聲刮骨鹽』。然則歌詩謂之鹽者，如吟行曲引之類。今南嶽廟獻神樂曲有黄帝鹽，而俗傳以爲黄帝炎，長沙志從而書之，不考也。欽韓按：宋書樂志魏武帝碣石篇、明帝夏門篇皆有艷，而明帝櫂歌又有趨，艷與趨，所謂引子尾聲者類是也。志云：漢吹鐃歌十八篇。按古今樂録皆聲辭艷相雜，不可復分。鹽乃艷之誤，古鹽艷亦相通，郊特牲『而鹽諸利』，鄭讀鹽爲艷。阿鵲鹽之類，皆當作去聲讀，唐人用作平聲，非是。」

贈臨江簡壽玉二首。簡攜王仲顯使君書來謁，并示孔毅甫夢蟾圖，今廟堂五府皆有題字

蕭灘遠客扣田廬，貽我讀書樓上書〔一〕。千里故情元共月，錯吟㊀多病故人疎。

卷中圖畫袖中珍，上有三階五朵雲〔二〕。白日青天光範路〔三〕，未饒蟾窟夢紛紜。

【校記】

〔一〕錯吟：原作「錯云」，按活字本、叢書堂本、董鈔本、詩淵第一册第四九六頁均作「錯吟」，今據改。

【題解】

本詩作於淳熙十一年（一一八四），時在家養病，臨江簡壽玉來訪，並攜來故人王光祖的書信，並示孔毅甫夢蟾圖，因贈以二絶，其中一首爲題夢蝶圖詩。簡壽玉，江西臨江軍人，生平未詳，只知他在慶元元年時任臨桂主簿，楊萬里有送簡壽玉主簿之官臨桂，見于北山楊萬里年譜。王仲顯，即王光祖。孔毅甫，畫家，生平未詳。

【箋注】

〔一〕讀書樓上書：讀書樓，爲王光祖書樓名，見本書卷二二寄題王仲顯讀書樓。書，乃書信。

〔二〕三階五朵雲：夢蟾圖上有三階星和孔毅甫的簽名。三階，星名，王逸九思守志：「望太微兮穆穆，睨三階兮炳分。」五朵雲，段成式酉陽雜俎續集卷三「支諾皋下」：「（韋陟）每令侍婢主尺牘，往來復章，未常自札，受意而已。詞旨重輕，正合陟意，而書體遒利，皆有楷法，陟唯署名。嘗自謂所書『陟』字如五朵雲，當時人多倣效，謂之『郇公五雲體』。」

〔三〕光範路：即光範門前路。光範，唐宫殿門名，沈注卷下引唐六典：「宣政殿前西廊，曰月華門，門西中書省。省西南北大街，南直昭慶門，出光範門。」唐時新進士至此門俟宰相，後代以此爲被人賞識、擢用的處所，參見卷二九鄭少融尚書初除端殿以書見及賦詩爲賀注〔一〕。

壽櫟前假山成，移丹桂於馬城，自嘲

堂前趣就小嶙峋，未許蹣跚杖屨親。更遣移花三百里，世間真有大癡人。

【題解】

本詩作於淳熙十一年（一一八四），時閑居在家，壽櫟堂前砌假山成，自馬城移來丹桂，因賦一絶以自嘲。馬城，在臨安附近，洪咨夔有詩馬城詩寄趙耤令，注云：「馬城，在北關外。」

灼　艾

血忌詳涓日〔一〕，尻神謹避方〔二〕。艾求真伏道〔三〕，穴按古明堂〔四〕。謝去群巫祝，勝如幾藥湯。起來成獨笑，一病攪千忙。

【題解】

本詩作於淳熙十一年（一一八四），時在家養病。醫生用灼艾之法爲石湖治病，因作本詩記針灸之道。

【箋注】

〔一〕「血忌」句：血忌，忌諱見血的日子，王充論衡譏日：「如以殺牲見血，避血忌、月殺，則生人食六畜，亦宜避之。」涓日，涓吉，選擇吉利的日子。文選左思魏都賦：「量寸旬，涓吉日，陟中壇，即帝位。」李善注：「涓，擇也。」邵伯温邵氏聞見後録卷二：「涓日，以次備法駕羽衛前導赴宮。」

〔二〕「尻神」句：尻神，即九宮尻神，古代針灸宜忌學説之一，係以九宮八卦爲依據，按病人年齡來推算人神所在部位，從而避忌刺灸，見針經指南。

〔三〕「艾求」句：伏道，即伏道艾，一種中草藥，宋劉昉幼幼新書卷一：「伏道艾，取葉去梗，搗熟，篩去粗皮，只取艾茸，秤取二兩米醋，煮一伏時，候乾，研成膏。」

〔四〕「穴按」句：古明堂，指古代的明堂圖，後代醫家稱標名人體經絡、針灸穴位之圖爲明堂圖，四庫全書總目卷一〇三子部醫家類一著録明堂灸經八卷，題曰西方子撰。云：「考唐志有黄帝十二經明堂偃側人圖十二卷，兹或其遺法歟？」

東宮壽詩

甲觀秋彌月，前星蚤麗天。君親重慶日，家國中興年。英武神機遠，温文德宇全。摛章森典則，會道極高堅。儉寶躬安履，仁端性自然。淵沖澄有量，海潤浹無邊。五學臨函丈〔一〕，三朝拱邃延。頌聲敷政久，喜色問安還。銅律諧初度，桑弧絶舊傳。菊催重九近〔二〕，梅占小春先。戲綵猗蘭殿〔三〕，宣杯玳瑁筵。青宫千億壽，長對兩宫前。

【題解】

本詩作於淳熙十一年（一一八四）九月，時在家養病。東宫，指皇太子趙惇，即後來之光宗。趙惇以乾道七年二月癸丑，立爲皇太子。宋史光宗紀：「（乾道七年）二月癸丑，乃立帝爲皇太子。……三月丁酉，受皇太子册。」宋會要輯稿樂七：「乾道七年册皇太子四首（樂歌）。」趙惇生日爲九月初四日，宋史光宗紀：「紹興十七年九月乙丑，生於藩邸。」楊萬里有賀皇太子生辰詩（誠齋集卷一九）明言九月初四日爲太子趙惇生辰。本詩當作於九月初。

【箋注】

〔一〕五學：古代稱樂、詩、禮、書、春秋爲五學，漢書藝文志：「至於五學，世有變改，猶五行之更用事焉。」

〔二〕「菊催」句：趙惇生日爲九月初四日，離重陽很近，故云。

〔三〕「戲綵」句：猗蘭殿，用漢武帝故事。相傳漢景帝夢有赤彘從雲中直下，入崇蘭閣，因改閣名猗蘭殿，後武帝生於此殿。事見郭憲洞冥記。

十月朝開爐偶書。余病歸二年，未能拜掃松楸，曩常以此日侍先兄遊洞庭，并寫悲感之懷

圃芋今年紫，籬楓昨日丹。開爐修故事，聽雨説新寒。橘社重遊阻，楸行再拜難。此時西望眼，衰涕不勝彈。

【題解】

本詩作於淳熙十一年（一一八四）十月初一日，時在家養病。因病二年未能祭掃墳塋，不勝悲感，因作本詩以抒懷。十月朝，十月初一。顧禄清嘉録卷一〇「十月朝」條云：「月朔，俗稱十月朝。」開爐，開始生火爐。范成大吴郡志卷二「風俗」：「十月朔，再謁墓，且不賀朔。是日開爐，不問寒燠，皆熾炭。」拜掃松楸，指掃墓。吴自牧夢粱録卷六：「士庶以十月節，出郊掃松，祭祀墳塋。」吴地亦有此俗，顧禄清嘉録卷一〇「十月朝」云：「間有墓祭如寒食者，人無貧富，皆祭其先。」

有懷龔養正

好在楚龔子，秋來情話稀。昨承書素説，行侍板輿歸。煙水潮平棹，風霜歲晚

衣。幾時真訪戴？莫待雪花霏。

【題解】

本詩作於淳熙十一年（一一八四）秋，時在家養病。接龔養正書信，知不久將歸，因作本詩。

白髭行

四十踰四髭始黄，手持漢節臨大荒〔一〕。輿疾歸來皮骨在，兩鬢尚作青絲光。俛仰行年四十九，萬里南馳復西走〔二〕。斑斑頷下點吴霜〔三〕，猶可芟夷誑賓友〔四〕。屈指如今又十年，兩年儃卧秋風前。人生血氣能幾許，不待覽鏡知皤然。長安後輩輕前輩，百方染藥千金賣。煩擱包裹夜不眠〔五〕，無奈露頭出光怪㈠。病翁高卧門長扃，垂雪毿毿骨更清。兒童不作居士唤，唤作堂中老壽星〔六〕。

【校記】

㈠露頭：原作「霞頭」，富校：「『霞』黄刻本、宋詩鈔作『露』，是。」今據改。

【題解】

本詩作於淳熙十一年（一一八四）秋，時在家養病，感嘆自己髭鬚雪白，乃賦本詩以志感。

【箋注】

〔一〕「四十」二句：手持漢節，指使金，時年四十五歲，詩云「四十踰四」，蓋指實足年齡。

〔二〕「俛仰」二句：萬里南馳，指出任桂帥；復西走，指移任蜀帥，時年五十歲，詩云「四十九」，亦指實足年齡，且爲叶韻。

〔三〕點吴霜：李賀還自會稽歌：「吴霜點歸鬢。」

〔四〕芟夷：割除。周禮地官稻人：「凡稼澤，夏以水殄草而芟夷之。」

〔五〕煩撋：揉搓。詩經周南葛覃：「薄污我私。」毛傳：「污，煩也。」鄭箋：「煩，煩撋之用功深。……阮孝緒字略云：『煩撋，猶捼莏也。』」

〔六〕老壽星：壽星，本爲星名，指老人星。爾雅釋天：「壽星，角亢也。」郭璞注：「數起角亢，列宿之長，故曰壽。」東漢時，將祀壽星與敬老活動結合起來，後漢書禮儀志：「仲秋之月，縣道皆案户比民。年始七十者，授之以王杖，餔之糜粥，八十、九十，禮有加賜。」故後代尊年長者爲老壽星。

但能之提刑相別十年，自曲江遠寄二詩，敘舊良厚。次韻爲謝，亦以首章奉懷，略道湘南分攜故事，末篇自述年來衰病，不復故吾也

憶昔駿鸞識俊英〔一〕，朱旛繡斧盡能名〔二〕。書隨庾嶺一枝寄，句挾韶江九奏成。吴粵交馳清夜夢，參辰不隔故人情。何時重醉金槽曲〔三〕，一洗陽關别恨平。

濩落枵虚似瓠壺，新添雪鬢與霜鬚㊀。也知病叟形容變，非是仙儒骨相臞。歲晚山林如自獻，年豐田野亦多娱。無端拙恙妨清樂，未許扁舟到五湖。

【校記】

㊀霜鬚：原作「雙鬚」，富校：「『雙』黄刻本作『霜』，是。」活字本、叢書堂本、董鈔本均作「霜鬚」。今據改。

【題解】

本詩作於淳熙十一年（一一八四），時在家養病。但中庸自韶州寄詩來敘舊，成大次韻作本詩復遠寄之，既敘湘南分别時情景，又述近年老病景狀。但能之，即但中庸，參見卷一四水鄉酌别但能之主管能之將過石康。提刑，指但中庸時任廣東提舉刑獄，廣東通志卷一五淳熙間提刑有但中

庸名。曲江，指韶州曲江縣，王存元豐九域志卷九廣南路：「韶州，始興郡，軍事，治曲江縣。」

【箋注】

〔一〕「憶昔」句：指帥廣西時結識但能之。帥廣時，石湖著有驂鸞録，四庫全書總目卷五八云：「其曰驂鸞者，取韓愈詩『遠勝登仙去』、『飛鸞不暇驂』語也。」

〔二〕繡斧：漢武帝天漢二年遣直指使者暴勝之等衣繡衣，杖斧持節，至各地巡捕群盜，見漢書武帝紀。後代指皇帝指派的執法大臣。

〔三〕金槽：金製的琵琶槽，李賀秦王飲酒：「金槽琵琶夜棖棖。」王琦解：「金槽，以金飾琵琶之槽也。」

復以蟾硯歸龔養正

夢裏何人歌式微〔一〕，覺來石友在書幃〔二〕。鄭環信美非吾寶〔三〕，趙璧猶全任汝歸〔四〕。渴水雙蟾窺海闊，出雲孤月照星稀。好將自草三千牘，莫與蚍蜉作釣磯。

【題解】

本詩作於淳熙十一年（一一八四）仲冬，時養病在家。仲冬，龔頤正攜睢陽五老圖相示，題跋，復以蟾硯歸還頤正，賦詩以紀事。范成大題睢陽五老圖卷：「淳熙甲辰仲冬朔，歷陽龔敦頤攜此卷相示，敬識其末，吴郡范成大書。」甲辰，即淳熙十一年。

【箋注】

〔一〕歌式微：詩經邶風式微：「式微，式微，胡不歸？」

〔二〕石友：情誼堅如金石般的朋友，又稱硯友。潘岳金谷集作詩：「投分寄石友，白首同所歸。」黄庭堅次韻奉酬劉景文河上見寄：「珍重多情惟石友，琢磨佳句問潛郎。」

〔三〕鄭環：左傳昭公十六年：「宣子有環，其一在鄭商。宣子謁諸鄭伯，子産弗與，曰：『非官府之守器也，寡君不知。』」

〔四〕趙璧：用完璧歸趙的故事。

大雪書懷

天將奇賞發清歡，疇昔登臨插羽翰。梅下尋詩騎馬滑，松梢索酒倚樓寒。閉門老子愁無賴〔一〕，返棹歸來興已闌。聊掬玉塵添石鼎，自煎魚眼破龍團〔二〕。

【題解】

本詩作於淳熙十一年（一一八四）冬，時養病在家。

【箋注】

〔一〕閉門老子：用袁安卧雪故事。

〔二〕「自煎」句：魚眼，俗謂湯初沸曰蟹眼，漸大曰魚眼。白居易睡後茶興憶楊同年：「沫下麴塵香，花浮魚眼沸。」龍團，宋代貢茶名，歐陽修歸田録卷二：「茶之品，莫貴於龍鳳，謂之團茶，凡八餅重一斤。慶曆中蔡君謨爲福建路轉運使，始造小片龍茶以進，其品絶精，謂之小團。」

雪中苦寒戲嘲二絶

冥凌分職大間關，辛苦行冬强作難。費盡無邊風與雪，劣能供得一番寒〔一〕。

茸氈帳下玉杯寬，香裏吹笙醉裏看。風雪過門無入處，却投窮巷覓袁安。

【題解】

本詩作於淳熙十一年（一一八四）冬，時養病在家，接上首，復戲嘲而作此二詩。

【箋注】

〔一〕劣能：僅能。蘇軾與梁左藏會飲傳國博家：「識字劣能欺項籍。」張相詩詞曲語辭匯釋卷二「劣」：「劣能，猶云僅能也。」

雪復大作六言四首

奇寒擁被曉枕，遥想漫天匝地，
噩夢披蓑晚江。近聽穿幔鳴窗。

釀成送臘三白，樵指擔肩相賀，
功在迎年九秋。飯囊酒甕何憂？

初報折篁搶地，寧教風過掀舞，
旋聞壓柳堆橋。可惜雨來半銷。

伶俜凍雀蹲晚，有客典衣沽酒〔一〕，
噤滲疎梅鎖春。何人增價賣薪？

【題解】

本詩作於淳熙十一年（一一八四）冬，時在家養病。雪又大作，又賦六言四首詠之。

【箋注】

〔一〕「有客」句：杜甫曲江二首其二：「朝回日日典春衣，每日江頭盡醉歸。」

立春 乙巳

綵勝金旛夢裏，索莫兩年春事〔一〕，
茶槽藥杵聲中。小窗卧聽東風。

【題解】

本詩作於淳熙十二年（一一八五）正月立春日，時在家養病。乙巳，即淳熙十二年。

【箋注】

〔一〕索莫：無生氣貌。鮑照擬行路難其九：「今日見我顏色衰，意中索莫與先異。」

題徐熙風牡丹二首

紫花

蕊珠仙馭曉驂鸞〔一〕，道服朝元露未乾。天半剛風如激箭，綠綃飄蕩紫綃寒。

白花

寒入仙裙粟玉肌，舞餘全不耐風吹。從教旅拒春無力〔二〕，細看腰支嫋嫋時。

【題解】

本組詩作於淳熙十一年（一一八四），時在家養病。孔凡禮范成大年譜淳熙十一年譜文云：

「是歲，作題畫詩多首。有題徐熙風牡丹兩首、題黄居寀雀竹圖二首、題張晞顔兩花圖二首、題范道士二牛圖。」今從之。唯本卷諸詩序次欠當，在諸題畫詩之前，有立春一首，題注「乙巳」。乙巳爲淳熙十二年，宜入下卷。徐熙，宋代花鳥畫名家。郭若虛圖畫見聞志卷四：「徐熙，鍾陵人，世爲江南仕族。熙識度閑放，以高雅自任。善畫花木禽魚、蟬蝶蔬果。學窮造化，意出古今。徐鉉云：『落墨爲格，雜彩副之，迹與色不相隱映也。』又熙自撰翠微堂記云：『落筆之際，未嘗以傅色暈淡細碎爲功。』此真無愧於前賢之作！當時已爲難得，李後主愛重其迹。開寶末歸朝，悉貢上宸廷，藏之秘府。亦有寒蘆野鴨、花竹雜禽、魚蟹草蟲、蔬苗果蓏并四時折枝等圖傳於世。」劉道醇聖朝名畫評卷三「花木翎毛門」神品：「徐熙，鍾陵人，世仕僞唐，爲江南名族。熙善花竹林木、蟬蝶草蟲之類，多游園圃，以求情狀。雖蔬菜莖苗，亦入圖寫。意出古人之外，自造於妙。尤能設色，絶有生意。李煜集英殿盛有熙畫，後卒於家。及煜歸命，盡入内府。太宗因閲圖畫，見熙畫安榴樹一本，帶百餘實，嗟異久之，曰：『花果之妙，吾獨知有熙矣，其餘不足觀也。』徧示畫臣，俾爲標準，爲上稱嘆也如此。有孫二人，崇嗣、崇勳，自有傳。評曰：士大夫議爲花果者，往往宗尚黄筌、趙昌之筆，蓋其寫生設色，迥出人意，以熙視之，彼有慚德。筌神而不妙，昌妙而不神，神妙俱完，捨熙無矣。夫精於畫者，不過薄其彩繪，以取形似，於氣骨能全之乎？熙獨不然，必先以其墨定其枝葉蕊萼等，而後傅之以色，故其氣格前就，態度彌茂，與造化之功不甚遠，宜乎爲天下冠也，故列神品。」徐熙風牡丹圖，米芾畫史有記載：「徐熙風牡丹圖，葉幾千餘片，花只三朵，一在正面，一在右，一在衆枝亂葉之背。石竅圓潤，上有一貓兒。」今已不存。

【箋注】

〔一〕蕊珠：蕊珠宮，道家云神仙所居之仙宮。元稹清都春霽寄胡三吴十一：「蕊珠宫殿經微雨，草樹無塵耀眼光。」

〔二〕「從教」句：從教，任教也。張相詩詞曲語辭匯釋卷一：「從，任也，聽也。……蘇軾水龍吟詞咏楊花：『似花還似非花，也無人惜從教墜。』」旅拒，抗拒，亦作「旅距」。後漢書馬援傳：「若大姓侵小民，黠羌欲旅距，此乃太守事耳。」注：「旅距，不從之貌。」

題黄居宷雀竹圖二首

居宷，筌之子。

群雀歲寒保聚，兩鶉日晏忘歸。草間豈無餘粒，刮地風號雪飛。

蔓花露下凝碧，叢竹秋來老蒼〔一〕。噪雀群争何事？么禽自囀清篁。

【題解】

本詩作年，參見題徐熙風牡丹圖「題解」。黄居宷（九三三—九九三），字伯鸞，成都人，黄筌之子。他能繼承父風，善畫花竹、翎毛，妙得天真。西蜀時，任翰林院待詔，歸宋後，受宋太宗趙匡義賞識，授翰林待詔，派他到各地搜訪名畫。郭若虚圖畫見聞志卷四：「黄居宷字伯鸞，筌之季子也。工畫花竹翎毛，默契天真，冥周物理。始事孟蜀，爲翰林待詔，與父筌俱蒙恩遇。圖畫殿庭墻壁，宮闈屏障，不可勝紀，學士徐光溥嘗獻秋山圖歌以美之。曾於彭州棲真觀壁畫水石一堵。自未至酉而畢，觀者莫不嘆服其神速且妙也。乾德乙丑歲，隨蜀主至闕下，太祖舊知其名，尋真命。太宗皇帝尤加眷遇，供進圖畫，恩寵優異。仍委之搜訪名跡，銓定品目。居寀狀太湖石尤過乃父。有四時山景、花竹翎毛、鷹鶻、犬兔、湖灘水石、春田放牧等圖傳於世。」劉道醇聖朝名畫評卷一「人物門」妙品：「黄居寀，字伯鸞，亦事孟昶爲待詔，隨筌朝，亦受真命。陶尚書穀在翰苑，因曝圖畫，乃展秋山圖，令品第之。居寀斂容再拜曰：『某與父筌所爲也，孟昶時以答楊渥國信。彌縫處有其父子名姓，當在。』裂之，如居寀言，詢諸庫吏，乃朱梁開平中楚將張浩殺楊渥，籍没此圖。穀命居寀追寫父真，爲當時所重。居寀父子事蜀主三世，凡圖障屏壁，多出其手。愚嘗於唐紫微第見居寀畫西伯獵渭圖，及父筌真像，皆得其妙。」又卷三「花木翎毛門」神品：「黄居寀亦善畫花竹毛羽，多與筌共爲之。其氣骨意思，深有父風。孟昶時畫四時花雀圖數本，當世稱絶。今士人家往往有居寀筆，誇爲珍玩耳。評曰：居寀之畫鶴，多得筌骨。其有佳處，亦不能決其高下。至於花竹禽雀，皆不失筌法。父子俱入神品者，唯居寀一家云。」

【箋注】

〔一〕「蔓花」二句：竹邊蔓花受雨露滋潤，碧緑如凝；深秋竹叢，蒼翠濃郁，沈括評黄氏父子「妙在賦色」（夢溪筆談卷一七）。讀石湖此詩，知沈氏此論切當。

題張晞顏兩花圖二首

晞顏，廣漢人，趙昌之甥。

繁杏

紅粉團枝一萬重，當年獨自費東風。若爲報答春無賴，付與笙歌鼎沸中〔一〕。

玉梨

雪薄冰輕不耐春，雨中愁緒月中真。莫教夢作雲飛去，留伴昭陽第一人〔二〕。

【題解】

本組詩作年參見題徐熙風牡丹二首「解題」。張晞顏，又作張希顏，初名適，漢州人，趙昌外甥。其畫初師趙昌，至京師後，從院體，稍變。鄧椿畫繼卷六：「張希顏，漢州人，初名適。大觀初，累進所畫花，得旨粗似可采，特補將仕郎，畫學諭。希顏始師趙昌，後到京師稍變，從院體，得蜀州推官以歸。不勝士大夫之求，多令任源代作，故復似昌。」夏文彦圖繪寶鑑卷三：「張希顏，漢州人，初名適，善畫，師趙昌。大觀初，累進畫花，得旨補畫學諭。後變從院體，官至蜀州推官。」

【箋注】

〔一〕「付與」句：詩意從宋祁玉樓春「紅杏枝頭春意鬧」句中生發。

〔二〕「留伴」句：詩意出自杜甫哀江頭：「昭陽殿裏第一人。」昭陽，本漢代宫殿名，杜甫借指唐宫。第一人，指楊貴妃。

題范道士二牛圖

道士處州人，號范牛，中年狂顛，人傳其得道。此圖自稱中興道士范子珉，蓋未顛時所作，尤爲精妙。

西疇滌場淨無塵，原頭遠牧秋草春。一牛疾行離其群，一牛返顧如怒嗔。目光炯炯獰而馴，點綴毫末俱逼真。不顛不狂筆有神〔一〕，妙哉吾宗散仙人〔二〕！

【題解】

本詩作年參見題徐熙風牡丹二首「題解」。范道士，即范子珉，一作范子泯，處州人，善畫花果，尤以畫牛稱，人稱「范牛」。樓鑰贈范緯文秀才詩序（攻媿集卷三）云：「括蒼范牛自題云：中興道士范子珉，異人也。淳熙間，武昌羅端良使君（按，即羅願）遠寄詩編，有贈畫牛范秀才一詩，愛玩不能去手，時時誦之，以寫云亡之悲。今十八年矣。有范緯文叩門，初談風鑒，旋及墨戲事。自言視子珉爲大父行。羅使君贈詩，即其人也。既試其説，草數語畀之。」詩云：「中興道士以牛嗚，淡墨百果尤著聲。妙入神品仍有靈，我不識之欽其名。曾得烏犍兩横軸，又有石榴才一幅。武昌使君舊寄詩，末言秀才乃其族。忽有緯文來款門，自言真是當家孫。口誦羅詩若翻水，他詩歷歷俱能言。一見前畫歎真蹟，願得生綃奮吾筆。爲作來禽對石榴，一掃横枝生意出。我詩不工人已陳，有詩豈復能動人。爲君一寫史君語，更求知己如羅君。」陳耆卿嘉定赤城志卷三〇「宫觀」：「天慶觀，在州東北一里一百步。……又道士壁間，有范子珉所繪牛及來禽，人傳其妙云。」

【箋注】

〔一〕筆有神：用杜甫奉贈韋左丞丈二十二韻「下筆如有神」句意。

〔二〕「妙哉」句：散仙，狂放不羈之人，白居易雪夜小飲贈夢得：「久將時背成遺老，多被人呼作散仙。」范子珉與石湖同姓，故稱「吾宗」。